静山社ペガサス文庫

ハリー・ポッターと アズカバンの囚《しゅう》人《じん》〈3-2〉

J.K.ローリング 作　松岡佑子 訳

ハリー・ポッターとアズカバンの囚人《しゅうじん》3-2 もくじ

ハリー・ポッターとアズカバンの囚人《しゅうじん》3-2 人物紹介《じんぶつしょうかい》

ハリー・ポッター
主人公《しゅじんこう》。ホグワーツ魔法魔術学校《まほうまじゅつがっこう》の三年生《ねんせい》。緑《みどり》の目《め》に黒《くろ》い髪《かみ》、額《ひたい》には稲妻形《いなずまがた》の傷《きず》がある。幼《おさな》いころに両親《りょうしん》を亡《な》くし、人間《にんげん》(マグル)界《かい》で育《そだ》ったので、自分《じぶん》が魔法使《まほうつか》いであることを知《し》らなかった

リーマス・ルーピン
「闇《やみ》の魔術《まじゅつ》に対《たい》する防衛術《ぼうえいじゅつ》」の新《あたら》しい先生《せんせい》。みすぼらしい身《み》なりだが、生徒《せいと》からの信頼《しんらい》は厚《あつ》い

シビル・トレローニー
「占《うらな》い学《がく》」の先生《せんせい》。霧《きり》のかなたから聞《き》こえるような声《こえ》で、授業《じゅぎょう》のたびにハリーの死《し》を予言《よげん》する

シリウス・ブラック
脱獄不能《だつごくふのう》のアズカバンを脱走《だっそう》した凶悪犯《きょうあくはん》。ハリーの命《いのち》をねらっているらしい

ピーター・ペティグリュー
ハリーの父親《ちちおや》、ジェームズの友人《ゆうじん》。ドジで、いつも優秀《ゆうしゅう》な友人《ゆうじん》たちに憧《あこが》れていたが、十二年前《ねんまえ》の事件《じけん》でシリウスを追《お》いつめ……

カドガン卿《きょう》

「太《ふと》った婦人《レディ》」にかわり、グリフィンドール寮《りょう》の入口《いりぐち》を固《かた》める絵《え》の中《なか》の騎士《きし》

クルックシャンクス

オレンジ色《いろ》でガニマタの猫《ねこ》。ハーマイオニーのペット

スキャバーズ

ロンのペットのネズミ。年《とし》のせいか、やせおとろえて元気《げんき》がない

バックビーク

ヒッポグリフという半鳥半馬《はんちょうはんば》の魔法生物《まほうせいぶつ》。ハグリッドのペットだが、ドラコにけがをさせた

コーネリウス・ファッジ

魔法大臣《まほうだいじん》。細《ほそ》じまのマントにライム色《いろ》の山高帽《やまたかぼう》をかぶった風変《ふうが》わりな人物《じんぶつ》

吸魂鬼《ディメンター》

アズカバンの看守《かんしゅ》。ヒトの幸福《こうふく》な気持《きも》ちを吸《す》い尽《つ》くす、穢《けが》れた生《い》き物《もの》

ヴォルデモート（例《れい》のあの人《ひと》）

最強《さいきょう》の闇《やみ》の魔法使《まほうつか》い。多《おお》くの魔法使《まほうつか》いや魔女《まじょ》を殺《ころ》したが、なぜかハリーには呪《のろ》いが効《き》かなかった

To Jill Prewett and Aine Kiely,
the Godmothers of Swing

スイング・クラブの後見人《ゴッドマザーズ》たち
ジル・プルウェットとエイン・キーリーに

WIZARDING WORLD

Original Title: HARRY POTTER AND THE PRISONER OF AZKABAN

First published in Great Britain in 1999
by Bloomsbury Publishing Plc, 50 Bedford Square, London WC1B 3DP

Japanese edition first published in 2001

This book is published in Japan by arrangement with
the author through The Blair Partnership

第《だい》12章《しょう》 守護霊《パトローナス》

ハーマイオニーは善意《ぜんい》でやったことだ。ハリーにもそれはわかっていたが、やはり腹《はら》が立《た》った。世界一《せかいいち》の箒《ほうき》の持《も》ち主《ぬし》になれたのはほんの数時間《すうじかん》。今《いま》はハーマイオニーのおせっかいのおかげで、もう二度《にど》とあの箒《ほうき》に会《あ》えるかどうかさえわからない。今《いま》ならファイアボルトにどこもおかしいところはないとはっきり言《い》えるが、あれやこれやと呪《のろ》い崩《くず》しのテストをかけられたら、どんな状態《じょうたい》になってしまうのだろう？

ロンもハーマイオニーにカンカンに腹《はら》を立《た》てていた。新品《しんぴん》のファイアボルトをバラバラにするなんて、ロンにしてみれば、まさに犯罪的《はんざいてき》な破壊行為《はかいこうい》だ。ハーマイオニーはためになることをしたという揺《ゆ》るぎない信念《しんねん》で、やがて談話室《だんわしつ》をさけるようになった。ハリーとロンは、ハーマイオニーが図書館《としょかん》に避難《ひなん》したのだろうと思《おも》い、談話室《だんわしつ》に戻《もど》るよう説得《せっとく》しようともしなかった。結局《けっきょく》、年《とし》が明《あ》けてまもなく、みんなが学校《がっこう》に戻《もど》り、グリフィンドール塔《とう》がまたガヤガヤと混《こ》み合《あ》ってきたのが、二人《ふたり》にはうれしいことだった。

学期《がっき》が始《はじ》まる前《まえ》の夜《よる》、ウッドがハリーを呼《よ》び出《だ》した。

「いいクリスマスだったか？」

ウッドが聞《き》いた。そして答《こた》えも聞《き》かずに座《すわ》り込《こ》み、声《こえ》を低《ひく》くして言《い》った。

「ハリー、俺《おれ》はクリスマスの間《あいだ》、いろいろ考《かんが》えてみた。前回《ぜんかい》の試合《しあい》のあとだ。わかるだろう。もしも次《つぎ》の試合《しあい》に吸魂鬼《きゅうこんき》が現《あらわ》れたら……つまり……君《きみ》があんなことになると――その――」

ウッドは困《こま》りはてた顔《かお》で言葉《ことば》を切《き》った。

「僕《ぼく》、対策《たいさく》を考《かんが》えてるよ」

ハリーが急《いそ》いで言《い》った。

「ルーピン先生《せんせい》が吸魂鬼防衛術《ディメンターぼうえいじゅつ》の訓練《くんれん》をしてくれるっておっしゃった。今週中《こんしゅうちゅう》には始《はじ》めるはずだ。クリスマスのあとなら時間《じかん》があるっておっしゃってたから」

「そうか」

ウッドの表情《ひょうじょう》が明《あか》るくなった。

「うん、それなら――ハリー、俺《おれ》は、シーカーの君《きみ》を絶対《ぜったい》に失《うしな》いたくなかったんだ。ところで、新《あたら》しい箒《ほうき》は注文《ちゅうもん》したか？」

「ううん」

「なに！　早《はや》いほうがいいぞ、いいか――レイブンクロー戦《せん》で『流れ星《シューティング・スター》』なんかには乗《の》れないぜ！」

「ハリーは、クリスマスプレゼントに『ファイアボルト』をもらったんだ」ロンが言《い》った。

「ファイアボルト？　まさか！　ほんとか？　ほ、本物《ほんもの》のファイアボルトか？」

「興奮《こうふん》しないで、オリバー」

ハリーの顔《かお》が曇《くも》った。

「もう僕《ぼく》の手《て》にはないんだ。取《と》り上《あ》げられちゃった」

ハリーはファイアボルトが呪《のろ》い調《しら》べを受《う》けるようになった一部始終《いちぶしじゅう》を説明《せつめい》した。

「呪《のろ》い？　なんで呪《のろ》いがかけられるっていうんだ？」

「シリウス・ブラック」

ハリーはうんざりした口調《くちょう》で答《こた》えた。

「僕《ぼく》をねらってるらしいんだ。だからマクゴナガル先生《せんせい》が、箒《ほうき》を送《おく》ったのはブラックかもしれないって」

「しかし、ブラックがファイアボルトを買《か》えるわけがない！　逃亡中《とうぼうちゅう》だぞ！　国中《くにじゅう》がヤツを見《み》張《は》ってるようなもんだ！『高級《こうきゅう》クィディッチ用具店《ようぐてん》』にのこのこ現《あらわ》れて、箒《ほうき》なんか買《か》えるか？」

かの有名《ゆうめい》な殺《ころ》し屋《や》が、チームのシーカーをねらっているという話《はなし》はうっちゃったまま、ウッドが言《い》った。

「僕《ぼく》もそう思《おも》う」ハリーが言《い》った。「だけどマクゴナガルは、それでも箒《ほうき》をバラバラにしたいんだって」

ウッドは真《ま》っ青《さお》になった。

「ハリー、俺《おれ》が行《い》って話《はな》してやる」

ウッドがうけ合《あ》った。

「言《い》ってやるぞ。物《もの》の道理《どうり》ってもんがある。……ファイアボルトかぁ……わがチームに、本物《ほんもの》のファイアボルトだ……マクゴナガルも俺《おれ》たちと同《おな》じくらい、グリフィンドールに勝《か》たせたいんだ……俺《おれ》が説得《せっとく》してみせるぞ……ファイアボルトかぁ……」

学校《がっこう》は次《つぎ》の週《しゅう》から始《はじ》まった。震《ふる》えるような一月《がつ》の朝《あさ》に、戸外《こがい》で二時間《じかん》の授業《じゅぎょう》を受《う》けるのは、誰《だれ》だってできれば勘弁《かんべん》してほしい。しかし、ハグリッドは大《おお》きなたき火《び》の中《なか》に火《サラ》トカゲ《マンダー》をたくさん集《あつ》めて、生徒《せいと》を楽《たの》しませた。みんなで枯《か》れ木《き》や枯《か》れ葉《は》を集《あつ》めて、たき火《び》を明々《あかあか》と燃《も》やし続《つづ》け、炎《ほのお》大好《だいす》きの火《サラ》トカゲ《マンダー》は白熱《はくねつ》した薪《まき》が燃《も》え崩《くず》れる中《なか》をチョロチョロかけ回《まわ》り、その日《ひ》はめずらしく楽《たの》しい授業《じゅぎょう》になった。それに引《ひ》きかえ、「占い学《うらなうがく》」の新学期《しんがっき》一日目《にちめ》は楽《たの》しくはなかった。トレローニー先生《せんせい》は今度《こんど》は手相《てそう》を教《おし》えはじめたが、いちはやく、これまで見《み》た手相《てそう》の中《なか》で生命線《せいめいせん》が一番《いちばん》短《みじか》いとハリーに告《つ》げた。

「闇《やみ》の魔術《まじゅつ》に対《たい》する防衛術《ぼうえいじゅつ》」、これこそハリーが始《はじ》まるのを待《ま》ちかねていたクラスだった。ウッドと話《はなし》をしてからは、一刻《いっこく》も早《はや》く吸魂鬼祓《ディメンターばら》いの訓練《くんれん》を始《はじ》めたかった。

授業《じゅぎょう》のあと、ハリーはルーピン先生《せんせい》にこの約束《やくそく》のことを思《おも》い出《だ》させた。

「ああ、そうだったね。そうだな……木曜《もくよう》の夜《よる》、八時《じ》からではどうかな？『魔法史《まほうし》』の教室《きょうしつ》なら広《ひろ》さも充分《じゅうぶん》ある。……どんなふうに進《すす》めるか、私《わたし》も慎重《しんちょう》に考《かんが》えないといけないな……本物《ほんもの》の吸魂鬼《ディメンター》を城《しろ》の中《なか》に連《つ》れてきて練習《れんしゅう》するわけにはいかないし……」

夕食《ゆうしょく》に向《む》かう途中《とちゅう》、二人《ふたり》で廊下《ろうか》を歩《ある》きながら、ロンが言《い》った。

「ルーピンはまだ病気《びょうき》みたい。そう思《おも》わないか？　いったいどこが悪《わる》いのか、君《きみ》、わかる？」

二人《ふたり》のすぐ後《うし》ろで、いらいらしたように大《おお》きく舌打《したう》ちする音《おと》が聞《き》こえた。ハーマイオニーだった。鎧《よろい》の足元《あしもと》に座《すわ》り込《こ》んで、本《ほん》でパンパンになって閉《し》まらなくなったかばんを詰《つ》めなおしていた。

「なんで僕《ぼく》たちに向《む》かって舌打《したう》ちなんかするんだい？」ロンがいらいらしながら言《い》った。

「何《なん》でもないわ」かばんをよいしょと背負《せお》いながら、ハーマイオニーがとりすました声《こえ》で言《い》った。

「いや、何《なん》でもあるよ」

ロンが突《つ》っかかった。

「僕《ぼく》が、ルーピンはどこが悪《わる》いんだろうって言《い》ったら、君《きみ》は――」

「あら、そんなこと、わかりきったことじゃない？」

しゃくにさわるような優越感《ゆうえつかん》を漂《ただよ》わせて、ハーマイオニーが言《い》った。

「教《おし》えたくないなら、言《い》うなよ」ロンがピシャッと言《い》った。

「あら、そう」ハーマイオニーは高慢《こうまん》ちきにそう言《い》うと、つんけんと歩《ある》き去《さ》った。

「知《し》らないくせに」ロンは憤慨《ふんがい》して、ハーマイオニーの後《うし》ろ姿《すがた》をにらみつけた。

「あいつ、僕《ぼく》たちにまた口《くち》をきいてもらうきっかけが欲《ほ》しいだけさ」


木曜《もくよう》の夜《よる》八時《じ》、ハリーはグリフィンドール塔《とう》を抜《ぬ》け出《だ》し、「魔法史《まほうし》」の教室《きょうしつ》に向《む》かった。着《つ》いたときには教室《きょうしつ》は真《ま》っ暗《くら》で、誰《だれ》もいなかった。杖《つえ》でランプをつけ、待《ま》っていると、ほんの五分《ふん》ほどでルーピン先生《せんせい》が現《あらわ》れた。荷造《にづく》り用《よう》の大《おお》きな箱《はこ》を抱《かか》えている。それをビンズ先生《せんせい》の机《つくえ》によいしょと下《お》ろした。

「何《なん》ですか？」ハリーが聞《き》いた。

「またまね妖怪《ボガート》だよ」ルーピン先生《せんせい》がマントを脱《ぬ》ぎながら言《い》った。

「火曜日《かようび》からずっと、城《しろ》をくまなく探《さが》したら、幸《さいわ》い、こいつがフィルチさんの書類棚《しょるいだな》の中《なか》にひそんでいてね。本物《ほんもの》の吸魂鬼《ディメンター》に一番近《いちばんちか》いのはこれだ。君《きみ》を見《み》たら、こいつは吸魂鬼《ディメンター》に変身《へんしん》するから、それで練習《れんしゅう》できるだろう。使《つか》わないときは私《わたし》の事務室《じむしつ》にしまっておけばいい。まね妖怪《ボガート》の気《き》に入《い》りそうな戸棚《とだな》が、私《わたし》の机《つくえ》の下《した》にあるから」

「はい」——何《なん》の不安《ふあん》もありません。ルーピン先生《せんせい》が本物《ほんもの》のかわりにこんないいものを見《み》つけてくださってうれしいです——ハリーは努《つと》めてそんなふうに聞《き》こえるように返事《へんじ》をした。

「さて……」ルーピン先生《せんせい》は自分《じぶん》の杖《つえ》を取《と》り出《だ》し、ハリーにも同《おな》じようにするよううながした。

「ハリー、私《わたし》がこれから君《きみ》に教《おし》えようと思《おも》っている呪文《じゅもん》は、非常《ひじょう》に高度《こうど》な魔法《まほう》だ——いわゆる〝標準魔法《ひょうじゅんまほう》レベル（O《ふ》・W《くろ》・L《う》）〟資格《しかく》をはるかに超《こ》える。『守護霊《パトローナス・チャーム》の呪文』と呼《よ》ばれるものだ」

「どんな力《ちから》を持《も》っているのですか？」ハリーは不安《ふあん》げに聞《き》いた。

「そう、呪文《じゅもん》がうまく効《き》けば、守護霊《しゅごれい》が出《で》てくる。いわば、吸魂鬼《ディメンター》を祓《はら》う者《もの》——保護者《ほごしゃ》だ。これが君《きみ》と吸魂鬼《ディメンター》との間《あいだ》で盾《たて》になってくれる」

ハリーの頭《あたま》の中《なか》で、とたんに、大《おお》きな棍棒《こんぼう》を持《も》って立《た》つハグリッドくらいの巨大《きょだい》な姿《すがた》と、その陰《かげ》にうずくまる自分《じぶん》の姿《すがた》が目《め》に浮《う》かんだ。ルーピン先生《せんせい》が話《はなし》を続《つづ》けた。

「守護霊《パトローナス》は一種《いっしゅ》のプラスのエネルギーで、吸魂鬼《ディメンター》はまさにそれを貪《むさぼ》り食《く》らって生《い》きる――希望《きぼう》、幸福《こうふく》、生《い》きようとする意欲《いよく》などを。――しかし守護霊《パトローナス》は、本物《ほんもの》の人間《にんげん》なら感《かん》じる『絶望《ぜつぼう》』というものを感《かん》じることができない。だから吸魂鬼《ディメンター》は守護霊《パトローナス》を傷《きず》つけることができない。ただし、ハリー、一言《ひとこと》言《い》っておかねばならないが、この呪文《じゅもん》は君《きみ》にはまだ高度過《こうどす》ぎるかもしれない。一人前《いちにんまえ》の魔法使《まほうつか》いでさえ、この魔法《まほう》にはてこずるほどだ」

「守護霊《パトローナス》ってどんな姿《すがた》をしているのですか？」ハリーは知《し》りたかった。

「それを創《つく》り出《だ》す魔法使《まほうつか》いによって、一つ一つがちがうものになる」

「どうやって創《つく》り出《だ》すのですか？」

「呪文《じゅもん》を唱《とな》えるんだ。何《なに》か一つ、一番幸《いちばんしあわ》せだった思《おも》い出《で》を、渾身《こんしん》の力《ちから》で思《おも》いつめたときに、初《はじ》めてその呪文《じゅもん》が効《き》く」

ハリーは幸《しあわ》せな思《おも》い出《で》をたどってみた。ダーズリー家《け》でハリーの身《み》に起《お》こったことは、何一《なにひと》つそれに当《あ》てはまらないことだけはたしかだ。やっと、最初《さいしょ》に箒《ほうき》に乗《の》ったときのあの瞬間《しゅんかん》だ、と決《き》めた。

「わかりました」

ハリーは体《からだ》を突《つ》き抜《ぬ》けるような、あのすばらしい飛翔感《ひしょうかん》をできるだけ忠実《ちゅうじつ》に思《おも》い浮《う》かべようとした。

「呪文《じゅもん》はこうだ――」

ルーピンは咳払《せきばら》いをしてから唱《とな》えた。

「エクスペクト　パトローナム！　守護霊《しゅごれい》よ来《き》たれ！」

「エクスペクト　パトローナム」ハリーは小声《こごえ》でくり返《かえ》した。「守護霊《しゅごれい》よ来《き》たれ」

「幸《しあわ》せな思《おも》い出《で》に神経《しんけい》を集中《しゅうちゅう》してるかい？」

「ええ――はい――」ハリーはそう答《こた》えて、急《いそ》いであの箒《ほうき》の初乗《はつの》りの心《こころ》に戻《もど》ろうとした。

「エクスペクト　パトロノ――ちがった、パトローナム――すみません――エクスペクト　パトローナム、エクスペクト　パトローナム――」

杖《つえ》の先《さき》から、何《なに》かが急《きゅう》にシューッと噴《ふ》き出《だ》した。一条《いちじょう》の銀色《ぎんいろ》の煙《けむり》のようなものだった。

「見《み》えましたか？」ハリーは興奮《こうふん》した。「何《なに》か、出《で》てきた！」

「よくできた」ルーピンがほほ笑《え》んだ。「よーし、それじゃ――吸魂鬼《ディメンター》で練習《れんしゅう》してもいいかい？」

「はい」

ハリーは杖《つえ》を固《かた》く握《にぎ》りしめ、がらんとした教室《きょうしつ》の真《ま》ん中《なか》に進《すす》み出《で》た。ハリーは飛《と》ぶことに心《こころ》を集中《しゅうちゅう》させようとした。しかし、何《なに》か別《べつ》のものがしつこく入《はい》り込《こ》んでくる――また母《かあ》さんの声《こえ》が、今《いま》にも聞《き》こえるかもしれない……今《いま》は考《かんが》えてはいけない、さもないとどうしてもまたあの声《こえ》が聞《き》こえてしまう。聞《き》きたくない……それとも、聞《き》きたいのだろうか？

ルーピンが箱《はこ》のふたに手《て》をかけ、引《ひ》っ張《ぱ》った。

ゆらり、と吸魂鬼《ディメンター》が箱《はこ》の中《なか》から立《た》ち上《あ》がった。フードに覆《おお》われた顔《かお》がハリーのほうを向《む》いた。ぬめぬめと光《ひか》るかさぶただらけの手《て》が一本《ぽん》、マントを握《にぎ》っている。教室《きょうしつ》のランプが揺《ゆ》らめき、ふつりと消《き》えた。吸魂鬼《ディメンター》は箱《はこ》から出《で》て、音《おと》もなくするするとハリーのほうにやってくる。深《ふか》く息《いき》を吸《す》い込《こ》むガラガラという音《おと》が聞《き》こえる。身《み》を刺《さ》すような寒気《さむけ》がハリーを襲《おそ》った――。

「エクスペクト　パトローナム！」ハリーは叫《さけ》んだ。「守護霊《しゅごれい》よ来《き》たれ！　エクスペクト――」

しかし、教室《きょうしつ》も吸魂鬼《ディメンター》もしだいにぼんやりしてきた……ハリーはまたしても、深《ふか》い白《しろ》い霧《きり》の中《なか》に落《お》ちていった。母親《ははおや》の声《こえ》がこれまでよりいっそう強《つよ》く、頭《あたま》の中《なか》で響《ひび》いた――。

「ハリーだけは！　ハリーだけは！　お願《ねが》い――私《わたし》はどうなっても――」

「どけ、どくんだ、小娘《こむすめ》――」

「ハリー！」

ハリーはハッと我《われ》に返《かえ》った。床《ゆか》に仰向《あおむ》けに倒《たお》れていた。教室《きょうしつ》のランプはまた明《あか》るくなっている。何《なに》が起《お》こったか聞《き》くまでもなかった。

「すみません」

ハリーは小声《こごえ》で言《い》った。起《お》き上《あ》がると、めがねの下《した》を冷《ひ》や汗《あせ》が滴《したた》り落《お》ちるのがわかった。

「大丈夫《だいじょうぶ》か?」ルーピンが聞《き》いた。

「ええ……」ハリーは机《つくえ》にすがって立《た》ち上《あ》がり、その机《つくえ》に寄《よ》りかかった。

「さあ――」ルーピンが「蛙《かえる》チョコレート」をよこした。「これを食《た》べるといい。それからもう一度《いちど》やろう。一回《かい》でできるなんて期待《きたい》してなかったよ。むしろ、もしできたら、びっくり仰天《ぎょうてん》だ」

「ますますひどくなるんです」

蛙《かえる》チョコレートの頭《あたま》をかじりながら、ハリーがつぶやいた。

「母《かあ》さんの声《こえ》がますます強《つよ》く聞《き》こえたんです――それに、あの人《ひと》――ヴォルデモート――」

ルーピンはいつもよりいっそう青白《あおじろ》く見《み》えた。

「ハリー、続《つづ》けたくないなら、その気持《きも》ちは、私《わたし》にはよくわかるよ――」

「続《つづ》けます!」

ハリーは残《のこ》りの蛙《かえる》チョコを一気《いっき》に口《くち》に押《お》し込《こ》み、激《はげ》しく言《い》った。

「やらなきゃならないんです。レイブンクロー戦《せん》にまた吸魂鬼《ディメンター》が現《あらわ》れたら、どうなるんです?

また落《お》ちるわけにはいきません！　この試合《しあい》に負《ま》けたら、クィディッチ杯《はい》は取《と》れないんです！」

「よーし、わかった……。別《べつ》な思《おも》い出《で》を選《えら》んだほうがいいかもしれない。つまり、気持《きも》ちを集中《しゅうちゅう》できるような幸福《こうふく》なものを……さっきのは充分《じゅうぶん》な強《つよ》さじゃなかったようだ……」

ハリーはじっと考《かんが》えた。そして、去年《きょねん》、グリフィンドールが寮対抗杯《りょうたいこうはい》に優勝《ゆうしょう》したときの気持《きも》ちが、とても幸福《こうふく》な思《おも》い出《で》にぴったりだと思《おも》った。もう一度《いちど》、杖《つえ》をギュッと握《にぎ》りしめ、ハリーは教室《きょうしつ》の真《ま》ん中《なか》で身《み》がまえた。

「いいかい？」ルーピンが箱《はこ》のふたをつかんだ。

「いいです」

ハリーはグリフィンドール優勝《ゆうしょう》の幸《しあわ》せな思《おも》いで頭《あたま》をいっぱいにしようと懸命《けんめい》に努力《どりょく》した。箱《はこ》が開《ひら》いたら何《なに》が起《お》こるかなどという、暗《くら》い思《おも》いはすてた。

「それ！」

ルーピンがふたを引《ひ》っ張《ぱ》った。部屋《へや》は再《ふたた》び氷《こおり》のように冷《つめ》たく、暗《くら》くなった。吸魂鬼《ディメンター》がガラガラと息《いき》を吸《す》い込《こ》み、すべるように進《すす》み出《で》た。朽《く》ちた片手《かたて》がハリーのほうに伸《の》びてきた——。

「エクスペクト　パトローナム！」ハリーが叫《さけ》んだ。「守護霊《しゅごれい》よ来《きた》れ、エクスペクト　パトローー」

白《しろ》い霧《きり》がハリーの感覚《かんかく》をもうろうとさせた……大《おお》きな、ぼんやりした姿《すがた》がいくつもハリーの周《まわ》りを動《うご》いている……そして、初《はじ》めて聞《き》く声《こえ》、男《おとこ》の声《こえ》が、引《ひ》きつったように叫《さけ》んだ——。

「リリー、ハリーを連《つ》れて逃《に》げろ！　あいつだ！　行《い》くんだ！　早《はや》く！　僕《ぼく》が食《く》い止《と》める——」

誰《だれ》かが部屋《へや》からよろめきながら出《で》ていく音《おと》——ドアがバーンと開《ひら》く——かん高《だか》い笑《わら》い声《ごえ》が響《ひび》く——。

「ハリー！　ハリー……しっかりしろ……」

ルーピンがハリーの顔《かお》をピシャピシャたたいていた。なぜほこりっぽい床《ゆか》に倒《たお》れているのか、今度《こんど》はそれがわかるまで少《すこ》し時間《じかん》がかかった。

「父《とう》さんの声《こえ》が聞《き》こえた」ハリーは口《くち》ごもった。「父《とう》さんの声《こえ》は初《はじ》めて聞《き》いた——母《かあ》さんが逃《に》げる時間《じかん》をつくるのに、一人《ひとり》でヴォルデモートと対決《たいけつ》しようとしたんだ……」

ハリーは突然《とつぜん》、冷《ひ》や汗《あせ》に混《ま》じって涙《なみだ》がほおを伝《つた》うのに気《き》づいた。ハリーはできるだけ顔《かお》を低《ひく》くして、靴《くつ》のひもを結《むす》んでいるふりをしながら、涙《なみだ》をローブでぬぐい、ルーピンに気《き》づかれないようにした。

「ジェームズの声《こえ》を聞《き》いた？」ルーピンの声《こえ》に不思議《ふしぎ》な響《ひび》きがあった。

「ええ……」涙《なみだ》をふき、ハリーは上《うえ》を見《み》た。「でも——先生《せんせい》は僕《ぼく》の父《ちち》をご存《ぞん》じない、でしょう？」

「わ──私《わたし》は、実《じつ》は知《し》っている。ホグワーツでは友達《ともだち》だった。さあ、ハリー──今夜《こんや》はこのぐらいでやめよう。この呪文《じゅもん》はとてつもなく高度《こうど》だ……。言《い》うんじゃなかった、君《きみ》にこんなことをさせるなんて……」

「ちがいます！」ハリーは再《ふたた》び立《た》ち上《あ》がった。

「僕《ぼく》、もう一度《いちど》やってみます！　僕《ぼく》の考《かんが》えたことは、充分《じゅうぶん》に幸《しあわ》せなことじゃなかったんです。きっとそうです……ちょっと待《ま》って……」

ハリーは必死《ひっし》で考《かんが》えた。ほんとうに、ほんとうに幸《しあわ》せな思《おも》い出《で》……しっかりした、強《つよ》い守護霊《パトローナス》に変《か》えることができる思《おも》い出《で》……。

初《はじ》めて自分《じぶん》が魔法使《まほうつか》いだと知《し》ったとき、ダーズリー家《け》を離《はな》れてホグワーツに行《い》くとわかったとき！　あの思《おも》い出《で》が幸《しあわ》せと言《い》えないなら、何《なに》が幸《しあわ》せと言《い》えよう……。プリベット通《どお》りを離《はな》れられるとわかったときのあの気持《きも》ちに全神経《ぜんしんけい》を集中《しゅうちゅう》させ、ハリーは立《た》ち上《あ》がって、もう一度《いちど》箱《はこ》と向《む》き合《あ》った。

「いいんだね？」

ルーピンは、やめたほうがよいのでは、という思《おも》いをこらえているような顔《かお》だった。

「気持《きも》ちを集中《しゅうちゅう》させたね？　行《い》くよ──それ！」

ルーピンは三度《みたび》、箱《はこ》のふたを開《あ》けた。吸魂鬼《ディメンター》が中《なか》から現《あらわ》れた。部屋《へや》が冷《つめ》たく暗《くら》くなった――。

「エクスペクト　パトローナム！」ハリーは声《こえ》を張《は》り上《あ》げた。

「守護霊《しゅごれい》よ来《き》たれ！　エクスペクト　パトローナム！」

ハリーの頭《あたま》の中《なか》で、また悲鳴《ひめい》が聞《き》こえはじめた――しかし、今度《こんど》は、周波数《しゅうはすう》の合《あ》わないラジオの音《おと》のようだ。低《ひく》く、高《たか》く、また低《ひく》く……しかも、ハリーにはまだ吸魂鬼《ディメンター》が見《み》えていた……吸魂鬼《ディメンター》が立《た》ち止《ど》まった……そして、大《おお》きな、銀色《ぎんいろ》の影《かげ》がハリーの杖《つえ》の先《さき》から飛《と》び出《だ》し、吸魂鬼《ディメンター》とハリーの間《あいだ》に漂《ただよ》った。足《あし》の感覚《かんかく》はなかったが、ハリーはまだ立《た》っている……あとどのくらい持《も》ちこたえられるかはわからない……。

「リディクラス！」ルーピンが飛《と》び出《だ》してきて叫《さけ》んだ。

バチンと大《おお》きな音《おと》がして、吸魂鬼《ディメンター》が消《き》え、もやもやしたハリーの守護霊《パトローナス》も消《き》えた。ハリーは椅子《いす》にくずおれた。足《あし》は震《ふる》え、何《なん》キロも走《はし》ったあとのようにつかれきっていた。見《み》るともなく見《み》ていると、ルーピン先生《せんせい》が自分《じぶん》の杖《つえ》で、まね妖怪《ボガート》を箱《はこ》に押《お》し戻《もど》しているところだった。まね妖怪《ボガート》は、また銀色《ぎんいろ》の玉《たま》に変《か》わっていた。

「よくやった！」

へたり込《こ》んでいるハリーのところへ、ルーピン先生《せんせい》が大股《おおまた》で歩《ある》いてきた。

「よくできたよ、ハリー！　立派《りっぱ》なスタートだ！」

「もう一回《かい》やってもいいですか？　もう一度《ど》だけ？」

「いや、今《いま》はダメだ」ルーピンがきっぱり言《い》った。「一晩《ひとばん》にしては充分過《じゅうぶんす》ぎるほどだ。さあ――」

ルーピンは「ハニーデュークス菓子店《かしてん》」の大《おお》きな最高級板《さいこうきゅういた》チョコを一枚《まい》、ハリーに渡《わた》した。

「全部食《ぜんぶた》べなさい。そうしないと、私《わたし》はマダム・ポンフリーにこっぴどくおしおきされてしまう。来週《らいしゅう》、また同《おな》じ時間《じかん》でいいかな？」

「はい」ハリーはチョコレートをかじりながら、ルーピンがランプを消《け》すのを見《み》ていた。吸魂鬼《ディメンター》が消《き》えると、ランプには元《もと》どおりに灯《ひ》がともっていたのだ。

「ルーピン先生《せんせい》？」ハリーがあることを思《おも》いついた。「僕《ぼく》の父《ちち》をご存《ぞん》じなら、シリウス・ブラックのこともご存《ぞん》じなのでしょう」

ルーピンがぎくりと振《ふ》り返《かえ》った。

「どうしてそう思《おも》うんだね？」きつい口調《くちょう》だった。

「別《べつ》に――ただ、僕《ぼく》、父《ちち》とブラックもホグワーツで友達《ともだち》だったと知《し》ったものですから」

ルーピンの表情《ひょうじょう》がやわらいだ。

「ああ、知《し》っていた」さらりとした答《こた》えだ。「知《し》っていると思《おも》っていた、と言《い》うべきかな。ハリー、もう帰《かえ》ったほうがいい。だいぶ遅《おそ》くなった」

ハリーは教室《きょうしつ》を出《で》て、廊下《ろうか》を歩《ある》き、角《かど》を曲《ま》がり、そこで寄《よ》り道《みち》をして甲冑《かっちゅう》の陰《かげ》に座《すわ》った。鎧《よろい》の台座《だいざ》に腰《こし》かけ、チョコレートの残《のこ》りを食《た》べながら、ハリーはブラックのことなど言《い》わなければよかったと思《おも》った。ルーピンがこの話題《わだい》をさけているのは明《あき》らかだった。それからハリーの心《こころ》はまた父《ちち》と母《はは》のことに流《なが》れていった……。

チョコレートをいっぱい食《た》べたのに、ハリーはつかれはて、言《い》い知《し》れない空虚《くうきょ》な気持《きも》ちだった。頭《あたま》の中《なか》で、両親《りょうしん》の最後《さいご》の瞬間《しゅんかん》の声《こえ》がくり返《かえ》されるのは、たしかに恐《おそ》ろしいが、幼《おさな》いころから一度《ど》も両親《りょうしん》の声《こえ》を聞《き》いたことがないハリーには、この時《とき》だけが声《こえ》を聞《き》けるチャンスなのだ。しかし、また両親《りょうしん》の声《こえ》を聞《き》きたいと心《こころ》のどこかで思《おも》っていたのでは、けっしてちゃんとした守護霊《パトローナス》を創《つく》り出《だ》すことなどできない……。

「二人《ふたり》とも死《し》んだんだ」

ハリーはきっぱりと自分《じぶん》に言《い》い聞《き》かせた。

「死《し》んだんだ。二人《ふたり》の声《こえ》のこだまを聞《き》いたからって、父《とう》さんも、母《かあ》さんも帰《かえ》ってはこない。クィディッチ優勝杯《ゆうしょうはい》が欲《ほ》しいなら、ハリー、しっかりしろ」

ハリーはすっくと立《た》った。チョコレートの最後《さいご》の一《ひと》かけらを口《くち》に押《お》し込《こ》み、ハリーはグリフィンドール塔《とう》に向《む》かった。

レイブンクロー対《たい》スリザリン戦《せん》が、学期《がっき》が始《はじ》まってから一週目《しゅうめ》に行《おこな》われた。スリザリンが勝《か》った――僅差《きんさ》だったが。ウッドによれば、これはグリフィンドールには喜《よろこ》ばしいことだった。グリフィンドールがレイブンクローを破《やぶ》れば、グリフィンドールが二位《い》に浮上《ふじょう》する。そこでウッドはチーム練習《れんしゅう》を週五日《しゅういつか》に増《ふ》やした。こうなると、ルーピンの吸魂鬼祓《ディメンターばら》いの練習《れんしゅう》――これだけでクィディッチの練習《れんしゅう》六回分《かいぶん》より消耗《しょうもう》する――を加《くわ》えると、ハリーは残《のこ》る一晩《ひとばん》で一週間《しゅうかん》の宿題《しゅくだい》全部《ぜんぶ》をこなさなければならなかった。

それでも、ハーマイオニーのストレスに比《くら》べれば、ハリーのはさほど表《おもて》に出《で》ていなかった。さすがのハーマイオニーも、膨大《ぼうだい》な負担《ふたん》がついにこたえはじめた。毎晩《まいばん》、必《かなら》ず、談話室《だんわしつ》の片隅《かたすみ》にハーマイオニーの姿《すがた》があった。テーブルをいくつも占領《せんりょう》し、教科書《きょうかしょ》やら、数占《かずうらな》い表《ひょう》、古代《こだい》ルーン文字《もじ》の辞書《じしょ》やらマグルが重《おも》い物《もの》を持《も》ち上《あ》げる図式《ずしき》、それに細《こま》かく書《か》き込《こ》んだノートの山《やま》また山《やま》を広《ひろ》げていた。ほとんど誰《だれ》とも口《くち》をきかず、じゃまされるとどなった。

「いったいどうやってるんだろ？」

ある晩《ばん》、ハリーがスネイプの「検出《けんしゅつ》できない毒薬《どくやく》」のやっかいなレポートを書《か》いているとき、ロンがハリーに向《む》かってつぶやいた。ハリーは顔《かお》を上《あ》げた。うずたかく積《つ》まれた今《いま》にも崩《くず》れそうな本《ほん》の山《やま》に隠《かく》れて、ハーマイオニーの姿《すがた》はほとんど見《み》えない。

「何《なに》を？」

「あんなにたくさんのクラスをさ」ロンが言《い》った。

「今朝《けさ》、ハーマイオニーが『数占《かずうらな》い』のベクトル先生《せんせい》と話《はな》してるのを聞《き》いちゃったんだ。きのうの授業《じゅぎょう》のことを話《はな》してるのをさ。だけど、ハーマイオニーはきのう、その授業《じゅぎょう》に出《で》られるはずないよ。だって、僕《ぼく》たちと一緒《いっしょ》に『魔法生物飼育学《まほうせいぶつしいくがく》』にいたんだから。それに、アーニー・マクミランが言《い》ってたけど、『マグル学《がく》』のクラスも休《やす》んだことがないって。だけど、そのうち半分《はんぶん》は『占《うらな》い学《がく》』とおんなじ時間《じかん》なんだぜ。こっちも皆勤《かいきん》じゃないか！」

その時《とき》ハリーには、ハーマイオニーの不可解《ふかかい》な時間割《じかんわり》の秘密《ひみつ》を深《ふか》く考《かんが》える余裕《よゆう》はなかった。スネイプの宿題《しゅくだい》をせっせと片《かた》づけなければならなかった。ところが、そのすぐあと、またじゃまが入《はい》った。今度《こんど》はウッドだ。

「ハリー、悪《わる》い知《し》らせだ。マクゴナガル先生《せんせい》にファイアボルトのことで話《はなし》をしにいってきた。先《せん》生《せい》は――その――ちょっと俺《おれ》に対《たい》しておかんむりでな。俺《おれ》が本末転倒《ほんまつてんとう》だって言《い》うんだ。君《きみ》が生《い》きるか死《し》ぬかより、クィディッチ優勝杯《ゆうしょうはい》のほうが大事《だいじ》だと思《おも》ってるんじゃないかって言《い》われちまった。俺《おれ》はただ、スニッチを捕《つか》まえたあとだったら、君《きみ》が箒《ほうき》から振《ふ》り落《お》とされたってかまわないって、そう言《い》っただけなんだぜ」

ウッドは信《しん》じられないというように首《くび》を振《ふ》った。

「まったくマクゴナガルのどなりようったら……まるで俺《おれ》が何《なん》かひどいことを言《い》ったみたいじゃないか。そこで俺《おれ》は、あとどのくらい長《なが》く箒《ほうき》を押《お》さえておくつもりかって先生《せんせい》に聞《き》いてみた……」

ウッドは顔《かお》をしかめて、マクゴナガル先生《せんせい》の厳《きび》しい声《こえ》をまねした。

「『ウッド、必要《ひつよう》なだけ長《なが》くです』……ハリー、今《いま》や新《あたら》しい箒《ほうき》を注文《ちゅうもん》すべき時《とき》だな。『賢《かしこ》い箒《ほうき》の選《えら》び方《かた》』の本《ほん》の後《うし》ろに注文書《ちゅうもんしょ》がついてるぞ……ニンバス２００１なんかどうだ。マルフォイと同《おな》じやつ」

「マルフォイがいいと思《おも》ってるやつなんか、僕《ぼく》、買《か》わない」ハリーはきっぱり言《い》った。

知《し》らぬ間《ま》に一月《ひとつき》が過《す》ぎ、二月《がつ》になった。相変《あいか》わらず厳《きび》しい寒《さむ》さが続《つづ》いた。レイブンクロー戦《せん》がどんどん近《ちか》づいてきたが、ハリーはまだ新《あたら》しい箒《ほうき》を注文《ちゅうもん》していなかった。変身術《へんしんじゅつ》の授業《じゅぎょう》のあとで、ハリーは毎回《まいかい》、マクゴナガル先生《せんせい》にファイアボルトがどうなったか尋《たず》ねるようになっていた。ロンはもしやの期待《きたい》を込《こ》めてハリーのかたわらに立《た》ち、ハーマイオニーはそっぽを向《む》いて急《いそ》いでその脇《わき》を通《とお》り過《す》ぎた。

「いいえ、ポッター、まだ返《かえ》すわけにはいきません」

十二回《かい》もそんなことがあったあと、マクゴナガル先生《せんせい》は、ハリーがまだ口《くち》を開《ひら》きもしないうちにそう答《こた》えた。

「普通《ふつう》の呪《のろ》いは大方調《おおかたしら》べ終《お》わりました。ただし、フリットウィック先生《せんせい》が、あの箒《ほうき》には『うっちゃりの呪《のろ》い』がかけられているかもしれないとお考《かんが》えです。調《しら》べ終《お》わったら、私《わたくし》からあなたにお教《おし》えします。しつこく聞《き》くのは、もういいかげんにおやめなさい」

さらに悪《わる》いことに、吸魂鬼祓《ディメンターばら》いの訓練《くんれん》は、なかなかハリーが思《おも》うようにうまくは進《すす》まなかった。何回《なんかい》か訓練《くんれん》が続《つづ》き、ハリーはボガート・吸魂鬼《ディメンター》が近《ちか》づくたびに、もやもやした銀色《ぎんいろ》の影《かげ》を創《つく》り出《だ》せるようになっていた。しかし、ハリーの守護霊《パトローナス》は吸魂鬼《ディメンター》を追《お》い払《はら》うにはあまりにはかなげだった。せいぜい半透明《はんとうめい》の雲《くも》のようなものが漂《ただよ》うだけで、何《なん》とかその形《かたち》をそこにとどめようとがんばると、ハリーはすっかりエネルギーを消耗《しょうもう》してしまうのだった。ハリーは自分自身《じぶんじしん》に腹《はら》が立《た》った。両親《りょうしん》の声《こえ》をまた聞《き》きたいと密《ひそ》かに願《ねが》っていることを恥《は》じていた。

「高望《たかのぞ》みしてはいけない」四週目《しゅうめ》の訓練《くんれん》のとき、ルーピン先生《せんせい》が厳《きび》しくたしなめた。

「十三歳《さい》の魔法使《まほうつか》いにとっては、たとえぼんやりとした守護霊《パトローナス》でも大変《たいへん》な成果《せいか》だ。もう気《き》を失《うしな》ったりはしないだろう？」

「僕《ぼく》、守護霊《パトローナス》が――吸魂鬼《ディメンター》を追《お》い払《はら》うか、それとも」ハリーががっかりして言《い》った。「連中《れんちゅう》を消《け》してくれるかと――そう思《おも》っていました」

「ほんとうの守護霊《パトローナス》ならそうする。しかし、君《きみ》は短《みじか》い間《あいだ》にずいぶんできるようになった。次《つぎ》のクィディッチ試合《じあい》に吸魂鬼《ディメンター》が現《あらわ》れたとしても、しばらく遠《とお》ざけておいて、その間《あいだ》に地上《ちじょう》に降《お》りることができるはずだ」

「あいつらがたくさんいたら、もっと難《むずか》しくなるって、先生《せんせい》がおっしゃいました」

「君《きみ》なら絶対大丈夫《ぜったいだいじょうぶ》だ」ルーピンがほほ笑《え》んだ。

「さあ――ごほうびに飲《の》むといい。『三本《ぼん》の箒《ほうき》』のだよ。今《いま》まで飲《の》んだことがないはずだ――」

ルーピンはかばんから瓶《びん》を二本取《ほんと》り出《だ》した。

「バタービールだ！」ハリーは思《おも》わず口《くち》がすべった。「ウワ、僕大好《ぼくだいす》き！」

ルーピンの眉《まゆ》が不審《ふしん》そうに動《うご》いた。

「あの――ロンとハーマイオニーがホグズミードから少《すこ》し持《も》ってきてくれたので」

ハリーはあわてて取《と》りつくろった。

「そうか」ルーピンはそれでもまだふに落《お》ちない様子《ようす》だった。

「それじゃ――レイブンクロー戦《せん》でのグリフィンドールの勝利《しょうり》を祈《いの》って！　おっと、先生《せんせい》がどっちかに味方《みかた》してはいけないな……」ルーピンが急《いそ》いで訂正《ていせい》した。

二人《ふたり》はだまってバタービールを飲《の》んでいたが、ハリーが口《くち》を開《ひら》いた。気《き》になっていたことだった。

「吸魂鬼《ディメンター》の頭巾《ずきん》の下《した》には何《なに》があるんですか？」

ルーピン先生《せんせい》は考《かんが》え込《こ》むように、手《て》にしたビール瓶《びん》を置《お》いた。

「うーん……ほんとうのことを知《し》っている者《もの》は、もう口《くち》がきけない状態《じょうたい》になっている。つまり、吸魂鬼《ディメンター》が頭巾《ずきん》を下《お》ろすときは、最後《さいご》の最悪《さいあく》の武器《ぶき》を使《つか》うときなんだ」

「どんな武器《ぶき》ですか？」

「『吸魂鬼《ディメンター》の接吻《キス》』と呼《よ》ばれている」ルーピンはちょっと皮肉《ひにく》な笑《え》みを浮《う》かべた。

「吸魂鬼《ディメンター》は、徹底的《てっていてき》に破滅《はめつ》させたい者《もの》に対《たい》してこれを実行《じっこう》する。たぶんあの下《した》には口《くち》のようなものがあるのだろう。やつらは獲物《えもの》の口《くち》を自分《じぶん》の上下《じょうげ》のあごで挟《はさ》み、そして――餌食《えじき》の魂《たましい》を吸《す》い取《と》る」

ハリーは思《おも》わずバタービールを吐《は》き出《だ》した。

「えっ――殺《ころ》す――？」

「いや、そうじゃない。もっとひどい。魂《たましい》がなくても生《い》きられる。脳《のう》や心臓《しんぞう》がまだ動《うご》いていればね。しかし、もはや自分《じぶん》が誰《だれ》なのかわからない。記憶《きおく》もない、まったく……何《なん》にもない。回復《かいふく》の見込《みこ》みもない。ただ──存在《そんざい》するだけだ。からっぽの抜《ぬ》け殻《がら》となって。魂《たましい》は永遠《えいえん》に戻《もど》らず……失《うしな》われる」

ルーピンはまた一口《くち》バタービールを飲《の》み、先《さき》を続《つづ》けた。

「シリウス・ブラックを待《ま》ち受《う》ける運命《うんめい》がそれだ。今朝《けさ》の『日刊予言者新聞《にっかんよげんしゃしんぶん》』にのっていたよ。魔法省《まほうしょう》が吸魂鬼《ディメンター》に対《たい》して、ブラックを見《み》つけたらそれを執行《しっこう》することを許可《きょか》したようだ」

魂《たましい》を口《くち》から吸《す》い取《と》られる──それを思《おも》うだけで、ハリーは一瞬《いっしゅん》ぼうぜんとした。それからブラックのことを考《かんが》えた。

「当然《とうぜん》の報《むく》いだ」ハリーが出《だ》し抜《ぬ》けに言《い》った。

「そう思《おも》うかい？」ルーピンはさらりと言《い》った。「そうされるのが当然《とうぜん》の報《むく》いと言《い》える人間《にんげん》がほんとうにいると思《おも》うかい？」

「はい」ハリーは挑戦《ちょうせん》するように言《い》った。「そんな……そんな場合《ばあい》もあります……」

ハリーはルーピンに話《はな》してしまいたかった。「三本《ぼん》の箒《ほうき》」でもれ聞《き》いてしまったブラックについての会話《かいわ》のこと、そして、ブラックが自分《じぶん》の父《ちち》と母《はは》を裏切《うらぎ》ったことを。しかし、それを打《う》ち明《あ》ければ、許可《きょか》なしにホグズミードに行《い》ったことがわかってしまう。ルーピンはそれを知《し》ったら感《かん》心《しん》しないだろうと、ハリーにはわかっていた。ハリーはバタービールを飲《の》み干《ほ》し、ルーピンにお礼《れい》を言《い》って「魔法史《まほうし》」の教室《きょうしつ》を離《はな》れた。

吸魂鬼《ディメンター》の頭巾《ずきん》の下《した》には何《なに》があるかの答《こた》えがあまりにも恐《おそ》ろしく、ハリーは聞《き》かなければよかったと、半《なか》ば後悔《こうかい》した。魂《たましい》を吸《す》い取《と》られるのはどんな感《かん》じなのだろうと、気《き》の滅《め》入《い》るような想像《そうぞう》に没頭《ぼっとう》していたので、階段《かいだん》の途中《とちゅう》で、マクゴナガル先生《せんせい》にもろにぶつかってしまった。

「ポッター、どこを見《み》て歩《ある》いているんですか！」

「すみません、先生《せんせい》」

「グリフィンドールの談話室《だんわしつ》に、あなたを探《さが》しにいってきたところです。さあ、受《う》け取《と》りなさい。私《わたくし》たちに考《かんが》えつくかぎりのことはやってみましたが、どこもおかしなところはないようです——どうやら、ポッター、あなたはどこかによい友達《ともだち》をお持《も》ちのようね……」

ハリーはポカンと口《くち》を開《あ》けた。先生《せんせい》がファイアボルトを差《さ》し出《だ》している。以前《いぜん》と変《か》わらぬすばらしさだ。

「返《かえ》していただけるんですか？」ハリーはおずおずと言《い》った。「ほんとに？」

「ほんとうです」マクゴナガル先生《せんせい》は、なんと笑《え》みを浮《う》かべている。

「たぶん、土曜日《どようび》の試合《しあい》までに乗《の》り心地《ごこち》を試《ため》す必要《ひつよう》があるでしょう？　それに、ポッター――がんばって、勝《か》つんですよ。いいですね？　さもないと、わが寮《りょう》は八年連続《ねんれんぞく》で優勝戦《ゆうしょうせん》から脱落《だつらく》です。つい昨夜《さくや》、スネイプ先生《せんせい》が、ご親切《しんせつ》にもそのことを思《おも》い出《だ》させてくださいましたしね……」

ハリーは言葉《ことば》も出《で》ず、ファイアボルトを抱《かか》え、グリフィンドール塔《とう》へと階段《かいだん》を上《のぼ》った。角《かど》を曲《ま》がったとき、ロンが全速力《ぜんそくりょく》でこちらに走《はし》ってくるのが見《み》えた。顔中《かおじゅう》で笑《わら》っている。

「マクゴナガルがそれを君《きみ》に？　最高《さいこう》！　ねえ、僕《ぼく》、一度《ど》乗《の》ってみてもいい？　あした？」

「ああ……なーんだっていいよ……」

ハリーはここ一か月《げつ》でこんなに晴《は》れ晴《ば》れとした気持《きも》ちになったことはなかった。

「そうだ――僕《ぼく》たち、ハーマイオニーと仲直《なかなお》りしなくちゃ。僕《ぼく》のことを思《おも》ってやってくれたことなんだから……」

「うん、わかった」ロンが言《い》った。「今《いま》、談話室《だんわしつ》にいるよ――勉強《べんきょう》してるよ、めずらしく」

二人《ふたり》がグリフィンドール塔《とう》に続《つづ》く廊下《ろうか》にたどり着《つ》くと、そこにネビル・ロングボトムがいた。カドガン卿《きょう》に必死《ひっし》に頼《たの》み込《こ》んでいるが、どうしても入《い》れてくれないらしい。

「書《か》きとめておいたんだよ」ネビルが泣《な》きそうな声《こえ》で訴《うった》えていた。「でも、それをどっかに落《お》としちゃったにちがいないんだ！」

「下手《へた》な作《つく》り話《ばなし》だ！」カドガン卿《きょう》がわめいた。それからハリーとロンに気《き》づいた。

「こんばんは。お若《わか》い騎兵《ヨーマン》のお二人《ふたり》！　この不埒者《ふらちもの》に足枷《あしかせ》をはめよ。内《うち》なる部屋《へや》に押《お》し入《い》ろうと計《はか》りし者《もの》なり！」

「いいかげんにしてよ」ロンが言《い》った。ハリーとロンは、ネビルのそばまで来《き》ていた。

「僕《ぼく》、合言葉《あいことば》をなくしちゃったの！」ネビルが情《なさ》けなさそうに言《い》った。

「今週《こんしゅう》どんな合言葉《あいことば》を使《つか》うのか、この人《ひと》に教《おし》えてもらってみんな書《か》いておいたの。だって、どんどん合言葉《あいことば》を変《か》えるんだもの。なのに、メモをどうしたのか、わからなくなっちゃった！」

「オヅボディキンズ」

ハリーがカドガン卿《きょう》に向《む》かってそう言《い》うと、残念無念《ざんねんむねん》という顔《かお》でカドガン卿《きょう》の絵《え》はしぶしぶ前《まえ》に倒《たお》れ、三人《にん》を談話室《だんわしつ》に入《い》れた。みんながいっせいにこちらを向《む》き、急《きゅう》に興奮《こうふん》したざわめきが起《お》こった。次《つぎ》の瞬間《しゅんかん》、ハリーは、ファイアボルトに歓声《かんせい》を上《あ》げる寮生《りょうせい》に取《と》り囲《かこ》まれてしまった。

「ハリー、どこで手《て》に入《い》れたんだい？」

「僕《ぼく》にも乗《の》せてくれる？」

「もう乗《の》ってみた、ハリー？」

「レイブンクローに勝《か》ち目《め》はなくなったね。みんな『クリーンスイープ7号《ごう》』に乗《の》ってるんだもの!」

「ハリー、持《も》つだけだから、いい?」

それから十分《ぷん》ほど、ファイアボルトは手《て》から手《て》へと渡《わた》され、あらゆる角度《かくど》からほめそやされた。ようやくみんなが離《はな》れたとき、ハリーとロンはハーマイオニーの姿《すがた》をしっかりとらえた。たった一人《ひとり》、二人《ふたり》のそばにかけ寄《よ》らなかったハーマイオニーは、かじりつくようにして勉強《べんきょう》を続《つづ》け、二人《ふたり》と目《め》を合《あ》わさないようにしていた。ハリーとロンがテーブルに近《ちか》づくと、ハーマイオニーがやっと目《め》を上《あ》げた。

「返《かえ》してもらったんだ」ハリーがニッコリしてファイアボルトを持《も》ち上《あ》げて見《み》せた。

「言《い》っただろう? ハーマイオニー。なーんにも変《へん》なとこはなかったんだ!」ロンが言《い》った。

「あら——あったかもしれないじゃない!」ハーマイオニーが言《い》い返《かえ》した。「つまり、少《すく》なくとも、安全《あんぜん》だってことが今《いま》はわかったわけでしょ!」

「うん、そうだね。僕《ぼく》、寝室《しんしつ》に持《も》っていくよ」ハリーが言《い》った。

「僕《ぼく》が持《も》っていく!」ロンはうずうずしていた。「スキャバーズにネズミ栄養《えいよう》ドリンクを飲《の》ませないといけないし」

ロンはファイアボルトをまるでガラス細工《ざいく》のように捧《ささ》げ持《も》ち、男子寮《だんしりょう》への階段《かいだん》を上《のぼ》っていった。

「座《すわ》ってもいい？」ハリーがハーマイオニーに聞《き》いた。

「かまわないわよ」ハーマイオニーは椅子《いす》にうずたかく積《つ》まれた羊皮紙《ようひし》の山《やま》をどけた。

ハリーは散《ち》らかったテーブルを見回《みまわ》した。生乾《なまがわ》きのインクが光《ひか》っている「数占《かずうらな》い」の長《なが》いレポートと、もっと長《なが》い「マグル学《がく》」の作文《さくぶん》（「マグルはなぜ電気《でんき》を必要《ひつよう》とするか説明《せつめい》せよ」）、それに、ハーマイオニーが今格闘中《いまかくとうちゅう》の「古代《こだい》ルーン文字《もじ》」の翻訳《ほんやく》。

「こんなにたくさん、いったいどうやってできるの？」ハリーが聞《き》いた。

「え、ああ――そりゃ――一生懸命《いっしょうけんめい》やるだけよ」ハーマイオニーが答《こた》えた。そばで見《み》ると、ハーマイオニーはルーピンと同《おな》じくらいつかれて見《み》えた。

「いくつかやめればいいんじゃない？」ハーマイオニーがルーン文字《もじ》の辞書《じしょ》を探《さが》して、あちらこちら教科書《きょうかしょ》を持《も》ち上《あ》げているのを見《み》ながら、ハリーが言《い》った。

「そんなことできない！」ハーマイオニーはとんでもないとばかり目《め》をむいた。

「『数占《かずうらな》い』って大変《たいへん》そうだね」ハリーはひどく複雑《ふくざつ》そうな数表《すうひょう》をつまみ上《あ》げながら言《い》った。

「あら、そんなことないわ。すばらしいのよ！」

ハーマイオニーは熱《ねつ》を込《こ》めて言《い》った。

「私《わたし》の好《す》きな科目《かもく》なの。だって――」

「数占《かずうらな》い」のどこがどうすばらしいのか、ハリーはついに知《し》る機会《きかい》を失《うしな》った。ちょうどその時《とき》、押《お》し殺《ころ》したような叫《さけ》び声《ごえ》が男子寮《だんしりょう》の階段《かいだん》を伝《つた》って響《ひび》いてきたのだ。談話室《だんわしつ》がいっせいにシーンとなり、石《いし》になったようにみんなの目《め》が階段《かいだん》にくぎづけになった。あわただしい足音《あしおと》が聞《き》こえてきた。だんだん大《おお》きくなる――やがて、ロンが飛《と》び込《こ》んできた。ベッドのシーツを引《ひ》きずっている。

「**見《み》ろ！**」

ハーマイオニーのテーブルに荒々《あらあら》しく近《ちか》づき、ロンが大声《おおごえ》を出《だ》した。

「**見《み》ろよ！**」

ハーマイオニーの目《め》の前《まえ》でシーツを激《はげ》しく振《ふ》り、ロンが叫《さけ》んだ。

「ロン、どうしたの――？」

「**スキャバーズが！　見《み》ろ！　スキャバーズが！**」

ハーマイオニーはまったくわけがわからず、のけぞるようにロンから離《はな》れた。ハリーはロンのつかんでいるシーツを見下《みお》ろした。何《なに》か赤《あか》いものがついている。恐《おそ》ろしいことに、それはまるで――。

「**血《ち》だ！**」

ぼうぜんとして言葉《ことば》もない部屋《へや》に、ロンの叫《さけ》びだけが響《ひび》いた。

「スキャバーズがいなくなった！　床《ゆか》に何《なに》があったかわかるか？」

「い、いいえ」ハーマイオニーの声《こえ》は震《ふる》えていた。

ロンはハーマイオニーの翻訳文《ほんやくぶん》の上《うえ》に何《なに》かを投《な》げつけた。ハーマイオニーとハリーがのぞき込《こ》んだ。奇妙《きみょう》なとげとげした文字《もじ》の上《うえ》に落《お》ちていたのは、数本《すうほん》の長《なが》いオレンジ色《いろ》の猫《ねこ》の毛《け》だった。

第《だい》13章《しょう》　グリフィンドール対《たい》レイブンクロー

ロンとハーマイオニーの友情《ゆうじょう》もこれまでかと思《おも》われた。互《たが》いに相手《あいて》に対《たい》してカンカンになっていたので、もう仲直《なかなお》りの見込《みこ》みがないのではないかとハリーは思《おも》った。

クルックシャンクスがスキャバーズを食《く》ってしまおうとしているのに、ハーマイオニーはそのことを一度《いちど》も真剣《しんけん》に考《かんが》えず、猫《ねこ》を見張《みは》ろうともしなかった、とロンは激怒《げきど》した。さらに、この期《ご》におよんでハーマイオニーがクルックシャンクスの無実《むじつ》を装《よそお》い、男子寮《だんしりょう》のベッドの下を全部《ぜんぶ》探《さが》してみたら、などとうそぶいていると、ロンはますます怒《いか》りをつのらせた。

一方《いっぽう》ハーマイオニーは、クルックシャンクスがスキャバーズを食《た》べてしまったという証拠《しょうこ》がない、オレンジ色《いろ》の毛《け》はクリスマスからずっとそこにあったのかもしれない、その上《うえ》、ロンは「魔《ま》法動物《ほうどうぶつ》ペットショップ」でクルックシャンクスがロンの頭《あたま》に飛《と》び降《お》りたときから、ずっとあの猫《ねこ》に偏見《へんけん》を持《も》っている、と猛烈《もうれつ》に主張《しゅちょう》した。

ハリー自身《じしん》はクルックシャンクスがスキャバーズを食《く》ってしまったにちがいないと思《おも》った。

ハーマイオニーに、状況《じょうきょう》証拠《しょうこ》ではそうなると言《い》うと、ハーマイオニーはハリーにまでかんしゃくを起《お》こした。

「いいわよ。ロンに味方《みかた》しなさい。どうせそうすると思《おも》ってたわ！」

ハーマイオニーはファイアボルト、ヒステリー気味《ぎみ》だ。

「最初《さいしょ》はスキャバーズ。今度《こんど》は私《わたし》が悪《わる》いってわけね！　ほっといて、ハリー。私《わたし》、とっても忙《いそが》しいんだから！」

ロンはペットを失《うしな》ったことで、心底《しんそこ》打《う》ちのめされていた。

「元気出《げんきだ》せ、ロン。スキャバーズなんてつまんないやつだって、いつも言《い》ってたじゃないか」

フレッドが元気《げんき》づけるつもりで言《い》った。

「それに、ここんとこずっと弱《よわ》ってきてた。一度《いちど》にパッといっちまったほうがよかったかもしれないぜ。パクッ――きっと何《なん》にも感《かん》じなかったさ」

「フレッドったら！」

ジニーが憤慨《ふんがい》した。

「あいつは食《く》って寝《ね》ることしか知《し》らないって、ロン、おまえそう言《い》ってたじゃないか」

ジョージだ。

「僕《ぼく》たちのために、一度《いちど》ゴイルにかみついた！」ロンがみじめな声《こえ》で言《い》った。「覚《おぼ》えてるよね、ハリー？」

「うん、そうだったね」ハリーが答《こた》えた。

「やつのもっとも華《はな》やかなりしころだな」

フレッドはまじめくさった顔《かお》をさっさとかなぐり捨《す》てた。

「ゴイルの指《ゆび》に残《のこ》りし傷痕《きずあと》よ、スキャバーズの思《おも》い出《で》とともに永遠《えいえん》なれ。さあ、さあ、ロン、ホグズミードに行《い》って、新《あたら》しいネズミを買《か》えよ。めそめそしてて何《なん》になる？」

ロンを元気《げんき》づける最後《さいご》の手段《しゅだん》で、ハリーはレイブンクロー戦《せん》を控《ひか》えたグリフィンドール・チームの最後《さいご》の練習《れんしゅう》にロンを誘《さそ》い、練習《れんしゅう》のあとでファイアボルトに乗《の》ってみたら、と言《い》った。これはロンの気持《きも》ちをわずかの間《あいだ》スキャバーズから離《はな》れさせたようだ（「やった！　それに乗《の》ってゴールに二、三回《かい》シュートしてみていい？」）。そこで二人《ふたり》で一緒《いっしょ》にクィディッチ競技場《きょうぎじょう》に向《む》かった。

フーチ先生《せんせい》は、ハリーを見守《みまも》るため、いまだにグリフィンドールの練習《れんしゅう》を監視《かんし》していたが、生徒《せいと》に負《ま》けず劣《おと》らずファイアボルトに感激《かんげき》した。練習《れんしゅうかい》開始《し》前《まえ》に箒《ほうき》を両手《りょうて》に取《と》り、プロとしてのうんちくを傾《かたむ》けた。

「このバランスのよさはどうです！　ニンバス系《けい》の箒《ほうき》に問題《もんだい》があるとすれば、それは尾《お》の先端《せんたん》にわずかな傾斜《けいしゃ》があることですね――数年《すうねん》もたつと、これが抵抗《ていこう》になってスピードが落《お》ちることがあります。柄《え》の握《にぎ》りも改善《かいぜん》されていますね。クリーンスイープ系《けい》より少《すこ》し細身《ほそみ》で、昔《むかし》の『銀《シルバー》の矢《アロー》』系《けい》を思《おも》い出《だ》しますね――なんで生産中止《せいさんちゅうし》になったのか、残念《ざんねん》です。私《わたし》はあれで飛《と》ぶことを覚《おぼ》えたのですよ。あれはとてもいい箒《ほうき》だったわねぇ……」

こんな調子《ちょうし》でえんえんと続《つづ》いたあと、ウッドがついに言《い》った。

「あの――フーチ先生《せんせい》？　ハリーに箒《ほうき》を返《かえ》していただいてもいいですか？　実《じつ》は練習《れんしゅう》をしないといけないんで……」

「ああ――そうでした――はい、ポッター。それじゃ、私《わたし》はむこうでウィーズリーと一緒《いっしょ》に座《すわ》っていましょう……」

フーチ先生《せんせい》はロンと一緒《いっしょ》にピッチを離《はな》れ、観客席《かんきゃくせき》に座《すわ》った。グリフィンドール・チームはウッドの周《まわ》りに集《あつ》まり、明日《あす》の試合《しあい》に備《そな》えてウッドの最後《さいご》の指示《しじ》を聞《き》いた。

「ハリー、たった今《いま》、レイブンクローのシーカーが誰《だれ》だか聞《き》いた。チョウ・チャンだ。四年生《ねんせい》で、これがかなりうまい……けがをして問題《もんだい》があるということだったので、実《じつ》は俺《おれ》としては治《なお》っていなければいいと思《おも》っていたのだが……」

チョウ・チャンが完全《かんぜん》に回復《かいふく》したことが気《き》に入《い》らず、ウッドは顔《かお》をしかめた。

「しかしだ、チョウ・チャンの箒《ほうき》は『コメット260号《ごう》』。ファイアボルトと並《なら》べばまるでおもちゃだ」

ウッドはハリーの箒《ほうき》に熱《あつ》い視線《しせん》を投《な》げ、それから一声《ひとこえ》、「ウッス、みんな、行《い》くぞ——」

そして、ついに、ハリーはファイアボルトに乗《の》り、地面《じめん》をけった。

なんてすばらしい。想像以上《そうぞういじょう》だ。軽《かる》く触《ふ》れるだけでファイアボルトは向《む》きを変《か》えた。柄《え》の操作《そうさ》よりハリーの思《おも》いのとおりに反応《はんのう》しているかのようだ。ピッチを横切《よこぎ》るスピードの速《はや》さときたら、競技場《きょうぎじょう》が草色《くさいろ》と灰色《はいいろ》にかすんで見《み》えた。すばやくターンしたとき、その速《はや》さにアリシア・スピネットが悲鳴《ひめい》を上《あ》げた。それから急降下《きゅうこうか》。完全《かんぜん》にコントロールがきく。ピッチの芝生《しばふ》をサッとつま先《さき》でかすり、それから急上昇《きゅうじょうしょう》。十メートル、十五、二十——。

「ハリー、スニッチを放《はな》すぞ！」ウッドが呼《よ》びかけた。

ハリーは向《む》きを変《か》え、ゴールに向《む》かってブラッジャーと競《きそ》うようにして飛《と》んだ。やすやすとブラッジャーを追《お》い抜《ぬ》き、ウッドの背後《はいご》から矢《や》のように飛《と》び出《だ》したスニッチを見《み》つけ、十秒後《びょうご》にはそれをしっかり握《にぎ》りしめていた。

チーム全員《ぜんいん》がやんやの歓声《かんせい》を上《あ》げた。ハリーはスニッチを放《はな》し、先《さき》に飛《と》ばして、一分後《ぷんご》に全速《ぜんそく》力《りょく》で追《お》いかけた。ほかの選手《せんしゅ》の間《あいだ》を縫《ぬ》うように飛《と》び、ケイティ・ベルのひざ近《ちか》くに隠《かく》れているスニッチを見《み》つけ、らくらく回《まわ》り込《こ》んでまたそれを捕《つか》まえた。

練習《れんしゅう》はこれまでで最高《さいこう》の出来《でき》だった。ファイアボルトがチームの中《なか》にあるというだけで、みんなの意気《いき》が上《あ》がり、それぞれが完璧《かんぺき》な動《うご》きを見《み》せたのだ。みんなが地上《ちじょう》に降《お》り立《た》つと、ウッドは一言《ひとこと》も文句《もんく》をつけなかった。ジョージ・ウィーズリーが、こんなことは前代未聞《ぜんだいみもん》だと言《い》った。

「明日《あす》は、当《あ》たるところ敵《てき》なしだ！」ウッドが言《い》った。「ただし、ハリー、吸魂鬼問題《ディメンターもんだい》は解決《かいけつ》ずみだろうな？」

「うん」ハリーは、自分《じぶん》の創《つく》る弱々《よわよわ》しい守護霊《パトローナス》のことを思《おも》い出《だ》し、もっと強《つよ》ければいいのにと思《おも》った。

「吸魂鬼《ディメンター》はもう現《あらわ》れっこないよ、オリバー。ダンブルドアがカンカンになるからね」

フレッドは自信《じしん》たっぷりだ。

「まあ、そう願《ねが》いたいもんだ」ウッドが言《い》った。「とにかく――上出来《じょうでき》だ、諸君《しょくん》。塔《とう》に戻《もど》るぞ――早《はや》く寝《ね》よう……」

「僕《ぼく》、もう少《すこ》し残《のこ》るよ。ロンがファイアボルトを試《ため》したがってるから」

ハリーはウッドにそう断《ことわ》り、ほかの選手《せんしゅ》がロッカールームに引《ひ》っ込《こ》んだあと、意気揚々《いきようよう》とロンのほうに行《い》った。ロンはスタンドの柵《さく》を飛《と》び越《こ》えてハリーのところにやってきた。フーチ先生《せんせい》は観客席《かんきゃくせき》で眠《ねむ》り込《こ》んでいた。

「さあ、乗《の》って」ハリーがロンにファイアボルトを渡《わた》した。

ロンは夢見心地《ゆめみごこち》の表情《ひょうじょう》で箒《ほうき》にまたがり、暗《くら》くなりかけた空《そら》に勢《いきお》いよく舞《ま》い上《あ》がった。ハリーはピッチの縁《ふち》を歩《ある》きながらロンを見《み》ていた。フーチ先生《せんせい》がハッと目《め》を覚《さ》ましたのは、夜《よる》の帳《とばり》が下《お》りてからで、なぜ起《お》こさなかったのかと二人《ふたり》を叱《しか》り、城《しろ》に帰《かえ》りなさいときつい口調《くちょう》で言《い》った。

ハリーはファイアボルトを担《かつ》ぎ、ロンと並《なら》んで、暗《くら》くなった競技場《きょうぎじょう》を出《で》た。道々二人《みちみちふたり》は、ファイアボルトのすばらしくなめらかな動《うご》き、驚異的《きょういてき》な加速《かそく》、寸分《すんぶん》の狂《くる》いもない方向転換《ほうこうてんかん》などをさんざんしゃべり合《あ》った。城《しろ》までの道《みち》を半分《はんぶん》ほど歩《ある》いたところで、ちらっと左側《ひだりがわ》を見《み》たハリーは、心《しん》臓《ぞう》がひっくり返《かえ》るようなものをそこに見《み》た——暗闇《くらやみ》の中《なか》でギラッと光《ひか》る二つの目《め》。

ハリーは立《た》ちすくんだ。心臓《しんぞう》がろっ骨《こつ》をバンバンたたいている。

「どうかした？」ロンが聞《き》いた。

ハリーが指差《ゆびさ》した。ロンは杖《つえ》を取《と》り出《だ》して「ルーモス！　光《ひかり》よ！」と唱《とな》えた。

一条《いちじょう》の光《ひかり》が、芝生《しばふ》を横切《よこぎ》って流《なが》れ、木《き》の根元《ねもと》に当《あ》たって、枝《えだ》を照《て》らし出《だ》した。芽吹《めぶ》きの中《なか》に丸《まる》くなっているのは、クルックシャンクスだった。

「失《う》せろ！」

ロンはほえるような声《こえ》でそう言《い》うと、かがんで芝生《しばふ》に落《お》ちていた石《いし》をつかんだ。しかし、何《なに》もしないうちに、クルックシャンクスは長《なが》いオレンジ色《いろ》のしっぽをシュッと一振《ひとふ》りして消《き》えてしまった。

「見《み》たか？」ロンは石《いし》をポイッと捨《す》て、怒《いか》り狂《くる》って言《い》った。「ハーマイオニーは今《いま》でもあいつを勝手《かって》にふらふらさせておくんだぜ――おそらく鳥《とり》を二、三羽《ば》食《く》って、前《まえ》に食《く》っておいたスキャバーズをしっかり胃袋《いぶくろ》に流《なが》し込《こ》んだ、ってとこだ……」

ハリーは何《なに》も言《い》わなかった。安心感《あんしんかん》が体中《からだじゅう》に染《し》み渡《わた》り、深呼吸《しんこきゅう》した。一瞬《いっしゅん》、あの目《め》は死神犬《グリム》の目《め》にちがいないと思《おも》ったのだ。二人《ふたり》はまた城《しろ》に向《む》かって歩《ある》きだした。恐怖感《きょうふかん》にとらわれたことがちょっと恥《は》ずかしく、ハリーはそのことをロンに一言《ひとこと》も言《い》わなかった――そればかりか、灯《あか》りの煌々《こうこう》とともる玄関《げんかん》ホールに着《つ》くまで、ハリーは右《みぎ》も左《ひだり》も見《み》なかった。

翌朝《よくあさ》、ハリーは同室《どうしつ》の寮生《りょうせい》に伴《ともな》われて朝食《ちょうしょく》に下《お》りていった。みんな、ファイアボルトは名誉《めいよ》の護衛《ごえい》がつくに値《あたい》すると思《おも》ったらしい。ハリーが大広間《おおひろま》に入《はい》ると、みんなの目《め》がファイアボルトに向《む》けられ、興奮《こうふん》したささやき声《ごえ》があちこちから聞《き》こえた。スリザリン・チームが全員雷《ぜんいんかみなり》に打《う》たれたような顔《かお》をしたので、ハリーは大満足《だいまんぞく》だった。

「やつの顔《かお》を見《み》た？」

ロンがマルフォイのほうを振《ふ》り返《かえ》って、狂喜《きょうき》した。

「信《しん》じられないって顔《かお》だ！　すっごいよ！」

ウッドもファイアボルトの栄光《えいこう》の輝《かがや》きに浸《ひた》っていた。

「ハリー、ここに置《お》けよ」

ウッドはファイアボルトをテーブルの真《ま》ん中《なか》に置《お》き、銘《めい》の刻印《こくいん》されているほうをていねいに上《うえ》に向《む》けた。レイブンクローやハッフルパフのテーブルからは、次々《つぎつぎ》とみんなが見《み》にきた。セドリック・ディゴリーは、ハリーのところにやってきて、ニンバスのかわりにこんなすばらしい箒《ほうき》を手《て》に入《い》れておめでとうと祝福《しゅくふく》した。パーシーのガールフレンドでレイブンクローのペネロピー・クリアウォーターは、ファイアボルトを手《て》に取《と》ってみてもいいかと聞《き》いた。

「ほら、ほら、ペニー、壊《こわ》すつもりじゃないだろうな」

ファイアボルトをとっくり見《み》ているペネロピーに、パーシーが楽《たの》しそうに言《い》った。

「ペネロピーと僕《ぼく》とで賭《か》けたんだ」パーシーがチームに向《む》かって言《い》った。「試合《しあい》の勝敗《しょうはい》に金貨《きんか》で十ガリオン賭《か》けたぞ！」

ペネロピーはファイアボルトをテーブルに置《お》き、ハリーに礼《れい》を言《い》って自分《じぶん》のテーブルに戻《もど》った。

「ハリー――絶対勝《ぜったいか》てよ」パーシーがせっぱつまったようにささやいた。「僕《ぼく》、十ガリオンなんて持《も》ってないんだ――うん、今行《いまい》くよ、ペニー！」

そしてパーシーはあたふたとペネロピーのところへ行《い》き、一緒《いっしょ》にトーストを食《た》べた。

「その箒《ほうき》、乗《の》りこなす自信《じしん》があるのかい、ポッター？」冷《つめ》たい、気取《きど》った声《こえ》がした。ドラコ・マルフォイが、近《ちか》くで見《み》ようとやってきた。クラッブとゴイルがすぐ後《うし》ろにくっついている。

「ああ、そう思《おも》うよ」ハリーがさらりと言《い》った。

「特殊機能《とくしゅきのう》がたくさんあるんだろう？」マルフォイの目《め》が、意地悪《いじわる》く光《ひか》っている。「パラシュートがついてないのが残念《ざんねん》だなぁ――吸魂鬼《ディメンター》がそばまで来《き》たときのためにね」

クラッブとゴイルがクスクス笑《わら》った。

「君《きみ》こそ、もう一本手《ぽんて》をくっつけられないのが残念《ざんねん》だな、マルフォイ」ハリーが言《い》った。「そうすりゃ、その手《て》がスニッチを捕《つか》まえてくれるかもしれないのに」

グリフィンドール・チームが大声《おおごえ》で笑《わら》った。マルフォイの薄青《うすあお》い目《め》が細《ほそ》くなり、それから、肩《かた》をいからせてゆっくり立《た》ち去《さ》った。マルフォイがスリザリン・チームのところに戻《もど》ると、選手全《せんしゅぜん》員《いん》が額《ひたい》を寄《よ》せ合《あ》った。マルフォイに、ハリーの箒《ほうき》が本物《ほんもの》のファイアボルトだったかどうかを尋《たず》ねているにちがいない。

十一時《じ》十五分前《ふんまえ》、グリフィンドール・チームは更衣室《こういしつ》に向《む》かって出発《しゅっぱつ》した。天気《てんき》は、対《たい》ハッフルパフ戦《せん》のときとはまるでちがう。からりと晴《は》れ、ひんやりとした日《ひ》で、弱《よわ》い風《かぜ》が吹《ふ》いている。今回《こんかい》は視界《しかい》の問題《もんだい》はまったくないだろう。ハリーは神経《しんけい》がピリピリしてはいたが、クィディッチの試合《しあい》だけが感《かん》じさせてくれる、あの興奮《こうふん》を感《かん》じはじめていた。学校中《がっこうじゅう》が競技場《きょうぎじょう》の観客席《かんきゃくせき》に向《む》かう音《おと》が聞《き》こえてきた。ハリーは黒《くろ》のローブを脱《ぬ》ぎ、ポケットから杖《つえ》を取《と》り出《だ》し、クィディッチ・ユニフォームの下《した》に着《き》るT《ティー》シャツの胸元《むなもと》に差《さ》し込《こ》んだ。使《つか》わないですめばいいけれどと思《おも》った。急《きゅう》に、ルーピン先生《せんせい》は観客《かんきゃく》の中《なか》で見守《みまも》っているだろうか、とも思《おも》った。

「何《なに》をすべきか、わかってるな」

選手《せんしゅ》がもう更衣室《こういしつ》から出《で》ようというときに、ウッドが言《い》った。

「この試合《しあい》に負《ま》ければ、我々《われわれ》は優勝戦線《ゆうしょうせんせん》から脱落《だつらく》だ。とにかく――とにかく、きのうの練習《れんしゅう》どおりに飛《と》んでくれ。そうすりゃ、いただきだ!」

ピッチに出《で》ると、割《わ》れるような拍手《はくしゅ》が沸《わ》き起《お》こった。レイブンクロー・チームはブルーのユニフォームを着《き》て、もうピッチの真《ま》ん中《なか》で待《ま》っていた。シーカーのチョウ・チャンがただ一人《ひとり》の女《じょ》性《せい》だ。ハリーより頭《あたま》一つ小《ちい》さい。緊張《きんちょう》していたのに、ハリーはチョウ・チャンがとてもかわいいことに気《き》づかないわけにはいかなかった。キャプテンを先頭《せんとう》に選手《せんしゅ》がずらりと並《なら》んだとき、チョウ・チャンがハリーにほほ笑《え》んだ。とたんにハリーの胃《い》のあたりがかすかに震《ふる》えた。これは緊《きん》張《ちょう》とは無関係《むかんけい》だとハリーは思《おも》った。

「ウッド、デイビース、握手《あくしゅ》して」

フーチ先生《せんせい》がきびきびと指示《しじ》し、ウッドはレイブンクローのキャプテンと握手《あくしゅ》した。

「箒《ほうき》に乗《の》って……ホイッスルの合図《あいず》を待《ま》って……三──二──一──！」

ハリーは地《ち》をけった。ファイアボルトはほかのどの箒《ほうき》よりも速《はや》く、高《たか》く上昇《じょうしょう》した。ハリーは競《きょう》技場《ぎじょう》のはるか上空《じょうくう》を旋回《せんかい》し、スニッチを探《さが》して目《め》を凝《こ》らし、その間《かん》ずっと実況《じっきょう》放送《ほうそう》に耳《みみ》を傾《かたむ》けていた。解説者《かいせつしゃ》は双子《ふたご》のウィーズリーの仲良《なかよ》し、リー・ジョーダンだ。

「全員飛《ぜんいんと》び立《た》ちました。今回《こんかい》の試合《しあい》の目玉《めだま》は、何《なん》といってもグリフィンドールのハリー・ポッター乗《の》るところのファイアボルトでしょう。『賢《かしこ》い箒《ほうき》の選《えら》び方《かた》』によれば、ファイアボルトは今《こ》年《とし》の世界選手権大会《せかいせんしゅけんたいかい》ナショナル・チームの公式箒《こうしきぼうき》になるとのことです──」

「ジョーダン、試合《しあい》のほうがどうなっているか解説《かいせつ》してくれませんか？」

マクゴナガル先生《せんせい》の声《こえ》が割《わ》り込《こ》んだ。

「了解《りょうかい》です。先生《せんせい》──ちょっと背景《はいけい》の説明《せつめい》をしただけで。ところでファイアボルトは、自動《じどう》ブレーキが組《く》み込《こ》まれており、さらに――」

「ジョーダン！」

「オッケー、オッケー。クアッフルはグリフィンドール側《がわ》です。グリフィンドールのケイティ・ベルがゴールを目指《めざ》しています……」

ハリーはケイティと行《い》きちがいになる形《かたち》で猛《もう》スピードで反対方向《はんたいほうこう》に飛《と》び、キラリと金色《きんいろ》に輝《かがや》くものがないかと目《め》を凝《こ》らしてあたりを見《み》た。するとチョウ・チャンがすぐ後《うし》ろについてきているのに気《き》づいた。たしかに飛行《ひこう》の名手《めいしゅ》だ――たびたびハリーの進路《しんろ》をふさぐように横切《よこぎ》り、方向《ほうこう》を変《か》えさせた。

「ハリー、チョウに加速力《かそくりょく》を見《み》せつけてやれよ！」フレッドが、アリシアをねらったブラッジャーを追《お》いかける途中《とちゅう》、ハリーのそばをシュッと飛《と》びながら叫《さけ》んだ。

チョウとハリーがレイブンクローのゴールを回《まわ》り込《こ》んだとき、ハリーはファイアボルトを加速《かそく》し、チョウを振《ふ》り切《き》った。ケイティが初《はつ》ゴールを決《き》め、観客席《かんきゃくせき》のグリフィンドール側《がわ》がどっと歓声《かんせい》を上《あ》げたちょうどその時《とき》、ハリーは見《み》つけた――スニッチが、地上近《ちじょうちか》く、観客席《かんきゃくせき》を仕切《しき》る柵《さく》のそばをひらひらしている。

ハリーは急降下《きゅうこうか》した。チョウはハリーの動《うご》きを見《み》て、すばやく後《うし》ろにつけてきた。ハリーはスピードを上《あ》げた。血《ち》がたぎった。急降下《きゅうこうか》は十八番《おはこ》だ。あと三メートル――。

その時《とき》、レイブンクローのビーターが打《う》ったブラッジャーが、ふいに突進《とっしん》してきた。ハリーは間一髪《かんいっぱつ》でブラッジャーをよけたが、コースをそれてしまった。そのほんの数秒《すうびょう》、決定的《けっていてき》な数秒《すうびょう》の間《あいだ》に、スニッチは消《き》え去《さ》った。

グリフィンドールの応援席《おうえんせき》から、「ああああああー」とがっくりした声《こえ》が上《あ》がったが、レイブンクロー側《がわ》は、チームのビーターに拍手喝采《はくしゅかっさい》した。ジョージ・ウィーズリーは腹《はら》いせにもう一個《こ》のブラッジャーを、相手《あいて》チームのビーターめがけてたたきつけた。標的《ひょうてき》のビーターは、それをよけるのに、やむなく空中《くうちゅう》で一回転《かいてん》した。

「グリフィンドールのリード。八十対《たい》ゼロ。それに、あのファイアボルトの動《うご》きをご覧《らん》ください！　ポッター選手《せんしゅ》、あらゆる動《うご》きを見《み》せてくれています。どうです、あのターン――チャン選《せん》手《しゅ》のコメット号《ごう》はとうていかないません。ファイアボルトの精巧《せいこう》なバランスが実《じつ》に目立《めだ》ちますね。この長《なが》い――」

「ジョーダン！　いつからファイアボルトの宣伝係《せんでんがかり》にやとわれたのですか？　まじめに実況放送《じっきょうほうそう》を続《つづ》けなさい！」

レイブンクローが巻《ま》き返《かえ》してきた。三回《かい》ゴールを決《き》め、グリフィンドールとの差《さ》を五十点《てん》に縮《ちぢ》めた――チョウがハリーより先にスニッチを捕《と》れば、レイブンクローが勝《か》つことになる。ハリーは高度《こうど》を下《さ》げ、レイブンクローのチェイサーと危《あや》うくぶつかりそうになりながら、必死《ひっし》でピッチを見渡《みわた》した。キラリ。小《ちい》さな翼《つばさ》が羽《は》ばたいている――スニッチがグリフィンドールのゴールの柱《はしら》の周《まわ》りを回《まわ》っている……。

ハリーは、砂粒《すなつぶ》のような金色《きんいろ》の光《ひかり》をしっかり見《み》つめて加速《かそく》した――しかし、次《つぎ》の瞬間《しゅんかん》、ふいにチョウが現《あらわ》れて行《い》く手《て》をさえぎった――。

「ハリー、紳士面《しんしづら》してる場合《ばあい》じゃないぞ！」

ハリーが衝突《しょうとつ》をさけて急《きゅう》にコースを変《か》えると、ウッドがほえた。

「相手《あいて》を箒《ほうき》からたたき落《お》とせ。やるときゃやるんだ！」

ハリーが振《ふ》り向《む》くと、チョウの顔《かお》が目《め》に入《はい》った。得意《とくい》げな笑《え》みを浮《う》かべている。スニッチはまたしても見《み》えなくなった。ハリーはファイアボルトを上《うえ》に向《む》け、たちまちほかの選手《せんしゅ》たちより六メートルも上《うえ》に出《で》た。チョウがあとを追《お》ってくるのがちらりと見《み》えた……自分《じぶん》でスニッチを探《さが》すよりハリーをマークすることに決《き》めたのだ。ようし……僕《ぼく》についてくるつもりなら、それなりの覚悟《かくご》をしてもらおう……。

ハリーはまた急降下《きゅうこうか》した。チョウはハリーがスニッチを見《み》つけたものと思《おも》い、あとを追《お》おうとした。ハリーが突然急上昇《とつぜんきゅうじょうしょう》に転《てん》じた。チョウはそのまま急降下《きゅうこうか》していった。ハリーは弾丸《だんがん》のようにすばやく上昇《じょうしょう》し、そして、見《み》つけた。三度目《さんどめ》の正直《しょうじき》だ。スニッチはレイブンクロー側《がわ》のピッチの上空《じょうくう》をキラリキラリ、輝《かがや》きながら飛《と》んでいた。

ハリーはスピードを上《あ》げた。何《なん》メートルも下《した》のほうでチョウも加速《かそく》した。僕《ぼく》は勝《か》てる。刻一刻《こくいっこく》とスニッチに近《ちか》づいていく──すると──。

「あっ！」チョウが一点《てん》を指差《ゆびさ》して叫《さけ》んだ。

ハリーはつられて下《した》を見《み》た。

吸魂鬼《ディメンター》が三人《にん》、頭巾《ずきん》をかぶった三つの背《せ》の高《たか》い黒《くろ》い姿《すがた》がハリーを見上《みあ》げていた。

ハリーは迷《まよ》わなかった。手《て》をユニフォームの首《くび》のところから突《つ》っ込《こ》み、杖《つえ》をサッと取《と》り出《だ》し、大声《おおごえ》で叫《さけ》んだ。

「エクスペクト　パトローナム！　守護霊《しゅごれい》よ来《き》たれ！」

白銀色《しろがねいろ》の、何《なに》か大《おお》きなものが、杖《つえ》の先《さき》から噴《ふ》き出《だ》した。それが吸魂鬼《ディメンター》を直撃《ちょくげき》したことが、ハリーにはわかったが、それを見《み》ようともしなかった。不思議《ふしぎ》に意識《いしき》がはっきりしていた。まっすぐ前《まえ》を見《み》た──もう少《すこ》しだ。ハリーは杖《つえ》を持《も》ったまま手《て》を伸《の》ばし、逃《に》げようともがく小《ちい》さなスニッチを、やっと指《ゆび》で包《つつ》み込《こ》んだ。

フーチ先生《せんせい》のホイッスルが鳴《な》った。ハリーが空中《くうちゅう》で振《ふ》り返《かえ》ると、六つのぼやけた紅《くれない》の物体《ぶったい》がハリーめがけて迫《せま》ってくるのが見《み》えた。次《つぎ》の瞬間《しゅんかん》、チーム全員《ぜんいん》がハリーを抱《だ》きしめていた。その勢《いきお》いで、ハリーは危《あや》うく箒《ほうき》から引《ひ》き離《はな》されそうになった。下《した》の観衆《かんしゅう》の中《なか》で、グリフィンドールがひときわ大歓声《だいかんせい》を上《あ》げているのが、ハリーの耳《みみ》に聞《き》こえてきた。

「よくやった！」

ウッドは叫《さけ》びっぱなしだ。アリシアも、アンジェリーナも、ケイティもハリーにキスした。フレッドががっちり羽交《はが》いじめに抱《だ》きしめたので、ハリーは首《くび》が抜《ぬ》けるかと思《おも》った。上《うえ》を下《した》への大混乱《だいこんらん》のまま、チーム全員《ぜんいん》が何《なん》とかかんとか地上《ちじょう》に戻《もど》った。箒《ほうき》を降《お》りて目《め》を上《あ》げると、大騒《おおさわ》ぎのグリフィンドール応援団《おうえんだん》が、ロンを先頭《せんとう》に、ピッチに飛《と》び込《こ》んでくるのが見《み》えた。あっという間《ま》にハリーはみんなの喜《よろこ》びの声《こえ》に取《と》り囲《かこ》まれた。

「イエーイ！」ロンはハリーの手《て》を高々《たかだか》と差《さ》し上《あ》げた。「エイ！ エイ！」

「よくやってくれた、ハリー！」パーシーは大喜《おおよろこ》びだった。「十ガリオン勝《か》った！ ペネロピーを探《さが》さなくちゃ。失敬《しっけい》――」

「よかったなあ、ハリー！」シェーマス・フィネガンが叫《さけ》んだ。

「てえしたもんだ！」群《む》れをなして騒《さわ》ぎ回《まわ》るグリフィンドール生《せい》の頭上《ずじょう》で、ハグリッドの声《こえ》がとどろいた。

「立派《りっぱ》な守護霊《しゅごれい》だったよ」と言《い》う声《こえ》が聞《き》こえて、ハリーは振《ふ》り返《かえ》った。

ルーピン先生《せんせい》が、混乱《こんらん》したような、うれしそうな複雑《ふくざつ》な顔《かお》をしていた。

「吸魂鬼《ディメンター》の影響《えいきょう》はまったくありませんでした！」ハリーは興奮《こうふん》して言《い》った。

「僕《ぼく》、平気《へいき》でした！」

「それは、たぶん、実《じつ》はあいつらは――ウム――吸魂鬼《ディメンター》じゃなかったんだ」

ルーピン先生《せんせい》が言《い》った。

「来《き》て見《み》てごらん――」

ハリーを人垣《ひとがき》から連《つ》れ出《だ》し、ルーピンはピッチの端《はし》が見《み》えるところまでハリーを連《つ》れていった。

「君《きみ》はマルフォイ君《くん》をずいぶん怖《こわ》がらせたようだよ」ルーピンが言《い》った。

ハリーは目《め》を丸《まる》くした。マルフォイ、クラッブ、ゴイル、それにスリザリン・チームのキャプテンのマーカス・フリントが、折《お》り重《かさ》なるようにして地面《じめん》に転《ころ》がっていた。頭巾《ずきん》のついた長《なが》い黒《くろ》いローブを脱《ぬ》ごうとしてみんなバタバタしていた。マルフォイはゴイルに肩車《かたぐるま》されていたようだ。

四人《にん》を見下《みお》ろすように、憤怒《ふんぬ》の形相《ぎょうそう》もすさまじく、マクゴナガル先生《せんせい》が立《た》っていた。

「あさましいいたずらです！」先生《せんせい》が叫《さけ》んだ。「グリフィンドールのシーカーに危害《きがい》を加《くわ》えようとは、下劣《げれつ》な卑《いや》しい行為《こうい》です！　みんな処罰《しょばつ》します。さらに、スリザリン寮《りょう》は五十点減点《てんげんてん》！　このことはダンブルドア先生《せんせい》にお話《はな》しします。まちがいなく！　あぁ、うわさをすればいらっしゃいました！」

グリフィンドールの勝利《しょうり》に完璧《かんぺき》な落《お》ちがつけられたとすれば、それはまさにこの場《ば》の光景《こうけい》だ。マルフォイがローブから脱出《だっしゅつ》しようともたもたもがき、ゴイルの頭《あたま》はまだローブに突《つ》っ込《こ》まれたままだ。ロンはハリーに近《ちか》づこうと人混《ひとご》みをかき分《わ》けて出《で》てきたが、ハリーと二人《ふたり》でこのありさまを見《み》て、腹《はら》を抱《かか》えて笑《わら》った。

「来《こ》いよ、ハリー！」ジョージもこちらへ来《こ》ようと人混《ひとご》みをかき分《わ》けながら呼《よ》びかけた。

「パーティだ！　グリフィンドールの談話室《だんわしつ》で、すぐにだ！」

「オッケー」

ここしばらくなかったような幸《しあわ》せな気分《きぶん》をかみしめながら、ハリーが答《こた》えた。まだ紅色《くれないいろ》のユニフォームを着《き》たままの選手全員《せんしゅぜんいん》とハリーとを先頭《せんとう》にして、一行《いっこう》は競技場《きょうぎじょう》を出《で》て城《しろ》への道《みち》を戻《もど》った。

まるで、もうクィディッチ優勝杯《ゆうしょうはい》を取《と》ったかのようだった。パーティはそれから一日中《いちにちじゅう》、そして夜《よる》になっても続《つづ》いた。フレッドとジョージ・ウィーズリーは一、二時間《じかん》いなくなったかと思《おも》うと、両手《りょうて》いっぱいに、バタービールの瓶《びん》やら、かぼちゃフィズ、ハニーデュークス店《てん》の菓子《かし》の詰《つ》まった袋《ふくろ》を数個《すうこ》、抱《かか》えて戻《もど》ってきた。

ジョージがまがえるミントをみんなの上《うえ》からばらまきはじめたとき、アンジェリーナ・ジョンソンがかん高《だか》い声《こえ》で聞《き》いた。

「いったいどうやったの？」

「ちょっと助《たす》けてもらったのさ。ムーニー、ワームテール、パッドフット、プロングズにね」

フレッドがハリーの耳《みみ》にこっそりささやいた。

たった一人《ひとり》、祝宴《しゅくえん》に参加《さんか》していない生徒《せいと》がいた。なんと、ハーマイオニーは隅《すみ》のほうに座《すわ》って分厚《ぶあつ》い本《ほん》を読《よ》もうとしていた。本《ほん》の題《だい》は『イギリスにおける、マグルの家庭生活《かていせいかつ》と社会的慣習《しゃかいてきかんしゅう》』だ。テーブルではフレッドとジョージがバタービールの瓶《びん》で曲芸《きょくげい》を始《はじ》めたので、ハリーは一人《ひとり》そこを離《はな》れ、ハーマイオニーのそばに行《い》った。

「試合《しあい》にも来《こ》なかったのかい？」ハリーが聞《き》いた。

「行《い》きましたとも」ハーマイオニーは目《め》を上《あ》げもせず、妙《みょう》にキンキンした声《こえ》で答《こた》えた。

「それに、私《わたし》たちが勝《か》ってとってもうれしいし、あなたはとてもよくやったわ。でも私《わたし》、これを月曜《げつよう》までに読《よ》まないといけないの」

「いいから、ハーマイオニー、こっちへ来《き》て何《なに》か食《た》べるといいよ」

ハリーはロンのほうを見《み》て、矛《ほこ》を収《おさ》めそうないいムードになっているかな、と考《かんが》えた。

「無理《むり》よ、ハリー。あと四百二十二ページも残《のこ》ってるの！」

ハーマイオニーは今度《こんど》は少《すこ》しヒステリー気味《ぎみ》に言《い》った。

「どっちにしろ……」ハーマイオニーもロンをちらりと見《み》た。「あの人《ひと》が私《わたし》に来《き》てほしくないでしょ」

これには議論《ぎろん》の余地《よち》がなかった。ロンがこの瞬間《しゅんかん》を見計《みはか》らったように、聞《き》こえよがしに言《い》った。

「スキャバーズが食《く》われちゃっていなければなぁ。ハエ形《がた》ヌガーがもらえたのに。あいつ、これが好物《こうぶつ》だった――」

ハーマイオニーはワッと泣《な》きだした。ハリーがおろおろ何《なに》もできないでいるうちに、ハーマイオニーは分厚《ぶあつ》い本《ほん》をわきに抱《かか》え、すすり泣《な》きながら女子寮《じょしりょう》への階段《かいだん》のほうに走《はし》っていき、姿《すがた》を消《け》した。

「もう許《ゆる》してあげたら？」ハリーは静《しず》かにロンに言《い》った。

「だめだ」ロンはきっぱり言《い》った。

「あいつがごめんねっていう態度《たいど》ならいいよ――でもあいつ、ハーマイオニーのことだもの、自《じ》分《ぶん》が悪《わる》いって絶対認《ぜったいみと》めないだろうよ。あいつったら、スキャバーズが休暇《きゅうか》でいなくなっただけみたいな、いまだにそういう態度《たいど》なんだ」

グリフィンドールのパーティがついに終《お》わったのは、午前《ごぜん》一時《じ》。マクゴナガル先生《せんせい》がタータンチェックの部屋《へや》着《ぎ》に、頭《あたま》にヘアネットという姿《すがた》で現《あらわ》れ、もう全員寝《ぜんいんね》なさいと命令《めいれい》したときだ。ハリーとロンは寝室《しんしつ》への階段《かいだん》を上《のぼ》るときも、まだ試合《しあい》の話《はなし》をしていた。ぐったりつかれて、ハリーはベッドに上《あ》がり、四本柱《ほんばしら》にかかったカーテンを引《ひ》き、ベッドに射《さ》し込《こ》む月明《つきあ》かりが入《はい》らないようにした。横《よこ》になると、たちまち眠《ねむ》りに落《お》ちていくのを感《かん》じた……。

とても奇妙《きみょう》な夢《ゆめ》を見《み》た。ハリーはファイアボルトを担《かつ》いで、何《なに》か銀色《ぎんいろ》に光《ひか》る白《しろ》いものを追《お》って森《もり》を歩《ある》いていた。その何《なに》かは前方《ぜんぽう》の木立《こだち》の中《なか》へ、くねくねと進《すす》んでいった。葉《は》の陰《かげ》になって、チラチラとしか見《み》えない。追《お》いつきたくて、ハリーはスピードを上《あ》げた。自分《じぶん》が速《はや》く歩《ある》くと、先《さき》を行《い》く何《なに》かもスピードを上《あ》げる。ハリーは走《はし》りだした。前方《ぜんぽう》にひづめの音《おと》が聞《き》こえる。だんだん速《はや》くなる。ハリーは全速力《ぜんそくりょく》で走《はし》っていた。前方《ぜんぽう》のひづめの音《おと》が疾走《しっそう》するのが聞《き》こえた。ハリーは角《かど》を曲《ま》がって、空《あ》き地《ち》に出《で》た。そして――。

「ああああああああああアアアアアアアアアアっっっッッッッッ！

やめてぇぇぇぇぇぇぇぇぇぇぇぇぇ！」

顔面《がんめん》にパンチを受《う》けたような気分《きぶん》で、ハリーは突然《とつぜん》目《め》を覚《さ》ました。真《ま》っ暗《くら》な中《なか》で方向感覚《ほうこうかんかく》を失《うしな》い、ハリーはカーテンを闇雲《やみくも》に引《ひ》っ張《ぱ》った――周《まわ》りで人《ひと》が動《うご》く音《おと》が聞《き》こえ、部屋《へや》のむこうからシェーマス・フィネガンの声《こえ》がした。

「何事《なにごと》だ？」

ハリーは寝室《しんしつ》のドアがバタンと閉《し》まる音《おと》を聞《き》いたような気《き》がした。やっとカーテンの端《はし》を見《み》つけて、ハリーはカーテンをバッと開《あ》けた。同時《どうじ》にディーン・トーマスがランプをつけた。

ロンがベッドに起《お》き上《あ》がっていた。カーテンが片側《かたがわ》から切《き》り裂《さ》かれ、ロンは恐怖《きょうふ》で引《ひ》きつった顔《かお》をしていた。

「ブラックだ！　シリウス・ブラックだ！　ナイフを持《も》ってた！」

「エーッ？」

「ここに！　たった今《いま》！　カーテンを切《き》ったんだ！　それで目《め》が覚《さ》めたんだ！」

「夢《ゆめ》でも見《み》たんじゃないのか、ロン？」ディーンが聞《き》いた。

「カーテンを見《み》てみろ！　ほんとだ。ここにいたんだ！」

みんな急《いそ》いでベッドから飛《と》び出《だ》した。ハリーが一番先《いちばんさき》にドアのところに行《い》き、みんな階段《かいだん》を転《ころ》がるように走《はし》った。後《うし》ろのほうでドアがいくつも開《ひら》く音《おと》が聞《き》こえ、眠《ねむ》そうな声《こえ》が追《お》いかけてきた。

「叫《さけ》んだのは誰《だれ》なんだ？」

「君《きみ》たち、何《なに》してるんだ？」

談話室《だんわしつ》は消《き》えかかった暖炉《だんろ》の残《のこ》り火《び》がほの明《あか》るく、まだパーティの残《ざん》がいが散《ち》らかっていた。誰《だれ》もいない。

「ロン、ほんとに、夢《ゆめ》じゃなかった？」

「ほんとだってば。ブラックを見《み》たんだ！」

「何《なん》の騒《さわ》ぎ？」

「マクゴナガル先生《せんせい》が寝《ね》なさいっておっしゃったでしょう！」

女子寮《じょしりょう》から、何人《なんにん》かがガウンを引《ひ》っかけ、あくびをしながら階段《かいだん》を下《お》りてきた。男子寮《だんしりょう》からも何人《なんにん》か出《で》てきた。

「いいねえ。また続《つづ》けるのかい？」フレッド・ウィーズリーが陽気《ようき》に言《い》った。

「みんな、寮《りょう》に戻《もど》るんだ！」

パーシーが急《いそ》いで談話室《だんわしつ》に下《お》りてきた。そう言《い》いながら、首席《しゅせき》バッジをパジャマにとめつけている。

「パース——シリウス・ブラックだ！」

ロンが弱々《よわよわ》しく言《い》った。

「僕《ぼく》たちの寝室《しんしつ》に！　ナイフを持《も》って！　僕《ぼく》、起《お》こされた！」

談話室《だんわしつ》がシーンとなった。

「ナンセンス！」

パーシーはとんでもないという顔《かお》をした。

「ロン、食《た》べ過《す》ぎたんだろう——悪《わる》い夢《ゆめ》でも——」

「ほんとうなんだ——」

「おやめなさい！　まったく、いいかげんになさい！」

マクゴナガル先生《せんせい》が戻《もど》ってきた。肖像画《しょうぞうが》のドアをバタンといわせて談話室《だんわしつ》に入《はい》ってくると、怖《こわ》い顔《かお》でみんなをにらみつけた。

「グリフィンドールが勝《か》ったのは、私《わたくし》もうれしいです。でもこれでは、はしゃぎ過《す》ぎです。パーシー、あなたがもっとしっかりしなければ！」

「先生《せんせい》、僕《ぼく》はこんなこと、許可《きょか》していません」パーシーは憤慨《ふんがい》して体《からだ》をふくれ上《あ》がらせた。

「僕《ぼく》はみんなに寮《りょう》に戻《もど》るように言《い》っていただけです。弟《おとうと》のロンが悪《わる》い夢《ゆめ》にうなされて——」

「悪《わる》い夢《ゆめ》なんかじゃない！」ロンが叫《さけ》んだ。

「先生《せんせい》、僕《ぼく》、目《め》が覚《さ》めたら、シリウス・ブラックが、ナイフを持《も》って、僕《ぼく》の上《うえ》に立《た》ってたんです」

マクゴナガル先生《せんせい》はロンをじっと見《み》すえた。

「ウィーズリー、冗談《じょうだん》はおよしなさい。肖像画《しょうぞうが》の穴《あな》をどうやって通過《つうか》できたというんです？」

「あの人《ひと》に聞《き》いてください！」ロンはカドガン卿《きょう》の絵《え》の裏側《うらがわ》を震《ふる》える指《ゆび》で示《しめ》した。

「あの人《ひと》が見《み》たかどうか聞《き》いてください——」

ロンを疑《うたが》わしそうな目《め》でにらみながら、マクゴナガル先生《せんせい》は肖像画《しょうぞうが》を裏《うら》から押《お》して、外《そと》に出《で》ていった。談話室《だんわしつ》にいた全員《ぜんいん》が、息《いき》を殺《ころ》して耳《みみ》をそばだてた。

「カドガン卿《きょう》、今《いま》しがた、グリフィンドール塔《とう》に男《おとこ》を一人《ひとり》通《とお》しましたか？」

「通《とお》しましたぞ、ご婦人《ふじん》！」カドガン卿《きょう》が叫《さけ》んだ。

談話室《だんわしつ》の外《そと》と中《なか》とが、同時《どうじ》に愕然《がくぜん》として沈黙《ちんもく》した。

「と——通《とお》した？」マクゴナガル先生《せんせい》の声《こえ》だ。「あ——合言葉《あいことば》は！」

「持《も》っておりましたぞ！」カドガン卿《きょう》は誇《ほこ》らしげに言《い》った。

「ご婦人《ふじん》、一週間分全部《しゅうかんぶんぜんぶ》持《も》っておりました。小《ちい》さな紙切《かみき》れを読《よ》み上《あ》げておりました！」

マクゴナガル先生《せんせい》は肖像画《しょうぞうが》の穴《あな》から戻《もど》り、みんなの前《まえ》に立《た》った。驚《おどろ》いて声《こえ》もないみんなの前《まえ》で、先生《せんせい》は血《ち》の気《け》の失《う》せた、ろうのような顔《かお》だった。

「誰《だれ》ですか」先生《せんせい》の声《こえ》が震《ふる》えている。「今週《こんしゅう》の合言葉《あいことば》を書《か》き出《だ》して、その辺《へん》に放《ほう》っておいた、底《そこ》抜《ぬ》けの愚《おろ》か者《もの》は、誰《だれ》です？」

咳払《せきばら》い一つない静《しず》けさを破《やぶ》ったのは、「ヒッ」という小《ちい》さな悲鳴《ひめい》だった。ネビル・ロングボトムが、頭《あたま》のてっぺんから、ふわふわのスリッパに包《つつ》まれた足《あし》のつま先《さき》まで、ガタガタ震《ふる》えながら、そろそろと手《て》を挙《あ》げていた。

第《だい》14章《しょう》 スネイプの恨《うら》み

その夜《よる》、グリフィンドール塔《とう》では誰《だれ》も眠《ねむ》れなかった。再《ふたた》び城《しろ》が捜索《そうさく》されているのをみんな知《し》っていた。全員《ぜんいん》が談話室《だんわしつ》でまんじりともせずに、ブラック逮捕《たいほ》の知《し》らせを待《ま》った。マクゴナガル先《せん》生《せい》が明《あ》け方《がた》に戻《もど》ってきて、ブラックがまたもや逃《に》げおおせたと告《つ》げた。

次《つぎ》の日《ひ》、どこもかしこも警戒《けいかい》が厳《きび》しくなっていた。フリットウィック先生《せんせい》は入口《いりぐち》のドアというドアに、シリウス・ブラックの大《おお》きな写真《しゃしん》を見《み》せて、人相《にんそう》を覚《おぼ》え込《こ》ませていた。フィルチは急《きゅう》に気《き》ぜわしく廊下《ろうか》をかけずり回《まわ》り、小《ちい》さなすきまからネズミの出入口《でいりぐち》まで、穴《あな》という穴《あな》に板《いた》を打《う》ちつけていた。カドガン卿《きょう》はクビになり、元《もと》いた八階《かい》のさびしい踊《おど》り場《ば》に戻《もど》された。「太《ふと》った婦人《レディ》」が帰《かえ》ってきた。絵《え》は見事《みごと》な技術《ぎじゅつ》で修復《しゅうふく》されていたが、婦人《レディ》はまだ神経《しんけい》をとがらせていて、護衛《ごえい》が強化《きょうか》されることを条件《じょうけん》に、やっと職場復帰《しょくばふっき》を承知《しょうち》した。婦人《レディ》の警備《けいび》に無愛想《ぶあいそう》なトロールが数人雇《すうにんやと》われた。トロールは組《くみ》になって廊下《ろうか》を往《い》ったり来《き》たりしてあたりを威嚇《いかく》し、ブーブーうなりながら、互《たが》いの棍棒《こんぼう》の太《ふと》さを競《きそ》っていた。

四階《かい》の隻眼《せきがん》の魔女像《まじょぞう》が、警備《けいび》もされず、ふさがれてもいないことが、ハリーは気《き》になっていた。この像《ぞう》の内側《うちがわ》に隠《かく》れた抜《ぬ》け道《みち》があることを知《し》っているのは、フレッドとジョージの言《い》うとおり、双子《ふたご》のウィーズリー――それに今《いま》ではハリー、ロン、ハーマイオニーも入《はい》るが――だけだったということになる。

「誰《だれ》かに教《おし》えるべきなのかなぁ？」ハリーがロンに聞《き》いた。

「ハニーデュークス店《てん》から入《はい》ってきたんじゃないって、わかってるじゃないか」

ロンはまともに取《と》り合《あ》わなかった。

「店《みせ》に侵入《しんにゅう》したんだったら、うわさが僕《ぼく》たちの耳《みみ》に入《はい》ってるはずだろ」

ハリーはロンがそういう考《かんが》え方《かた》をしたのがうれしかった。もし隻眼《せきがん》の魔女《まじょ》までふさがれてしまったら、二度《ど》とホグズミードには行《い》けなくなってしまう。

ロンはにわかに英雄《えいゆう》になった。ハリーではなくロンのほうに注意《ちゅうい》が集《あつ》まるのは、ロンにとって初《はじ》めての経験《けいけん》だ。ロンがそれをかなり楽《たの》しんでいるのは明《あき》らかだった。あの夜《よる》の出来事《できごと》で、ロンはまだひどくショックを受《う》けたままだったが、聞《き》かれれば誰《だれ》にでも、うれしそうに、微《び》に入《い》り細《さい》をうがって語《かた》って聞《き》かせた。

「……僕《ぼく》が寝《ね》てたら、ビリビリッて何《なに》かを引《ひ》き裂《さ》く音《おと》がして、僕《ぼく》、夢《ゆめ》だろうって思《おも》ったんだ。

だってそうだよね？　だけど、すきま風《かぜ》がサーッときて……僕《ぼく》、眼《め》が覚《さ》めた。ベッドのカーテンの片側《かたがわ》が引《ひ》きちぎられてて……僕《ぼく》、寝返《ねがえ》りを打《う》ったんだ……そしたら、ブラックが僕《ぼく》の上《うえ》に覆《おお》いかぶさるように立《た》ってたんだ……まるでドロドロの髪《かみ》を振《ふ》り乱《みだ》したがいこつみたいだった……こーんなに長《なが》いナイフを持《も》ってた。刃渡《はわた》り三十センチぐらいはあったな……それで、あいつは僕《ぼく》を見《み》た。僕《ぼく》もあいつを見《み》た。そして僕《ぼく》が叫《さけ》んで、あいつは逃《に》げていった」

「だけど、どうしてかなぁ？」

怖《こわ》がりながらもロンの話《はなし》に聞《き》きほれていた二年生《ねんせい》の女子学生《じょしがくせい》がいなくなってから、ロンはハリーに向《む》かって言《い》った。

「どうしてトンズラしたんだろう？」

ハリーも同《おな》じことを疑問《ぎもん》に思《おも》っていた。ねらうベッドをまちがえたなら、ロンの口《くち》を封《ふう》じて、それからハリーに取《と》りかかればいいのに、どうしてだろう？　ブラックが罪《つみ》もない人《ひと》を殺《ころ》しても平気《へいき》なのは、十二年前《ねんまえ》の事件《じけん》で証明《しょうめい》ずみだ。今度《こんど》はたかが男《おとこ》の子《こ》五人《にん》。武器《ぶき》も持《も》っていない。しかもそのうち四人《にん》は眠《ねむ》っていたじゃないか。ハリーは考《かんが》えながら答《こた》えた。

「君《きみ》が叫《さけ》んで、みんなを起《お》こしてしまったら、城《しろ》を出《で》るのが一苦労《ひとくろう》だってわかってたんじゃないかな。肖像画《しょうぞうが》の穴《あな》を通《とお》って出《で》るのに、ここの寮生《りょうせい》をみな殺《ごろ》しにしなけりゃならなかったかもしれない……そのあとは、先生《せんせい》たちに見《み》つかってしまったかもしれない……」

ネビルは面目丸《めんぼくまる》つぶれだった。マクゴナガル先生《せんせい》の怒《いか》りはすさまじく、今後《こんご》いっさいホグズミードに行《い》くことを禁《きん》じ、罰《ばつ》を与《あた》え、ネビルには合言葉《あいことば》を教《おし》えてはならないとみんなに言《い》い渡《わた》した。哀《あわ》れなネビルは、毎晩誰《まいばんだれ》かが一緒《いっしょ》に入《い》れてくれるまで、談話室《だんわしつ》の外《そと》で待《ま》つはめになり、その間《あいだ》、警備《けいび》のトロールがじろっじろっとうさんくさそうに横目《よこめ》でネビルを見《み》た。

しかし、それもこれも、ネビルのばあちゃんから届《とど》いたものに比《くら》べれば、物《もの》の数《かず》ではなかった。ブラック侵入《しんにゅう》の二日後《ふつかご》、ばあちゃんは、朝食時《ちょうしょくどき》に生徒《せいと》が受《う》け取《と》る郵便物《ゆうびんぶつ》の中《なか》でも最悪《さいあく》のものをネビルに送《おく》ってよこした――「吠《ほ》えメール」だ。

いつものように、学校《がっこう》のふくろうたちが郵便物《ゆうびんぶつ》を運《はこ》んで大広間《おおひろま》にスイーッと舞《ま》い降《お》りてきた。一羽《わ》の大《おお》きなメンフクロウが、真《ま》っ赤《か》な封筒《ふうとう》をくちばしにくわえてネビルの前《まえ》に降《お》りたとき、ネビルはほとんど息《いき》もできなかった。ネビルの向《む》かい側《がわ》に座《すわ》っていたハリーとロンには、それが吠《ほ》えメールだとすぐわかった――ロンも去年一度《きょねんいちど》、母親《ははおや》から受《う》け取《と》ったことがある。

「ネビル、逃《に》げろ！」ロンが忠告《ちゅうこく》した。

言《い》われるまでもなくネビルは封筒《ふうとう》を引《ひ》っつかみ、まるで爆弾《ばくだん》を捧《ささ》げ持《も》つように腕《うで》を伸《の》ばして手《て》紙《がみ》を持《も》ち、全速力《ぜんそくりょく》で大広間《おおひろま》から出《で》ていった。見《み》ていたスリザリンのテーブルからは大爆笑《だいばくしょう》が起《お》こった。玄関《げんかん》ホールで吠《ほ》えメールが爆発《ばくはつ》するのが聞《き》こえてきた――ネビルのばあちゃんの声《こえ》が、魔法《まほう》で百倍《ばい》に拡大《かくだい》され、「何《なん》たる恥《はじ》さらし。一族《いちぞく》の恥《はじ》」とガミガミどなっている。

ネビルをかわいそうに思《おも》うあまり、ハリーは自分《じぶん》にも手紙《てがみ》が来《き》ていることに気《き》づかなかった。ヘドウィグがハリーの手首《てくび》を鋭《するど》くかんで注意《ちゅうい》をうながした。

「あいたっ！　あ、ヘドウィグ、ありがとう」

封筒《ふうとう》を破《やぶ》る間《あいだ》、ヘドウィグはネビルのコーンフレークを勝手《かって》についばみはじめた。メモが入《はい》っていた。

ハリー、ロン、元気《げんき》か？
今日《きょう》六時《じ》ごろ、お茶《ちゃ》を飲《の》みに来《こ》んか？　俺《おれ》が城《しろ》まで迎《むか》えにいく。
玄関《げんかん》ホールで待《ま》つんだぞ。二人《ふたり》だけで出《で》ちゃなんねえ。
そんじゃな。

ハグリッド

「きっとブラックのことが聞《き》きたいんだ！」ロンが言《い》った。

そこで、六時《じ》に、ハリーとロンはグリフィンドール塔《とう》を出《で》て、警備《けいび》のトロールの脇《わき》をかけ抜《ぬ》け、玄関《げんかん》ホールに向《む》かった。

ハグリッドはもうそこで待《ま》っていた。

「まかしといてよ、ハグリッド」ロンが言《い》った。「土曜日《どようび》の夜《よる》のことを聞《き》きたいんだろ？　ね？」

「そいつはもう全部聞《ぜんぶき》いちょる」

ハグリッドは玄関《げんかん》の扉《とびら》を開《あ》け、二人《ふたり》を外《そと》に連《つ》れ出《だ》しながら言《い》った。

「そう」ロンはちょっとがっかりしたようだった。

ハグリッドの小屋《こや》に入《はい》ったとたん、目《め》についたのは、バックビークだった。ハグリッドのベッドで、パッチワーク・キルトのベッドカバーの上《うえ》に寝《ね》そべり、巨大《きょだい》な翼《つばさ》をぴっちりたたんで、大《おお》皿《ざら》に盛《も》った死《し》んだイタチのごちそうに舌《した》つづみを打《う》っていた。あまり見《み》たくないので目《め》をそらしたハリーは、ハグリッドのたんすの扉《とびら》の前《まえ》にぶら下《さ》がっている洋服《ようふく》を見《み》つけた。毛《け》のもこもこした巨大《きょだい》な茶《ちゃ》の背広《せびろ》と、真《ま》っ黄色《きいろ》とだいだい色《いろ》のひどくやぼったいネクタイだ。

「ハグリッド、これ、いつ着《き》るの？」ハリーが聞《き》いた。

「バックビークが『危険生物処理委員会《きけんせいぶつしょりいいんかい》』の裁判《さいばん》にかけられる」ハグリッドが答《こた》えた。

「金曜日《きんようび》だ。俺《おれ》と二人《ふたり》でロンドンに行《い》く。『夜《ナ》の騎《イ》士《ト》バス』にベッドをふたっつ予約《よやく》した……」

ハリーは申《もう》し訳《わけ》なさに胸《むね》がうずいた。バックビークの裁判《さいばん》がこんなに迫《せま》っていたのをすっかり忘《わす》れていた。ロンのバツの悪《わる》そうな顔《かお》を見《み》ると、ロンも同《おな》じ気持《きも》ちらしい。バックビークの弁護《べんご》の準備《じゅんび》を手伝《てつだ》うという約束《やくそく》を忘《わす》れていた。ファイアボルトの出現《しゅつげん》で、すっかり頭《あたま》から吹《ふ》っ飛《と》んでしまっていた。

ハグリッドが紅茶《こうちゃ》をいれ、干《ほ》しブドウ入《い》りのバース風菓子《ふうかし》パンを勧《すす》めたが、二人《ふたり》とも食《た》べるのは遠慮《えんりょ》した。ハグリッドの料理《りょうり》は充分《じゅうぶん》に経験《けいけん》ずみだ。

「二人《ふたり》に話《はな》してえことがあってな」

ハグリッドは二人《ふたり》の間《あいだ》に座《すわ》り、柄《がら》にもなく真剣《しんけん》な顔《かお》をした。

「何《なん》なの？」ハリーが尋《たず》ねた。

「ハーマイオニーのことだ」ハグリッドが言《い》った。

「ハーマイオニーがどうかしたの？」ロンが聞《き》いた。

「あの子《こ》はずいぶん気《き》が動転《どうてん》しとる。最初《さいしょ》はファイアボルトのことで、おまえさんらはあの子《こ》と口《くち》をきかんかった。さびしかったんだな。クリスマスからこっち、ハーマイオニーはよーくここに来《き》るようになった。今度《こんど》はあの子《こ》の猫《ねこ》が――」

「――スキャバーズを食《く》ったんだ！」ロンが怒《おこ》ったように口《くち》を挟《はさ》んだ。

「あの子《こ》の猫《ねこ》が猫《ねこ》らしくふるまったからっちゅうてだ」ハグリッドはねばり強《づよ》く話《はな》し続《つづ》けた。

「しょっちゅう泣《な》いとったぞ。今《いま》あの子《こ》は大変《たいへん》な思《おも》いをしちょる。手《て》に負《お》えんぐれえ、いっペー背負《せお》い込《こ》み過《す》ぎちまったんだな、ウン。勉強《べんきょう》をあんなにたーくさん。そんでも時間《じかん》を見《み》つけて、バックビークの裁判《さいばん》の手伝《てつだ》いをしてくれた。ええか……俺《おれ》のために、ほんとに役立《やくだ》つやつを見《み》つけてくれた……バックビークは今度《こんど》は勝《か》ち目《め》があると思《おも》うぞ……」

「ハグリッド、僕《ぼく》たちも手伝《てつだ》うべきだったのに――ごめんなさい――」

ハリーはバツの悪《わる》い思《おも》いで謝《あやま》りはじめた。

「おまえさんを責《せ》めているわけじゃねえ！」

ハグリッドは手《て》を振《ふ》ってハリーの弁解《べんかい》をさえぎった。

「おまえさんにも、やることがたくさんあったのは、俺《おれ》もよーくわかっちょる。おまえさんが四《し》六時中《ろくじちゅう》クィディッチの練習《れんしゅう》をしてたのを俺《おれ》は見《み》ちょった――ただ、これだけは言《い》わにゃなんねえ。おまえさんら二人《ふたり》なら、箒《ほうき》やネズミより友達《ともだち》のほうを大切《たいせつ》にすると、俺《おれ》はそう思《おも》っとったぞ。言《い》いてえのはそれだけだ」

ハリーとロンはお互《たが》いに気《き》まずそうに目《め》を見合《みあ》わせた。

「心底心配《しんそこしんぱい》しちょったぞ、あの子《こ》は。ロン、おまえさんが危《あや》うくブラックに刺《さ》されそうになったときにな。ハーマイオニーの心《こころ》はまっすぐだ、あの子《こ》はな。だのに、おまえさんら二人《ふたり》は、あの子《こ》と口《くち》もきかん――」

「ハーマイオニーがあの猫《ねこ》をどっかにやってくれたら、僕《ぼく》、また口《くち》をきくのに」ロンは怒《おこ》った。「なのに、ハーマイオニーは頑固《がんこ》に猫《ねこ》をかばってるんだ！　あの猫《ねこ》は狂《くる》ってる。なのに、ハーマイオニーは猫《ねこ》の悪口《わるぐち》はまるで受《う》けつけないんだ」

「ああ、ウン。ペットのこととなると、みんなちいっとバカになるからな」

ハグリッドは悟《さと》ったように言《い》った。その背後《はいご》で、バックビークがイタチの骨《ほね》を二、三本《ぼん》、ハグリッドの枕《まくら》にプイッと吐《は》き出《だ》した。

それからあとは、グリフィンドールがクィディッチ優勝杯《ゆうしょうはい》を取《と》る確率《かくりつ》が高《たか》くなったという話《はなし》で盛《も》り上《あ》がった。

九時《じ》に、ハグリッドが二人《ふたり》を城《しろ》まで送《おく》った。

談話室《だんわしつ》に戻《もど》ると、掲示板《けいじばん》の前《まえ》にかなりの人垣《ひとがき》ができていた。

「今度《こんど》の週末《しゅうまつ》はホグズミードだ」

ロンがみんなの頭越《あたまご》しに首《くび》を伸《の》ばして、新《あたら》しい掲示《けいじ》を読《よ》み上《あ》げた。

「どうする？」腰《こし》かける場所《ばしょ》を探《さが》しながら、ロンがこっそりハリーに聞《き》いた。

「そうだな。フィルチはハニーデュークス店《てん》への通路《つうろ》にはまだ何《なん》にも手出《てだ》ししてないし……」

ハリーがさらに小《ちい》さな声《こえ》で答《こた》えた。

「ハリー！」

ハリーの右耳《みぎみみ》に声《こえ》が飛《と》び込《こ》んできた。驚《おどろ》いてきょろきょろあたりを見回《みまわ》すと、ハーマイオニーが目《め》に入《はい》った。二人《ふたり》のすぐ後《うし》ろのテーブルに座《すわ》っていたのに、本《ほん》の壁《かべ》に隠《かく》れて見《み》えなかったのだ。その壁《かべ》にすきまを開《あ》けてハーマイオニーがのぞいていた。

「ハリー、今度《こんど》ホグズミードに行《い》ったりしたら……私《わたし》、マクゴナガル先生《せんせい》にあの地図《ちず》のことお話《はな》しするわ！」

「ハリー、誰《だれ》か何《なん》か言《い》ってるのが聞《き》こえるかい？」

ロンはハーマイオニーを見《み》もせずにうなった。

「ロン、あなた、ハリーを連《つ》れていくなんてどういう神経《しんけい》？　シリウス・ブラックがあなたにあんなことをしたあとで！　本気《ほんき》よ。私《わたし》、言《い》うから——」

「そうかい。君《きみ》はハリーを退学《たいがく》にさせようってわけだ！」ロンが怒《おこ》った。「今学期《こんがっき》、こんなに犠《ぎ》牲者《せいもの》を出《だ》しても、まだ足《た》りないのか？」

ハーマイオニーは口《くち》を開《ひら》いて何《なに》か言《い》いかけたが、その時《とき》、小《ちい》さな鳴《な》き声《ごえ》を上《あ》げ、クルックシャンクスがひざに飛《と》び乗《の》った。ハーマイオニーは一瞬《いっしゅん》ドキリとしたようにロンの顔色《かおいろ》をうかがい、サッとクルックシャンクスを抱《だ》きかかえると、急《いそ》いで女子寮《じょしりょう》のほうに去《さ》っていった。

「それで、どうするんだい？」ロンは、まるで何事《なにごと》もなかったかのようにハリーに聞《き》いた。

「行《い》こうよ。この前《まえ》は、君《きみ》、ほとんど何《なん》にも見《み》てないんだ。『ゾンコ』の店《みせ》に入《はい》ってもいないんだぜ！」

ハリーは振《ふ》り返《かえ》り、ハーマイオニーがもう声《こえ》の聞《き》こえないところまで行《い》ってしまったことをたしかめた。

「オッケー。だけど、今度《こんど》は透明《とうめい》マントを着《き》ていくよ」

土曜日《どようび》の朝《あさ》、ハリーは透明《とうめい》マントをかばんに詰《つ》め、忍《しの》びの地図《ちず》をポケットにすべり込《こ》ませて、みんなと一緒《いっしょ》に朝食《ちょうしょく》に下《お》りていった。ハーマイオニーがテーブルのむこうからちらりちらりと疑《うたが》わしげにハリーをうかがい続《つづ》けた。ハリーはその視線《しせん》をさけ、みんなが正面扉《しょうめんとびら》に向《む》かったときも、自分《じぶん》が玄関《げんかん》ホールの大理石《だいりせき》の階段《かいだん》を逆戻《ぎゃくもど》りするところを、ハーマイオニーにしっかり確認《かくにん》させるようにした。

「じゃあ！」ハリーがロンに呼《よ》びかけた。「帰《かえ》ってきたらまた！」

ロンはニヤッと片目《かため》をつぶって見《み》せた。

ハリーは忍《しの》びの地図《ちず》をポケットから取《と》り出《だ》しながら、急《いそ》いで四階《かい》に上《あ》がった。隻眼《せきがん》の魔女《まじょ》の裏《うら》にうずくまり、地図《ちず》を広《ひろ》げると、小《ちい》さな点《てん》がこっちへ向《む》かってくるのが見《み》えた。ハリーは目《め》を凝《こ》らした。点《てん》のそばの細《こま》かい文字《もじ》は、「ネビル・ロングボトム」と読《よ》める。

ハリーは急《いそ》いで杖《つえ》を取《と》り出《だ》し、「ディセンディウム！　降下《こうか》！」と唱《とな》えてかばんを像《ぞう》の中《なか》に突《つ》っ込《こ》んだ。しかし自分《じぶん》が入《はい》り込《こ》む前《まえ》に、ネビルが角《かど》を曲《ま》がって現《あらわ》れた。

「ハリー！　君《きみ》もホグズミードに行《い》かなかったんだね。僕《ぼく》、忘《わす》れてた！」

「やあ、ネビル」ハリーは急《いそ》いで像《ぞう》から離《はな》れ、地図《ちず》をポケットに押《お》し込《こ》んだ。

「何《なに》してるんだい？」

「別《べつ》に」ネビルは肩《かた》をすくめた。「爆発《ばくはつ》スナップ・ゲームして遊《あそ》ぼうか？」

「ウーン――あとでね――僕《ぼく》、図書館《としょかん》に行《い》ってルーピンの『吸血鬼《バンパイア》』のレポートを書《か》かなきゃ――」

「僕《ぼく》も行《い》く！」ネビルは生《い》き生《い》きと言《い》った。「僕《ぼく》もまだなんだ！」

「ア――ちょっと待《ま》って――あぁ、忘《わす》れてた。僕《ぼく》、きのうの夜《よる》、終《お》わったんだっけ！」

「すごいや。なら、手伝《てつだ》ってよ！」ネビルの丸顔《まるがお》が不安《ふあん》げだった。「僕《ぼく》、あのニンニクのこと、さっぱりわからないんだ――食《た》べなきゃならないのか、それとも――」

ネビルは「アッ」と小《ちい》さく息《いき》をのみ、ハリーの肩越《かたご》しに後《うし》ろのほうを見《み》つめた。

スネイプだった。ネビルはあわててハリーの後《うし》ろに隠《かく》れた。

「ほう？　二人《ふたり》ともここで何《なに》をしているのかね？」スネイプは足《あし》を止《と》め、二人《ふたり》の顔《かお》を交互《こうご》に見《み》た。

「奇妙《きみょう》なところで待《ま》ち合《あ》わせるものですな――」

スネイプの暗《くら》い目《め》がサッと走《はし》り、二人《ふたり》の両側《りょうがわ》の出入口《でいりぐち》、それから隻眼《せきがん》の魔女《まじょ》の像《ぞう》に移《うつ》ったので、ハリーは気《き》が気《き》ではなかった。

「僕《ぼく》たち――待《ま》ち合《あ》わせしたのではありません。ただ――ここでばったり出会《であ》っただけです」

ハリーが言《い》った。

「ほーう？　ポッター。君《きみ》はどうも予期《よき》せぬ場所《ばしょ》に現《あらわ》れるくせがあるようですな。しかもほとんどの場合《ばあい》、何《なに》も理由《りゆう》なくしてその場《ば》にいるということはない……。二人《ふたり》とも、自分《じぶん》のおるべき場所《しょ》、グリフィンドール塔《とう》に戻《もど》りたまえ」

ハリーとネビルはそれ以上何《いじょうなに》も言《い》わずにその場《ば》を離《はな》れた。角《かど》を曲《ま》がるときにハリーが振《ふ》り返《かえ》ると、スネイプは隻眼《せきがん》の魔女《まじょ》の頭《あたま》を手《て》でなぞり、念入《ねんい》りに調《しら》べていた。

太《ふと》った婦人《レディ》の肖像画《しょうぞうが》のところでネビルに合言葉《あいことば》を教《おし》え、吸血鬼《バンパイア》のレポートを図書館《としょかん》に置《お》き忘《わす》れたと言《い》い訳《わけ》して、ハリーはやっとネビルを振《ふ》り切《き》り、もう一度《いちど》、元来《もとき》た道《みち》を戻《もど》った。

警備《けいび》トロールの目《め》の届《とど》かないところまで来《く》ると、ハリーはまた地図《ちず》を引《ひ》っ張《ぱ》り出《だ》し、顔《かお》にくっつくぐらいそばに引《ひ》き寄《よ》せてよくよく見《み》た。

四階《かい》の廊下《ろうか》には誰《だれ》もいないようだ。地図《ちず》の隅々《すみずみ》まで念入《ねんい》りに調《しら》べ、「セブルス・スネイプ」と書《か》いてある小《ち》さな点《てん》が自分《じぶん》の研究室《けんきゅうしつ》に戻《もど》っていることがわかり、ハリーはようやくホッとした。

ハリーは大急《おおいそ》ぎで隻眼《せきがん》の魔女像《まじょぞう》まで取《と》って返《かえ》し、こぶを開《あ》けて中《なか》に入《はい》り、石《いし》の斜面《しゃめん》をすべり降《お》りて、先《さき》に落《お》としておいたかばんを拾《ひろ》った。忍《しの》びの地図《ちず》を白紙《はくし》に戻《もど》してから、ハリーはかけだした。

透明《とうめい》マントにすっぽり隠《かく》れたままで、ハリーはさんさんと陽《ひ》の当《あ》たる「ハニーデュークス」の店《みせ》の前《まえ》にたどり着《つ》き、ロンの背中《せなか》をちょんとつついた。

「僕《ぼく》だよ」ハリーがささやいた。

「遅《おそ》かったな。どうしたんだい？」ロンがささやき返《かえ》した。

「スネイプがうろうろしてたんだ……」

二人《ふたり》は中心街《ちゅうしんがい》のハイストリート通《どお》りを歩《ある》いた。

「どこにいるんだい？」ロンはほとんど唇《くちびる》を動《うご》かさずに話《はな》しかけて、何度《なんど》もたしかめた。

「そこにいるのかい？　何《なん》だか変《へん》な気分《きぶん》だ……」

郵便局《ゆうびんきょく》にやってきた。ハリーがゆっくり眺《なが》められるよう、ロンはエジプトにいる兄《あに》のビルに送《おく》るふくろう便《びん》の値段《ねだん》をたしかめているようなふりをした。少《すく》なくとも三百羽《ばわ》くらいのふくろうがとまり木《ぎ》からハリーのほうを見下《みお》ろして、ホーホーとやわらかな鳴《な》き声《こえ》を上《あ》げていた。大型《おおがた》の灰色《はいいろ》ふくろうもいれば、ハリーの手《て》の平《ひら》におさまりそうな小型《こがた》のコノハズク（近距離専用便《きんきょりせんようびん》）もいた。

次《つぎ》に「ゾンコ」の店《みせ》に行《い》くと、生徒《せいと》たちでごった返《がえ》していた。誰《だれ》かの足《あし》を踏《ふ》んづけて大騒動《おおそうどう》を引《ひ》き起《お》こさないよう、ハリーは細心《さいしん》の注意《ちゅうい》を払《はら》わなければならなかった。いたずらの仕掛《しか》けや道具《どうぐ》が並《なら》び、フレッドやジョージの極《きわ》めつきの夢《ゆめ》でさえ叶《かな》えられそうだった。ハリーはロンにヒソヒソ声《ごえ》で自分《じぶん》の買《か》いたい物《もの》を伝《つた》え、透明《とうめい》マントの下《した》からこっそり金貨《きんか》を渡《わた》した。「ゾンコ」の店《みせ》を出《で》たときは、二人《ふたり》とも入《はい》ったときよりだいぶ財布《さいふ》が軽《かる》くなり、かわりにポケットのほうは、クソ爆弾《ばくだん》、しゃっくり飴《あめ》、カエル卵石《たまごせっ》けん、それに一人《ひとり》一個《こ》ずつ買《か》った鼻食《はなく》いつきティーカップなどでふくれ上《あ》がっていた。

よい天気《てんき》で風《かぜ》はそよぎ、二人《ふたり》とも建物《たてもの》の中《なか》にばかりいたくなかったので、パブ「三本《ぼん》の箒《ほうき》」の前《まえ》を通《とお》り、坂道《さかみち》を上《のぼ》り、英国一《えいこくいち》の呪《のろ》われた館《やかた》「叫《さけ》びの屋敷《やしき》」を見《み》にいった。屋敷《やしき》は村《むら》はずれの小高《こだか》いところに建《た》っていて、窓《まど》には板《いた》が打《う》ちつけられ、庭《にわ》は草《くさ》ぼうぼうで湿《しめ》っぽく、昼日中《ひるひなか》でも薄《うす》気味悪《きみわる》かった。

「ホグワーツのゴーストでさえ近寄《ちかよ》らないんだ」

二人《ふたり》で垣根《かきね》に寄《よ》りかかり、屋敷《やしき》を見上《みあ》げながら、ロンが言《い》った。

「僕《ぼく》、『ほとんど首《くび》なしニック』に聞《き》いたんだ……そしたら、ものすごく荒《あら》っぽい連中《れんちゅう》がここにすみついていると聞《き》いたことがあるってさ。だーれも入《はい》れやしない。フレッドとジョージは、当然《とうぜん》、やってみたけど、入口《いりぐち》は全部密封状態《ぜんぶみっぷうじょうたい》だって……」

坂《さか》を上《のぼ》ったので暑《あつ》くなり、ハリーがちょっとの間《あいだ》、透明《とうめい》マントを脱《ぬ》ごうかと考《かんが》えていたちょうどその時《とき》、近《ちか》くで人声《ひとごえ》がした。誰《だれ》かが丘《おか》の反対側《はんたいがわ》から屋敷《やしき》のほうに上《のぼ》ってくる。まもなくマルフォイの姿《すがた》が現《あらわ》れた。クラッブとゴイルが後《うし》ろにべったりくっついていて、マルフォイが何《なに》か話《はな》している。

「……父上《ちちうえ》からのふくろう便《びん》がもう届《とど》いてもいいころだ。僕《ぼく》の腕《うで》のことで聴聞会《ちょうもんかい》に出席《しゅっせき》なさらなければならなかったんだ……三か月《げつ》も腕《うで》が使《つか》えなかった事情《じじょう》を話《はな》すのに……」

クラッブとゴイルがクスクス笑《わら》った。

「あの毛《け》むくじゃらのウスノロデカが何《なん》とか自己弁護《じこべんご》しようとするのを聞《き》いてみたいよ……『こいつは何《なん》も悪《わる》さはしねえです。ほんとですだ――』とか……あのヒッポグリフはもう死《し》んだも同《どう》然《ぜん》だよ――」

マルフォイは突然《とつぜん》ロンの姿《すがた》に気《き》づいた。青白《あおじろ》いマルフォイの顔《かお》がニヤリと意地悪《いじわる》くゆがんだ。

「ウィーズリー、何《なに》してるんだい？」

マルフォイはロンの背後《はいご》にあるボロ屋敷《やしき》を見上《みあ》げた。

「さしずめ、ここに住《す》みたいんだろうねえ。ウィーズリー、ちがうかい？　自分《じぶん》の部屋《へや》が欲《ほ》しいなんて夢見《ゆめみ》てるんだろう？　君《きみ》の家《いえ》じゃ、全員《ぜんいん》が一部屋《ひとへや》で寝《ね》るって聞《き》いたけど――ほんとかい？」

ハリーはロンのローブの後《うし》ろをつかんで、マルフォイに飛《と》びかかろうとするロンを止《と》めた。

「僕《ぼく》に任《まか》せてくれ」ハリーはロンの耳元《みみもと》でささやいた。

こんなに完璧《かんぺき》なチャンスを逃《のが》す手《て》はない。ハリーはそっとマルフォイ、クラッブ、ゴイルの背《はい》後《ご》に回《まわ》り込《こ》み、しゃがんで地《じ》べたの泥《どろ》を片手《かたて》にたっぷりすくった。

「僕《ぼく》たち、ちょうど君《きみ》の友人《ゆうじん》のハグリッドのことを話《はな》してたところだよ」マルフォイが言《い》った。

「『危険生物処理委員会《きけんせいぶつしょりいいんかい》』で今《いま》あいつが何《なに》を言《い》ってるだろうってね。委員《いいん》たちがヒッポグリフの首《くび》をちょん切《ぎ》ったら、あいつは泣《な》くかなあ――」


ベチャッ！

泥《どろ》が命中《めいちゅう》し、マルフォイの頭《あたま》がグラッと前《まえ》に傾《かたむ》いた。シルバーブロンドの髪《かみ》から突如《とつじょ》、泥《どろ》がポタポタ落《お》ちはじめた。

「な、何《なん》だ――？」

ロンは垣根《かきね》につかまらないと立《た》っていられないほど笑《わら》いこけた。マルフォイ、クラッブ、ゴイルはそこいら中《じゅう》をきょろきょろ見回《みまわ》しながら、ばかみたいに同《おな》じところをぐるぐる回《まわ》り、マルフォイは髪《かみ》の泥《どろ》を落《お》とそうと躍起《やっき》になっていた。

「いったい何《なん》だ？　誰《だれ》がやったんだ？」

「このあたりはなかなか呪《のろ》われ模様《もよう》ですね？」ロンは天気《てんき》の話《はなし》をするような調子《ちょうし》で言《い》った。

クラッブとゴイルはビクビクしていた。筋骨隆々《きんこつりゅうりゅう》もゴーストには役《やく》に立《た》たない。マルフォイは、周《まわ》りには誰《だれ》もいないのに、狂《くる》ったようにあたりを見回《みまわ》していた。

ハリーは、ひどくぬかるんで悪臭《あくしゅう》を放《はな》っている、緑色《みどりいろ》のヘドロのところまで忍《しの》び足《あし》で移動《いどう》した。

ベチャッ！

今度《こんど》はクラッブとゴイルに命中《めいちゅう》だ。ゴイルはその場《ば》でピョンピョン跳《と》び上《あ》がり、小《ちい》さなどんよりした目《め》をこすってヘドロをふき取《と》ろうとした。

「あそこから来《き》たぞ！」

マルフォイも顔《かお》をぬぐいながら、ハリーから左《ひだり》に二メートルほど離《はな》れた一点《てん》をにらんだ。

クラッブが長《なが》い両腕《りょううで》をゾンビのように突《つ》き出《だ》して、危《あぶ》なっかしい足取《あしど》りで前進《ぜんしん》した。ハリーは身《み》をかわし、棒切《ぼうき》れを拾《ひろ》ってクラッブの背中《せなか》にポーンと投《な》げつけた。クラッブが、いったい誰《だれ》が投《な》げたのかと、バレエのピルエットのようにつま先立《さきだ》ちで回転《かいてん》するのを見《み》て、ハリーは声《こえ》を立《た》てずに腹《はら》を抱《かか》えて笑《わら》った。クラッブにはロンしか見《み》えないので、ロンにつかみかかろうとしたが、ハリーが突《つ》き出《だ》した足《あし》につまずいた――クラッブのばかでかい偏平足《へんぺいそく》が、ハリーの透明《とうめい》マントのすそを踏《ふ》んづけ、マントがギュッと引《ひ》っ張《ぱ》られるのを感《かん》じたとたん、頭《あたま》からマントがすべり落《お》ちた。

ほんの一瞬《いっしゅん》、マルフォイが目《め》を丸《まる》くしてハリーを見《み》た。

「**ギャアアア！**」

ハリーの生首《なまくび》を指差《ゆびさ》して、マルフォイが叫《さけ》んだ。それからくるりと背《せ》を向《む》け、死《し》に物狂《ものぐる》いで丘《おか》を走《はし》り下《お》りていった。クラッブとゴイルもあとを追《お》った。

ハリーは透明《とうめい》マントを引《ひ》っ張《ぱ》り上《あ》げたが、もうあとの祭《まつ》りだった。

「ハリー！」ロンがよろよろと進《すす》み出《で》て、ハリーの姿《すがた》が消《き》えたあたりを絶望的《ぜつぼうてき》な目《め》で見《み》つめた。

「逃《に》げたほうがいい！　マルフォイが誰《だれ》かに告《つ》げ口《ぐち》したら――君《きみ》は城《しろ》に帰《かえ》ったほうがいい。急《いそ》げ――」

「じゃあ」ハリーはそれだけ言《い》うと、ホグズミード村《むら》への小道《こみち》を一目散《いちもくさん》にかけ戻《もど》った。

マルフォイは自分《じぶん》の見《み》たものを信《しん》じるだろうか？　マルフォイの言《い》うことを誰《だれ》かが信《しん》じるだろうか？　透明《とうめい》マントのことは誰《だれ》も知《し》らない――ダンブルドア以外《いがい》は。ハリーは胃《い》がひっくり返《かえ》る思《おも》いだった――マルフォイが何《なに》か言《い》ったら、何《なに》が起《お》きたか、ダンブルドアだけははっきりわかるはずだ――。

ハニーデュークス店《てん》に戻《もど》り、地下室《ちかしつ》への階段《かいだん》を下《お》り、石《いし》の床《ゆか》を渡《わた》り、床《ゆか》の隠《かく》し扉《とびら》を抜《ぬ》け――ハリーは透明《とうめい》マントを脱《ぬ》いで小脇《こわき》に抱《かか》え、トンネルをひた走《はし》りに走《はし》った……。マルフォイのほうが先《さき》に戻《もど》るだろう……先生《せんせい》を探《さが》すのにどのくらいかかるだろう？　息《いき》せき切《き》って走《はし》り、脇腹《わきばら》が刺《さ》し込《こ》むように痛《いた》んだが、ハリーは石《いし》のすべり台《だい》にたどり着《つ》くまで速度《そくど》をゆるめなかった。透明《とうめい》マントはここに置《お》いていくほかないだろう。もしマルフォイが先生《せんせい》に告《つ》げ口《ぐち》したとなれば、このマントが動《うご》かぬ証拠《しょうこ》になってしまう。ハリーはマントを薄暗《うすぐら》い片隅《かたすみ》に隠《かく》し、できるだけ急《いそ》いですべり台《だい》を上《のぼ》りはじめた。手《て》すりをつかむ手《て》が汗《あせ》ですべった。魔女《まじょ》の背中《せなか》のこぶの内側《うちがわ》にたどり着《つ》き、杖《つえ》で軽《かる》くたたき、頭《あたま》を突《つ》き出《だ》し、体《からだ》を持《も》ち上《あ》げて外《そと》に出《で》た。こぶが閉《と》じた。銅像《どうぞう》の陰《かげ》からハリーが飛《と》び出《だ》したとたん、急《いそ》ぎ足《あし》で近《ちか》づく足音《あしおと》が聞《き》こえてきた。

スネイプだった。黒《くろ》いローブのすそをひるがえし、すばやくハリーに近《ちか》づき、ハリーの真正《ましょう》面《めん》で足《あし》を止《と》めた。

「さてと」スネイプが言《い》った。

スネイプは、勝《か》ち誇《ほこ》る気持《きも》ちを無理《むり》に抑《おさ》えつけたような顔《かお》をしていた。ハリーは何《なん》にもしてません、という表情《ひょうじょう》をしてみたものの、顔《かお》から汗《あせ》が噴《ふ》き出《だ》し、両手《りょうて》は泥《どろ》んこなのが自分《じぶん》でもよくわかっていた。ハリーは急《いそ》いで手《て》をポケットに突《つ》っ込《こ》んだ。

「ポッター、一緒《いっしょ》に来《き》たまえ」スネイプが言《い》った。

ハリーはスネイプの後《うし》ろについて階段《かいだん》を下《お》り、スネイプに気《き》づかれないようにポケットの中《なか》で手《て》をぬぐおうとした。二人《ふたり》は地下牢《ちかろう》教室《きょうしつ》へと階段《かいだん》を下《お》り、それからスネイプの研究室《けんきゅうしつ》に入《はい》った。

ハリーはここに一度《いちど》だけ来《き》たことがあったが、その時《とき》もひどく面倒《めんどう》なことに巻《ま》き込《こ》まれていた。あれ以来《いらい》、スネイプは気味《きみ》の悪《わる》いぬめぬめしたものの瓶《びん》づめをまたいくつか増《ふ》やしていた。机《つくえ》の後《うし》ろの棚《たな》にずらりと並《なら》び、暖炉《だんろ》の火《ひ》を受《う》けてキラリ、キラリと光《ひか》って、威圧的《いあつてき》なムードを盛《も》り上《あ》げている。

「座《すわ》りたまえ」

ハリーは腰《こし》かけたが、スネイプは立《た》ったままだった。

「ポッター、マルフォイ君《くん》がたった今《いま》、我輩《わがはい》に奇妙《きみょう》な話《はなし》をしてくれた」

ハリーはだまっていた。

「その話《はなし》によれば、『叫《さけ》びの屋敷《やしき》』まで上《のぼ》っていったところ、ウィーズリーに出会《であ》ったそうだ——一人《ひとり》でいたらしい」

ハリーはまだだまったままだった。

「マルフォイ君《くん》の言《い》うには、ウィーズリーと立《た》ち話《ばなし》をしていたら、大《おお》きな泥《どろ》の塊《かたまり》が飛《と》んできて、頭《あたま》の後《うし》ろに当《あ》たったそうだ。そのようなことがどうやって起《お》こりうるか、おわかりかな？」

「僕《ぼく》、わかりません、先生《せんせい》」ハリーは少《すこ》し驚《おどろ》いた顔《かお》をしてみせた。

スネイプの目《め》が、ハリーの目《め》をぐりぐりとえぐるように迫《せま》った。まるでヒッポグリフとのにらめっこ状態《じょうたい》だった。ハリーは瞬《まばた》きをしないようがんばった。

「マルフォイ君《くん》はそこで異常《いじょう》な幻《まぼろし》を見《み》たと言《い》う。それが何《なん》であったのか、ポッター、想像《そうぞう》がつくかな？」

「いいえ」今度《こんど》はむじゃきに興味《きょうみ》を持《も》ったふうに聞《き》こえるよう努力《どりょく》した。

「ポッター、君《きみ》の首《くび》だった。空中《くうちゅう》に浮《う》かんでいた」

長《なが》い沈黙《ちんもく》が流《なが》れた。

「マルフォイはマダム・ポンフリーのところに行《い》ったほうがいいんじゃないでしょうか。変《へん》なものが見《み》えるなんて――」

「ポッター、君《きみ》の首《くび》はホグズミードでいったい何《なに》をしていたのだろうねえ？」

スネイプの口調《くちょう》はやわらかだ。

「君《きみ》の首《くび》はホグズミードに行《い》くことを許《ゆる》されてはいない。君《きみ》の体《からだ》のどの部分《ぶぶん》も、ホグズミードに行《い》く許可《きょか》を受《う》けていないのだ」

「わかっています」

一点《てん》の罪《つみ》の意識《いしき》も恐《おそ》れも顔《かお》に出《だ》さないよう、ハリーは突《つ》っ張《ぱ》った。

「マルフォイはたぶん幻覚《げんかく》を――」

「マルフォイは幻覚《げんかく》など見《み》てはいない」

スネイプは歯《は》をむき出《だ》し、ハリーの座《すわ》っている椅子《いす》の左右《さゆう》のひじかけに手《て》をかけて顔《かお》を近《ちか》づけた。顔《かお》と顔《かお》が三十センチの距離《きょり》に迫《せま》った。

「君《きみ》の首《くび》がホグズミードにあったなら、体《からだ》のほかの部分《ぶぶん》もあったのだ」

「僕《ぼく》、ずっとグリフィンドール塔《とう》にいました。先生《せんせい》に言《い》われたとおり――」

「誰《だれ》か証人《しょうにん》がいるのか？」

ハリーは何《なに》も言《い》えなかった。スネイプの薄《うす》い唇《くちびる》がゆがみ、恐《おそ》ろしい笑《え》みが浮《う》かんだ。

「なるほど」スネイプはまた体《からだ》を起《お》こした。

「魔法大臣《まほうだいじん》はじめ、誰《だれ》もかれもが、有名人《ゆうめいじん》のハリー・ポッターをシリウス・ブラックから護《まも》ろうとしてきた。しかるに、有名《ゆうめい》なハリー・ポッターは自分自身《じぶんじしん》が法律《ほうりつ》だとお考《かんが》えのようだ。一般《いっぱん》の輩《やから》はハリー・ポッターの安全《あんぜん》のために勝手《かって》に心配《しんぱい》すればよい！　有名人《ゆうめいじん》ハリー・ポッターは好《す》きな所《ところ》へ出《で》かけて、その結果《けっか》どうなるかなぞ、おかまいなしというわけだ」

ハリーはだまっていた。スネイプはハリーを挑発《ちょうはつ》して白状《はくじょう》させようとしている。その手《て》に乗《の》るもんか。スネイプには証拠《しょうこ》がない……まだ。

「ポッター、なんと君《きみ》の父親《ちちおや》に恐《おそ》ろしくそっくりなことよ」

スネイプの目《め》がギラリと光《ひか》り、唐突《とうとつ》に話《はなし》が変《か》わった。

「君《きみ》の父親《ちちおや》もひどく傲慢《ごうまん》だった。少《すこ》しばかりクィディッチの才能《さいのう》があるからといって、自分《じぶん》がほかの者《もの》より抜《ぬ》きん出《で》た存在《そんざい》だと考《かんが》えていたようだ。友人《ゆうじん》や取《と》り巻《ま》きを連《つ》れていばりくさって歩《ある》き
……瓜二《うりふた》つで薄気味悪《うすきみわる》いことよ」

「父《とう》さんはいばって歩《ある》いたりしなかった」思《おも》わず声《こえ》が出《で》た。「僕《ぼく》だってそんなことしない」

「君《きみ》の父親《ちちおや》も、規則《きそく》を歯牙《しが》にもかけなかった」

優位《ゆうい》に立《た》ったスネイプは、細長《ほそなが》い顔《かお》に悪意《あくい》をみなぎらせ、言葉《ことば》を続《つづ》けた。

「規則《きそく》なぞ、つまらん輩《やから》のもので、クィディッチ杯《はい》の優勝者《ゆうしょうしゃ》のものではないと。はなはだしい思《おも》い上《あ》がりの……」

「**だまれ！**」

ハリーは突然《とつぜん》立《た》ち上《あ》がった。プリベット通《どお》りをあとにしたあの晩以来《ばんいらい》の激《はげ》しい怒《いか》りが、体中《からだじゅう》を怒濤《どとう》のようにかけめぐった。スネイプの顔《かお》が硬直《こうちょく》しようが、暗《くら》い目《め》が危険《きけん》な輝《かがや》きを帯《お》びようが、かまうものか。

「**我輩《わがはい》に向《む》かって、何《なん》と言《い》ったのかね、ポッター？**」

「だまれって言《い》ったんだ、父《とう》さんのことで」ハリーは叫《さけ》んだ。「僕《ぼく》はほんとうのことを知《し》ってるんだ。いいですか？　父《とう》さんはあなたの命《いのち》を救《すく》ったんだ！　ダンブルドアが教《おし》えてくれた！　父《とう》さんがいなきゃ、あなたはここにこうしていることさえできなかったんだ！」

スネイプの土気色《つちけいろ》の顔《かお》が、くさった牛乳《ぎゅうにゅう》の色《いろ》に変《か》わった。

「それで、校長《こうちょう》は、君《きみ》の父親《ちちおや》がどういう状況《じょうきょう》で我輩《わがはい》の命《いのち》を救《すく》ったのかも教《おし》えてくれたのかね？」

スネイプはささやくように言《い》った。

「それとも、校長《こうちょう》は、詳細《しょうさい》なる話《はなし》が、大切《たいせつ》なポッターの繊細《せんさい》なお耳《みみ》にはあまりに不快《ふかい》だと思《おぼ》し召《め》したかな？」

ハリーは唇《くちびる》をかんだ。いったい何《なに》が起《お》こったのか、ハリーは知《し》らなかったし、知《し》らないと認《みと》めるのはいやだった――しかし、スネイプの推量《すいりょう》はたしかに当《あ》たっていた。

「君《きみ》がまちがった父親像《ちちおやぞう》を抱《いだ》いたままこの場《ば》を立《た》ち去《さ》ると思《おも》うと、ポッター、虫酸《むしず》が走《はし》る。我輩《わがはい》が許《ゆる》さん」

スネイプは顔《かお》をゆがめ、恐《おそ》ろしい笑《え》みを浮《う》かべた。

「輝《かがや》かしい英雄的行為《えいゆうてきこうい》でも想像《そうぞう》していたのかね？　なればご訂正申《ていせいもう》し上《あ》げよう――君《きみ》の聖人君子《せいじんくんし》の父上《ちちうえ》は、友人《ゆうじん》と一緒《いっしょ》に我輩《わがはい》に大《おお》いに楽《たの》しいいたずらを仕掛《しか》けてくださった。それは我輩《わがはい》を死《し》に至《いた》らしめるようなものだったが、君《きみ》の父親《ちちおや》が土壇場《どたんば》で弱気《よわき》になった。君《きみ》の父親《ちちおや》の行為《こうい》のどこが勇《ゆう》敢《かん》なものか。我輩《わがはい》の命《いのち》を救《すく》うと同時《どうじ》に、自分《じぶん》の命運《めいうん》も救《すく》ったわけだ。あのいたずらが成功《せいこう》していたら、あいつはホグワーツを追放《ついほう》されていたはずだ」

スネイプは黄色《きいろ》いふぞろいの歯《は》をむき出《だ》した。

「ポッター、ポケットをひっくり返《かえ》したまえ！」

突然吐《とつぜんは》きすてるような言《い》い方《かた》だった。

ハリーは動《うご》かなかった。耳《みみ》の奥《おく》でドクンドクンと音《おと》がする。

「ポケットをひっくり返《かえ》したまえ。それともまっすぐ校長《こうちょう》のところへ行《い》きたいのか！　ポッター、ポケットを裏返《うらがえ》すんだ！」

恐怖《きょうふ》に凍《こお》りつき、ハリーはのろのろとゾンコ店《てん》のいたずらグッズの買《か》い物袋《ものぶくろ》と忍《しの》びの地図《ちず》を引《ひ》っ張《ぱ》り出《だ》した。

スネイプはゾンコ店《てん》の袋《ふくろ》をつまみ上《あ》げた。

「ロンにもらいました」

スネイプがロンに会《あ》う前《まえ》に、ロンに知《し》らせるチャンスがありますように、とハリーは祈《いの》った。

「ロンが――この前《まえ》ホグズミードから持《も》ってきてくれました――」

「ほう？　それ以来《いらい》ずっと持《も》ち歩《ある》いていたというわけだ。なんとも泣《な》かせてくれますな……ところでこっちは？」

スネイプが地図《ちず》を取《と》り上《あ》げた。ハリーは平然《へいぜん》とした顔《かお》を保《たも》とうと、ありったけの力《ちから》を振《ふ》りしぼった。

「余《あま》った羊皮紙《ようひし》の切《き》れっぱしです」

ハリーは何《なん》でもないというふうに肩《かた》をすくめた。

スネイプはハリーを見《み》すえたまま羊皮紙《ようひし》を裏返《うらがえ》した。

「こんな古《ふる》ぼけた切《き》れっぱし、当然君《とつぜんきみ》には必要《ひつよう》ないだろう？　我輩《わがはい》が――捨《す》ててもかまわんな？」

スネイプの手《て》が暖炉《だんろ》のほうへ動《うご》いた。

「やめて！」ハリーはあわてた。

「ほう！」スネイプは細長《ほそなが》い鼻《はな》の穴《あな》をひくつかせた。

「これもまたウィーズリー君《くん》からの大切《たいせつ》な贈《おく》り物《もの》ですかな？　それとも――何《なに》か別物《べつもの》かね？　もしや、手紙《てがみ》かね？　透明《とうめい》インクで書《か》かれたとか？　それとも――吸魂鬼《ディメンター》のそばを通《とお》らずにホグズミードに行《い》く案内書《あんないしょ》か？」

ハリーは瞬《まばた》きをし、スネイプの目《め》が輝《かがや》いた。

「なるほど、なるほど……」

ブツブツ言《い》いながらスネイプは杖《つえ》を取《と》り出《だ》し、地図《ちず》を机《つくえ》の上《うえ》に広《ひろ》げた。

「汝《なんじ》の秘密《ひみつ》を現《あらわ》せ！」

杖《つえ》で羊皮紙《ようひし》に触《ふ》れながらスネイプが唱《とな》えた。

何事《なにごと》も起《お》こらない。ハリーは手《て》の震《ふる》えを抑《おさ》えようと、ギュッと拳《こぶし》を握《にぎ》りしめた。

「正体《しょうたい》を現《あらわ》せ！」鋭《するど》く地図《ちず》をつつきながらスネイプが唱《とな》えた。

白紙《はくし》のままだ。ハリーは気《き》を落《お》ち着《つ》かせようと深呼吸《しんこきゅう》した。

「ホグワーツ校《こう》教師《きょうし》、セブルス・スネイプ教授《きょうじゅ》が汝《なんじ》に命《めい》ず。汝《なんじ》の隠《かく》せし情報《じょうほう》を差《さ》し出《だ》すべし！」

スネイプは杖《つえ》で地図《ちず》を強《つよ》くたたいた。まるで見《み》えない手《て》が書《か》いているかのように、なめらかな地図《ちず》の表面《ひょうめん》に文字《もじ》が現《あらわ》れた。

「私《わたし》、ミスター・ムーニーからスネイプ教授《きょうじゅ》にご挨拶《あいさつ》申《もう》し上《あ》げる。他人事《ひとごと》に対《たい》する異常《いじょう》なおせっかいはお控《ひか》えくださるよう、切《せつ》にお願《ねが》いいたすしだい」

スネイプは硬直《こうちょく》した。ハリーはあぜんとして文字《もじ》を見《み》つめた。地図《ちず》のメッセージはそれでおしまいではなかった。最初《さいしょ》の文字《もじ》の下《した》から、またまた文字《もじ》が現《あらわ》れた。

「私《わたし》、ミスター・プロングズもミスター・ムーニーに同意《どうい》し、さらに、申《もう》し上《あ》げる。スネイプ教授《きょうじゅ》はろくでもない、いやなやつだ」

状況《じょうきょう》がこんなに深刻《しんこく》でなければ、おかしくて噴《ふ》き出《だ》すところだ。しかも、まだ続《つづ》く……。

「私《わたし》、ミスター・パッドフットは、かくも愚《おろ》かしき者《もの》が教授《きょうじゅ》になれたことに、驚《おどろ》きの意《い》を記《しる》すものである」

ハリーはあまりの恐《おそ》ろしさに目《め》をつぶった。目《め》を開《あ》けると、地図《ちず》が最後《さいご》の文字《もじ》をつづっていた。

「私《わたし》、ミスター・ワームテールがスネイプ教授《きょうじゅ》にお別《わか》れを申《もう》し上《あ》げ、その薄汚《うすぎたな》いどろどろ頭《あたま》を洗《あら》うようご忠告申《ちゅうこくもう》し上《あ》げる」

ハリーは最後《さいご》の審判《しんぱん》を待《ま》った。

「ふむ……」スネイプが静《しず》かに言《い》った。「片《かた》をつけよう……」

スネイプは暖炉《だんろ》に向《む》かって大股《おおまた》に歩《ある》き、暖炉《だんろ》の上《うえ》の瓶《びん》からキラキラする粉《こな》を一握《ひとにぎ》りつかみ取《と》り、炎《ほのお》の中《なか》に投《な》げ入《い》れた。

「ルーピン！」スネイプが炎《ほのお》に向《む》かって叫《さけ》んだ。「話《はなし》がある！」

何《なに》がなんだかわからないまま、ハリーは炎《ほのお》を見《み》つめた。何《なに》か大《おお》きな姿《すがた》が、急回転《きゅうかいてん》しながら炎《ほのお》の中《なか》に現《あらわ》れた。やがて、ルーピン先生《せんせい》が、くたびれたローブから灰《はい》を払《はら》い落《お》としながら、暖炉《だんろ》からはい出《だ》してきた。

「セブルス、呼《よ》んだかい？」ルーピンがおだやかに言《い》った。

「いかにも」怒《いか》りに顔《かお》をゆがめ、机《つくえ》のほうに戻《もど》りながら、スネイプが答《こた》えた。

「今《いま》しがた、ポッターにポケットの中身《なかみ》を出《だ》すように言《い》ったところ、こんな物《もの》を持《も》っていた」

スネイプは羊皮紙《ようひし》を指差《ゆびさ》した。ムーニー、ワームテール、パッドフット、プロングズの言葉《ことば》が、まだ光《ひか》っていた。ルーピンは奇妙《きみょう》な、うかがい知《し》れない表情《ひょうじょう》を浮《う》かべた。

「それで？」スネイプが言《い》った。

ルーピンは地図《ちず》を見《み》つめ続《つづ》けている。ハリーは、ルーピン先生《せんせい》がとっさの機転《きてん》をきかそうとしているような気《き》がした。

「それで？」再《ふた》びスネイプがうながした。

「この羊皮紙《ようひし》にはまさに『闇《やみ》の魔術《まじゅつ》』が詰《つ》め込《こ》まれている。ルーピン、君《きみ》の専門分野《せんもんぶんや》だと拝察《はいさつ》するが。ポッターがどこでこんな物《もの》を手《て》に入《い》れたと思《おも》うかね？」

ルーピンが顔《かお》を上《あ》げ、ほんのわずか、ハリーのほうに視線《しせん》を送《おく》り、だまっているようにと警告《けいこく》した。

「『闇《やみ》の魔術《まじゅつ》』が詰《つ》まっている？」ルーピンが静《しず》かにくり返《かえ》した。

「セブルス、ほんとうにそう思《おも》うのかい？　私《わたし》が見《み》るところ、無理《むり》に読《よ》もうとする者《もの》を侮辱《ぶじょく》するだけの羊皮紙《ようひし》にすぎないように見《み》えるが。子供《こども》だましだが、けっして危険《きけん》じゃないだろう？　ハリーはいたずら専門店《せんもんてん》で手《て》に入《い》れたのだと思《おも》うよ――」

「そうかね？」スネイプは怒《いか》りであごが強《こわ》ばっていた。「いたずら専門店《せんもんてん》でこんな物《もの》をポッターに売《う》ると、そう言《い》うのか？　むしろ、直接《ちょくせつ》に製作者《せいさくしゃ》から入手《にゅうしゅ》した可能性《かのうせい》が高《たか》いとは思《おも》わんのか？」

ハリーにはスネイプの言《い》っていることがわからなかった。ルーピンもわかっていないように見《み》えた。

「ミスター・ワームテールとか、この連中《れんちゅう》の誰《だれ》かからという意味《いみ》か？　ハリー、この中《なか》に誰《だれ》か知《し》っている人《ひと》はいるかい？」ルーピンが聞《き》いた。

「いいえ」ハリーは急《いそ》いで答《こた》えた。

「セブルス、聞《き》いただろう？」ルーピンはスネイプのほうを見《み》た。「私《わたし》には『ゾンコ』の商品《しょうひん》のように見《み》えるがね――」

合図《あいず》を待っていたかのように、ロンが研究室《けんきゅうしつ》に息《いき》せき切《き》って飛《と》び込《こ》んできた。スネイプの机《つくえ》の真《ま》ん前《まえ》で止《と》まり、胸《むね》を押《お》さえながら、とぎれとぎれにしゃべった。

「それ――僕《ぼく》が――ハリーに――あげたんです」ロンはむせ込《こ》んだ。「『ゾンコ』で――ずいぶん前《まえ》に――それを――買《か》いました……」

「ほら！」ルーピンは手《て》をポンとたたき、機嫌《きげん》よく周《まわ》りを見回《みまわ》した。

「どうやらこれではっきりした！　セブルス、これは私《わたし》が引《ひ》き取《と》ろう。いいね？」

ルーピンは地図《ちず》を丸《まる》めてローブの中《なか》にしまい込《こ》んだ。

「ハリー、ロン、おいで。吸血鬼《バンパイア》のレポートについて話《はなし》があるんだ。セブルス、失礼《しつれい》するよ」

研究室《けんきゅうしつ》から出《で》るとき、ハリーはとてもスネイプを見《み》る気《き》にはなれなかった。ハリー、ロン、ルーピンは黙々《もくもく》と玄関《げんかん》ホールまで歩《ある》いて、そこで初《はじ》めて口《くち》をきいた。ハリーがルーピンを見《み》た。

「先生《せんせい》、僕《ぼく》――」

「事情《じじょう》を聞《き》こうとは思《おも》わない」

ルーピンは短《みじか》く答《こた》えた。それからがらんとした玄関《げんかん》ホールを見回《みまわ》し、声《こえ》をひそめて言《い》った。

「何年《なんねん》も前《まえ》にフィルチさんがこの地図《ちず》を没収《ぼっしゅう》したことを、私《わたし》はたまたま知《し》っているんだ。そう、私《わたし》はこれが地図《ちず》だということを知《し》っている」

ハリーとロンの驚《おどろ》いたような顔《かお》を前《まえ》にルーピンは話《はな》した。

「これがどうやって君《きみ》の物《もの》になったのか、私《わたし》は知《し》りたくはない。ただ、君《きみ》がこれを提出《ていしゅつ》しなかったのには、私《わたし》は大《おお》いに驚《おどろ》いている。先日《せんじつ》も、生徒《せいと》の一人《ひとり》がこの城《しろ》の内部情報《ないぶじょうほう》を不用意《ふようい》に放《ほう》っておいたことで、あんなことが起《お》こったばかりじゃないか。だから、ハリー、これは返《かえ》してあげるわけにはいかないよ」

ハリーはそれを覚悟《かくご》していた。しかも、聞《き》きたいことがたくさんあって、抗議《こうぎ》をするどころではなかった。

「スネイプは、どうして僕《ぼく》がこれを製作者《せいさくしゃ》から手《て》に入《い》れたと思《おも》ったのでしょう？」

「それは……」

ルーピンは口《くち》ごもった。

「それは、この地図《ちず》の製作者《せいさくしゃ》だったら、君《きみ》を学校《がっこう》の外《そと》へ誘《さそ》い出《だ》したいと思《おも》ったかもしれないからだよ。連中《れんちゅう》にとって、それがとてもおもしろいことだろうからね」

「先生《せんせい》は、この人《ひと》たちをご存《ぞん》じなんですか?」ハリーは感心《かんしん》して尋《たず》ねた。

「会《あ》ったことがある」

ぶっきらぼうな答《こた》えだった。ルーピンはこれまでに見《み》せたことがないような真剣《しんけん》なまなざしでハリーを見《み》た。

「ハリー、この次《つぎ》はかばってあげられないよ。私《わたし》がいくら説得《せっとく》しても、君《きみ》は納得《なっとく》して、シリウス・ブラックのことを深刻《しんこく》に受《う》け止《と》めるようにはならないだろう。しかし、吸魂鬼《ディメンター》が近《ちか》づいたときに君《きみ》が聞《き》いた声《こえ》こそ、君《きみ》にもっと強《つよ》い影響《えいきょう》を与《あた》えているはずだと思《おも》ったんだがね。君《きみ》のご両親《りょうしん》は、君《きみ》を生《い》かすために自《みずか》らの命《いのち》を捧《ささ》げたんだよ、ハリー。それに報《むく》いるのに、これではあまりにお粗末《そまつ》じゃないか——たかが魔法《まほう》のおもちゃ一袋《ひとふくろ》のために、ご両親《りょうしん》の犠牲《ぎせい》の賜物《たまもの》を危険《きけん》にさらすなんて」

ルーピンが立《た》ち去《さ》った。ハリーはいっそうみじめな気持《きも》ちになった。スネイプの部屋《へや》にいたときでさえ、こんなみじめな気持《きも》ちにはならなかった。

ハリーとロンはゆっくりと大理石《だいりせき》の階段《かいだん》を上《のぼ》った。隻眼《せきがん》の魔女像《まじょぞう》のところまで来《き》たとき、ハリーは透明《とうめい》マントのことを思《おも》い出《だ》した——まだこの下《した》にある。しかし、取《と》りに降《お》りる気《き》にはなれなかった。

「僕《ぼく》が悪《わる》いんだ」ロンが突然口《とつぜんくち》をきいた。

「僕《ぼく》が君《きみ》に行《い》けって勧《すす》めたんだ。ルーピン先生《せんせい》の言《い》うとおりだ。バカだったよ。僕《ぼく》たち、こんなこと、すべきじゃなかった――」

ロンが口《くち》を閉《と》じた。二人《ふたり》は警護《けいご》のトロールが往《い》き来《き》している廊下《ろうか》にたどり着《つ》いた。すると、ハーマイオニーがこちらに向《む》かって歩《ある》いてきた。ハーマイオニーを一目見《ひとめみ》たとたん、もう事件《じけん》のことは聞《き》いたにちがいないと、ハリーは確信《かくしん》した。ハリーは心臓《しんぞう》がドサッと落《お》ち込《こ》むような気《き》がした――マクゴナガル先生《せんせい》にもう言《い》いつけたのだろうか？

「さぞご満悦《まんえつ》だろうな？」

ハーマイオニーが二人《ふたり》の真《ま》ん前《まえ》で足《あし》を止《と》めたとき、ロンがぶっきらぼうに言《い》った。

「それとも告《つ》げ口《ぐち》しに行《い》ってきたところかい？」

「ちがうわ」

ハーマイオニーは両手《りょうて》で手紙《てがみ》を握《にぎ》りしめ、唇《くちびる》をわなわなと震《ふる》わせていた。

「あなたたちも知《し》っておくべきだと思《おも》って……ハグリッドが敗訴《はいそ》したの。バックビークは処刑《しょけい》されるわ」

第《だい》15章《しょう》　クィディッチ優勝戦《ファイナル》

「これを――これをハグリッドが送《おく》ってきたの」ハーマイオニーは手紙《てがみ》を突《つ》き出《だ》した。

ハリーがそれを受《う》け取《と》った。羊皮紙《ようひし》は湿《しめ》っぽく、大粒《おおつぶ》の涙《なみだ》であちこちインクがひどくにじみ、とても読《よ》みにくい手紙《てがみ》だった。

ハーマイオニーへ
俺《おれ》たちが負《ま》けた。
バックビークはホグワーツに連《つ》れて帰《かえ》るのを許《ゆる》された。
処刑日《しょけいび》はこれから決《き》まる。
ビーキーはロンドンを楽《たの》しんだ。
おまえさんが俺《おれ》たちのためにいろいろ助《たす》けてくれたことは忘《わす》れねえ。
ハグリッドより

「こんなことってないよ」ハリーが言《い》った。「こんなことできるはずないよ。バックビークは危《き》険《けん》じゃないんだ」

「マルフォイのお父《とう》さんが委員会《いいんかい》を脅《おど》してこうさせたの」ハーマイオニーは涙《なみだ》をぬぐった。「あの父親《ちちおや》がどんな人《ひと》か知《し》ってるでしょう。委員会《いいんかい》は、老《お》いぼれのよぼよぼのバカばっかり。みんな怖気《おじけ》づいたんだわ。そりゃ、控訴《こうそ》の道《みち》はあるわ。普通《ふつう》ならね。でも、望《のぞ》みはないと思《おも》う……何《なん》にも変《か》わりはしない」

「いや、変《か》わるとも」ロンが力《ちから》を込《こ》めて言《い》った。「ハーマイオニー、今度《こんど》は君一人《きみひとり》で全部《ぜんぶ》やらなくてもいい。僕《ぼく》が手伝《てつだ》う」

「ああ、ロン！」

ハーマイオニーはロンの首《くび》に抱《だ》きついてワッと泣《な》きだした。ロンはおたおたして、ハーマイオニーの頭《あたま》を不器用《ぶきよう》になでた。しばらくして、ハーマイオニーがやっとロンから離《はな》れた。

「ロン、スキャバーズのこと、ほんとに、ほんとにごめんなさい……」

ハーマイオニーがしゃくり上《あ》げながら謝《あやま》った。

「ああ――ウン――あいつは年寄《としよ》りだったし」

ロンはハーマイオニーが離《はな》れてくれて、心《こころ》からホッとしたような顔《かお》で言《い》った。

「それに、あいつ、ちょっと役立《やくた》たずだったしな。パパやママが、今度《こんど》は僕《ぼく》にふくろうを買《か》ってくれるかもしれないじゃないか」


ブラックの二度目《どめ》の侵入事件以来《しんにゅうじけんいらい》、生徒《せいと》は厳《きび》しい安全対策《あんぜんたいさく》を守《まも》らなければならず、ハリーもロンもハーマイオニーも、日《ひ》が暮《く》れてからハグリッドを訪《たず》ねるのは不可能《ふかのう》だった。話《はなし》ができるのは「魔法生物飼育学《まほうせいぶつしいくがく》」の授業中《じゅぎょうちゅう》しかなかった。


ハグリッドは判決《はんけつ》を受《う》けたショックで放心状態《ほうしんじょうたい》だった。

「みんな俺《おれ》が悪《わる》いんだ。舌《した》がもつれっちまって。みんな黒《くろ》いローブを着込《きこ》んで座《すわ》ってて、そんでもって俺《おれ》はメモをぼろぼろ落《お》としっちまって、ハーマイオニー、おまえさんがせっかく探《さが》してくれたいろんなもんの日付《ひづけ》は忘《わす》れっちまうし。そんで、そのあとルシウス・マルフォイが立《た》ち上《あ》がって、やつの言《い》い分《ぶん》をしゃべって、そんで、委員会《いいんかい》は、あいつに『やれ』って言《い》われたとおりにやったんだ……」

「まだ控訴《こうそ》がある！」ロンが熱《ねつ》を込《こ》めて言《い》った。「まだあきらめないで。僕《ぼく》たち、準備《じゅんび》してるんだから！」

四人《にん》はクラスのほかの生徒《せいと》たちと一緒《いっしょ》に、城《しろ》に向《む》かって歩《ある》いているところだった。前《まえ》のほうに、クラッブとゴイルを引《ひ》き連《つ》れたマルフォイの姿《すがた》が見《み》えた。ちらちらと後《うし》ろを振《ふ》り返《かえ》っては、小《こ》ばかにしたように笑《わら》っている。

「ロン、そいつぁダメだ」城《しろ》の石段《いしだん》までたどり着《つ》いたとき、ハグリッドが悲《かな》しそうに言《い》った。「あの委員会《いいんかい》はルシウス・マルフォイの言《い》うなりだ。俺《おれ》はただ、ビーキーの残《のこ》された時間《じかん》を思《おも》いっきり幸《しあわ》せなもんにしてやるんだ。俺《おれ》は、そうしてやらにゃ……」

ハグリッドはきびすを返《かえ》し、ハンカチに顔《かお》をうずめて、急《いそ》いで小屋《こや》に戻《もど》っていった。

「見《み》ろよ、あの泣《な》き虫《むし》！」

マルフォイ、クラッブ、ゴイルが城《しろ》の扉《とびら》のすぐ裏側《うらがわ》で聞《き》き耳《みみ》を立《た》てていたのだ。

「あんなに情《なさ》けないものを見《み》たことがあるかい」マルフォイが言《い》った。「しかも、あいつが僕《ぼく》たちの先生《せんせい》だって！」

ハリーもロンもカンカンに怒《おこ》って、マルフォイに向《む》かって手《て》を上《あ》げた。が、ハーマイオニーのほうが早《はや》かった――。

バシッ！

ハーマイオニーがあらんかぎりの力《ちから》を込《こ》めてマルフォイの横《よこ》っ面《つら》を張《は》った。マルフォイがよろめいた。ハリーも、ロンも、クラッブもゴイルも、びっくり仰天《ぎょうてん》してその場《ば》に棒立《ぼうだ》ちになった。

ハーマイオニーがもう一度手《どて》を上《あ》げた。

「ハグリッドのことを情《なさ》けないだなんて、よくもそんなことを。この汚《けが》らわしい――この悪党《あくとう》――」

「ハーマイオニー！」

ロンがおろおろしながら、ハーマイオニーが大上段《だいじょうだん》に振《ふ》りかぶった手《て》を押《お》さえようとした。

「放《はな》して！　ロン！」

ハーマイオニーが杖《つえ》を取《と》り出《だ》した。マルフォイはあとずさりし、クラッブとゴイルはまったくお手上《てあ》げ状態《じょうたい》で、マルフォイの命令《めいれい》をあおいだ。

「行《い》こう」

マルフォイがそうつぶやくと、三人《にん》はたちまち地下牢《ちかろう》に続《つづ》く階段《かいだん》を下《お》り、姿《すがた》を消《け》した。

「ハーマイオニー！」

ロンがびっくりするやら、感動《かんどう》するやらで、また呼《よ》びかけた。

「ハリー、クィディッチの優勝戦《ゆうしょうせん》で、何《なに》がなんでもあいつをやっつけて！」

ハーマイオニーが上《うわ》ずった声《こえ》で言《い》った。

「絶対《ぜったい》に、お願《ねが》いよ。スリザリンが勝《か》ったりしたら、私《わたし》、とってもがまんできないもの！」

「もう『呪文学《じゅもんがく》』の時間《じかん》だ。早《はや》く行《い》かないと」

ロンはまだハーマイオニーをしげしげと眺《なが》めながらうながした。

三人《にん》は急《いそ》いで大理石《だいりせき》の階段《かいだん》を上《のぼ》り、フリットウィック先生《せんせい》の教室《きょうしつ》に向《む》かった。

「二人《ふたり》とも、遅刻《ちこく》だよ！」

ハリーが教室《きょうしつ》のドアを開《あ》けると、フリットウィック先生《せんせい》がとがめるように言《い》った。

「早《はや》くお入《はい》り。杖《つえ》を出《だ》して。今日《きょう》は『元気《げんき》の出《で》る呪文《じゅもん》』の練習《れんしゅう》だよ。もう二人《ふたり》ずつペアになっているからね――」

ハリーとロンは急《いそ》いで後《うし》ろのほうの机《つくえ》に行《い》き、かばんを開《あ》けた。

「ハーマイオニーはどこに行《い》ったんだろ？」振《ふ》り返《かえ》ったロンが言《い》った。

ハリーもあたりを見回《みまわ》した。ハーマイオニーは教室《きょうしつ》に入《はい》ってこなかった。でもドアを開《あ》けたときは、自分《じぶん》のすぐ横《よこ》にいたのを、ハリーは知《し》っている。

「変《へん》だなぁ」ハリーはロンの顔《かお》をじっと見《み》た。「きっと――トイレとかに行《い》ったんじゃないかな？」

しかし、ハーマイオニーはずっと現《あらわ》れなかった。

「ハーマイオニーも『元気《げんき》の出《で》る呪文《じゅもん》』が必要《ひつよう》だったのに」

授業《じゅぎょう》が終《お》わって、全員《ぜんいん》がニコニコしながら昼食《ちゅうしょく》を食《た》べに出《で》ていくとき、ロンが言《い》った。「元気《げんき》呪文《じゅもん》」の余韻《よいん》でクラス全員《ぜんいん》が大満足《だいまんぞく》の気分《きぶん》に浸《ひた》っていた。

ハーマイオニーは昼食《ちゅうしょく》にも来《こ》なかった。アップルパイを食《た》べ終《お》えるころ、「元気呪文《げんきじゅもん》」の効《き》き目《め》も切《き》れてきて、ハリーもロンも少《すこ》し心配《しんぱい》になってきた。

「マルフォイがハーマイオニーに何《なん》かしたんじゃないだろうな？」

グリフィンドール塔《とう》への階段《かいだん》を急《いそ》ぎ足《あし》で上《のぼ》りながら、ロンが心配《しんぱい》そうに言《い》った。

二人《ふたり》は警備《けいび》のトロールのそばを通《とお》り過《す》ぎ、太《ふと》った婦人《レディ》に暗号《あんごう》を言《い》い（「フリバティジベット」）肖像画《しょうぞうが》の裏《うら》の穴《あな》をくぐり、談話室《だんわしつ》に入《はい》った。

ハーマイオニーはテーブルに「数占い学《かずうらないがく》」の教科書《きょうかしょ》を開《ひら》き、その上《うえ》に頭《あたま》をのせて、ぐっすり眠《ねむ》り込《こ》んでいた。二人《ふたり》はハーマイオニーの両側《りょうがわ》に腰《こし》かけ、ハリーがそっとつついてハーマイオニーを起《お》こした。

「ど――どうしたの？」

ハーマイオニーは驚《おどろ》いて目《め》を覚《さ》まし、あたりをきょろきょろと見回《みまわ》した。

「もう、授業《じゅぎょう》に行《い》く時間《じかん》？　今度《こんど》は、な――何《なん》の授業《じゅぎょう》だっけ？」

「『占い学《うらながく》』だ。でもあと二十分《ぷん》あるよ。ハーマイオニー、どうして『呪文学《じゅもんがく》』に来《こ》なかったの？」ハリーが聞《き》いた。

「えっ？　あーっ！」ハーマイオニーが叫《さけ》んだ。「『呪文学《じゅもんがく》』に行《い》くのを忘《わす》れちゃった！」

「だけど、忘《わす》れようがないだろう？　教室《きょうしつ》のすぐ前《まえ》まで僕《ぼく》たちと一緒《いっしょ》だったのに！」

「何《なん》てことを！」ハーマイオニーは涙声《なみだごえ》になった。

「フリットウィック先生《せんせい》、怒《おこ》ってらした？　ああ、マルフォイのせいよ。あいつのことを考《かんが》えてたら、ごちゃごちゃになっちゃったんだわ！」

「ハーマイオニー、言《い》ってもいいかい？」

ハーマイオニーが枕《まくら》がわりに使《つか》っていた分厚《ぶあつ》い「数占い学《かずうらながく》」の本《ほん》を見下《みお》ろしながら、ロンが言《い》った。

「君《きみ》はパンク状態《じょうたい》なんだ。あんまりいろんなことをやろうとして」

「そんなことないわ！」

ハーマイオニーは目《め》の上《うえ》にかかった髪《かみ》をかき上《あ》げ、絶望《ぜつぼう》したような目《め》でかばんを探《さが》した。

「ちょっとミスしたの。それだけよ！　私《わたし》、今《いま》からフリットウィック先生《せんせい》のところへ行《い》って、謝《あやま》ってこなくちゃ……。『占い学《うらながく》』のクラスでまたね！」

二十分後《ぷんご》、ハーマイオニーはトレローニー先生《せんせい》の教室《きょうしつ》に上《のぼ》るはしごのところに現《あらわ》れた。ひどく悩《なや》んでいる様子《ようす》だった。

「『元気《げんき》の出《で》る呪文《じゅもん》』の授業《じゅぎょう》に出《で》なかったなんて、私《わたし》としたことが！　きっと、これ、試験《しけん》に出《で》るわよ。フリットウィック先生《せんせい》がそんなことをちらっとおっしゃったもの！」

三人《にん》は一緒《いっしょ》にはしごを上《のぼ》り、薄暗《うすぐら》いむっとするような塔教室《とうきょうしつ》に入《はい》った。小《ちい》さなテーブルの一つ一つに真珠色《しんじゅいろ》の靄《もや》が詰《つ》まった水晶玉《すいしょうだま》が置《お》かれ、ぼうっと光《ひか》っていた。ハリー、ロン、ハーマイオニーは、脚《あし》のぐらぐらしているテーブルに一緒《いっしょ》に座《すわ》った。

「水晶玉《すいしょうだま》は来学期《らいがっき》にならないと始《はじ》まらないと思《おも》ってたけどな」

トレローニー先生《せんせい》がすぐそばに忍《しの》び寄《よ》ってきていないかどうか、あたりを警戒《けいかい》するように見回《みまわ》しながら、ロンがヒソヒソ言《い》った。

「文句言《もんくい》うなよ。これで手相術《てそうじゅつ》が終《お》わったってことなんだから」ハリーもヒソヒソ言《い》った。

「僕《ぼく》の手相《てそう》を見《み》るたびに、先生《せんせい》がぎくっと身《み》を引《ひ》くのには、もううんざりしてたんだ」

「みなさま、こんにちは！」

おなじみの霧《きり》のかなたの声《こえ》とともに、トレローニー先生《せんせい》がいつものように薄暗《うすくら》がりの中《なか》から芝居《しばい》がかった登場《とうじょう》をした。パーバティとラベンダーが興奮《こうふん》して身震《みぶる》いした。二人《ふたり》の顔《かお》が、ほの明《あか》るい乳白色《にゅうはくしょく》の水晶玉《すいしょうだま》の光《ひかり》に照《て》らし出《だ》された。

「あたくし、計画《けいかく》しておりましたより少《すこ》し早《はや》めに水晶玉《すいしょうだま》をお教《おし》えすることにしましたの」

トレローニー先生《せんせい》は暖炉《だんろ》の火《ひ》を背《せ》にして座《すわ》り、あたりを凝視《ぎょうし》した。

「六月《がつ》の試験《しけん》は玉《たま》に関《かん》するものだと、運命《うんめい》があたくしに知《し》らせましたの。それで、あたくし、みなさまに充分練習《じゅうぶんれんしゅう》させてさしあげたくて」

ハーマイオニーがフンと鼻《はな》を鳴《な》らした。

「あーら、まあ……『運命《うんめい》が知《し》らせましたの』……どなたさまが試験《しけん》をお出《だ》しになるの？　あの人自身《ひとじしん》じゃない！　なんて驚《おどろ》くべき予言《よげん》でしょ！」

ハーマイオニーは声《こえ》を低《ひく》くする配慮《はいりょ》もせず言《い》いきった。

トレローニー先生《せんせい》の顔《かお》は暗《くら》がりに隠《かく》れているので、聞《き》こえたのかどうかわからなかった。ただ、聞《き》こえなかったかのように、話《はなし》を続《つづ》けた。

「水晶占《すいしょううらな》いは、とても高度《こうど》な技術《ぎじゅつ》ですのよ」夢見《ゆめみ》るような口調《くちょう》だ。「玉《たま》の無限《むげん》の深奥《しんおう》をのぞき込《こ》んだとき、みなさまが初《はじ》めから何《なに》かを『見《み》る』ことは期待《きたい》しておりませんわ。まず意識《いしき》と、外《そと》なる眼《め》とをリラックスさせることから練習《れんしゅう》を始《はじ》めましょう」

ロンはクスクス笑《わら》いがどうしても止《と》まらなくなり、声《こえ》を殺《ころ》すのに、握《にぎ》り拳《こぶし》を自分《じぶん》の口《くち》に突《つ》っ込《こ》むありさまだった。

「そうすれば『内《うち》なる眼《め》』と超意識《ちょういしき》とが現《あらわ》れましょう。幸運《こううん》に恵《めぐ》まれれば、みなさまの中《なか》の何人《なんにん》かは、この授業《じゅぎょう》が終《お》わるまでには『見《み》える』かもしれませんわ」

そこでみんなが作業《さぎょう》に取《と》りかかった。少《すく》なくともハリーは、水晶玉《すいしょうだま》をじっと見《み》つめていることがとてもアホらしく感《かん》じられた。心《こころ》を空《から》にしようと努力《どりょく》しても、「こんなこと、くだらない」という思《おも》いがしょっちゅう頭《あたま》をもたげた。しかも、ロンがしょっちゅうクスクス忍《しの》び笑《わら》いをするわ、ハーマイオニーは舌打《したう》ちばかりしているわで、どうしようもない。

「何《なん》か見《み》えた？」十五分《ふん》ほどだまって水晶玉《すいしょうだま》を見《み》つめたあと、ハリーが二人《ふたり》に聞《き》いた。

「ウン。このテーブル、焼《や》け焦《こ》げがあるよ」ロンは指差《ゆびさ》した。「誰《だれ》かろうそくをたらしたんだろな」

「まったく時間《じかん》の無駄《むだ》よ」ハーマイオニーが歯《は》を食《く》いしばったまま、いまいましそうに言《い》った。「もっと役《やく》に立《た》つことを練習《れんしゅう》できたのに。『元気《げんき》の出《で》る呪文《じゅもん》』の遅《おく》れを取《と》り戻《もど》すことだって――」

トレローニー先生《せんせい》が衣《きぬ》ずれの音《おと》とともにそばを通《とお》り過《す》ぎた。

「玉《たま》の内《うち》なる、影《かげ》のような予兆《よちょう》をどう解釈《かいしゃく》するか、あたくしに助《たす》けてほしい方《かた》、いらっしゃること？」腕輪《うでわ》をチャラつかせながら、トレローニー先生《せんせい》がつぶやくように言《い》った。

「僕《ぼく》、助《たす》けなんかいらないよ」ロンがささやいた。「見《み》りゃわかるさ。今夜《こんや》は霧《きり》が深《ふか》いでしょう、ってとこだな」

ハリーもハーマイオニーも噴《ふ》き出《だ》した。

「まあ、何《なん》ということを！」

先生《せんせい》の声《こえ》と同時《どうじ》に、みんながいっせいに三人《にん》のほうを振《ふ》り向《む》いた。パーバティとラベンダーは「なんて破廉恥《はれんち》な」という目《め》つきをしていた。

「あなたがたは、未来《みらい》を透視《とうし》する神秘《しんぴ》の震《ふる》えを乱《みだ》していますわ！」

トレローニー先生《せんせい》は三人《にん》のテーブルに近寄《ちかよ》り、水晶玉《すいしょうだま》をのぞき込《こ》んだ。ハリーは気《き》が重《おも》くなった。これから何《なに》が始《はじ》まるか、自分《じぶん》にはわかる……。

「ここに、何《なに》かありますわ！」トレローニー先生《せんせい》は低《ひく》い声《こえ》でそう言《い》うと、水晶玉《すいしょうだま》の高《たか》さまで顔《かお》を下《さ》げた。玉《たま》は巨大《きょだい》なめがねに写《うつ》って二つに見《み》えた。

「何《なに》かが動《うご》いている……でも、何《なに》かしら？」

何《なに》かはわからないが、絶対《ぜったい》によいことではない。賭《か》けてもいい。ハリーの持《も》っている物《もの》を全部《ぜんぶ》、ファイアボルトもひっくるめて全部《ぜんぶ》賭《か》けてもいい。そして、やっぱり……。

「まあ、あなた……」トレローニー先生《せんせい》はハリーの顔《かお》をじっと見《み》つめて、ホーッと息《いき》を吐《は》いた。

「ここに、これまでよりはっきりと……ほら、こっそりとあなたのほうに忍《しの》び寄《よ》り、だんだん大《おお》

「きく……死神犬のグ――」

「いいかげんにしてよ！」ハーマイオニーが大声《おおごえ》を上《あ》げた。「また、あのバカバカしい死神犬《グリム》じゃないでしょうね！」

トレローニー先生《せんせい》は巨大《きょだい》な目《め》を上《あ》げ、ハーマイオニーを見《み》た。パーバティがラベンダーに何事《なにごと》かささやき、二人《ふたり》もハーマイオニーをにらんだ。トレローニー先生《せんせい》が立《た》ち上《あ》がり、紛《まぎ》れもなく怒《いか》りを込《こ》めて、ハーマイオニーを眺《なが》め回《まわ》した。

「まあ、あなた。こんなことを申《もう》し上《あ》げるのは何《なん》ですけど、あなたがこのお教室《きょうしつ》に最初《さいしょ》に現《あらわ》れたときから、はっきりわかっていたことでございますわ。あなたには『占《うらな》い学《がく》』という高貴《こうき》な技《ぎ》術《じゅつ》に必要《ひつよう》なものが備《そな》わっておりませんの。まったく、こんなに救《すく》いようのない『俗《ぞく》』な心《こころ》を持《も》った生徒《せいと》に、いまだかつてお目《め》にかかったことがありませんわ」

一瞬《いっしゅん》の沈黙《ちんもく》。そして――。

「けっこうよ！」

ハーマイオニーが唐突《とうとつ》にそう言《い》うと、立《た》ち上《あ》がり、『未来《みらい》の霧《きり》を晴《は》らす』の本《ほん》をかばんに詰《つ》め込《こ》みはじめた。

「けっこうですとも！」再《ふたた》びそう言《い》うと、ハーマイオニーはかばんを振《ふ》り回《まわ》すようにして肩《かた》にかけ、危《あや》うくロンを椅子《いす》からたたき落《お》としそうになった。

「やめた！　私《わたし》、出《で》ていくわ！」

クラス中《なか》があっけに取《と》られる中《なか》を、ハーマイオニーは威勢《いせい》よく出口《でぐち》へと歩《ある》き、跳《は》ね上《あ》げ戸《ど》を足《あし》でけとばして開《あ》け、はしごを下《お》りて姿《すがた》が見《み》えなくなった。

全生徒《ぜんせいと》が落《お》ち着《つ》きを取《と》り戻《もど》すまで、数分《すうふん》かかった。トレローニー先生《せんせい》は死神犬《グリム》のことをころっと忘《わす》れてしまったようだ。ぶっきらぼうにハリーとロンのいる机《つくえ》を離《はな》れ、透《す》きとおったショールをしっかり体《からだ》に引《ひ》き寄《よ》せながら、かなり息《いき》を荒《あら》らげていた。

「おぉぉぉぉ！」突然《とつぜん》ラベンダーが声《こえ》を上《あ》げ、みんなびっくりした。

「おおおおおお、トレローニー先生《せんせい》。私《わたし》、今思《いまおも》い出《だ》しました。ハーマイオニーが立《た》ち去《さ》るのを、ご覧《らん》になりましたね？　そうでしょう、先生《せんせい》？『イースターのころ、誰《だれ》か一人《ひとり》が永久《えいきゅう》に去《さ》るでしょう！』先生《せんせい》は、ずいぶん前《まえ》にそうおっしゃいました！」

トレローニー先生《せんせい》は、ラベンダーに向《む》かって、はかなげにほほ笑《え》んだ。

「ええ、そうよ。ミス・グレンジャーがクラスを去《さ》ることは、あたくし、わかっていましたの。でも、『兆《しるし》』を読《よ》みちがえていればよいのにと願《ねが》うこともありますのよ……『内《うち》なる眼《め》』が重荷《おもに》になることがありますわ……」

ラベンダーとパーバティは深《ふか》く感《かん》じ入《い》った顔《かお》つきで、トレローニー先生《せんせい》が自分《じぶん》たちのテーブルに移《うつ》ってきて座《すわ》れるよう、場所《ばしょ》をあけた。

「ハーマイオニーったら、今日《きょう》は大変《たいへん》な一日《にち》だよ。な？」

ロンが恐《おそ》れをなしたようにハリーにつぶいた。

「ああ……」

ハリーは水晶玉《すいしょうだま》をちらりとのぞいた。白《しろ》い霧《きり》が渦《うず》巻《ま》いているだけだ。トレローニー先生《せんせい》はほんとうにまた死神犬《グリム》を見《み》たのだろうか？　自分《じぶん》も見《み》るのだろうか？　クィディッチ優勝戦《ゆうしょうせん》が刻々《こくこく》と近《ちか》づいている。あんな死《し》ぬような目《め》にあう事故《じこ》だけは絶対《ぜったい》に起《お》こってほしくない。

イースター休暇《きゅうか》はのんびり、というわけにはいかなかった。三年生《ねんせい》はかつてないほどの宿題《しゅくだい》を出《だ》された。ネビル・ロングボトムはほとんどノイローゼだったし、ほかの生徒《せいと》も似《に》たりよったりだった。

「これが休暇《きゅうか》だってのかい！」

ある昼下《ひるさ》がり、シェーマス・フィネガンが談話室《だんわしつ》でほえた。

「試験《しけん》はまだずーっと先《さき》だってのに、先生方《せんせいがた》は何《なに》を考《かんが》えてるんだ？」

それでも、ハーマイオニーほど抱《かか》え込《こ》んだ生徒《せいと》はいなかった。「占《うらな》い学《がく》」はやめたものの、ハーマイオニーは誰《だれ》よりもたくさんの科目《かもく》を取《と》っていた。夜《よる》はだいたい談話室《だんわしつ》に最後《さいご》までねばっていたし、朝《あさ》は誰《だれ》よりも早《はや》く図書館《としょかん》に来《き》ていた。目《め》の下《した》にルーピン先生《せんせい》なみのくまができて、いつ見《み》ても、今《いま》にも泣《な》きだしそうな雰囲気《ふんいき》だった。

ロンはバックビークの控訴《こうそ》の準備《じゅんび》を引《ひ》き継《つ》いで、宿題《しゅくだい》に取《と》り組《く》む時間《じかん》以外《いがい》は巨大《きょだい》な本《ほん》を調《しら》べあげていた。『ヒッポグリフの心理《しんり》』とか、『鳥《とり》か盗《と》りか？』、『ヒッポグリフの残忍性《ざんにんせい》に関《かん》する研究《けんきゅう》』などを夢中《むちゅう》で読《よ》みふけり、クルックシャンクスに当《あ》たり散《ち》らすことさえ忘《わす》れていた。

一方《いっぽう》ハリーは、毎日続《まいにちつづ》くクィディッチの練習《れんしゅう》に加《くわ》えて、ウッドとのはてしない作戦会議《さくせんかいぎ》の合間《あいま》に、なんとか宿題《しゅくだい》をやっつけなければならなかった。グリフィンドール対《たい》スリザリンの試合《しあい》が、イースター休暇明《きゅうかあ》けの最初《さいしょ》の土曜日《どようび》に迫《せま》っていた。スリザリンはリーグ戦《せん》できっちり二百点《てん》リードしていた。ということは、（ウッドが耳《みみ》にタコができるほど選手《せんしゅ》に言《い》い聞《き》かせていたが）優勝《ゆうしょう》杯《はい》を手《て》にするには、それ以上《いじょう》の点《てん》を挙《あ》げて勝《か》たなければならない。つまり、勝敗《しょうはい》はハリーの双肩《そうけん》にかかっていた。スニッチをつかむことで百五十点獲得《てんかくとく》できるからだ。

「いいか。スニッチをつかむのは、必《かなら》ず、チームが五十点以上差《てんいじょうさ》をつけたあとだぞ」

ウッドは口《くち》をすっぱくしてハリーに言《い》った。

「ハリー、俺《おれ》たちが五十点以上取《てんいじょうと》ったらだ。さもないと、試合《しあい》に勝《か》っても優勝杯《ゆうしょうはい》は逃《のが》してしまう。わかるか。わかるな？　スニッチをつかむのは、必《かなら》ず、俺《おれ》たちが――」

「わかってるったら、オリバー！」ハリーが大声《おおごえ》を出《だ》した。

グリフィンドール寮全体《りょうぜんたい》が、来《きた》るべき試合《しあい》に取《と》り憑《つ》かれていた。グリフィンドールが最後《さいご》に優《ゆう》勝杯《しょうはい》を取《と》ったのは、伝説《でんせつ》の人物《じんぶつ》、チャーリー・ウィーズリー（ロンの二番目《ばんめ》の兄《あに》）がシーカーだったときだ。

勝《か》ちたいという気持《きも》ちでは、寮生《りょうせい》の誰《だれ》も、ウッドでさえも、自分《じぶん》にはかなわないだろうとハリーは思《おも》った。ハリーとマルフォイの敵意《てきい》はいよいよ頂点《ちょうてん》に達《たっ》していた。マルフォイはホグズミードでの泥投《どろな》げ事件《じけん》をいまだに根《ね》に持《も》っていたし、それ以上《いじょう》に、ハリーが処罰《しょばつ》を受《う》けずにうまくすり抜《ぬ》けたことで怒《いか》り狂《くる》っていた。ハリーはレイブンクローとの試合《しあい》でマルフォイが自分《じぶん》を破《は》滅《めつ》させようとしたことも忘《わす》れてはいなかったが、全校《ぜんこう》の面前《めんぜん》でマルフォイをやっつけてやると決《けつ》意《い》したのは、何《なん》といってもバックビークのことがあるからだった。

試合前《しあいまえ》にこんなに熱《あつ》くなったのは、誰《だれ》の記憶《きおく》にも初《はじ》めてのことだった。休暇《きゅうか》が終《お》わったころは、チーム同士《どうし》、寮同士《りょうどうし》の緊張《きんちょう》が爆発寸前《ばくはつすんぜん》まで高《たか》まっていた。廊下《ろうか》のあちこちで小競《こぜ》り合《あ》いが散発《さんぱつ》し、ついにその極限《きょくげん》で一大騒動《いちだいそうどう》が起《お》こり、グリフィンドールの四年生《ねんせい》と、スリザリンの六年生《ねんせい》が耳《みみ》からネギを生《は》やして、入院《にゅういん》する騒《さわ》ぎになった。

ハリーは特《とく》にひどい目《め》にあっていた。教室《きょうしつ》に行《い》く途中《とちゅう》では、スリザリン生《せい》が足《あし》を突《つ》き出《だ》してハリーを引《ひ》っかけようとするし、クラッブとゴイルはハリーの行《い》く先々《さきざき》に突然現《とつぜんあらわ》れ、ハリーが大勢《おおぜい》に取《と》り囲《かこ》まれているのを見《み》ては、残念《ざんねん》そうにのっそりと立《た》ち去《さ》るのだった。スリザリン生《せい》がハリーをつぶそうとするかもしれないと、ウッドは、どこに行《い》くにもハリーを一人《ひとり》にしないよう指令《しれい》を出《だ》していた。グリフィンドールは、寮《りょう》を挙《あ》げてこの使命《しめい》を熱《あつ》く受《う》け止《と》めたので、ハリーはいつもわいわいガヤガヤと大勢《おおぜい》に取《と》り囲《かこ》まれてしまい、時間《じかん》どおりに教室《きょうしつ》に着《つ》くことさえできなかった。ハリーは自分《じぶん》の身《み》よりファイアボルトが心配《しんぱい》で、飛行《ひこう》していないときはトランクにしっかりしまい込《こ》み、休《やす》み時間《じかん》になるとグリフィンドール塔《とう》に飛《と》んで帰《かえ》って、ちゃんとそこにあるかどうかたしかめることもしばしばだった。

試合前夜《しあいぜんや》、グリフィンドールの談話室《だんわしつ》では、いつもの活動《かつどう》がいっさい放棄《ほうき》された。ハーマイオニーでさえ本《ほん》を手放《てばな》した。

「勉強《べんきょう》できないわ。とても集中《しゅうちゅう》できない」ハーマイオニーはピリピリしていた。

やたら騒《さわ》がしかった。フレッドとジョージはプレッシャーをはねのけるため、いつもよりやかましく、元気《げんき》がよかった。オリバー・ウッドは隅《すみ》のほうでクィディッチ・ピッチの模型《もけい》の上《うえ》にかがみ込《こ》み、杖《つえ》で選手《せんしゅ》の人形《にんぎょう》をつつきながら、一人《ひとり》でブツブツ言《い》っていた。アンジェリーナ、アリシア、ケイティの三人《にん》は、フレッドとジョージが飛《と》ばす冗談《じょうだん》で笑《わら》っている。ハリーは騒《さわ》ぎの中心《ちゅうしん》から離《はな》れたところで、ロン、ハーマイオニーと一緒《いっしょ》に座《すわ》り、明日《あす》のことは考《かんが》えないようにしていた。何《なに》しろ、考《かんが》えるたびに、何《なに》かとても大《おお》きなものが胃袋《いぶくろ》から逃《に》げ出《だ》したがっているような恐《おそ》ろしい気分《きぶん》になるからだ。

「絶対《ぜったい》、大丈夫《だいじょうぶ》よ」ハーマイオニーはそう言《い》いながら、怖《こわ》くてたまらない様子《ようす》だ。

「君《きみ》には**ファイアボルト**があるじゃないか！」ロンが言《い》った。

「うん……」そう言《い》いながらハリーは胃《い》がよじれるような気分《きぶん》だった。

ウッドが急《きゅう》に立《た》ち上《あ》がり、一声叫《ひとこえさけ》んだのが救《すく》いだった。

「選手《せんしゅ》！　寝《ね》ろ！」

ハリーは浅《あさ》い眠《ねむ》りに落《お》ちた。

まず、寝過《ねす》ごした夢《ゆめ》を見《み》た。ウッドが叫《さけ》んでいる。「いったいどこにいたんだ。かわりにネビルを使《つか》わなきゃならなかったんだぞ！」

次《つぎ》に、マルフォイやスリザリン・チーム全員《ぜんいん》がドラゴンに乗《の》って試合《しあい》にやってきた夢《ゆめ》を見《み》た。マルフォイの乗《の》ったドラゴンが火《ひ》を吐《は》き、それをよけてハリーは猛《もう》スピードで飛《と》んでいた。が、ファイアボルトを忘《わす》れたことに気《き》づいた。ハリーは落下《らっか》し、驚《おどろ》いて目《め》を覚《さ》ました。

数秒《すうびょう》たって、やっと、ハリーは試合《しあい》がまだ始《はじ》まっていないこと、自分《じぶん》が安全《あんぜん》にベッドに寝《ね》ていること、スリザリン・チームがドラゴンに乗《の》ってプレーするなど、絶対許《ぜったいゆる》されるはずがないことなどに気《き》づいた。とてものどが渇《かわ》いていた。ハリーはできるだけそっと四本柱《ほんばしら》のベッドを抜《ぬ》け出《だ》し、窓《まど》の下《した》に置《お》いてある銀《ぎん》の水差《みずさ》しから水《みず》を飲《の》もうと窓辺《まどべ》に近寄《ちかよ》った。

校庭《こうてい》はしんと静《しず》まり返《かえ》っていた。「禁《きん》じられた森《もり》」の木々《きぎ》の梢《こずえ》はそよともせず、「暴《あば》れ柳《やなぎ》」は何《なに》食《く》わぬ様子《ようす》で、じっと動《うご》かない。どうやら、試合《しあい》の天候《てんこう》は完璧《かんぺき》のようだ。

ハリーはコップを置《お》き、ベッドに戻《もど》ろうとした。その時《とき》、何《なに》かが目《め》を引《ひ》いた。銀色《ぎんいろ》の芝生《しばふ》を動《どう》物《ぶつ》らしいものが一匹《ぴき》うろついている。

ハリーは全速力《ぜんそくりょく》でベッドに戻《もど》り、めがねを引《ひ》っつかんでかけ、急《いそ》いで窓際《まどぎわ》に戻《もど》った。死神犬《グリム》であるはずがない——今《いま》はダメだ——試合《しあい》の直前《ちょくぜん》だというのに——。

ハリーはもう一度《ど》校庭《こうてい》をじっと見《み》た。一分《ぷん》ほど必死《ひっし》で見回《みまわ》し、その姿《すがた》を見《み》つけた。今度《こんど》は森《もり》の際《きわ》に沿《そ》って歩《ある》いている……。死神犬《グリム》とはまったくちがう……猫《ねこ》だ……瓶洗《びんあら》いブラシのようなしっぽを確認《かくにん》して、ハリーはホッと窓台《まどだい》を握《にぎ》りしめた。ただのクルックシャンクスだ……。

いや、ほんとうにただのクルックシャンクスだったろうか？　ハリーは窓《まど》ガラスに鼻《はな》をぴったり押《お》しつけ、目《め》を凝《こ》らした。クルックシャンクスが立《た》ち止《ど》まったように見《み》えた。何《なに》か、木々《きぎ》の影《かげ》の中《なか》で動《うご》いているものがほかにいる。ハリーにはたしかにそれが見《み》えた。

次《つぎ》の瞬間《しゅんかん》、それが姿《すがた》を現《あらわ》した。もじゃもじゃの毛《け》の巨大《きょだい》な黒《くろ》い犬《いぬ》だ。それは音《おと》もなく芝生《しばふ》を横《よこ》切《ぎ》り、クルックシャンクスがその脇《わき》をトコトコ歩《ある》いている。ハリーは目《め》を見張《みは》った。いったいどういうことなんだろう？　クルックシャンクスにもあの犬《いぬ》が見《み》えるなら、あの犬《いぬ》がハリーの死《し》の予兆《よちょう》だと言《い》えるのだろうか？

「ロン！」ハリーは声《こえ》を殺《ころ》して呼《よ》んだ。「ロン！　起《お》きて！」

「ウーン？」

「君《きみ》にも何《なに》か見《み》えるかどうか、見《み》てほしいんだ！」

「まだ真《ま》っ暗《くら》だよ、ハリー」ロンがどんよりとつぶやいた。「何《なに》を言《い》ってるんだい？」

「こっちに来《き》て――」

ハリーは急《いそ》いで振《ふ》り返《かえ》り、窓《まど》の外《そと》を見《み》た。

クルックシャンクスも犬《いぬ》も消《き》え去《さ》っていた。ハリーは窓台《まどだい》によじ登《のぼ》って、真下《ました》の城影《しろかげ》の中《なか》をのぞき込《こ》んだが、そこにもいなかった。いったいどこに行《い》ったのだろう？

大《おお》きないびきが聞《き》こえた。ロンはまた寝入《ねい》ったらしい。

翌日《よくじつ》、ハリーはほかのグリフィンドール・チームの選手《せんしゅ》と一緒《いっしょ》に、割《わ》れるような拍手《はくしゅ》に迎《むか》えられて大広間《おおひろま》に入《はい》った。レイブンクローとハッフルパフのテーブルからも拍手《はくしゅ》が上《あ》がるのを見《み》て、ハリーは自分《じぶん》の顔《かお》がほころぶのを止《と》められなかった。スリザリンのテーブルからは、選手《せんしゅ》が通《とお》り過《す》ぎるとき、いやみなヤジが飛《と》んだ。マルフォイがいつにも増《ま》して青《あお》い顔《かお》をしているのに、ハリーは気《き》づいた。

ウッドは朝食《ちょうしょく》の間《あいだ》ずっと、選手《せんしゅ》に「食《く》え、食《く》え」と勧《すす》め、自分《じぶん》は何《なん》にも口《くち》にしなかった。それから、ほかのグリフィンドール生《せい》がまだ誰《だれ》も食《た》べ終《お》わらないのに、状態《じょうたい》をつかんでおくためにピッチに行《い》け、と選手《せんしゅ》を急《せ》かした。選手《せんしゅ》が大広間《おおひろま》を出《で》ていくとき、またみんなが拍手《はくしゅ》した。

「ハリー、がんばってね！」チョウ・チャンの声《こえ》に、ハリーは顔《かお》が赤《あか》くなるのを感《かん》じた。

「よーし……風《かぜ》らしい風《かぜ》もなし……太陽《たいよう》は少《すこ》しまぶしいな。目《め》がくらむかもしれないから用心《ようじん》しろよ……グラウンドはかなりしっかりしてる。よし、キック・オフはいいけりができる……」

ウッドは後《うし》ろにチーム全員《ぜんいん》を引《ひ》き連《つ》れ、ピッチを往《い》ったり来《き》たりしてしっかり観察《かんさつ》した。遠《とお》くのほうで、ついに城《しろ》の正面扉《しょうめんとびら》が開《ひら》くのが見《み》えた。学校中《がっこうじゅう》が芝生《しばふ》にあふれ出《だ》した。

「更衣室《こういしつ》へ」ウッドがきびきびと言《い》った。

真紅《しんく》のローブに着替《きが》える間《あいだ》、選手《せんしゅ》は誰《だれ》も口《くち》をきかなかった。みんな、僕《ぼく》と同《おな》じ気分《きぶん》なのだろうか、とハリーは思《おも》った。朝食《ちょうしょく》に、やけにもぞもぞ動《うご》く物《もの》を食《た》べたような気分《きぶん》だ。あっという間《ま》に時《とき》が過《す》ぎ、ウッドの声《こえ》が響《ひび》いた。

「よーし、時間《じかん》だ。行《い》くぞ……」

怒涛《どとう》のような歓声《かんせい》の中《なか》、選手《せんしゅ》がピッチに出《で》ていった。観衆《かんしゅう》の四分《ぶん》の三は真紅《しんく》のバラ飾《かざ》りを胸《むね》につけ、グリフィンドールのシンボルのライオンを描《えが》いた真紅《しんく》の旗《はた》を振《ふ》るか、「**行《い》け! グリフィンドール!**」とか「**ライオンに優勝杯《ゆうしょうはい》を!**」などと書《か》かれた横断幕《おうだんまく》を打《う》ち振《ふ》っている。しかし、スリザリンのゴール・ポストの後《うし》ろでは、二百人《にん》の観衆《かんしゅう》が緑《みどり》のローブを着《き》て、スリザリンの旗《はた》に、シンボルの銀色《ぎんいろ》の蛇《へび》をきらめかせていた。スネイプ先生《せんせい》は最前列《さいぜんれつ》に陣取《じんど》り、みんなと同《おな》じ緑《みどり》をまとい、暗《くら》い笑《え》みを漂《ただよ》わせていた。

「さあ、グリフィンドールの登場《とうじょう》です!」

いつものように解説役《かいせつやく》のリー・ジョーダンの声《こえ》が響《ひび》いた。

「ポッター、ベル、ジョンソン、スピネット、ウィーズリー、ウィーズリー、そしてウッド。ホグワーツに何年《なんねん》に一度出《で》るか出《で》ないかの、ベスト・チームと広《ひろ》く認《みと》められています――」

リーの解説《かいせつ》は、スリザリン側《がわ》からの嵐《あらし》のようなブーイングでかき消《け》された。

「そして、こちらはスリザリン・チーム。率《ひき》いるはキャプテンのフリント。メンバーを多少入《たしょうい》れ替《か》えたようで、腕《うで》よりデカさをねらったものかと――」

スリザリンからまたブーイングが起《お》こった。しかし、ハリーはリーの言《い》うとおりだと思《おも》った。スリザリン・チームでは、どう見《み》てもマルフォイが一番小《ばんちい》さく、あとは巨大《きょだい》な猛者《もさ》ばかりだ。

「キャプテン、握手《あくしゅ》して！」フーチ先生《せんせい》が合図《あいず》した。

フリントとウッドが歩《あゆ》み寄《よ》って互《たが》いの手《て》をきつく握《にぎ》りしめた。まるで互《たが》いの指《ゆび》をへし折《お》ろうとしているかのようだった。

「箒《ほうき》に乗《の》って！」フーチ先生《せんせい》の号令《ごうれい》だ。

「三――二――一！」

十四本《ほん》の箒《ほうき》がいっせいに飛《と》び上《あ》がり、ホイッスルの音《おと》は歓声《かんせい》でかき消《け》された。ハリーは前髪《まえがみ》が額《ひたい》から後《うし》ろへとかき上《あ》げられるのを感《かん》じた。飛《と》ぶことで心《こころ》が躍《おど》り、不安《ふあん》が吹《ふ》き飛《と》んだ。周《まわ》りを見《み》ると、マルフォイがすぐ後《うし》ろにくっついていた。ハリーはスニッチを探《さが》してスピードを上《あ》げた。

「さあ、グリフィンドールの攻撃《こうげき》です。グリフィンドールのアリシア・スピネット選手《せんしゅ》、クアッフルを取《と》り、スリザリンのゴールにまっしぐら。いいぞ、アリシア！　アーッと、だめか――クアッフルがワリントンに奪《うば》われました。スリザリンのワリントン、猛烈《もうれつ》な勢《いきお》いでフィールドを飛《と》んでます――**ガッツン！**　――ジョージ・ウィーズリーのすばらしいブラッジャー打《う》ちで、ワリントン選手《せんしゅ》、クアッフルを取《と》り落《お》としました。拾《ひろ》うは――ジョンソン選手《せんしゅ》です。グリフィンドール、再《ふたた》び攻撃《こうげき》です。行《い》け、アンジェリーナ――モンタギュー選手《せんしゅ》をうまくかわしました――**アンジェリーナ、ブラッジャーだ。かわせ！　――ゴール！　十対《たい》ゼロ、グリフィンドール得点《とくてん》！**」

アンジェリーナがピッチの端《はし》からぐるりと旋回《せんかい》しながら、ガッツポーズをした。下《した》のほうで、真紅《しんく》のじゅうたんが歓声《かんせい》を上《あ》げた。

「**あいたっ！**」

マーカス・フリントがアンジェリーナに体当《たいあ》たりをかまし、アンジェリーナが危《あや》うく箒《ほうき》から落《お》ちそうになった。

観衆《かんしゅう》が下《した》からブーイングした。

「悪《わる》い！　わりいな、見《み》えなかったんだ！」フリントが言《い》った。

次《つぎ》の瞬間《しゅんかん》、フレッド・ウィーズリーがビーターの棍棒《こんぼう》をフリントの後頭部《こうとうぶ》に投《な》げつけ、フリントはつんのめって箒《ほうき》の柄《え》にぶつかり、鼻血《はなぢ》を出《だ》した。

「それまで！」

フーチ先生《せんせい》が一声叫《こえさけ》び、二人《ふたり》の間《あいだ》に飛《と》び込《こ》んだ。

「グリフィンドール、相手《あいて》のチェイサーに不意打《ふいう》ちを食《く》らわせたペナルティ！　スリザリン、相《あい》手《て》のチェイサーに故意《こい》にダメージを与《あた》えたペナルティ！」

「そりゃ、ないぜ。先生《せんせい》！」

フレッドがわめいたが、フーチ先生《せんせい》はホイッスルを鳴《な》らし、アリシアがペナルティ・スローのために前《まえ》に出《で》た。

「行《い》け！　アリシア！」競技場《きょうぎじょう》がいっせいに沈黙《ちんもく》に覆《おお》われる中《なか》、リー・ジョーダンが叫《さけ》んだ。

「やったー！　キーパーを破《やぶ》りました！　二十対《たい》ゼロ、グリフィンドールのリード！」

ハリーはファイアボルトを急旋回《きゅうせんかい》させ、フリントを見守《みまも》った。まだ鼻血《はなぢ》を出《だ》しながら、フリントがスリザリン側《がわ》のペナルティ・スローのために前《まえ》に飛《と》んだ。ウッドがグリフィンドールのゴールの前《まえ》に浮《う》かび、歯《は》を食《く》いしばっている。

「何《なん》てったって、ウッドはすばらしいキーパーであります！」

フリントがフーチ先生《せんせい》のホイッスルを待《ま》つ間《あいだ》、リー・ジョーダンが観衆《かんしゅう》に語《かた》りかけた。

「すーばらしいのです！　キーパーを破《やぶ》るのは難《むずか》しいのです——まちがいなく難《むずか》しい——**やったー！　信《しん》じらんねえぜ！　ゴールを守《まも》りました！**」

ハリーはホッとしてその場《ば》を飛《と》び去《さ》り、あたりに目《め》を配《くば》ってスニッチを探《さが》した。その間《あいだ》もリーの解説《かいせつ》を一言《ひとこと》も聞《き》きもらさないように注意《ちゅうい》した。グリフィンドールが五十点《てん》の差《さ》をつけるまではマルフォイをスニッチに近《ちか》づけないようにすることが肝心《かんじん》だ。

「グリフィンドールの攻撃《こうげき》、いや、スリザリンの攻撃《こうげき》——いや！——グリフィンドールがまたクアッフルを取《と》り戻《もど》しました。ケイティ・ベルです。グリフィンドールのケイティ・ベルがクアッフルを取《と》りました。ピッチを矢《や》のように飛《と》んでいます——**あいつめ、わざとやりやがった！**」

スリザリンのチェイサー、モンタギューがケイティの前方《ぜんぽう》に回《まわ》り込《こ》み、クアッフルを奪《うば》うかわりにケイティの頭《あたま》をむんずとつかんだ。ケイティは空中《くうちゅう》でもんどり打《う》ったが、何《なん》とか箒《ほうき》からは落《お》ちずにすんだ。しかし、クアッフルは取《と》り落《お》とした。

フーチ先生《せんせい》のホイッスルがまた鳴《な》り響《ひび》き、先生《せんせい》が下《した》からモンタギューのほうに飛《と》び上《あ》がってしかりつけた。一分後《ぷんご》、ケイティがスリザリンのキーパーを破《やぶ》ってペナルティを決《き》めた。

「三十対《たい》ゼロ！　ざまぁ見《み》ろ、汚《きたな》い手《て》を使《つか》いやがって。卑怯者《ひきょうもの》――」

「ジョーダン、公平中立《こうへいちゅうりつ》な解説《かいせつ》ができないなら――！」

「先生《せんせい》、ありのまま言《い》ってるだけです！」

ハリーは興奮《こうふん》でドキッとした。スニッチを見《み》つけたのだ――グリフィンドールの三本《ぼん》のゴール・ポストの一本《ぽん》の根元《ねもと》で、かすかに光《ひか》っている――まだつかむわけにはいかない。しかしもし、マルフォイが気《き》づいたら……。

急《きゅう》に何《なに》かに気《き》を取《と》られたふりをして、ハリーはファイアボルトの向《む》きを変《か》え、スピードを上《あ》げてスリザリンのゴールのほうに飛《と》んだ。うまくいった。マルフォイは、ハリーがそっちにスニッチを見《み》つけたと思《おも》ったらしく、あとをつけて疾走《しっそう》してきた……。

ヒューッ。

ブラッジャーがハリーの右耳《みぎみみ》をかすめて飛《と》んでいった。スリザリンのデカブツビーター、デリックが打《う》った球《たま》だ。

ヒューッ。

もう一個《こ》のブラッジャーがハリーのひじをこすった。もう一人《ひとり》のビーター、ボールが迫《せま》っていた。

ハリーは、ボールとデリックが棍棒《こんぼう》を振《ふ》り上《あ》げ、自分《じぶん》めがけて飛《と》んでくるのをちらりと目《め》にした――。

ぎりぎりのところで、ハリーはファイアボルトを上《うえ》に向《む》けた。ボールとデリックがボクッといやな音《おと》を立《た》てて正面衝突《しょうめんしょうとつ》した。

「ハッハーだ！」

スリザリンのビーター二人《ふたり》が、頭《あたま》を抱《かか》えてふらふらと離《はな》れるのを見《み》て、リー・ジョーダンが叫《さけ》んだ。

「お気《き》の毒《どく》さま！　ファイアボルトに勝《か》てるもんか。顔《かお》を洗《あら》って出《で》なおせ！　さて、またまたグリフィンドールのボールです。ジョンソンがクアッフルを手《て》にしています――フリントがマークしています――アンジェリーナ、やつの目《め》をつついてやれ！　――あ、ほんの冗談《じょうだん》です、先生《せんせい》。冗談《じょうだん》ですよ――ああ、ダメだ――フリントがクアッフルを取《と》りました。フリント、グリフィンドールのゴールめがけて飛《と》びます。それっ、ウッド、ブロックしろ！　――」

しかし、フリントが得点《とくてん》し、スリザリン側《がわ》から大《おお》きな歓声《かんせい》が巻《ま》き起《お》こった。リーがさんざん悪態《あくたい》をついたので、マクゴナガル先生《せんせい》は魔法《まほう》のマイクをリーからひったくろうとした。

「すみません、先生《せんせい》。すみません！　二度《ど》と言《い》いませんから！　さて、グリフィンドール、三十対《たい》十でリードです。ボールはグリフィンドール側《がわ》――」

試合《しあい》はハリーが今《いま》まで参加《さんか》した中《なか》で最悪《さいあく》の泥仕合《どろじあい》となった。グリフィンドールが早々《はやばや》とリードを奪《うば》ったことで頭《あたま》にきたスリザリンは、たちまち、クアッフルを奪《うば》うためには手段《しゅだん》を選《えら》ばない戦法《せんぽう》に出《で》た。ボールはアリシアを棍棒《こんぼう》でなぐり、「ブラッジャーとまちがえた」と言《い》い逃《のが》れようとした。仕返《しかえ》しに、ジョージ・ウィーズリーがボールの横《よこ》っ面《つら》にひじ鉄《てつ》を食《く》らわせた。フーチ先生《せんせい》は両《りょう》チームからペナルティを取《と》り、ウッドが二度目《どめ》のファイン・プレーで、スコアは四十対《たい》十、グリフィンドールのリードだ。

スニッチはまた見《み》えなくなった。ハリーは試合《しあい》の渦中《かちゅう》から離《はな》れて舞《ま》い上《あ》がり、スニッチを探《さが》したが、マルフォイはまだハリーに密着《みっちゃく》していた――ここでグリフィンドールがいったん、五十点《てん》の差《さ》をつけたら……。

ケイティが得点《とくてん》し、五十対《たい》十。スリザリンが得点《とくてん》の仕返《しかえ》しをしかねないと、フレッドとジョージ・ウィーズリーが棍棒《こんぼう》を振《ふ》り上《あ》げてケイティの周《まわ》りを飛《と》び回《まわ》った。ボールとデリックが双子《ふたご》のいないすきを突《つ》き、ブラッジャーでウッドをねらい撃《う》ちした。二個《こ》とも続《つづ》けてウッドの腹《はら》に命中《めいちゅう》し、ウッドは「ウッ」と言《い》って宙返《ちゅうがえ》りし、かろうじて箒《ほうき》にしがみついた。

フーチ先生《せんせい》が怒《いか》りでぶっとんだ。

「クアッフルがゴールエリアに入《はい》っていないのにキーパーを襲《おそ》うとは何事《なにごと》ですか！」

フーチ先生《せんせい》がボールとデリックに向《む》かって叫《さけ》んだ。

「ペナルティ・スロー！　グリフィンドール！」

アンジェリーナが得点《とくてん》。六十対《たい》十。その直後《ちょくご》、フレッド・ウィーズリーがブラッジャーをワリントンにめがけて強打《きょうだ》し、ワリントンは持《も》っていたクアッフルを取《と》り落《お》とし、それをアリシアが奪《うば》ってゴールを決《き》めた。七十対《たい》十。

観客席《かんきゃくせき》ではグリフィンドール応援団《おうえんだん》が声《こえ》をからして叫《さけ》んでいる——グリフィンドール六十点《てん》のリード。ここでもしハリーがスニッチをつかめば、優勝杯《ゆうしょうはい》はいただきだ。ほかの選手《せんしゅ》より一段高《だんたか》いところで、マルフォイにマークされながらフィールドを飛《と》び回《まわ》っているハリーを、何百《なんびゃく》という目《め》が追《お》っている。ハリーはその視線《しせん》を感《かん》じた。

そして、見《み》つけた。スニッチが自分《じぶん》の六、七メートル上《うえ》でキラキラしているのを、ハリーは見《み》つけた。

ハリーはスパートをかけた。耳元《みみもと》で風《かぜ》がうなった。ハリーは手《て》を伸《の》ばした。ところが、急《きゅう》にファイアボルトのスピードが落《お》ちた——。

ハリーは愕然《がくぜん》としてあたりを見回《みまわ》した。マルフォイが前《まえ》に身《み》を乗《の》り出《だ》してファイアボルトの尾《お》を握《にぎ》りしめ、引《ひ》っ張《ぱ》っているではないか。

「こいつーっ」

怒《いか》りのあまり、ハリーはマルフォイをなぐりたかったが、届《とど》かない。マルフォイはファイアボルトにしがみつきながら息《いき》を切《き》らしていたが、目《め》だけはらんらんと輝《かがや》いていた。マルフォイのねらいどおりになった――スニッチはまたしても姿《すがた》をくらましたのだ。

「ペナルティ！ グリフィンドールにペナルティ・スロー！ こんな手口《てぐち》は見《み》たことがない！」

フーチ先生《せんせい》が、金切《かなき》り声《ごえ》を上《あ》げながら飛《と》んできた。マルフォイは自分《じぶん》のニンバス２００１の上《うえ》にするすると戻《もど》るところだった。

「**このゲス野郎《やろう》！**」

リー・ジョーダンがマクゴナガル先生《せんせい》の手《て》の届《とど》かないところへと躍《おど》り出《で》ながら、マイクに向《む》かって叫《さけ》んでいる。

「**このカス、卑怯者《ひきょうもの》、この――！**」

マクゴナガル先生《せんせい》はリーのことを叱《しか》るどころではなかった。自分《じぶん》もマルフォイに向《む》かって拳《こぶし》を振《ふ》り、帽子《ぼうし》は頭《あたま》から落《お》ち、怒《いか》り狂《くる》って叫《さけ》んでいた。

アリシアがペナルティでゴールをねらったが、怒《いか》りで手元《てもと》が狂《くる》い、一、二メートルはずれてしまった。グリフィンドール・チームは乱《みだ》れて集中力《しゅうちゅうりょく》を失《うしな》い、逆《ぎゃく》にスリザリン・チームはマルフォイがハリーに仕掛《しか》けたファウルで活気《かっき》づき、有頂天《うちょうてん》だった。

「スリザリンのボールです。スリザリン、ゴールに向《む》かう——モンタギューのゴール——」リーがうめいた。「七十対《たい》二十でグリフィンドールのリード……」

今度《こんど》はハリーがマルフォイをマークした。ぴったり張《は》りついたので、互《たが》いのひざが触《ふ》れるほどだった。マルフォイなんかを絶対《ぜったい》にスニッチに近《ちか》づかせてなるものか……。

「どけよ、ポッター！」

ターンしようとしてハリーにブロックされ、マルフォイがいらいらして叫《さけ》んだ。

「アンジェリーナ・ジョンソンがグリフィンドールにクアッフルを取《と》りました。行《い》け、アンジェリーナ。**行《い》けーっ！**」

ハリーはあたりを見回《みまわ》した。マルフォイ以外《いがい》のスリザリン選手《せんしゅ》は、ゴール・キーパーも含《ふく》めて全員《ぜんいん》、アンジェリーナを追《お》って疾走《しっそう》していた——全員《ぜんいん》でアンジェリーナをブロックする気《き》だ——。

ハリーはくるりとファイアボルトの向《む》きを変《か》え、箒《ほうき》の柄《え》にぴったり張《は》りつくように身《み》をかがめ、前方《ぜんぽう》めがけてキックした。まるで弾丸《だんがん》のように、ハリーはスリザリン・チームに突《つ》っ込《こ》んだ。

「**アアアアアアーーーッ！**」

ファイアボルトが突《つ》っ込《こ》んでくるのを見《み》て、スリザリン・チームは散《ち》り散《ぢ》りになった。アンジェリーナはノー・マーク状態《じょうたい》になった。

「**アンジェリーナ、ゴール！　アンジェリーナ、決《き》めました！**　グリフィンドールのリード、八十対《たい》二十！」

ハリーはスタンドに真正面《ましょうめん》から突《つ》っ込《こ》みそうになったが、空中《くうちゅう》で急停止《きゅうていし》し、旋回《せんかい》してピッチの中心《ちゅうしん》に向《む》かって急《いそ》いだ。

その時《とき》、ハリーは心臓《しんぞう》が止《と》まるようなものを見《み》た。マルフォイが勝《か》ち誇《ほこ》った顔《かお》で急降下《きゅうこうか》している――あそこだ。芝生《しばふ》の一、二メートル上《うえ》に、小《ちい》さな金色《きんいろ》にきらめくものが。

ハリーはファイアボルトをかって降下《こうか》した。しかし、マルフォイがはるかにリードしている。

「行《い》け！　行《い》け！　行《い》け！」ハリーは箒《ほうき》を鞭打《むちう》った。マルフォイに近《ちか》づいていく……ボールがハリーめがけてブラッジャーを打《う》ち込《こ》んだ。ハリーは箒《ほうき》の柄《え》にぴったり身《み》を伏《ふ》せた……マルフォイのかかとまで追《お》いついた……並《なら》んだ――。

ハリーは両手《りょうて》を箒《ほうき》から放《はな》し、思《おも》いっきり身《み》を乗《の》り出《だ》した。マルフォイの手《て》を払《はら》いのけた。そして――。

「やった！」

ハリーは急降下《きゅうこうか》から反転《はんてん》し、空中高《くうちゅうたか》く手《て》を突《つ》き出《だ》した。競技場《きょうぎじょう》が爆発《ばくはつ》した。ハリーは観衆《かんしゅう》の上《うえ》を高々《たかだか》と飛《と》んだ。耳《みみ》の中《なか》が奇妙《きみょう》にジンジン鳴《な》っている。しっかり握《にぎ》りしめた手《て》の中《なか》で、小《ちい》さな金色《きんいろ》のボールが羽《はね》をばたつかせてもがいているのを、指《ゆび》で感《かん》じた。

ウッドがハリーのほうに飛《と》んできた。涙《なみだ》でほとんど目《め》が見《み》えなくなっている。ハリーの首《くび》を抱《だ》きしめ、ハリーの肩《かた》に顔《かお》をうずめて、ウッドはとめどなく泣《な》きに泣《な》いた。ハリーはバシリ、バシリと二度《ど》たたかれるのを感《かん》じた。フレッドとジョージだった。それから、アンジェリーナ、アリシア、ケイティの声《こえ》が聞《き》こえた。

「優勝杯《ゆうしょうはい》よ！　私《わたし》たちが優勝《ゆうしょう》よ！」

腕《うで》をからませ、抱《だ》き合《あ》い、もつれ合《あ》い、声《こえ》をからして叫《さけ》びながら、グリフィンドール・チームは地上《ちじょう》に向《む》かって降下《こうか》していった。

真紅《しんく》の応援団《おうえんだん》が柵《さく》を乗《の》り越《こ》えて、波《なみ》のようにピッチになだれ込《こ》んだ。選手《せんしゅ》は雨《あめ》あられと背中《せなか》をたたかれた。ごった返《がえ》しの中《なか》で、大勢《おおぜい》が大騒《おおさわ》ぎでドッと押《お》し寄《よ》せてくるのをハリーは感《かん》じた。次《つぎ》の瞬間《しゅんかん》、ハリーもほかの選手《せんしゅ》も、みんなに肩車《かたぐるま》されていた。肩車《かたぐるま》の上《うえ》で光《ひかり》を浴《あ》び、ハリーはハグリッドの姿《すがた》を見《み》た。真紅《しんく》のバラ飾《かざ》りをべたべたつけている――。

「やっつけたぞ、ハリー。おまえさんがやつらをやっつけた！　バックビークに早《はや》く教《おし》えてやんねえと！」

パーシーもいつもの尊大《そんだい》ぶりはどこへやら、狂《くる》ったようにピョンピョン跳《と》びはねている。マクゴナガル先生《せんせい》はウッド顔負《かおま》けの大泣《おおな》きで、巨大《きょだい》なグリフィンドールの寮旗《りょうき》で目《め》をぬぐっていた。そして、ハリーに近《ちか》づこうと必死《ひっし》に人群《ひとむ》れをかき分《わ》ける、ロンとハーマイオニーの姿《すがた》があった。二人《ふたり》とも言葉《ことば》が出《で》ない。肩車《かたぐるま》でスタンドのほうに運《はこ》ばれていくハリーに、二人《ふたり》はただニッコリと笑《わら》いかけた。その先《さき》ではダンブルドアが大《おお》きなクィディッチ優勝杯《ゆうしょうはい》を持《も》って待《ま》っている。

もし、今《いま》、吸魂鬼《ディメンター》がそのあたりにいたら……ウッドがしゃくり上《あ》げながら優勝杯《ゆうしょうはい》をハリーに渡《わた》し、ハリーがそれを天高《てんたか》く掲《かか》げたとき……、今《いま》なら世界一《せかいいち》すばらしい守護霊《パトローナス》を創《つく》り出《だ》せる、とハリーは思《おも》った。

第《だい》16章《しょう》　トレローニー先生《せんせい》の予言《よげん》

クィディッチ杯《はい》をついに勝《か》ち取《と》ったという夢見心地《ゆめみごこち》は少《すく》なくとも一週間続《しゅうかんつづ》いた。天気《てんき》さえも祝《いわ》ってくれているようだった。六月《がつ》が近《ちか》づき、空《そら》は雲《くも》一つなく、蒸《む》し暑《あつ》い日《ひ》が続《つづ》いた。誰《だれ》もが何《なに》もする気《き》になれず、ただ校庭《こうてい》をぶらぶらしては芝生《しばふ》にべったりと腰《こし》を下《お》ろし、冷《つめ》たい魔女《まじょ》かぼちゃジュースをたっぷり飲《の》むとか、ゴブストーン・ゲームにたわいなく興《きょう》ずるとか、湖上《こじょう》を眠《ねむ》たそうに泳《およ》ぐ大《おお》イカを眺《なが》めるとかして過《す》ごしたいと思《おも》った。

ところがそうはいかない。試験《しけん》が迫《せま》っていた。戸外《こがい》で息抜《いきぬ》きするどころか、みんな無理《むり》やり城《しろ》の中《なか》にとどまって、窓《まど》から漂《ただよ》ってくる魅惑的《みわくてき》な夏《なつ》の匂《にお》いをかぎながら、脳《のう》みそに気合《きあい》を入《い》れて集《しゅう》中《ちゅう》させなければならなかった。フレッドとジョージでさえ勉強《べんきょう》しているのを見《み》かけることがあった。二人《ふたり》ともO・W・L《ふくろう》（標準魔法《ひょうじゅんまほう》レベル）試験《しけん》を控《ひか》えていた。パーシーはN・E・W・T《イモリ》（めちゃくちゃつかれる魔法《まほう》テスト）という、ホグワーツ校《こう》が授与《じゅよ》する最高《さいこう》の資格《しかく》テストを受《う》ける準備《じゅんび》をしていた。パーシーは魔法省《まほうしょう》に就職《しゅうしょく》希望《きぼう》だったので、最高《さいこう》の成績《せいせき》を取《と》る必要《ひつよう》があった。

パーシーは日増《ひま》しにとげとげしくなり、談話室《だんわしつ》の夜《よる》の静寂《せいじゃく》を乱《みだ》す者《もの》があれば、誰《だれ》かれ容赦《ようしゃ》なく厳《きび》しい罰《ばつ》を与《あた》えた。ただ一人《ひとり》ハーマイオニーだけが、パーシーより気《き》が立《た》っているようだった。

ハリーもロンも、ハーマイオニーがどうやって同時《どうじ》に複数《ふくすう》のクラスに出席《しゅっせき》しているのか、聞《き》くのをあきらめていた。しかし、ハーマイオニーが自分《じぶん》で書《か》いた試験《しけん》の予定表《よていひょう》を見《み》て、どうしてもがまんできなくなった。最初《さいしょ》の予定《よてい》はこうだ。

月曜日《げつようび》　9時《じ》　数占《かずうらな》い　1時《じ》　呪文学《じゅもんがく》
　　　　　9時《じ》　変身術《へんしんじゅつ》　ランチ　1時《じ》　古代《こだい》ルーン文字学《もじがく》

「ハーマイオニー？」ロンがおずおずと話《はな》しかけた。近《ちか》ごろ、ハーマイオニーはじゃまされるとすぐ爆発《ばくはつ》するからだ。「あの――この時間表《じかんひょう》、写《うつ》しまちがいじゃないのかい？」

「何《なん》ですって？」ハーマイオニーはキッとなって予定表《よていひょう》を取《と》り上《あ》げ、たしかめた。「大丈夫《だいじょうぶ》よ」

「どうやって同時《どうじ》に二つのテストを受《う》けるのか、聞《き》いてもしょうがないよね？」ハリーが聞《き》いた。

「しょうがないわ」にべもない答《こた》えだ。

「あなたたち、私《わたし》の『数秘学《すうひがく》と文法学《ぶんぽうがく》』の本《ほん》、見《み》なかった？」

「ああ、見《み》ましたとも。寝《ね》る前《まえ》の軽《かる》い読書《どくしょ》のためにお借《か》りしましたよ」ロンがちゃかしたが、至《し》極小《ごくちい》さな声《こえ》だった。

ハーマイオニーは本《ほん》を探《さが》して、テーブルの上《うえ》の羊皮紙《ようひし》の山《やま》をガサゴソ動《うご》かしはじめた。そのとき、窓辺《まどべ》で羽音《はおと》がしたかと思《おも》うと、ヘドウィグがくちばしにしっかりとメモをくわえて舞《ま》い降《お》りてきた。

「ハグリッドからだ」ハリーは急《いそ》いでメモを開《ひら》いた。「バックビークの控訴《こうそ》――六日《むいか》に決《き》まった」

「試験《しけん》が終《お》わる日《ひ》だわ」ハーマイオニーが、「数占《かずうらな》い」の教科書《きょうかしょ》をまだあちこち探《さが》しながら言《い》った。

「みんなが裁判《さいばん》のためにここにやってくるらしい」ハリーは手紙《てがみ》を読《よ》みながら言《い》った。「魔法省《まほうしょう》からの誰《だれ》かと――死刑執行人《しけいしっこうにん》が」

ハーマイオニーが驚《おどろ》いて顔《かお》を上《あ》げた。

「控訴《こうそ》に死刑執行人《しけいしっこうにん》を連《つ》れてくるの！　それじゃ、まるで判決《はんけつ》が決《き》まってるみたいじゃない！」

「ああ、そうだね」ハリーは考《かんが》え込《こ》んだ。

「そんなこと、させるか！」ロンが叫《さけ》んだ。「僕《ぼく》、あいつのためにながーいこと資料《しりょう》を探《さが》したんだ。それを全部無視《ぜんぶむし》するなんて、そんなことさせるか！」

しかし、「危険生物処理委員会《きけんせいぶつしょりいいんかい》」がマルフォイ氏《し》の言《い》うなりで、もう意思《いし》を固《かた》めたのでは、と、ハリーはいやな予感《よかん》でぞっとした。クィディッチ優勝戦《ゆうしょうせん》でグリフィンドールが勝《か》って以来《いらい》、ドラコは目《め》に見《み》えておとなしくしていたが、ここ数日《すうじつ》は、昔《むかし》のいばりくさった態度《たいど》をやや取《と》り戻《もど》したようだった。バックビークは必《かなら》ず殺《ころ》されると自信《じしん》たっぷりで、自分《じぶん》がそのようにしむけたことがゆかいでたまらないとマルフォイが嘲《あざけ》っていたことを、ハリーは人《ひと》づてに聞《き》いた。そんな時《とき》、ハリーは、ハーマイオニーにならってマルフォイの横《よこ》っ面《つら》を張《は》り倒《たお》したい衝動《しょうどう》を、やっとこらえた。最悪《さいあく》なのは、ハグリッドを訪《たず》ねる時間《じかん》もチャンスもないことだった。厳重《げんじゅう》な警戒体制《けいかいたいせい》はまだ解《と》かれていないし、ハリーは隻眼《せきがん》の魔女《まじょ》の像《ぞう》の下《した》から透明《とうめい》マントを取《と》り戻《もど》してくる気《き》にはとてもなれなかった。

試験《しけん》が始《はじ》まり、週明《しゅうあ》けの城《しろ》は異様《いよう》な静《しず》けさに包《つつ》まれた。月曜日《げつようび》の昼食時《ちゅうしょくじ》、三年生《ねんせい》は「変身術《へんしんじゅつ》」の教室《きょうしつ》から、血《ち》の気《け》も失《う》せ、よれよれになって出《で》てきて、結果《けっか》を比《くら》べ合《あ》ったり、試験《しけん》の課題《かだい》が難《むずか》し過《す》ぎたと嘆《なげ》いたりしていた。ティーポットを陸亀《りくがめ》に変《か》えるという課題《かだい》もその一つだった。ハーマイオニーは自分《じぶん》のが陸亀《りくがめ》というより海亀《うみがめ》に見《み》えたとやきもきして、みんなをいら立《だ》たせた。ほかの生徒《せいと》は、そんな些細《ささい》なことまで心配《しんぱい》するどころではなかった。

「僕《ぼく》のはしっぽのところがポットの注《そそ》ぎ口《ぐち》のままさ。悪夢《あくむ》だよ……」

「亀《かめ》って、そもそも口《くち》から湯気《ゆげ》を出《だ》すんだっけ？」

「僕《ぼく》のなんか、甲羅《こうら》に柳模様《やなぎもよう》がついたままだったんだ。ねえ、減点《げんてん》されるかなぁ？」

あわただしい昼食《ちゅうしょく》のあと、すぐに教室《きょうしつ》に上《あ》がって「呪文学《じゅもんがく》」の試験《しけん》だ。ハーマイオニーの言《い》うとおりだった。フリットウィック先生《せんせい》はやっぱり「元気《げんき》の出《で》る呪文《じゅもん》」をテストに出《だ》した。ハリーは緊張《きんちょう》して少《すこ》しやり過《す》ぎてしまい、相手《あいて》のロンは笑《わら》いの発作《ほっさ》が止《と》まらなくなり、静《しず》かな部屋《へや》に隔《かく》離《り》され、一時間休《じかんやす》んでからテストを受《う》ける始末《しまつ》だった。夕食後《ゆうしょくご》、みんな急《いそ》いで談話室《だんわしつ》に戻《もど》ったが、のんびりするためではなく、次《つぎ》の試験科目《しけんかもく》、「魔法生物飼育学《まほうせいぶつしいくがく》」、「魔法薬学《まほうやくがく》」、「天文学《てんもんがく》」の復習《ふくしゅう》をするためだった。

次《つぎ》の日《ひ》の午前中《ごぜんちゅう》、「魔法生物飼育学《まほうせいぶつしいくがく》」の試験監督《しけんかんとく》はハグリッドだったが、よほどの心配事《しんぱいごと》がある様子《ようす》で、まったく心《こころ》ここにあらずだった。取《と》れたばかりのレタス食《フロバーワーム》い虫を大《おお》きなたらいいっぱいに入《い》れ、一時間後《じかんご》に自分《じぶん》のレタス食《フロバーワーム》い虫がまだ生《い》きていたらテストは合格《ごうかく》だと言《い》い渡《わた》した。レタス食《フロバーワーム》い虫は放《ほう》っておくと最高《さいこう》に調子《ちょうし》がよいので、こんな楽《らく》な試験《しけん》はまたとなかった。ハリー、ロン、ハーマイオニーにとっては、ハグリッドと話《はなし》をするいいチャンスになった。

「ビーキーは少《すこ》し滅入《めい》っとる」ハリーの虫《むし》がまだ生《い》きているかどうか調《しら》べるふりをして、かがみ込《こ》みながら、ハグリッドが三人《にん》に話《はな》しかけた。「長《なが》いこと狭《せま》いとこに閉《と》じ込《こ》められてるしな。そんでもまだ……あさってにははっきりする——どっちかにな」

午後《ごご》は「魔法薬学《まほうやくがく》」で、完璧《かんぺき》な大失敗《だいしっぱい》だった。どうがんばっても、ハリーの「混乱薬《こんらんやく》」は濃《こ》くならず、スネイプは、そばに立《た》って、恨《うら》みを晴《は》らすかのようにそれを楽《たの》しんで見《み》ていたが、次《つぎ》の生徒《せいと》のところに行《い》く前《まえ》に、どうやらゼロのような数字《すうじ》をノートに書《か》き込《こ》んだ。

次《つぎ》は真夜中《まよなか》に一番高《ばんたか》い塔《とう》に登《のぼ》って「天文学《てんもんがく》」だった。水曜《すいよう》の朝《あさ》は「魔法史《まほうし》」。中世《ちゅうせい》の魔女狩《まじょがり》について、フローリアン・フォーテスキュー店《てん》のおやじさんが教《おし》えてくれたことすべてを書《か》きつづりながら、ハリーは、この息《いき》の詰《つ》まるような教室《きょうしつ》で、今《いま》、あの店《みせ》のチョコ・ナッツサンデーが食《た》べられたらどんなにいいだろうと思《おも》った。水曜《すいよう》の午後《ごご》は、焼《や》けつくような太陽《たいよう》の下《した》で温室《おんしつ》に入《はい》り、「薬草学《やくそうがく》」だった。みんな首筋《くびすじ》を日焼《ひや》けでヒリヒリさせながら談話室《だんわしつ》に戻《もど》り、すべてが終《お》わる次《つぎ》の日《ひ》の今《いま》ごろを待《ま》ち焦《こ》がれた。

最後《さいご》から二番目《ばんめ》のテストは木曜《もくよう》の午前中《ごぜんちゅう》、「闇《やみ》の魔術《まじゅつ》に対《たい》する防衛術《ぼうえいじゅつ》」だった。ルーピン先生《せんせい》はこれまで誰《だれ》も受《う》けたことがないような、独特《どくとく》の試験《しけん》を出題《しゅつだい》した。戸外《こがい》での障害物競走《しょうがいぶつきょうそう》のようなもので、水魔《すいま》のグリンデローが入《はい》った深《ふか》いプールを渡《わた》り、赤帽鬼《あかぼうき》のレッドキャップがいっぱいひそんでいる穴《あな》だらけの場所《ばしょ》を横切《よこぎ》り、道《みち》に迷《まよ》わせようと誘《さそ》うおいでおいで妖怪《ようかい》のヒンキーパンクをかわして沼地《ぬまち》を通《とお》り抜《ぬ》け、最後《さいご》に、最近捕《さいきんつか》まったまね妖怪《ようかい》、ボガートが閉《と》じ込《こ》められている大《おお》きなトランクに入《はい》り込《こ》んで戦《たたか》うというものだ。

「上出来《じょうでき》だ、ハリー」

ハリーがニッコリしながらトランクから出《で》てくると、ルーピンが低《ひく》い声《こえ》で「満点《まんてん》」と言《い》った。うまくいったことで気分《きぶん》が高揚《こうよう》し、ハリーはしばらくそこでロンとハーマイオニーの様子《ようす》を見《み》た。ロンはヒンキーパンクのところまではうまくやったが、ヒンキーパンクにまどわされて泥沼《どろぬま》に腰《こし》まで沈《しず》んでしまった。ハーマイオニーはすべて完璧《かんぺき》にこなし、まね妖怪《ボガート》がひそむトランクに入《はい》ったが、一分《ぷん》ほどして叫《さけ》びながら飛《と》び出《だ》してきた。

「ハーマイオニー」ルーピンが驚《おどろ》いて声《こえ》をかけた。「どうしたんだ?」

「マ、マ、マクゴナガル先生《せんせい》が! 先生《せんせい》が、私《わたし》、全科目落第《ぜんかもくらくだい》だって!」ハーマイオニーはトランクを指《さ》して絶句《ぜっく》した。

ハーマイオニーを落《お》ち着《つ》かせるのにしばらく時間《じかん》がかかった。ようやくいつもの自分《じぶん》に戻《もど》ったところで、ハーマイオニーはハリー、ロンと連《つ》れ立《だ》って城《しろ》へと向《む》かった。ロンはハーマイオニーのまね妖怪騒《ボガートさわ》ぎをまだちょっとからかっていたが、口《くち》げんかにならずにすんだのは、正面玄関《しょうめんげんかん》の石段《いしだん》のてっぺんにいる人物《じんぶつ》を目《め》にしたからだった。

コーネリウス・ファッジが細《ほそ》じまのマントを着《き》て、汗《あせ》をかきながら校庭《こうてい》を見《み》つめていた。ハリーの姿《すがた》を見《み》つけ、ファッジはぎくりとしたように動《うご》いた。

「やあ、ハリー！　試験《しけん》を受《う》けてきたのかね？　そろそろ試験《しけん》も全部《ぜんぶ》終《お》わりかな？」

「はい」ハリーが答《こた》えた。ハーマイオニーとロンは魔法大臣《まほうだいじん》と親《した》しく話《はな》すような仲《なか》ではないので、後《うし》ろのほうでなんとなくうろうろしていた。

「いい天気《てんき》だ」ファッジは湖《みずうみ》のほうを見《み》やった。「それなのに……それなのに」

ファッジは深《ふか》いため息《いき》をつくと、ハリーを見下《みお》ろした。

「ハリー、あまりうれしくないお役目《やくめ》で来《き》たんだがね。『危険生物処理委員会《きけんせいぶつしょりいいんかい》』が私《わたし》に狂暴《きょうぼう》なヒッポグリフの処刑《しょけい》に立《た》ち会《あ》ってほしいと言《い》うんだ。ブラック事件《じけん》の状況《じょうきょう》を調《しら》べるのにホグワーツに来《く》る必要《ひつよう》もあったので、ついでに立《た》ち会《あ》ってくれというわけだ」

「もう控訴裁判《こうそさいばん》は終《お》わったということですか？」ロンが思《おも》わず進《すす》み出《で》て口《くち》を挟《はさ》んだ。

「いや、いや。今日《きょう》の午後《ごご》の予定《よてい》だがね」ファッジは興味深《きょうみぶか》げにロンを見《み》た。

「それだったら、処刑《しょけい》に立《た》ち会《あ》う必要《ひつよう》なんか全然《ぜんぜん》なくなるかもしれないじゃないですか！」ロンが頑《がん》として言《い》った。「ヒッポグリフは自由《じゆう》になるかもしれない！」

ファッジが答《こた》える前《まえ》に、その背後《はいご》の扉《とびら》を開《あ》けて、城《しろ》の中《なか》から二人《ふたり》の魔法使《まほうつか》いが現《あらわ》れた。一人《ひとり》はよぼよぼで、見《み》ていく目《め》の前《まえ》でしなびはてていくような大年寄《おおどしよ》り、もう一人《ひとり》は真《ま》っ黒《くろ》な細《ほそ》い口《くち》ひげを生《は》やした、がっしりと大柄《おおがら》の魔法使《まほうつか》いだ。「危険生物処理委員会《きけんせいぶつしょりいいんかい》」の委員《いいん》たちなのだろうとハリーは思《おも》った。大年寄《おおどしよ》りが目《め》をしょぼつかせてハグリッドの小屋《こや》のほうを見《み》ながら、か細《ほそ》い声《こえ》でこう言《い》ったからだ。

「やーれ、やれ。わしゃ、年《とし》じゃで、こんなことはもう……ファッジ、二時《じ》じゃったかな？」

黒《くろ》ひげの男《おとこ》はベルトに挟《はさ》んだ何《なに》かを指《ゆび》でいじっていた。ハリーがよく見《み》ると、太《ふと》い親指《おやゆび》でピカピカの斧《おの》の刃《は》をなで上《あ》げていた。ロンが口《くち》を開《ひら》いて何《なに》か言《い》いかけたが、ハーマイオニーがロンの脇腹《わきばら》をこづいて玄関《げんかん》ホールのほうへとあごでうながした。

「なんで止《と》めたんだ？」昼食《ちゅうしょく》を食《た》べに大広間《おおひろま》に入《はい》りながら、ロンが怒《おこ》って聞《き》いた。

「あいつら、見《み》たか？　斧《おの》まで用意《ようい》してきてるんだぜ。どこが公正裁判《こうせいさいばん》だって言《い》うんだ！」

「ロン、あなたのお父様《とうさま》、魔法省《まほうしょう》で働《はたら》いてるんでしょ？　お父様《とうさま》の上司《じょうし》に向《む》かって、そんなこと言《い》えないわよ！」

ハーマイオニーはそう言《い》いながらも、自分《じぶん》も相当《そうとう》まいっているようだった。

「ハグリッドが今度《こんど》は冷静《れいせい》になって、ちゃんと弁護《べんご》しさえすれば、バックビークを処刑《しょけい》できるはずないじゃない……」

ハーマイオニー自身《じしん》、自分《じぶん》の言《い》っていることを信《しん》じてはいないことが、ハリーにはよくわかった。周《まわ》りではみんなが昼食《ちゅうしょく》を食《た》べながら、午後《ごご》には試験《しけん》が全部《ぜんぶ》終わるのを楽《たの》しみに、興奮《こうふん》してはしゃいでいた。しかし、ハリーとロン、ハーマイオニーは、ハグリッドとバックビークのことが心配《しんぱい》で、とてもはしゃぐ気《き》にはなれなかった。

ハリーとロンの最後《さいご》の試験《しけん》は「占《うらな》い学《がく》」、ハーマイオニーのは「マグル学《がく》」だった。大理石《だいりせき》の階段《かいだん》を三人《にん》で一緒《いっしょ》に上《のぼ》り、二階《かい》の廊下《ろうか》でハーマイオニーが去《さ》り、ハリーとロンは八階《かい》まで上《あ》がった。トレローニー先生《せんせい》の教室《きょうしつ》に上《のぼ》るらせん階段《かいだん》にはクラスのほかの生徒《せいと》が大勢《おおぜい》腰《こし》かけ、最後《さいご》の詰《つ》め込《こ》みをしていた。

二人《ふたり》が座《すわ》ると、「一人一人《ひとりひとり》試験《しけん》するんだって」と隣《となり》のネビルが教《おし》えた。ネビルのひざには、『未来《みらい》の霧《きり》を晴《は》らす』の教科書《きょうかしょ》が置《お》かれ、水晶玉《すいしょうだま》のページが開《ひら》かれていた。

「君《きみ》たち、水晶玉《すいしょうだま》の中《なか》に、何《なん》でもいいから、何《なに》か見《み》えたことある？」ネビルはみじめそうに聞《き》いた。

「ないさ」ロンは気《き》のない返事《へんじ》をした。しょっちゅう時計《とけい》を気《き》にしている。バックビークの控訴《こうそ》裁判《さいばん》の時間《じかん》まであとどのくらいあるかを気《き》にしているのだと、ハリーにはわかった。

教室《きょうしつ》の外《そと》で待《ま》つ列《れつ》は、なかなか短《みじか》くならなかった。銀色《ぎんいろ》のはしごを一人一人《ひとりひとり》下《お》りてくるたびに、待《ま》っている生徒《せいと》が小声《こごえ》で聞《き》いた。

「先生《せんせい》に何《なん》て聞《き》かれた？　たいしたことなかった？」

全員《ぜんいん》が答《こた》えを拒否《きょひ》した。

「もしそれを君《きみ》たちにしゃべったら、僕《ぼく》、ひどい事故《じこ》にあうって、トレローニー先生《せんせい》が水晶玉《すいしょうだま》にそう出《で》てるって言《い》うんだ！」

ネビルがはしごを下《お》り、順番《じゅんばん》が進《すす》んで踊《おど》り場《ば》のところまで来《き》ていたハリーとロンのほうにやってきて、かん高《だか》い声《こえ》でそう言《い》った。

「勝手《かって》なもんだよな」ロンがフフンと鼻《はな》を鳴《な》らした。

「ハーマイオニーが当《あ》たってたような気《き》がしてきたよ」

ロンは頭上《ずじょう》の跳《は》ね戸《ど》に向《む》かって親指《おやゆび》を突《つ》き出《だ》した。

「まったくインチキばあさんだ」

「まったくだ」ハリーも自分《じぶん》の時計《とけい》を見《み》た。もう二時《じ》だった。「急《いそ》いでくれないかなぁ……」

パーバティが誇《ほこ》らしげに顔《かお》を輝《かがや》かせてはしごを下《お》りてきた。

「私《わたし》、本物《ほんもの》の占《うらな》い師《し》としての素質《そしつ》をすべて備《そな》えてるんですって」ハリーとロンにそう告《つ》げた。

「私《わたし》、いろーんなものが見《み》えたわ……じゃ、がんばってね！」

パーバティはらせん階段《かいだん》を下《お》り、急《いそ》いでラベンダーのほうに行《い》った。

「ロナルド・ウィーズリー」

聞《き》きなれた、あの霧《きり》のかなたの声《こえ》が、頭《あたま》の上《うえ》から聞《き》こえてきた。ロンはハリーに向《む》かってしかめっ面《つら》をして見《み》せ、それから銀《ぎん》のはしごを上《のぼ》って姿《すがた》が見《み》えなくなった。ハリーが最後《さいご》の一人《ひとり》だった。床《ゆか》に座《すわ》り、背中《せなか》を壁《かべ》にもたせかけ、夏《なつ》の陽射《ひざ》しを受《う》けた窓辺《まどべ》でハエがブンブン飛《と》び回《まわ》る音《おと》を聞《き》きながら、ハリーの心《こころ》は校庭《こうてい》のむこうのハグリッドのところに飛《と》んでいた。

二十分《ぷん》もたったろうか。やっとロンの大足《おおあし》がはしごの上《うえ》に現《あらわ》れた。

「どうだった？」ハリーは立《た》ち上《あ》がりながら聞《き》いた。

「あほくさ。何《なん》にも見《み》えなかったからでっち上《あ》げたよ。先生《せんせい》が納得《なっとく》したとは思《おも》わないけどさ……」

トレローニー先生《せんせい》の声《こえ》が「ハリー・ポッター！」と呼《よ》んだ。

「談話室《だんわしつ》で会《あ》おう」ハリーが小声《こごえ》で言《い》った。

塔《とう》のてっぺんの部屋《へや》はいつもよりいっそう暑《あつ》かった。カーテンは閉《し》めきられ、火《ひ》は燃《も》え盛《さか》り、いつものむっとするような香《かお》りでむせて咳《せ》き込《こ》みながら、ハリーは大《おお》きな水晶玉《すいしょうだま》の前《まえ》で待《ま》っているトレローニー先生《せんせい》のところまで、椅子《いす》やテーブルでごった返《がえ》している部屋《へや》をつまずきながら進《すす》んだ。

「こんにちは。いい子《こ》ね」先生《せんせい》は静《しず》かに言《い》った。「この玉《たま》をじっと見《み》てくださらないこと……ゆっくりでいいのよ……それから、中《なか》に何《なに》が見《み》えるか、教《おし》えてくださいましな……」

ハリーは水晶玉《すいしょうだま》に覆《おお》いかぶさるようにしてじっと見《み》た。白《しろ》い靄《もや》が渦巻《うずま》いている以外《いがい》に何《なに》か見《み》えますようにと、必死《ひっし》で見《み》つめた。しかし、何《なに》も起《お》こりはしない。

「どうかしら？」トレローニー先生《せんせい》がそれとなくうながした。「何《なに》か見《み》えて？」

暑《あつ》くてたまらない。それに、すぐ脇《わき》の暖炉《だんろ》から煙《けむり》とともに漂《ただよ》ってくる香《かお》りが、ハリーの鼻《はな》の穴《あな》を刺激《しげき》する。ハリーはロンが今《いま》しがた言《い》ったことを思《おも》い出《だ》し、見《み》えるふりをすることにした。

「えーっと、黒《くろ》い影《かげ》……フーム……」

「何《なに》に見《み》えますの？」トレローニー先生《せんせい》がささやいた。「よーく考《かんが》えて……」

ハリーはあれこれ思《おも》いめぐらして、バックビークにたどり着《つ》いた。

「ヒッポグリフです」ハリーはきっぱり答《こた》えた。

「まあ！」トレローニー先生《せんせい》はささやくようにそう言《い》うと、ひざの上《うえ》にちょこんとのっている羊《よう》皮紙《ひし》に何《なに》やら熱心《ねっしん》に走《はし》り書《が》きした。「あなた、気《き》の毒《どく》なハグリッドと魔法省《まほうしょう》のもめ事《ごと》の行方《ゆくえ》を見《み》ているのかもしれませんわ。よーくご覧《らん》なさい……ヒッポグリフの様子《ようす》を……首《くび》はついているかしら？」

「はい」ハリーはきっぱりと言《い》った。

「ほんとうに？」先生《せんせい》は答《こた》えをうながした。「ほんとうに、そう？　もしかしたら、地面《じめん》でのた打《う》ち回《まわ》っている姿《すがた》が見《み》えないかしら。その後《うし》ろで斧《おの》を振《ふ》り上《あ》げている黒《くろ》い影《かげ》が見《み》えないこと？」

「いいえ！」ハリーは吐《は》き気《き》がしてきた。

「血《ち》は？　ハグリッドが泣《な》いていませんこと？」

「いいえ！」ハリーはくり返《かえ》した。とにかくこの部屋《へや》を出《で》たい、暑《あつ》さから逃《のが》れたいと、ますます強《つよ》く願《ねが》った。「元気《げんき》そうです。それに──飛《と》び去《さ》るところです……」

トレローニー先生《せんせい》がため息《いき》をついた。

「それじゃ、ね、ここでおしまいにいたしましょう……ちょっと残念《ざんねん》でございますわ……でも、あなたはきっとベストを尽《つ》くしたのでしょう」

ハリーはホッとして立《た》ち上《あ》がり、かばんを取《と》り上《あ》げて帰《かえ》りかけた。すると、ハリーの背後《はいご》から太《ふと》い荒々《あらあら》しい声《こえ》が聞《き》こえた。

「**事《こと》は今夜《こんや》起《お》こるぞ**」

ハリーはくるりと振《ふ》り返《かえ》った。トレローニー先生《せんせい》が、うつろな目《め》をして、口《くち》をだらりと開《あ》け、ひじかけ椅子《いす》に座《すわ》ったまま硬直《こうちょく》していた。

「な、何《なん》ですか？」ハリーが聞《き》いた。

しかし、トレローニー先生《せんせい》はまったく聞《き》こえていないようだ。目《め》がぎょろぎょろ動《うご》きはじめた。ハリーは戦慄《せんりつ》してその場《ば》に立《た》ちすくんだ。先生《せんせい》は今《いま》にも引《ひ》き付《つ》けの発作《ほっさ》でも起《お》こしそうだった。

ハリーは医務室《いむしつ》にかけつけるべきかどうか迷《まよ》った――すると、トレローニー先生《せんせい》がまた話《はな》しはじめた。いつもの声《こえ》とはまったくちがう、さっきの荒々《あらあら》しい声《こえ》だった。

「闇《やみ》の帝王《ていおう》は、友《とも》もなく孤独《こどく》に、朋輩《ほうばい》に打《う》ちすてられて横《よこ》たわっている。その召使《めしつか》いは十二年間鎖《ねんかんくさり》につながれていた。今夜《こんや》、真夜中《まよなか》になる前《まえ》、その召使《めしつか》いは自由《じゆう》の身《み》となり、ご主人様《しゅじんさま》のもとに馳《は》せ参《さん》ずるであろう。闇《やみ》の帝王《ていおう》は、召使《めしつか》いの手《て》を借《か》り、再《ふたた》び立《た》ち上《あ》がるであろう。以前《いぜん》よりさらに偉大《いだい》に、より恐《おそ》ろしく。今夜《こんや》だ……真夜中前《まよなかまえ》……召使《めしつか》いが……そのご主人様《しゅじんさま》の……もとに……馳《は》せ参《さん》ずるであろう」

トレローニー先生《せんせい》の頭《あたま》がガクッと前《まえ》に傾《かたむ》き、胸《むね》の上《うえ》に落《お》ちた。ウゥーッとうめくような音《おと》を出《だ》したかと思《おも》うと、先生《せんせい》の首《くび》がまたピンと起《お》き上《あ》がった。

「あーら、ごめんあそばせ」先生《せんせい》が夢見《ゆめみ》るように言《い》った。「今日《きょう》のこの暑《あつ》さでございましょ……あたくし、ちょっとうとうとと……」

ハリーはその場《ば》に突《つ》っ立《た》ったままだった。

「まあ、あなた、どうかしまして？」

「先生《せんせい》は――先生《せんせい》はたった今《いま》おっしゃいました――闇《やみ》の帝王《ていおう》が再《ふたた》び立《た》ち上《あ》がる……その召使《めしつか》いが帝王《ていおう》のもとに戻《もど》る……」

トレローニー先生《せんせい》は仰天《ぎょうてん》した。

「闇《やみ》の帝王《ていおう》？『名前《なまえ》を言《い》ってはいけないあの人《ひと》』のことですの？　まあ、坊《ぼう》や、そんなことを、冗談《じょうだん》にも言《い》ってはいけませんわ……再《ふたた》び立《た》ち上《あ》がる、なんて……」

「でも、先生《せんせい》がたった今《いま》おっしゃいました！　先生《せんせい》が、闇《やみ》の帝王《ていおう》が――」

「坊《ぼう》や、きっとあなたも、うとうとしたのでございましょ！　あたくし、そこまでとてつもないことを予言《よげん》するほど厚《あつ》かましくございませんことよ！」

ハリーははしごを下《お》り、らせん階段《かいだん》を下《お》りながら考《かんが》え込《こ》んだ……トレローニー先生《せんせい》が本物《ほんもの》の予《よ》言《げん》をするのを聞《き》いてしまったのだろうか？　それとも試験《しけん》の最後《さいご》を飾《かざ》る、先生独特《せんせいどくとく》の演出《えんしゅつ》だったのだろうか？

五分後《ふんご》、ハリーは、グリフィンドール塔《とう》の入口《いりぐち》の外《そと》を警備《けいび》するトロールの脇《わき》を大急《おおいそ》ぎで通《とお》り過《す》ぎた。トレローニー先生《せんせい》の言葉《ことば》が頭《あたま》の中《なか》でまだ響《ひび》いている。人波《ひとなみ》が笑《わら》いさざめき、冗談《じょうだん》を飛《と》ばしながら、ハリーと逆《ぎゃく》の方向《ほうこう》に元気《げんき》よく流《なが》れていった。待《ま》ち焦《こ》がれた自由《じゆう》を校庭《こうてい》で少《すこ》しばかり楽《たの》しもうというわけだ。ハリーが肖像画《しょうぞうが》の穴《あな》にたどり着《つ》き、談話室《だんわしつ》に入《はい》るころには、もうほとんど誰《だれ》もいなくなっていた。しかし、隅《すみ》のほうに、ロンとハーマイオニーが座《すわ》り込《こ》んでいた。

「トレローニー先生《せんせい》が」ハリーが息《いき》をはずませながら言《い》った。「今《いま》しがた僕《ぼく》に言《い》ったんだ――」

しかし、二人《ふたり》の顔《かお》を見《み》て、ハリーはハッと言葉《ことば》をのんだ。

「バックビークが負《ま》けた」ロンが弱々《よわよわ》しく言《い》った。「ハグリッドが今《いま》これを送《おく》ってよこした」

ハグリッドの手紙《てがみ》は、今度《こんど》は涙《なみだ》がにじんでぬれてはいなかった。しかし書《か》きながら激《はげ》しく手《て》が震《ふる》えたらしく、ほとんど字《じ》が判読《はんどく》できなかった。

控訴《こうそ》に敗《やぶ》れた。日没《にちぼつ》に処刑《しょけい》だ。おまえさんたちにできるこたぁなんにもねえんだから、来《く》るなよ。おまえさんたちに見《み》せたくねえ。

ハグリッド

「行《い》かなきゃ」ハリーが即座《そくざ》に言《い》った。「ハグリッドが一人《ひとり》で死刑執行人《しけいしっこうにん》を待《ま》つなんて、そんなことさせられないよ」

「でも、日没《にちぼつ》だ」死《し》んだような目《め》つきで窓《まど》の外《そと》を見《み》つめながら、ロンが言《い》った。

「絶対許可《ぜったいきょか》してもらえないだろうし……ハリー、特《とく》に君《きみ》は……」

ハリーは頭《あたま》を抱《かか》えて考《かんが》え込《こ》んだ。

「透明《とうめい》マントさえあればなあ……」

「どこにあるの？」ハーマイオニーが聞《き》いた。

ハリーは、隻眼《せきがん》の魔女像《まじょぞう》の下《した》にある抜《ぬ》け道《みち》に置《お》いてきたしだいを説明《せつめい》し、しめくくりにこう言《い》った。

「……スネイプがあの辺《へん》でまた僕《ぼく》を見《み》かけたりしたら、僕《ぼく》、とっても困《こま》ったことになるよ」

「それはそうだわ」ハーマイオニーが立《た》ち上《あ》がった。

「スネイプが見《み》かけるのがあなたならね……魔女《まじょ》の背中《せなか》のこぶはどうやって開《ひら》けばいいの？」

「それは――それは、杖《つえ》でたたいて『ディセンディウム――降下《こうか》』って唱《とな》えるんだ。でも――」

ハーマイオニーは最後《さいご》まで聞《き》かずにさっさと談話室《だんわしつ》を横切《よこぎ》り、太《ふと》った婦人《レディ》の肖像画《しょうぞうが》を開《あ》け、姿《すがた》を消《け》した。

「まさか、取《と》りにいったんじゃ？」ロンが目《め》を見張《みは》ってその後《うし》ろ姿《すがた》を追《お》った。

まさか、だった。十五分後《ふんご》、ハーマイオニーは大事《だいじ》そうにたたんだ銀色《ぎんいろ》の透明《とうめい》マントをローブの下《した》に入《い》れて現《あらわ》れた。

「ハーマイオニー、最近《さいきん》、どうかしてるんじゃないのか！」

ロンが度胆《どぎも》を抜《ぬ》かれたように言《い》った。

「マルフォイはひっぱたくわ、トレローニー先生《せんせい》のクラスは飛《と》び出《だ》すわ――」

ハーマイオニーはちょっと得意《とくい》げな顔《かお》をした。


三人《にん》はみんなと一緒《いっしょ》に夕食《ゆうしょく》を食《た》べに下《お》りたが、そのあとグリフィンドール塔《とう》へは戻《もど》らなかった。ハリーは透明《とうめい》マントをローブの前《まえ》に隠《かく》し、ふくらみを隠《かく》すのに両腕《りょううで》をずっと組《く》んだままだった。玄関《げんかん》ホールの隅《すみ》にある、誰《だれ》もいない小部屋《こべや》に、三人《にん》はこっそり隠《かく》れ、聞《き》き耳《みみ》を立《た》てて、みんながいなくなるのをたしかめた。最後《さいご》の二人組《ふたりぐみ》がホールを急《いそ》ぎ足《あし》で横切《よこぎ》り、ドアがバタンと閉《し》まる音《おと》を聞《き》いてから、ハーマイオニーは小部屋《こべや》から首《くび》を突《つ》き出《だ》してドアのあたりを見回《みまわ》した。

「オーケーよ」ハーマイオニーがささやいた。「誰《だれ》もいないわ――『マント』を着《き》て――」

誰《だれ》にも見《み》えないよう、三人《にん》はぴったりくっついて歩《ある》いた。マントに隠《かく》れ、抜《ぬ》き足差《あしさ》し足《あし》で玄関《げんかん》ホールを横切《よこぎ》り、石段《いしだん》を下《お》りて校庭《こうてい》に出《で》た。太陽《たいよう》はすでに禁《きん》じられた森《もり》のむこうに沈《しず》みかけ、木々《きぎ》の梢《こずえ》が金色《きんいろ》に輝《かがや》いていた。

ハグリッドの小屋《こや》にたどり着《つ》いてドアをノックした。一分《ぷん》ほど、答《こた》えがなかった。やっと現《あらわ》れたハグリッドは、青《あお》ざめた顔《かお》で震《ふる》えながら、誰《だれ》が来《き》たのかとそこら中《じゅう》を見回《みまわ》した。

「僕《ぼく》たちだよ」ハリーがヒソヒソ声《ごえ》で言《い》った。「透明《とうめい》マントを着《き》てるんだ。中《なか》に入《い》れて。そしたらマントを脱《ぬ》ぐから」

「来《き》ちゃなんねえだろうが！」ハグリッドはそうささやきながらも、一歩《ぽ》下《さ》がった。三人《にん》が中《なか》に入《はい》った。ハグリッドは急《いそ》いで戸《と》を閉《し》め、ハリーはマントを脱《ぬ》いだ。

ハグリッドは泣《な》いてはいなかったし、三人《にん》の首《くび》っ玉《たま》にかじりついてもこなかった。自分《じぶん》がいったいどこにいるのか、どうしたらいいのか、まったく意識《いしき》がない様子《ようす》だった。茫然自失《ぼうぜんじしつ》のハグリッドを見《み》るのは、涙《なみだ》を見《み》るよりつらかった。

「茶《ちゃ》、飲《の》むか？」やかんのほうに伸《の》びたハグリッドのでっかい手《て》が、ブルブル震《ふる》えていた。

「ハグリッド、バックビークはどこなの？」ハーマイオニーがためらいがちに聞《き》いた。

「俺《おれ》――俺《おれ》、あいつを外《そと》に出《だ》してやった」

ハグリッドはミルクを容器《ようき》に注《そそ》ごうとして、テーブルいっぱいにこぼした。

「俺《おれ》のかぼちゃ畑《ばたけ》に、つないでやった。木《き》やなんか見《み》たほうがいいだろうし――新鮮《しんせん》な空気《くうき》も吸《す》わせて――そのあとで――」

ハグリッドの手《て》が激《はげ》しく震《ふる》え、持《も》っていたミルク入《い》れが手《て》からすべり落《お》ち、粉々《こなごな》になって床《ゆか》に飛《と》び散《ち》った。

「私《わたし》がやるわ、ハグリッド」ハーマイオニーが急《いそ》いでかけ寄《よ》り、床《ゆか》をきれいにふきはじめた。

「戸棚《とだな》にもう一つある」

ハグリッドは座《すわ》り込《こ》んで、そでで額《ひたい》をぬぐった。ハリーはロンをちらりと見《み》たが、ロンもどうしようもないという目《め》つきでハリーを見返《みかえ》した。

「ハグリッド、誰《だれ》でもいい、何《なん》でもいいから、できることはないの？」ハリーはハグリッドと並《なら》んで腰《こし》かけ、語気《ごき》を強《つよ》めて聞《き》いた。「ダンブルドアは――」

「ダンブルドアは努力《どりょく》なさった。だけんど、委員会《いいんかい》の決定《けってい》を覆《くつがえ》す力《ちから》はお持《も》ちじゃねえ。ダンブルドアは連中《れんちゅう》に、バックビークは大丈夫《だいじょうぶ》だって言《い》いなさった――だけんど、連中《れんちゅう》は怖気《おじけ》づいて……ルシウス・マルフォイがどんなやつか知《し》っちょるだろう……連中《れんちゅう》を脅《おど》したんだ、そうなんだ……そんで、処刑人《しょけいにん》のマクネアはマルフォイの昔《むかし》っからのダチだし……。だけんど、あっという間《ま》にすっぱりいく……俺《おれ》がそばについていてやるし……」

ハグリッドはゴクリとつばを飲《の》み込《こ》んだ。わずかの望《のぞ》み、なぐさめのかけらを求《もと》めるかのように、ハグリッドの目《め》が小屋《こや》のあちこちをうつろにさまよった。

「ダンブルドアがおいでなさる。事《こと》が――事《こと》が行《おこな》われるときに。今朝手紙《けさてがみ》をくださった。俺《おれ》の

――俺《おれ》のそばにいたいとおっしゃる。偉大《いだい》なお方《かた》だ、ダンブルドアは……」

かわりのミルク入《い》れを探《さが》して、ハグリッドの戸棚《とだな》をかき回《まわ》していたハーマイオニーが、こらえきれずに、小《ちい》さく、短《みじか》く、すすり泣《な》きをもらした。ミルク入《い》れを手《て》に持《も》ち、ハーマイオニーは背《せ》筋《すじ》を伸《の》ばして、ぐっと涙《なみだ》をこらえた。

「ハグリッド、私《わたし》たちもあなたと一緒《いっしょ》にいるわ」

しかし、ハグリッドはもじゃもじゃ頭《あたま》を振《ふ》った。

「おまえさんたちは城《しろ》へ戻《もど》るんだ。言《い》っただろうが、おまえさんたちにゃ見《み》せたくねえ。それに、初《はじ》めっから、ここに来《き》てはなんねえんだ……ファッジやダンブルドアが、おまえさんたちが許可《きょか》ももらわずに外《そと》にいるのを見《み》つけたら、ハリー、おまえさん、やっかいなことになるぞ」

声《こえ》もなく、ハーマイオニーのほおを涙《なみだ》が流《なが》れ落《お》ちていた。しかし、ハグリッドに見《み》せまいと、ハーマイオニーはお茶《ちゃ》の支度《したく》にせわしなく動《うご》き回《まわ》っていた。ミルクを瓶《びん》から容器《ようき》に注《そそ》ごうとしていたハーマイオニーが、突然《とつぜん》叫《さけ》び声《ごえ》を上《あ》げた。

「ロン！　し――信《しん》じられないわ――スキャバーズよ！」

ロンは口《くち》をポカンと開《あ》けてハーマイオニーを見《み》た。

「何《なに》を言《い》ってるんだい？」

ハーマイオニーがミルク入《い》れをテーブルに持《も》ってきてひっくり返《かえ》した。キーキー大騒《おおさわ》ぎしながら、ミルク入《い》れの中《なか》に戻《もど》ろうともがいているネズミのスキャバーズが、テーブルの上《うえ》にすべり落《お》ちてきた。

「スキャバーズ！」ロンはあっけにとられた。

「スキャバーズ、こんなところで、いったい何《なに》してるんだ？」

じたばたするスキャバーズをロンはわしづかみにし、明《あ》かりにかざした。スキャバーズはぼろぼろだった。前《まえ》よりやせこけ、毛《け》がばっさり抜《ぬ》けてあちらこちらが大《おお》きくはげている。しかもロンの手《て》の中《なか》で、必死《ひっし》に逃《に》げようとするかのように身《み》をよじっている。

「大丈夫《だいじょうぶ》だってば、スキャバーズ！　猫《ねこ》はいないよ！　ここにはおまえを傷《きず》つけるものは何《なん》にもないんだから！」

ハグリッドが急《きゅう》に立《た》ち上《あ》がった。目《め》は窓《まど》にくぎづけになり、いつもの赤《あか》ら顔《がお》が羊皮紙色《ようひしいろ》になっていた。

「連中《れんちゅう》が来《き》おった……」

ハリー、ロン、ハーマイオニーが振《ふ》り向《む》いた。遠《とお》くの城《しろ》の階段《かいだん》を何人《なんにん》かが下《お》りてくる。先頭《せんとう》はアルバス・ダンブルドアで、銀色《ぎんいろ》のひげが沈《しず》みかけた太陽《たいよう》を映《うつ》して輝《かがや》いている。その隣《となり》をせかせか歩《ある》いているのはコーネリウス・ファッジだ。二人《ふたり》の後《うし》ろから、委員会《いいんかい》のメンバーの一人《ひとり》、よぼよぼの大年寄《おおどしよ》りと、死刑執行人《しけいしっこうにん》のマクネアがやってくる。

「おまえさんら、行《い》かねばなんねえ」

ハグリッドは体《からだ》の隅々《すみずみ》まで震《ふる》えていた。

「ここにいるとこを連中《れんちゅう》に見《み》つかっちゃなんねえ……行《い》け、はよう……」

ロンはスキャバーズをポケットに押《お》し込《こ》み、ハーマイオニーは「マント」を取《と》り上《あ》げた。

「裏口《うらぐち》から出《だ》してやる」ハグリッドが言《い》った。

ハグリッドについて、三人《にん》は裏庭《うらにわ》に出《で》た。ハリーはなんだか現実《げんじつ》のこととは思《おも》えなかった。ほんの数《すう》メートル先《さき》、かぼちゃ畑《ばたけ》の後《うし》ろにある木《き》につながれているバックビークを見《み》たとき、ますますほんとうのこととは思《おも》えなかった。バックビークは何《なに》かが起《お》こっていると感《かん》じているらしい。猛々《たけだけ》しい頭《あたま》を左右《さゆう》に振《ふ》り、不安《ふあん》げに地面《じめん》をかいている。

「大丈夫《だいじょうぶ》だ、ビーキー」ハグリッドがやさしく言《い》った。「大丈夫《だいじょうぶ》だぞ……」

三人《にん》を振《ふ》り返《かえ》り、「行《い》け」とハグリッドが言《い》った。「もう行《い》け」

三人《にん》は動《うご》かなかった。

「ハグリッド、そんなことできないよ――」

「僕《ぼく》たち、ほんとうは何《なに》があったのか、あの連中《れんちゅう》に話《はな》すよ――」

「バックビークを殺《ころ》すなんて、だめよ――」

「行《い》け！」ハグリッドがきっぱりと言《い》った。

「おまえさんたちが面倒《めんどう》なことになったら、ますます困《こま》る。そんでなくても最悪《さいあく》なんだ！」

しかたなかった。ハーマイオニーがハリーとロンに「マント」をかぶせたとき、小屋《こや》の前《まえ》で人《ひと》声《ごえ》がするのが聞《き》こえた。ハグリッドは三人《にん》が消《き》えたあたりを見《み》た。

「急《いそ》ぐんだ」ハグリッドの声《こえ》がかすれた。「聞《き》くんじゃねえぞ……」

誰《だれ》かが戸《と》をたたいている。同時《どうじ》にハグリッドが大股《おおまた》で小屋《こや》に戻《もど》っていった。

ゆっくりと、恐怖《きょうふ》で魂《たましい》が抜《ぬ》けたかのように、ハリー、ロン、ハーマイオニーは、押《お》しだまってハグリッドの小屋《こや》を離《はな》れた。小屋《こや》の反対側《はんたいがわ》に出《で》たとき、表《おもて》のドアがバタンと閉《し》まるのが聞《き》こえた。

「お願《ねが》い、急《いそ》いで」ハーマイオニーがささやいた。

「耐《た》えられないわ、私《わたし》、とっても……」

三人《にん》は城《しろ》に向《む》かう芝生《しばふ》を上《のぼ》りはじめた。太陽《たいよう》は沈《しず》む速度《そくど》を速《はや》め、空《そら》はうっすらと紫《むらさき》を帯《お》びた透《とう》明《めい》な灰色《はいいろ》に変《か》わっていた。しかし、西《にし》の空《そら》はルビーのように紅《あか》く燃《も》えていた。

ロンはぴたっと立《た》ち止《ど》まった。

「ロン、お願《ねが》いよ」ハーマイオニーがせかした。

「スキャバーズが――こいつ、どうしても――じっとしてないんだ――」

ロンはスキャバーズをポケットに押《お》し込《こ》もうと前《まえ》かがみになったが、ネズミは大暴《おおあば》れで、狂《くる》ったようにキーキー鳴《な》きながら、ジタバタと身《み》をよじり、ロンの手《て》にガブリとかみつこうとした。

「スキャバーズ、僕《ぼく》だよ。このバカヤロ、ロンだってば」ロンが声《こえ》を殺《ころ》して言《い》った。

三人《にん》の背後《はいご》でドアが開《ひら》く音《おと》がして、人声《ひとごえ》が聞《き》こえた。

「ねえ、ロン、お願《ねが》いだから、行《い》きましょう。いよいよやるんだわ！」

ハーマイオニーがヒソヒソ声《ごえ》で言《い》った。

「ああ――スキャバーズ、じっとしてろったら――」

三人《にん》は前進《ぜんしん》した。ハリーは、ハーマイオニーと同《おな》じ気持《きも》ちで、背後《はいご》の低《ひく》く響《ひび》く声《こえ》を聞《き》くまいと努力《どりょく》した。ロンがまた立《た》ち止《ど》まった。

「こいつを押《お》さえてられないんだ――スキャバーズ、だまれ、みんなに聞《き》こえっちまうよ――」

ネズミはキーキーわめき散《ち》らしていたが、その声《こえ》でさえハグリッドの庭《にわ》から聞《き》こえてくる音《おと》をかき消《け》すことはできなかった。誰《だれ》という区別《くべつ》もつかない男《おとこ》たちの声《こえ》がまじり合《あ》い、ふと静《しず》かになり、そして、突如《とつじょ》、シュッ、ドサッとまぎれもない斧《おの》の音《おと》。

ハーマイオニーがよろめいた。

「やってしまった！」ハリーに向《む》かってハーマイオニーが小《ちい》さな声《こえ》で言《い》った。

「し、信《しん》じられないわ――あの人《ひと》たち、やってしまったんだわ！」

第《だい》17章《しょう》　猫《ねこ》、ネズミ、犬《いぬ》

　ハリーはショックで頭《あたま》の中《なか》が真《ま》っ白《しろ》になった。透明《とうめい》マントの中《なか》で、三人《にん》は恐怖《きょうふ》に立《た》ちすくんでいた。沈《しず》みゆく太陽《たいよう》の最後《さいご》の光《ひかり》が、血《ち》のような明《あ》かりを投《な》げかけ、地上《ちじょう》に長《なが》い影《かげ》を落《お》としていた。三人《にん》の背後《はいご》から、その時《とき》、荒々《あらあら》しくほえるような声《こえ》が聞《き》こえた。

「ハグリッドだ」ハリーがつぶやいた。我《われ》を忘《わす》れ、ハリーは引《ひ》き返《かえ》そうとした。が、ロンとハーマイオニーがハリーの両腕《りょううで》を押《お》さえた。

「戻《もど》れないよ」ロンが蒼白《そうはく》な顔《かお》で言《い》った。

「僕《ぼく》たちが会《あ》いにいったことが知《し》れたら、ハグリッドの立場《たちば》はもっと困《こま》ったことになる……」

　ハーマイオニーの呼吸《こきゅう》はハッハッと浅《あさ》く乱《みだ》れていた。

「どうして――あの人《ひと》たち――こんなことができるの？」ハーマイオニーは声《こえ》を詰《つ》まらせた。

「ほんとうにどうして――こんなことが――できるっていうの？」

「行《い》こう」ロンは歯《は》をガチガチ言《い》わせていた。

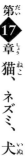

三人《にん》は「マント」にちゃんと隠《かく》れるようにゆっくりと歩《ある》いて、また城《しろ》へと向《む》かった。急速《きゅうそく》に日《ひ》が陰《かげ》ってきた。広《ひろ》い校庭《こうてい》に出《で》るころには、闇《やみ》がとっぷりと呪文《じゅもん》のように三人《にん》を覆《おお》った。

「スキャバーズ、じっとしてろ」

ロンが手《て》で胸《むね》をぐっと押《お》さえながら、低《ひく》い声《こえ》で言《い》った。ネズミは狂《くる》ったようにもがいていた。ロンが突然《とつぜん》立《た》ち止《ど》まり、スキャバーズを無理《むり》やりポケットにもっと深《ふか》く押《お》し込《こ》もうとした。

「いったいどうしたんだ？　このバカネズミめ。じっとしてろ――アイタッ！　こいつかみやがった！」

「ロン、静《しず》かにして！」ハーマイオニーが緊迫《きんぱく》した声《こえ》でささやいた。

「ファッジが今《いま》にもここにやってくるわ――」

「こいつめ――なんでじっと――してないんだ――」

スキャバーズはひたすら怖《こわ》がっていた。ありったけの力《ちから》で身《み》をよじり、握《にぎ》りしめているロンの手《て》から何《なん》とか逃《のが》れようとしている。

「まったく、こいつ、いったいどうしたんだろう？」

しかし、まさにその時《とき》、ハリーは見《み》た――地《ち》をはうように身《み》を伏《ふ》せてこちらに向《む》かって忍《しの》び寄《よ》るものを。暗闇《くらやみ》に無気味《ぶきみ》に光《ひか》る大《おお》きな黄色《きいろ》い目《め》――クルックシャンクスだ。三人《にん》の姿《すがた》が見《み》えるのか、それともスキャバーズのキーキー声《ごえ》を追《お》ってくるのか、ハリーにはわからなかった。

「クルックシャンクス！」ハーマイオニーがうめいた。「だめ。クルックシャンクス、あっちに行《い》きなさい！　行《い》きなさいったら！」

しかし、猫《ねこ》はだんだん近《ちか》づいてきた——。

「スキャバーズ——**だめだ！**」

遅《おそ》かった——ネズミはしっかり握《にぎ》ったロンの指《ゆび》の間《あいだ》をすり抜《ぬ》け、地面《じめん》にボトッと落《お》ちて、遮二《しゃに》無二《むに》逃《に》げ出《だ》した。クルックシャンクスがひとっ跳《と》びしてそのあとを追《お》いかけた。ハリーとハーマイオニーが止《と》める間《ま》もなく、ロンは透明《とうめい》マントをかなぐり捨《す》て、猛《もう》スピードで暗闇《くらやみ》の中《なか》に消《き》え去《さ》った。

「**ロン！**」ハーマイオニーがうめいた。

二人《ふたり》は顔《かお》を見合《みあ》わせ、それから大急《おおいそ》ぎで追《お》いかけた。マントをかぶっていたのでは、全速力《ぜんそくりょく》でかけるのは無理《むり》だった。二人《ふたり》はマントを脱《ぬ》ぎ捨《す》て、後《うし》ろに旗《はた》のようになびかせながら、ロンを追《お》って疾走《しっそう》した。前方《ぜんぽう》にロンのかける足音《あしおと》が聞《き》こえ、クルックシャンクスをどなりつける声《こえ》が聞《き》こえた。

「スキャバーズから離《はな》れろ——離《はな》れるんだ——スキャバーズ、こっちへおいで——」

ドサッと大《おお》きな音《おと》がした。

「捕《つか》まえた！　とっとと消《き》えろ、いやな猫《ねこ》め――」

ハリーとハーマイオニーは危《あや》うくロンにつまずくところだった。ロンのぎりぎり手前《てまえ》で二人《ふたり》は急《きゅう》ブレーキをかけた。ロンは地面《じめん》にべったり腹《はら》ばいになっていたが、スキャバーズはポケットに戻《もど》り、その震《ふる》えるポケットのふくらみを、ロンが両手《りょうて》でしっかり押《お》さえていた。

「ロン――早《はや》く――マントに入《はい》って――」ハーマイオニーがゼイゼイしながらうながした。

「ダンブルドア――大臣《だいじん》――みんなもうすぐ戻《もど》ってくるわ――」

しかし、三人《にん》が再《ふたた》びマントをかぶる前《まえ》に、息《いき》を整《ととの》える間《ま》もなく、何《なに》か巨大《きょだい》な動物《どうぶつ》が忍《しの》びやかに走《はし》る足音《あしおと》を聞《き》いた。暗闇《くらやみ》の中《なか》を、何《なに》かがこちらに向《む》かって跳躍《ちょうやく》してくる――巨大《きょだい》な、薄灰色《うすはいいろ》の目《め》をした、真《ま》っ黒《くろ》な犬《いぬ》だ。

ハリーは杖《つえ》に手《て》をかけた。しかし、遅《おそ》かった――犬《いぬ》は大《おお》きくジャンプし、前足《まえあし》でハリーの胸《むね》を打《う》った。ハリーはのけぞって倒《たお》れた。犬《いぬ》の毛《け》が渦巻《うずま》く中《なか》で、ハリーは熱《あつ》い息《いき》を感《かん》じ、数《すう》センチもの長《なが》い牙《きば》が並《なら》んでいるのを見《み》た――。

しかし、勢《いきお》い余《あま》って、犬《いぬ》はハリーから転《ころ》がり落《お》ちた。ろっ骨《こつ》が折《お》れたかのように感《かん》じ、くらくらしながら、ハリーは立《た》ち上《あ》がろうとした。新《あら》たな攻撃《こうげき》をかけようと、犬《いぬ》が急旋回《きゅうせんかい》してうなっているのが聞《き》こえる。

ロンは立《た》ち上《あ》がっていた。犬《いぬ》がまた三人《にん》に跳《と》びかかってきたとき、ロンはハリーを横《よこ》に押《お》しやった。犬《いぬ》の両《りょう》あごが、ハリーではなく、ロンの伸《の》ばした腕《うで》をバクリとかんだ。ハリーは野獣《やじゅう》につかみかかり、むんずと毛《け》を握《にぎ》った。だが犬《いぬ》はまるでボロ人形《にんぎょう》でもくわえるように、やすやすとロンを引《ひ》きずっていった。

突然《とつぜん》、どこからともなく、何《なに》かがハリーの横《よこ》っ面《つら》を張《は》り、ハリーはまたしても倒《たお》れてしまった。ハーマイオニーが痛《いた》みで悲鳴《ひめい》を上《あ》げ、倒《たお》れる音《おと》が聞《き》こえた。ハリーは目《め》に流《なが》れ込《こ》む血《ち》を瞬《まばた》きで払《はら》いのけて、杖《つえ》をまさぐった――。

「ルーモス！　光《ひかり》よ！」ハリーは小声《こごえ》で唱《とな》えた。

杖灯《つえあか》りに照《て》らし出《だ》されたのは、太《ふと》い木《き》の幹《みき》だった。スキャバーズを追《お》って、暴《あば》れ柳《やなぎ》の樹下《じゅか》に入《はい》り込《こ》んでいたのだ。まるで強風《きょうふう》にあおられるかのように枝《えだ》をきしませ、暴《あば》れ柳《やなぎ》は二人《ふたり》をそれ以《い》上《じょう》近《ちか》づけまいと、前《まえ》に後《うし》ろにたたきつけている。

そして、そこに、その木《き》の根元《ねもと》に、あの犬《いぬ》がいた。根元《ねもと》に大《おお》きく開《あ》いたすきまに、ロンを頭《あたま》から引《ひ》きずり込《こ》もうとしている――ロンは激《はげ》しく抵抗《ていこう》していたが、頭《あたま》が、そして胴《どう》がずるずると見《み》えなくなりつつあった――。

「ロン！」ハリーは大声《おおごえ》を出《だ》し、あとを追《お》おうとしたが、太《ふと》い枝《えだ》が空《くう》を切《き》ってあびせてくる殺人《さつじん》パンチをさけるのに、ハリーはまたあとずさりせざるをえなかった。

もうロンの片脚《かたあし》しか見《み》えなくなった。それ以上地中《いじょうちちゅう》に引《ひ》き込《こ》まれまいと、ロンは脚《あし》をくの字《じ》に曲《ま》げて根元《ねもと》に引《ひ》っかけ、食《く》い止《と》めていた。やがて、バシッとまるで銃声《じゅうせい》のような恐《おそ》ろしい音《おと》が闇《やみ》をつんざいた。ロンの脚《あし》が折《お》れたのだ。次《つぎ》の瞬間《しゅんかん》、ロンの足《あし》が見《み》えなくなった。

「ハリー——助《たす》けを呼《よ》ばなくちゃ——」

ハーマイオニーが叫《さけ》んだ。血《ち》を流《なが》している。柳《やなぎ》がハーマイオニーの肩《かた》を切《き》っていた。

「ダメだ！　あいつはロンを食《く》ってしまうほど大《おお》きいんだ。そんな時間《じかん》はない——」

「誰《だれ》か助《たす》けを呼《よ》ばないと、絶対《ぜったい》あそこに入《はい》れないわ——」

大枝《おおえだ》がまたしても二人《ふたり》になぐりかかった。小枝《こえだ》が握《にぎ》り拳《こぶし》のように硬《かた》く結《むす》ばれている。

「あの犬《いぬ》が入《はい》れるなら、僕《ぼく》たちにもできるはずだ」

ハリーはあちらこちらを跳《と》び回《まわ》り、息《いき》を切《き》らしながら、凶暴《きょうぼう》な大枝《おおえだ》をかいくぐる道《みち》を何《なん》とかして見《み》つけようとしていた。しかし、ブローの届《とど》かない距離《きょり》から一歩《ぽ》も根元《ねもと》に近《ちか》づくことはできなかった。

「ああ、誰《だれ》か、助《たす》けて」ハーマイオニーはその場《ば》でおろおろ走《はし》り回《まわ》りながら、半狂乱《はんきょうらん》でつぶやき続《つづ》けた。「誰《だれ》か、お願《ねが》い……」

クルックシャンクスがサーッと前《まえ》に出《で》た。なぐりかかる大枝《おおえだ》の間《あいだ》をまるで蛇《へび》のようにすり抜《ぬ》け、両前足《りょうまえあし》を木《き》の節《ふし》の一つに乗《の》せた。

突如《とつじょ》、柳《やなぎ》はまるで大理石《だいりせき》になったように動《うご》きを止《と》めた。木《こ》の葉《は》一枚《まい》、そよともしない。

「クルックシャンクス！」ハーマイオニーはわけがわからず小声《こごえ》でつぶやいた。「この子《こ》、どうしてわかったのかしら――？」

ハーマイオニーはハリーの腕《うで》を痛《いた》いほどきつく握《にぎ》っていた。

「あの犬《いぬ》と友達《ともだち》なんだ」ハリーは厳《きび》しい顔《かお》で言《い》った。「僕《ぼく》、二匹《ひき》が連《つ》れ立《だ》っているところを見《み》たことがある。行《い》こう――君《きみ》も杖《つえ》を出《だ》しておいて――」

木《き》の幹《みき》までは一気《いっき》に近《ちか》づいたが、二人《ふたり》が根元《ねもと》のすきまにたどり着《つ》く前《まえ》に、クルックシャンクスが瓶洗《びんあら》いブラシのようなしっぽを打《う》ち振《ふ》り、スルリと先《さき》にすべり込《こ》んだ。ハリーが続《つづ》いた。頭《あたま》から先《さき》にはって進《すす》み、狭《せま》い土《つち》のトンネルの傾斜《けいしゃ》を、ハリーは底《そこ》まですべり降《お》りた。クルックシャンクスが少《すこ》し先《さき》を歩《ある》いている。ハリーの杖灯《つえあか》りに照《て》らされ、目《め》がらんらんと光《ひか》っていた。すぐあとからハーマイオニーがすべり降《お》りてきて、ハリーと並《なら》んだ。

「ロンはどこ？」ハーマイオニーがこわごわささやいた。

「こっちだ」ハリーはクルックシャンクスのあとを、背中《せなか》を丸《まる》めてついていった。

「このトンネル、どこに続《つづ》いているのかしら？」後《うし》ろからハーマイオニーが息《いき》を切《き》らして聞《き》いた。

「わからない……忍《しの》びの地図《ちず》には書《か》いてあるんだけど、フレッドとジョージはこの道《みち》は誰《だれ》も通《とお》ったことがないって言《い》ってた。この道《みち》の先《さき》は地図《ちず》の端《はし》からはみ出《だ》してる。でもどうもホグズミードに続《つづ》いてるみたいなんだ……」

二人《ふたり》はほとんど体《からだ》を二《ふた》つ折《お》りにして急《いそ》ぎに急《いそ》いだ。クルックシャンクスのしっぽが見《み》え隠《かく》れしている。通路《つうろ》はえんえんと続《つづ》く。少《すく》なくともハニーデュークス店《てん》に続《つづ》く通路《つうろ》と同《おな》じくらい長《なが》く感《かん》じられた。ハリーはロンのことしか頭《あたま》になかった。あの巨大《きょだい》な犬《いぬ》はロンに何《なに》かしてはいないだろうか……背《せ》を丸《まる》めて走《はし》りながら、ハリーの息《いき》づかいは荒《あら》く、苦《くる》しくなっていた。

トンネルがそこから上《のぼ》り坂《ざか》になった。やがて道《みち》がねじ曲《ま》がり、クルックシャンクスの姿《すがた》が消《き》えた。そのかわりに、小《ちい》さな穴《あな》からもれるぼんやりした明《あ》かりがハリーの目《め》に入《はい》った。

ハリーとハーマイオニーは、小休止《しょうきゅうし》して息《いき》を整《ととの》えてから、じりじりと前進《ぜんしん》した。二人《ふたり》ともむこうにあるものを見《み》ようと杖《つえ》をかまえた。

部屋《へや》があった。雑然《ざつぜん》としたほこりっぽい部屋《へや》だ。壁紙《かべがみ》ははがれかけ、床《ゆか》はしみだらけで、家具《かぐ》という家具《かぐ》は、誰《だれ》かが打《う》ち壊《こわ》したかのように破損《はそん》していた。窓《まど》には全部板《ぜんぶいた》が打《う》ちつけてある。

ハリーはハーマイオニーをちらりと見《み》た。恐怖《きょうふ》にこわばりながらもハーマイオニーは、こくりとうなずいて同意《どうい》した。

ハリーは穴《あな》をくぐり抜《ぬ》け、あたりを見回《みまわ》した。部屋《へや》には誰《だれ》もいない。しかし、右側《みぎがわ》のドアが開《ひら》きっぱなしになっていて、薄暗《うすぐら》いホールに続《つづ》いていた。突然《とつぜん》、ハーマイオニーがまたしてもハリーの腕《うで》をきつく握《にぎ》った。目《め》を見開《みひら》き、ハーマイオニーは板《いた》の打《う》ちつけられた窓《まど》をずうっと見回《みまわ》していた。

「ハリー、ここ、『叫《さけ》びの屋敷《やしき》』の中《なか》だわ」ハーマイオニーがささやいた。

ハリーもあたりを見回《みまわ》した。そばにあった木製《もくせい》の椅子《いす》に目《め》がとまった。一部《ぶ》が大《おお》きくえぐれ、脚《あし》の一本《ぽん》が完全《かんぜん》にもぎ取《と》られていた。

「ゴーストがやったんじゃないな」少《すこ》し考《かんが》えてからハリーが言《い》った。

その時《とき》、頭上《ずじょう》で何《なに》かがきしむ音《おと》がした。何《なに》かが上《うえ》の階《かい》で動《うご》いたのだ。二人《ふたり》は天井《てんじょう》を見上《みあ》げた。ハーマイオニーがハリーの腕《うで》をあまりにきつく握《にぎ》っているので、ハリーの指《ゆび》の感覚《かんかく》がなくなりかけていた。眉《まゆ》をちょっと上《あ》げてハーマイオニーに合図《あいず》すると、ハーマイオニーはまたこくりとうなずいて腕《うで》を放《はな》した。

できるだけこっそりと、二人《ふたり》は隣《となり》のホールに忍《しの》び込《こ》み、崩《くず》れ落《お》ちそうな階段《かいだん》を上《のぼ》った。どこもかしこも厚《あつ》いほこりをかぶっていたが、床《ゆか》だけはちがった。何《なに》かが上階《じょうかい》に引《ひ》きずり上《あ》げられた跡《あと》が、幅広《はばひろ》いしま模様《もよう》になって光《ひか》っていた。

二人《ふたり》は踊《おど》り場《ば》まで上《あ》がった。

「ノックス！　消《き》えよ！」

二人《ふたり》が同時《どうじ》に唱《とな》え、二人《ふたり》の杖先《つえさき》の灯《あか》りが消《き》えた。開《あ》いているドアが一つだけあった。二人《ふたり》がこっそり近《ちか》づくと、ドアのむこうから物音《ものおと》が聞《き》こえてきた。低《ひく》いうめき声《ごえ》、それと、太《ふと》い、大《おお》きなゴロゴロという声《こえ》だ。二人《ふたり》はいよいよだと、三度目《どめ》の目配《めくば》せをし、三度目《どめ》のこっくりをした。

杖《つえ》をしっかり先頭《せんとう》に立《た》て、ハリーはドアをバッとけり開《あ》けた。

ほこりっぽいカーテンのかかった壮大《そうだい》な四本柱《ほんばしら》の天蓋《てんがい》つきベッドに、クルックシャンクスが寝《ね》そべり、二人《ふたり》の姿《すがた》を見《み》ると大《おお》きくゴロゴロいった。その脇《わき》の床《ゆか》には、妙《みょう》な角度《かくど》に曲《ま》がった脚《あし》をつかんで、ロンが座《すわ》っていた。

ハリーとハーマイオニーはロンにかけ寄《よ》った。

「ロン――大丈夫《だいじょうぶ》？」

「犬《いぬ》はどこ？」

「犬《いぬ》じゃない」ロンがうめいた。痛《いた》みで歯《は》を食《く》いしばっている。「ハリー、罠《わな》だ――」

「え――？」

「あいつが犬《いぬ》なんだ……あいつは『動物《アニメーガス》もどき』なんだ……」

ロンはハリーの肩越《かたご》しに背後《はいご》を見《み》つめた。ハリーがくるりと振《ふ》り向《む》いた。影《かげ》の中《なか》に立《た》つ男《おとこ》が、二人《ふたり》の入《はい》ってきたドアをピシャリと閉《し》めた。

汚《よご》れきった髪《かみ》がもじゃもじゃとひじまで垂《た》れている。暗《くら》い落《お》ちくぼんだ眼窩《がんか》の奥《おく》で目《め》がギラギラしているのが見《み》えなければ、まるで死体《したい》が立《た》っているといってもいい。血《ち》の気《け》のない皮膚《ひふ》が顔《かお》の骨《ほね》にぴったりと張《は》りつき、まるでどくろのようだ。ニヤリと笑《わら》うと黄色《きいろ》い歯《は》がむき出《だ》しになった。シリウス・ブラックだ。

「エクスペリアームス！　武器《ぶき》よ去《さ》れ！」

ロンの杖《つえ》を二人《ふたり》に向《む》け、ブラックがしわがれた声《こえ》で唱《とな》えた。

ハリーとハーマイオニーの杖《つえ》が二人《ふたり》の手《て》から飛《と》び出《だ》し、高々《たかだか》と宙《ちゅう》を飛《と》んでブラックの手《て》に収《おさ》まった。ブラックが一歩《ぽ》近《ちか》づいた。その目《め》はハリーをしっかり見《み》すえている。

「君《きみ》なら友《とも》を助《たす》けにくると思《おも》った」

かすれた声《こえ》だった。声《こえ》の使《つか》い方《かた》を長《なが》いこと忘《わす》れていたかのような響《ひび》きだった。

「君《きみ》の父親《ちちおや》も私《わたし》のためにそうしたにちがいない。君《きみ》は勇敢《ゆうかん》だ。先生《せんせい》の助《たす》けを求《もと》めなかった。ありがたい……そのほうがずっと、事《こと》は楽《らく》だ……」

父親《ちちおや》についての嘲《あざけ》るような言葉《ことば》が、ハリーの耳《みみ》にはブラックがまるで大声《おおごえ》で叫《さけ》んだかのように鳴《な》り響《ひび》いた。ハリーの胸《むね》は憎《にく》しみで煮《に》えくり返《かえ》り、恐《おそ》れのかけらが入《はい》り込《こ》む余地《よち》もなかった。杖《つえ》を取《と》り戻《もど》したかった。生《う》まれて初《はじ》めてハリーは、身《み》を護《まも》るためにではなく、攻撃《こうげき》のために杖《つえ》が欲《ほ》しかった……殺《ころ》すために欲《ほ》しかった。我《われ》を忘《わす》れ、ハリーは身《み》を乗《の》り出《だ》した。すると、突然《とつぜん》ハリーの両脇《りょうわき》で何《なに》かが動《うご》き、二組《くみ》の手《て》がハリーをつかんで引《ひ》き戻《もど》した。

「ハリー、だめ！」

ハーマイオニーは凍《こお》りついたようなか細《ぼそ》い声《こえ》で言《い》った。しかし、ロンはブラックに向《む》かって言《い》い放《はな》った。

「ハリーを殺《ころ》したいのなら、僕《ぼく》たちも殺《ころ》せ！」

立《た》ち上《あ》がろうとしてますます血《ち》の気《け》を失《うしな》い、わずかによろめきながら、ロンは激《はげ》しい口調《くちょう》で言《い》った。

ブラックの影《かげ》のような目《め》に、何《なに》かがキラリと光《ひか》った。

「座《すわ》っていろ」ブラックが静《しず》かにロンに言《い》った。「脚《あし》のけがが、よけいひどくなるぞ」

「聞《き》こえたのか？」

ロンは弱々《よわよわ》しく言《い》った。それでもロンは、痛々《いたいた》しい姿《すがた》でハリーの肩《かた》にすがり、まっすぐ立《た》っていようとした。

「僕《ぼく》たち三人《にん》を殺《ころ》さなきゃならないんだぞ！」

「今夜《こんや》はただ一人《ひとり》を殺《ころ》す」ブラックのニヤリ笑《わら》いがますます広《ひろ》がった。

「なぜ？」

ロンとハーマイオニーの手《て》を振《ふ》りほどこうとしながら、ハリーが吐《は》きすてるように聞《き》いた。

「以前《いぜん》には、そんなことを気《き》にしなかっただろう？　ペティグリュー一人《ひとり》を殺《や》るために、たくさんのマグルを無残《むざん》に殺《ころ》したんだろう？　……どうしたんだ。アズカバンで骨抜《ほねぬ》きになったのか？」

「ハリー！」ハーマイオニーが哀願《あいがん》するように言《い》った。「だまって！」

「こいつが僕《ぼく》の父《とう》さんと母《かあ》さんを殺《ころ》したんだ！」

ハリーは大声《おおごえ》を上《あ》げた。そして渾身《こんしん》の力《ちから》で二人《ふたり》の手《て》を振《ふ》りほどき、ブラックめがけて跳《と》びかかった――。

魔法《まほう》を忘《わす》れはて、自分《じぶん》がやせて背《せ》の低《ひく》い十三歳《さい》であることも忘《わす》れはて、相手《あいて》のブラックが背《せ》の高《たか》い大人《おとな》の男《おとこ》であることも忘《わす》れはてていた。できるだけひどくブラックを傷《きず》つけてやりたい、その思《おも》い一筋《ひとすじ》だった。返《かえ》り討《う》ちで自分《じぶん》がどんなに傷《きず》ついてもいい……。

ハリーがそんな愚《おろ》かな行為《こうい》に出《で》たのがショックだったのか、ブラックは杖《つえ》を上《あ》げ遅《おく》れた。ハリーは片手《かたて》で、やせこけたブラックの手首《てくび》をつかみ、ひねって杖先《つえさき》をそらせ、もう一方《いっぽう》の手《て》の拳《こぶし》でブラックの横顔《よこがお》をなぐりつけた。二人《ふたり》は仰向《あおむ》けに倒《たお》れ、壁《かべ》にぶつかった――。

ハーマイオニーが悲鳴《ひめい》を上《あ》げ、ロンはわめいていた。ブラックの持《も》っていた三本《ぼん》の杖《つえ》から火花《ひばな》が噴射《ふんしゃ》し、危《あや》うくハリーの顔《かお》をそれたが、目《め》もくらむような閃光《せんこう》が走《はし》った。ハリーは、ブラックのしなびた腕《うで》が激《はげ》しくもがくのを指《ゆび》に感《かん》じたが、むしゃぶりついて放《はな》さなかった。もう一方《いっぽう》の手《て》で、ブラックの体《からだ》のどこそこかまわず、手当《てあ》たりしだいなぐり続《つづ》けた。

しかし、ブラックは自由《じゆう》なほうの手《て》でハリーののどをとらえた。

「いいや」ブラックが食《く》いしばった歯《は》の間《あいだ》から言《い》った。「これ以上《いじょう》待《ま》てない――」

指《ゆび》がしめつけてきた。ハリーは息《いき》が詰《つ》まり、めがねがずり落《お》ちかけた。

突然《とつぜん》、ハーマイオニーの脚《あし》がブラックをけるのが見《み》えた。ブラックは痛《いた》さにうめきながらハリーを放《はな》した。ロンがブラックの杖《つえ》を持《も》った腕《うで》に体当《たいあ》たりし、カタカタというかすかな音《おと》がハリーの耳《みみ》に入《はい》った――。

もつれ合《あ》いをやっと振《ふ》りほどいてハリーが立《た》ち上《あ》がると、自分《じぶん》の杖《つえ》が床《ゆか》に転《ころ》がっているのが見《み》えた。ハリーは杖《つえ》に飛《と》びついた。しかし――。

「うわーっ！」

クルックシャンクスが乱闘《らんとう》に加《くわ》わった。前足《まえあし》二本《ほん》の爪《つめ》が全部《ぜんぶ》、ハリーの腕《うで》に深々《ふかぶか》と食《く》い込《こ》んだ。ハリーが払《はら》いのけるすきに、クルックシャンクスがすばやくハリーの杖《つえ》に飛《と》びついた。

「**取《と》るな！**」

ハリーは大声《おおごえ》を出《だ》し、クルックシャンクスめがけてけりを入《い》れた。猫《ねこ》はシャーッと鳴《な》いて脇《わき》に跳《と》びのいた。ハリーは杖《つえ》を引《ひ》っつかみ、振《ふ》り向《む》いた——。

「どいてくれ！」ハリーはロンとハーマイオニーに向《む》かって叫《さけ》んだ。

それが潮時《しおどき》だった。ハーマイオニーは唇《くちびる》から血《ち》を流《なが》し、息《いき》も絶《た》え絶《だ》えに、自分《じぶん》の杖《つえ》とロンの杖《つえ》を引《ひ》ったくり、急《いそ》いで脇《わき》へよけた。ロンは天蓋《てんがい》つきベッドにはっていき、ばったり倒《たお》れて息《いき》をはずませていた。蒼白《そうはく》だった顔《かお》がさらに青《あお》ざめ、折《お》れた脚《あし》を両手《りょうて》でしっかり押《お》さえている。

ブラックは壁《かべ》の下《した》で伸《の》びていた。やせた胸《むね》を激《はげ》しく波打《なみう》たせ、ハリーが杖《つえ》をまっすぐにブラックの心臓《しんぞう》に向《む》けたまま、ゆっくりと近《ちか》づくのを見《み》ていた。

「ハリー、私《わたし》を殺《ころ》すのか？」ブラックがつぶやいた。

ハリーはブラックに馬乗《うまの》りになるような位置《いち》で止《と》まった。杖《つえ》をブラックの胸《むね》に向《む》けたまま、ハリーはブラックを見下《みお》ろした。ブラックの左目《ひだりめ》の周《まわ》りが黒《くろ》くあざになり、鼻血《はなぢ》を流《なが》している。

「おまえは僕《ぼく》の両親《りょうしん》を殺《ころ》した」ハリーの声《こえ》は少《すこ》し震《ふる》えていたが、杖腕《つえうで》は微動《びどう》だにしなかった。

ブラックは落《お》ちくぼんだ目《め》でハリーをじっと見上《みあ》げた。

「否定《ひてい》はしない」ブラックは静《しず》かに言《い》った。「しかし、君《きみ》がすべてを知《し》ったら――」

「すべて？」怒《いか》りで耳《みみ》の中《なか》がガンガン鳴《な》っていた。「おまえは僕《ぼく》の両親《りょうしん》をヴォルデモートに売《う》った。それだけ知《し》ればたくさんだ！」

「聞《き》いてくれ」ブラックの声《こえ》には緊迫《きんぱく》したものがあった。「聞《き》かないと、君《きみ》は後悔《こうかい》する……君《きみ》はわかっていないんだ……」

「おまえが思《おも》っているより、僕《ぼく》はたくさん知《し》っているんだ」ハリーの声《こえ》がますます震《ふる》えた。「おまえはあの声《こえ》を聞《き》いたことがないだろう、え？　僕《ぼく》の母《かあ》さんが……ヴォルデモートが僕《ぼく》を殺《ころ》すのを止《と》めようとして……おまえがやったんだ……おまえが……」

どちらも次《つぎ》の言葉《ことば》を言《い》わないうちに、何《なに》かオレンジ色《いろ》のものがハリーのそばをサッと通《とお》り抜《ぬ》けた。クルックシャンクスがジャンプしてブラックの胸《むね》の上《うえ》に陣取《じんど》ったのだ。ブラックの心臓《しんぞう》の真《ま》上《うえ》だ。ブラックは目《め》を瞬《しばたた》いて猫《ねこ》を見下《みお》ろした。

「どけ」ブラックはそうつぶやくと、クルックシャンクスを払《はら》いのけようとした。

しかし、クルックシャンクスはブラックのローブに爪《つめ》を立《た》て、てこでも動《うご》かない。つぶれたような醜《みにく》い顔《かお》をハリーに向《む》け、クルックシャンクスは大《おお》きな黄色《きいろ》い目《め》でハリーを見上《みあ》げた。その右《みぎ》で、ハーマイオニーが涙《なみだ》を流《なが》さずにしゃくり上《あ》げた。

ハリーはブラックとクルックシャンクスを見下《みお》ろし、杖《つえ》をますます固《かた》く握《にぎ》りしめた。猫《ねこ》も殺《ころ》さなければならないとしたら？　だから、どうだっていうんだ。猫《ねこ》はブラックとグルだった……ブラックを護《まも》って死《し》ぬ覚悟《かくご》なら、勝手《かって》にすればいい……ブラックが猫《ねこ》を救《すく》いたいとでも言《い》うなら、それはハリーの両親《りょうしん》よりクルックシャンクスのほうが大切《たいせつ》だと思《おも》っている証拠《しょうこ》ではないか……。

ハリーは杖《つえ》をかまえた。やるなら今《いま》だ。今《いま》こそ父《とう》さん母《かあ》さんの敵《かたき》をとる時《とき》だ。ブラックを殺《ころ》してやる。ブラックを殺《ころ》さねば。今《いま》がチャンスだ……。

何秒《なんびょう》かがのろのろと過《す》ぎた。そして、ハリーはまだ杖《つえ》をかまえたまま、凍《こお》りついたようにその場《ば》に立《た》ちつくしていた。ブラックはハリーをじっと見《み》つめ、クルックシャンクスはその胸《むね》に乗《の》ったままだった。ロンのあえぐような息《いき》づかいがベッドのあたりから聞《き》こえてくる。ハーマイオニーはしんとしたままだ。

その時《とき》、新《あたら》しい物音《ものおと》が聞《き》こえてきた――。

床《ゆか》にこだまする、くぐもった足音《あしおと》だ――誰《だれ》かが階下《かいか》で動《うご》いている。

「ここよ！」ハーマイオニーが急《きゅう》に叫《さけ》んだ。

「私《わたし》たち、上《うえ》にいるわ――シリウス・ブラックよ――早《はや》く！」

ブラックは驚《おどろ》いて身動《みうご》きし、クルックシャンクスは振《ふ》り落《お》とされそうになった。ハリーは発作《ほっさ》的《てき》に杖《つえ》を握《にぎ》りしめた――やるんだ、今《いま》！　頭《あたま》の中《なか》で声《こえ》がした――足音《あしおと》がバタバタと上《あ》がってくる。しかし、ハリーはまだ行動《こうどう》に出《で》なかった。

赤《あか》い火花《ひばな》が飛《と》び散《ち》り、ドアが勢《いきお》いよく開《あ》いた。ハリーが振《ふ》り向《む》くと、蒼白《そうはく》な顔《かお》で杖《つえ》をかまえ、ルーピン先生《せんせい》が飛《と》び込《こ》んでくるところだった。ルーピン先生《せんせい》の目《め》が、床《ゆか》に横《よこ》たわるロンをとらえ、ドアのそばですくみ上《あ》がっているハーマイオニーに移《うつ》り、杖《つえ》でブラックをとらえて突《つ》っ立《た》っているハリーを見《み》、それからハリーの足《あし》もとで血《ち》を流《なが》して伸《の》びている、ブラックその人《ひと》へと移《うつ》った。

「エクスペリアームス！　武器《ぶき》よ去《さ》れ！」ルーピンが叫《さけ》んだ。

ハリーの杖《つえ》がまたしても手《て》を離《はな》れて飛《と》び、ハーマイオニーが持《も》っていた二本《ほん》の杖《つえ》も飛《と》んだ。ルーピンは三本《ぼん》とも器用《きよう》に捕《つか》まえ、ブラックを見《み》すえたまま部屋《へや》の中《なか》に入《はい》ってきた。クルックシャンクスはブラックを護《まも》るように胸《むね》の上《うえ》に横《よこ》たわったままだった。

ハリーは急《きゅう》にうつろな気持《きも》ちになって立《た》ちすくんだ――とうとうやらなかった。弱気《よわき》になったんだ。ブラックは吸魂鬼《ディメンター》に引《ひ》き渡《わた》される。

ルーピンが口《くち》を開《ひら》いた。何《なに》か感情《かんじょう》を押《お》し殺《ころ》して震《ふる》えているような、緊張《きんちょう》した声《こえ》だった。

「シリウス、あいつはどこだ？」

ハリーは一瞬《いっしゅん》ルーピンを見《み》た。何《なに》を言《い》っているのか、理解《りかい》できなかった。誰《だれ》のことを話《はな》しているのだろう？　ハリーはまたブラックのほうを見《み》た。

ブラックは無表情《むひょうじょう》だった。数秒間《すうびょうかん》、ブラックはまったく動《うご》かなかった。それから、ゆっくりと手《て》を上《あ》げたが、その手《て》はまっすぐにロンを指《さ》していた。いったい何《なに》だろうといぶかりながら、ハリーはロンをちらりと見《み》た。ロンも当惑《とうわく》しているようだ。

「しかし、それなら……」

ルーピンはブラックの心《こころ》を読《よ》もうとするかのように、じっと見《み》つめながらつぶやいた。

「……なぜ今《いま》まで正体《しょうたい》を現《あらわ》さなかったんだ？　もしかしたら――」

ルーピンは急《きゅう》に目《め》を見開《みひら》いた。まるでブラックを通《とお》り越《こ》して何《なに》かを見《み》ているような、ほかの誰《だれ》にも見《み》えないものを見《み》ているような目《め》だ。

「――もしかしたら、あいつがそうだったのか……もしかしたら、君《きみ》はあいつと入《い》れかわりになったのか……私《わたし》に何《なに》も言《い》わずに？」

落《お》ちくぼんだまなざしでルーピンを見《み》つめ続《つづ》けながら、ブラックがゆっくりとうなずいた。

「ルーピン先生《せんせい》」ハリーが大声《おおごえ》で割《わ》って入《はい》った。「いったい何《なに》が――？」

ハリーの問《と》いがとぎれた。目《め》の前《まえ》で起《お》こったことが、ハリーの声《こえ》をのど元《もと》で押《お》し殺《ころ》してしまったからだ。ルーピンがかまえた杖《つえ》を下《お》ろした。次《つぎ》の瞬間《しゅんかん》、ルーピンはブラックのほうに歩《ある》いていき、手《て》を取《と》って助《たす》け起《お》こした――クルックシャンクスが床《ゆか》に転《ころ》がり落《お》ちた――そして、兄弟《きょうだい》のようにブラックを抱《だ》きしめたのだ。

ハリーは胃袋《いぶくろ》の底《そこ》が抜《ぬ》けたような気《き》がした。

「**何《なに》てことなの！**」ハーマイオニーが叫《さけ》んだ。

ルーピンはブラックを離《はな》し、ハーマイオニーのほうを見《み》た。ハーマイオニーは床《ゆか》から腰《こし》を上《あ》げ、目《め》をらんらんと光《ひか》らせ、ルーピンを指差《ゆびさ》した。

「先生《せんせい》は――先生《せんせい》は――」

「ハーマイオニー――」

「――その人《ひと》とグルなんだわ！」

「ハーマイオニー、落《お》ち着《つ》きなさい――」

「私《わたし》、誰《だれ》にも言《い》わなかったのに！」ハーマイオニーが叫《さけ》んだ。「先生《せんせい》のために、私《わたし》、隠《かく》していたのに――」

「ハーマイオニー、話《はなし》を聞《き》いてくれ。頼《たの》むから！」ルーピンも叫《さけ》んだ。「説明《せつめい》するから――」

ハリーはまた震《ふる》えだしたのを感《かん》じた。恐怖《きょうふ》からではなく、新《あら》たな怒《いか》りからだった。

「僕《ぼく》は先生《せんせい》を信《しん》じてた」抑《おさ》えきれずに、声《こえ》を震《ふる》わせ、ハリーはルーピンに向《む》かって叫《さけ》んだ。

「それなのに、先生《せんせい》はずっとブラックの友達《ともだち》だったんだ！」

「それはちがう」ルーピンが言《い》った。「この十二年間《ねんかん》、私《わたし》はシリウスの友《とも》ではなかった。しかし、今《いま》はそうだ……。説明《せつめい》させてくれ……」

「だめよ！」ハーマイオニーが叫《さけ》んだ。「ハリー、だまされないで。この人《ひと》はブラックが城《しろ》に入《はい》る手引《てび》きをしてたのよ。この人《ひと》もあなたの死《し》を願《ねが》ってるんだわ――この人《ひと》、狼人間《おおかみにんげん》なのよ！」

痛《いた》いような沈黙《ちんもく》が流《なが》れた。今《いま》やすべての目《め》がルーピンに集《あつ》まっていた。ルーピンは青《あお》ざめてはいたが、驚《おどろ》くほど落《お》ち着《つ》いていた。

「いつもの君《きみ》らしくないね、ハーマイオニー。残念《ざんねん》ながら、三問中《もんちゅう》一問《もん》しか合《あ》ってない。私《わたし》はシリウスが城《しろ》に入《はい》る手引《てび》きはしていないし、もちろんハリーの死《し》を願《ねが》ってなんかいない……」

ルーピンの顔《かお》に奇妙《きみょう》な震《ふる》えが走《はし》った。

「しかし、私《わたし》が狼人間《おおかみにんげん》であることは否定《ひてい》しない」

ロンは雄々《おお》しくも立《た》とうとしたが、痛《いた》みに小《ち》さく悲鳴《ひめい》を上《あ》げてまた座《すわ》り込《こ》んだ。心配《しんぱい》そうにロンのほうに近寄《ちかよ》ろうとするルーピンに、ロンがあえぎながら言《い》った。

「僕《ぼく》に近寄《ちかよ》るな、狼男《おおかみおとこ》め！」

ルーピンははたと足《あし》を止《と》めた。それから、ぐっとこらえて立《た》ち直《なお》り、ハーマイオニーに向《む》かって話《はな》しかけた。

「いつごろから気《き》づいていたのかね？」

「ずーっと前《まえ》から」ハーマイオニーがささやくように言《い》った。「スネイプ先生《せんせい》のレポートを書《か》いたときから……」

「スネイプ先生《せんせい》がお喜《よろこ》びだろう」ルーピンは落《お》ち着《つ》いていた。

「スネイプ先生《せんせい》は、私《わたし》の症状《しょうじょう》が何《なに》を意味《いみ》するのか、誰《だれ》か気《き》づいてほしいと思《おも》って、あの宿題《しゅくだい》を出《だ》したんだ。月《つき》の満《み》ち欠《か》け図《ず》を見《み》て、私《わたし》の病気《びょうき》が満月《まんげつ》と一致《いっち》することに気《き》づいたんだね？　それともまね妖怪《ボガート》が私《わたし》の前《まえ》で月《つき》に変身《へんしん》するのを見《み》て気《き》づいたのかね？」

「両方《りょうほう》よ」ハーマイオニーが小《ちい》さな声《こえ》で言《い》った。

ルーピンは無理《むり》に笑《わら》って見《み》せた。

「ハーマイオニー、君《きみ》は、私《わたし》が今《いま》までに出会《であ》った、君《きみ》と同年齢《どうねんれい》の魔女《まじょ》の、誰《だれ》よりも賢《かしこ》いね」

「ちがうわ」

ハーマイオニーが小声《こごえ》で言《い》った。

「私《わたし》がもう少《すこ》し賢《かしこ》かったら、みんなにあなたのことを話《はな》してたわ！」

「しかし、もう、みんな知《し》ってることだ」ルーピンが言《い》った。「少《すく》なくとも先生方《せんせいがた》は知《し》っている」

「ダンブルドアは、狼人間《おおかみにんげん》と知《し》っていてやとったって言《い》うのか？」ロンが息《いき》をのんだ。「正気《しょうき》かよ？」

「先生《せんせい》の中《なか》にもそういう意見《いけん》があった」ルーピンが続《つづ》けた。「ダンブルドアは、私《わたし》が信用《しんよう》できると、何人《なんにん》かの先生《せんせい》を説得《せっとく》するのにずいぶんご苦労《くろう》なさった」

「そして、ダンブルドアはまちがってたんだ！」

ハリーが叫《さけ》んだ。

「先生《せんせい》はずっとこいつの手引《てび》きをしてたんだ！」

ハリーはブラックを指差《ゆびさ》していた。ブラックは天蓋《てんがい》つきベッドのほうに歩《ある》いていき、震《ふる》える片手《かたて》で顔《かお》を覆《おお》いながらベッドに身《み》をうずめた。クルックシャンクスがベッドに飛《と》び上《あ》がって、ブラックのかたわらに寄《よ》り、ひざにのってのどを鳴《な》らした。ロンは足《あし》を引《ひ》きずりながら、その両方《りょうほう》からじりじりと離《はな》れた。

「私《わたし》はシリウスの手引《てび》きは**していない**」ルーピンが言《い》った。「わけを話《はな》させてくれれば、説明《せつめい》するよ。ほら——」

ルーピンは三本《ぼん》の杖《つえ》を一本《ぽん》ずつ、ハリー、ロン、ハーマイオニーのそれぞれに放《ほう》り投《な》げ、持《も》ち主《ぬし》に返《かえ》した。ハリーは、あっけにとられて自分《じぶん》の杖《つえ》を受《う》け取《と》った。

「ほうら」ルーピンは自分《じぶん》の杖《つえ》をベルトに挟《はさ》み込《こ》んだ。

「君《きみ》たちには武器《ぶき》がある。私《わたし》たちは丸腰《まるごし》だ。聞《き》いてくれるかい？」

ハリーはどう考《かんが》えていいやらわからなかった。罠《わな》だろうか？

「ブラックの手助《てだす》けをしていなかったっていうなら、こいつがここにいるって、どうしてわかったんだ？」

ブラックのほうに激《はげ》しい怒《いか》りのまなざしを向《む》けながら、ハリーが言《い》った。

「地図《ちず》だよ」ルーピンが答《こた》えた。「『忍《しの》びの地図《ちず》』だ。私《わたし》の部屋《へや》で地図《ちず》を調《しら》べていたんだ――」

「使《つか》い方《かた》を知《し》ってるの？」ハリーが疑《うたが》わしげに聞《き》いた。

「もちろん、使《つか》い方《かた》は知《し》っているよ」ルーピンは先《さき》を急《いそ》ぐように手《て》を振《ふ》った。「私《わたし》もこれを書《か》いた一人《ひとり》だ。私《わたし》はムーニーだよ――学生時代《がくせいじだい》、友人《ゆうじん》は私《わたし》をそういう名《な》で呼《よ》んだ」

「先生《せんせい》が、書《か》いた――？」

「そんなことより、私《わたし》は今日《きょう》の夕方《ゆうがた》、地図《ちず》をしっかり見張《みは》っていたんだ。というのも、君《きみ》と、ロン、ハーマイオニーが城《しろ》をこっそり抜《ぬ》け出《だ》して、ヒッポグリフの処刑《しょけい》の前《まえ》に、ハグリッドを訪《たず》ねるのではないかと思《おも》ったからだ。思《おも》ったとおりだった。そうだね？」

ルーピンは三人《にん》を見《み》ながら、部屋《へや》を往《い》ったり来《き》たりしはじめた。その足元《あしもと》でほこりが小《ちい》さな塊《かたまり》になって舞《ま》った。

「君《きみ》はお父《とう》さんの『透明《とうめい》マント』を着《き》ていたかもしれないね、ハリー――」

「どうしてマントのことを？」

「ジェームズがマントに隠《かく》れるのを何度《なんど》見《み》たことか……」ルーピンはまた先《さき》を急《いそ》ぐように手《て》を振《ふ》った。「要《よう》するに、透明《とうめい》マントを着《き》ていても、忍《しの》びの地図《ちず》に現《あらわ》れるということだよ。私《わたし》は君《きみ》たちが校庭《こうてい》を横切《よこぎ》り、ハグリッドの小屋《こや》に入《はい》るのを見《み》ていた。二十分後《ぷんご》、君《きみ》はハグリッドのところを離《はな》れ、城《しろ》に戻《もど》りはじめた。しかし、今度《こんど》は君《きみ》たちのほかに誰《だれ》かが一緒《いっしょ》だった」

「え？」ハリーが言《い》った。「いや、僕《ぼく》たちだけだった！」

「私《わたし》は目《め》を疑《うたが》ったよ」ルーピンはハリーの言葉《ことば》を無視《むし》して、往《い》ったり来《き》たりを続《つづ》けていた。「地図《ちず》がおかしくなったかと思《おも》った。あいつがどうして君《きみ》たちと一緒《いっしょ》なんだ？」

「誰《だれ》も一緒《いっしょ》じゃなかった！」ハリーが言《い》った。

「すると、もう一つの点《てん》が見《み》えた。急速《きゅうそく》に君《きみ》たちに近《ちか》づいている。シリウス・ブラックと書《か》いてあった……ブラックが君《きみ》たちにぶつかるのが見《み》えた。君《きみ》たちの中《なか》から二人《ふたり》を暴《あば》れ柳《やなぎ》に引《ひ》きずり込《こ》むのを見《み》た――」

「一人《ひとり》だろ！」ロンが怒《おこ》ったように言《い》った。

「ロン、ちがうね」ルーピンが言《い》った。「二人《ふたり》だ」

ルーピンは歩《ある》くのをやめ、ロンを眺《なが》め回《まわ》した。

「ネズミを見《み》せてくれないか？」ルーピンは感情《かんじょう》を抑《おさ》えた言《い》い方《かた》をした。

「何《なん》だよ？　スキャバーズに何《なん》の関係《かんけい》があるんだい？」

「大《おお》ありだ」ルーピンが言《い》った。「頼《たの》む。見《み》せてくれないか？」

ロンはためらったが、ローブに手《て》を突《つ》っ込《こ》んだ。スキャバーズが必死《ひっし》にもがきながら現《あらわ》れた。逃《に》げようとするのを、ロンはその裸《はだか》のしっぽをつかまえて止《と》めた。クルックシャンクスがブラックのひざの上《うえ》で立《た》ち上《あ》がり、低《ひく》くうなった。

ルーピンがロンに近《ちか》づいた。じっとスキャバーズを見《み》つめながら、ルーピンは息《いき》を殺《ころ》しているようだった。

「何《なん》だよ？」ロンはスキャバーズを抱《だ》きしめ、おびえながら同《おな》じことを聞《き》いた。「僕《ぼく》のネズミがいったい何《なん》の関係《かんけい》があるって言《い》うんだ？」

「それはネズミじゃない」突然《とつぜん》シリウス・ブラックのしわがれ声《こえ》がした。

「どういうこと――こいつはもちろんネズミだよ――」

「いや、ネズミじゃない」ルーピンが静《しず》かに言《い》った。「こいつは魔法使《まほうつか》いだ」

「『動物もどき《アニメーガス》』だ」ブラックが言《い》った。

「名前《なまえ》はピーター・ペティグリュー」

第《だい》18章《しょう》 ムーニー、ワームテール、パッドフット、プロングズ

突拍子《とっぴょうし》もない言葉《ことば》をのみ込《こ》むまでに、数秒《すうびょう》かかった。

しばらくして、ロンが、ハリーの思《おも》っていたと同《おな》じことを口《くち》にした。

「二人《ふたり》ともどうかしてる」

「ばかばかしいわ！」ハーマイオニーもヒソッと言《い》った。

「ピーター・ペティグリューは死《し》んだんだ！」ハリーが言《い》った。「こいつが十二年前《ねんまえ》に殺《ころ》した！」

ハリーはブラックを指差《ゆびさ》していた。ブラックの顔《かお》がピクリとけいれんした。

「殺《ころ》そうと思《おも》った」ブラックが黄色《きいろ》い歯《は》をむき出《だ》してうなった。

「だが、こざかしいピーターめにしてやられた……今度《こんど》はそうはさせない！」

ブラックがスキャバーズに襲《おそ》いかかり、その勢《いきお》いで、クルックシャンクスは床《ゆか》に投《な》げ出《だ》された。

折《お》れた脚《あし》にブラックの重《おも》みがのしかかって、ロンは痛《いた》さに叫《さけ》び声《ごえ》を上《あ》げた。

「シリウス、**よせ！**」ルーピンが飛《と》びついて、ブラックをロンから引《ひ》き離《はな》しながら叫《さけ》んだ。

「**待**《ま》**ってくれ！**　そういうやり方《かた》をしてはだめだ――みんなにわかってもらわねば――説明《せつめい》しなければいけない――」

「あとで説明《せつめい》すればいい！」

ブラックはうなりながらルーピンを振《ふ》り払《はら》おうとした。片手《かたて》はスキャバーズをとらえようと空《くう》をかき続《つづ》けている。スキャバーズは子豚《こぶた》のようにビイビイ鳴《な》きながら、ロンの顔《かお》や首《くび》を引《ひ》っかいて逃《に》げようと必死《ひっし》だった。

「みんな――すべてを――知《し》る――権利《けんり》が――あるんだ！」

ルーピンはブラックを押《お》さえようとして息《いき》を切《き》らしながら言《い》った。

「ロンはあいつをペットにしていたんだ！　私《わたし》にもまだわかってない部分《ぶぶん》がある！　それにハリーだ。――シリウス、君《きみ》はハリーに真実《しんじつ》を話《はな》す義務《ぎむ》がある！」

ブラックはあがくのをやめた。しかし、その落《お》ちくぼんだ目《め》だけはまだスキャバーズを見《み》すえたままだった。ロンの手《て》は、かみつかれ引《ひ》っかかれて血《ち》が出《で》ていたが、スキャバーズをしっかり握《にぎ》りしめていた。

「いいだろう。それなら」ブラックはネズミから目《め》を離《はな》さずに言《い》った。「君《きみ》がみんなに、何《なん》とでも話《はな》してくれ。ただ、急《いそ》げよ、リーマス。私《わたし》を監獄《かんごく》に送《おく》り込《こ》んだ原因《げんいん》の殺人《さつじん》を、今《いま》こそ実行《じっこう》したい……」

「正気《しょうき》じゃないよ。二人《ふたり》とも」

ロンは声《こえ》を震《ふる》わせ、ハリーとハーマイオニーに同意《どうい》を求《もと》めるように振《ふ》り返《かえ》った。

「もうたくさんだ。僕《ぼく》は行《い》くよ」

ロンは折《お》れていないほうの脚《あし》で何《なん》とか立《た》ち上《あ》がろうとした。しかし、ルーピンが再《ふたた》び杖《つえ》をかまえ、スキャバーズを指《さ》した。

「ロン、最後《さいご》まで私《わたし》の話《はなし》を聞《き》きなさい」ルーピンが静《しず》かに言《い》った。「ただ、聞《き》いている間《あいだ》、ピーターをしっかり捕《つか》まえておいてくれ」

「ピーターなんかじゃない。こいつはスキャバーズだ！」

叫《さけ》びながら、ロンはネズミを胸《むね》ポケットに無理《むり》やり押《お》し戻《もど》そうとした。しかし、スキャバーズは大暴《おおあば》れで逆《さか》らった。ロンはよろめき、倒《たお》れそうになった。ハリーがロンを支《ささ》え、ベッドに押《お》し戻《もど》した。それから、ハリーはブラックを無視《むし》して、ルーピンに向《む》かって言《い》った。

「ペティグリューが死んだのを見届《みとど》けた証人《しょうにん》がいるんだ。通《とお》りにいた人《ひと》たちが大勢《おおぜい》……」

「見《み》てはいない。見《み》たと思《おも》っただけだ」

ロンの手《て》の中《なか》でジタバタしているスキャバーズから目《め》を離《はな》さず、ブラックが荒々《あらあら》しく言《い》った。

「シリウスがピーターを殺《ころ》したと、誰《だれ》もがそう思《おも》った」ルーピンがうなずいた。「私自身《わたしじしん》もそう信《しん》じていた――今夜地図《こんやちず》を見《み》るまではね。忍《しの》びの地図《ちず》はけっしてうそはつかないから……ピーターは生《い》きている。ロンがあいつを握《にぎ》っているんだよ、ハリー」

ハリーはロンを見下《みお》ろした。二人《ふたり》の目《め》が合《あ》い、無言《むごん》で二人《ふたり》とも同《おな》じことを考《かんが》えた――ブラックとルーピンはどうかしている。言《い》っていることはまったくナンセンスだ。スキャバーズがピーターであるはずがないだろう？　やっぱり、ブラックはアズカバンでおかしくなったんだ――しかし、なぜルーピンはブラックと調子《ちょうし》を合《あ》わせてるんだろう？

ハーマイオニーが、震《ふる》えながら冷静《れいせい》を保《たも》とうと努力《どりょく》し、ルーピン先生《せんせい》にまともに話《はな》してほしいと願《ねが》うかのように話《はな》した。

「でもルーピン先生《せんせい》……スキャバーズがペティグリューのはずがありません。……そんなこと、あるはずないんです。先生《せんせい》はそのことをご存《ぞん》じのはずです……」

「どうしてかね？」

ルーピンは静《しず》かに言《い》った。まるで授業中《じゅぎょうちゅう》に、ハーマイオニーが水魔《グリンデロー》の実験《じっけん》の問題点《もんだいてん》を指摘《してき》したかのような言《い》い方《かた》だった。

「だって……だって、もしピーター・ペティグリューが『動物もどき《アニメーガス》』なら、みんなそのことを知《し》っているはずです。マクゴナガル先生《せんせい》の授業《じゅぎょう》で『動物《アニメーガス》もどき』の勉強《べんきょう》をしました。その宿題《しゅくだい》で、私《わたし》、『動物《アニメーガス》もどき』を全部調《ぜんぶしら》べたんです。――魔法省《まほうしょう》が動物《どうぶつ》に変身《へんしん》できる魔法使《まほうつか》いや魔女《まじょ》を記録《きろく》していて、何《なに》に変身《へんしん》するかとか、その特徴《とくちょう》などを書《か》いた登録簿《とうろくぼ》があります――私《わたし》、登録簿《とうろくぼ》で、マクゴナガル先生《せんせい》がのっているのを見《み》つけました。それに、今世紀《こんせいき》にはたった七人《にん》しか『動物《アニメーガス》もどき』がいないんです。ペティグリューの名前《なまえ》はリストにのっていませんでした――」

ハーマイオニーはこんなに真剣《しんけん》に宿題《しゅくだい》に取《と》り組《く》んでいたのだ、とハリーは内心舌《ないしんした》を巻《ま》いたが、驚《おどろ》いている間《ま》もなく、ルーピン先生《せんせい》が笑《わら》いだした。

「またしても正解《せいかい》だ、ハーマイオニー。でも、魔法省《まほうしょう》は、未登録《みとうろく》の『動物《アニメーガス》もどき』が三匹《びき》、ホグワーツを徘徊《はいかい》していたことを知《し》らなかったのだ」

「その話《はなし》をみんなに聞《き》かせるつもりなら、リーマス、さっさとすませてくれ」

必死《ひっし》にもがくスキャバーズの動《うご》きをじっと監視《かんし》し続《つづ》けながら、ブラックがうなった。

「私《わたし》は十二年《ねん》も待《ま》った。もう、そう長《なが》くは待《ま》てない」

「わかった……だが、シリウス、君《きみ》にも助《たす》けてもらわないと。私《わたし》はそもそもの始《はじ》まりのことしか知《し》らない……」

ルーピンの言葉《ことば》がとぎれた。背後《はいご》で大《おお》きくきしむ音《おと》がしたのだ。ベッドルームのドアがひとりでに開《ひら》いた。五人《にん》がいっせいにドアを見《み》つめた。そしてルーピンが足早《あしばや》にドアのほうに進《すす》み、階《かい》段《だん》の踊《おど》り場《ば》を見《み》た。

「誰《だれ》もいない……」

「ここは呪《のろ》われてるんだ！」ロンが言《い》った。

「そうではない」不審《ふしん》そうにドアに目《め》を向《む》けたままで、ルーピンが言《い》った。

「『叫《さけ》びの屋敷《やしき》』はけっして呪《のろ》われてはいなかった……村人《むらびと》がかつて聞《き》いたという叫《さけ》びやほえ声《ごえ》は、私《わたし》の出《だ》した声《こえ》だ」

ルーピンは目《め》にかかる白髪《しらが》のまじりはじめた髪《かみ》をかき上《あ》げ、一瞬《いっしゅん》思《おも》いにふけり、それから話《はな》しだした。

「話《はなし》はすべてそこから始《はじ》まる――私《わたし》が人狼《じんろう》になったことから。私《わたし》がかまれたりしなければ、こんなことはいっさい起《お》こらなかっただろう……そして、私《わたし》があんなにも向《む》こう見《み》ずでなかったなら……」

ルーピンはまじめに、つかれた様子《ようす》で話《はな》した。ロンが口《くち》を挟《はさ》もうとしたが、ハーマイオニーが「シーッ」と言《い》った。ハーマイオニーは真剣《しんけん》にルーピンを見《み》つめていた。

「かまれたのは私《わたし》がまだ小《ちい》さいころだった。両親《りょうしん》は手《て》を尽《つ》くしたが、あのころは治療法《ちりょうほう》がなかった。スネイプ先生《せんせい》が私《わたし》に調合《ちょうごう》してくれた魔法薬《まほうやく》は、ごく最近発明《さいきんはつめい》されたばかりだ。あの薬《くすり》で私《わたし》は無害《むがい》になる。わかるね。満月《まんげつ》の夜《よる》の前《まえ》の一週間《しゅうかん》、あれを飲《の》みさえすれば、変身《へんしん》しても自分《じぶん》の心《こころ》を保《たも》つことができる……。自分《じぶん》の部屋《へや》で丸《まる》まっているだけの、無害《むがい》な狼《おおかみ》でいられる。そして再《ふたた》び月《つき》が欠《か》けはじめるのを待《ま》つ」

「トリカブト系《けい》の脱狼薬《だつろうやく》が開発《かいはつ》されるまでは、私《わたし》は月《つき》に一度《ど》、完全《かんぜん》に成熟《せいじゅく》した怪物《かいぶつ》に成《な》りはてた。ホグワーツに入学《にゅうがく》するのは不可能《ふかのう》だと思《おも》われた。ほかの親《おや》にしてみれば、自分《じぶん》の子供《こども》を、私《わたし》のような危険《きけん》なものにさらしたくないはずだ」

「しかし、ダンブルドアが校長《こうちょう》になり、私《わたし》に同情《どうじょう》してくださった。きちんと予防措置《よぼうそち》を取《と》りさえすれば、私《わたし》が学校《がっこう》に来《き》てはいけない理由《りゆう》などないと、ダンブルドアはおっしゃった……」

ルーピンはため息《いき》をついた。そしてまっすぐにハリーを見《み》た。

「何《なん》か月《げつ》も前《まえ》に、君《きみ》に言《い》ったと思《おも》うが、『暴《あば》れ柳《やなぎ》』は私《わたし》がホグワーツに入学《にゅうがく》した年《とし》に植《う》えられた。ほんとうを言《い》うと、私《わたし》がホグワーツに入学《にゅうがく》したから植《う》えられたのだ。この屋敷《やしき》は――」

ルーピンはやるせない表情《ひょうじょう》で部屋《へや》を見回《みまわ》した。

「――ここに続《つづ》くトンネルは――私《わたし》が使《つか》うために造《つく》られた。一か月《げつ》に一度《ど》、私《わたし》は城《しろ》からこっそり連《つ》れ出《だ》され、変身《へんしん》するためにここに連《つ》れてこられた。私《わたし》が危険《きけん》な状態《じょうたい》にある間《あいだ》は、誰《だれ》も私《わたし》に出会《であ》わないようにと、あの木《き》がトンネルの入口《いりぐち》に植《う》えられた」

ハリーはこの話《はなし》がどういう結末《けつまつ》になるのか、見当《けんとう》がつかなかった。にもかかわらず、ハリーは話《はなし》にのめり込《こ》んでいた。ルーピンの声《こえ》のほかに聞《き》こえるものといえば、スキャバーズが怖《こわ》がってキーキー鳴《な》く声《こえ》だけだった。

「そのころの私《わたし》の変身《へんしん》ぶりといったら――それは恐《おそ》ろしいものだった。狼人間《おおかみにんげん》になるのはとても苦痛《くつう》に満《み》ちたことだ。かむべき対象《たいしょう》の人間《にんげん》から引《ひ》き離《はな》され、かわりに私《わたし》は自分《じぶん》をかみ、引《ひ》っかいた。村人《むらびと》はその騒《さわ》ぎや叫《さけ》びを聞《き》いて、とてつもなく荒々《あらあら》しい霊《れい》の声《こえ》だと思《おも》った。ダンブルドアはむしろうわさをあおった……今《いま》でも、この屋敷《やしき》が静《しず》かになってもう何年《なんねん》もたつのに、村人《むらびと》は近《ちか》づこうともしない……」

「しかし、変身《へんしん》することだけを除《のぞ》けば、人生《じんせい》であんなに幸《しあわ》せだった時期《じき》はない。生《う》まれて初《はじ》めて友人《ゆうじん》ができた。三人《にん》のすばらしい友《とも》が。シリウス・ブラック……ピーター・ペティグリュー……それから、言《い》うまでもなく、ハリー、君《きみ》のお父《とう》さんだ――ジェームズ・ポッター」

「さて、三人《にん》の友人《ゆうじん》が、私《わたし》が月《つき》に一度《ど》姿《すがた》を消《け》すことに気《き》づかないはずはない。私《わたし》はいろいろ言《い》い訳《わけ》を考《かんが》えた。母親《ははおや》が病気《びょうき》で、見舞《みま》いに家《いえ》に帰《かえ》らなければならなかったとか……私《わたし》の正体《しょうたい》を知《し》ったら、とたんに私《わたし》を見捨《みす》てるのではないかと、それが怖《こわ》かったんだ。しかし、三人《にん》は、ハーマイオニー、君《きみ》と同《おな》じように、ほんとうのことを悟《さと》ってしまった……」

「それでも三人《にん》は私《わたし》を見捨《みす》てはしなかった。それどころか、私《わたし》のためにあることをしてくれた。おかげで私《わたし》にとって変身《へんしん》はつらくないものになったばかりでなく、生涯《しょうがい》で最高《さいこう》の時《とき》になった。三人《にん》とも『動物《アニ》もどき《メーガス》』になってくれたんだ」

「僕《ぼく》の父《とう》さんも？」ハリーは驚《おどろ》いて聞《き》いた。

「ああ、そうだとも」ルーピンが答《こた》えた。「どうやればなれるのか、三人《にん》はほぼ三年《ねん》の時間《じかん》を費《つい》やして、やっとやり方《かた》を知《し》った。君《きみ》のお父《とう》さんもシリウスも、学校一《がっこういち》の賢《かしこ》い学生《がくせい》だった。それが幸《さいわ》いした。何《なに》しろ、『動物《アニ》もどき《メーガス》』変身《へんしん》はまかりまちがうと、とんでもないことになる。魔法省《まほうしょう》がこの種《しゅ》の変身《へんしん》をしようとする者《もの》を厳《きび》しく見張《みは》っているのもそのせいなんだ。ピーターだけはジェームズやシリウスにさんざん手伝《てつだ》ってもらわなければならなかった。五年生《ねんせい》になって、やっと、三人《にん》はやりとげた。それぞれが、意《い》のままに特定《とくてい》の動物《どうぶつ》に変身《へんしん》できるようになった」

「でも、それがどうしてあなたを救《すく》うことになったの？」

ハーマイオニーが不思議《ふしぎ》そうに聞《き》いた。

「人間《にんげん》だと私《わたし》と一緒《いっしょ》にいられない。だから動物《どうぶつ》として私《わたし》につき合《あ》ってくれた。狼人間《おおかみにんげん》は人間《にんげん》にとって危険《きけん》なだけだからね。三人《にん》はジェームズの透明《とうめい》マントに隠《かく》れて、毎月《まいつき》一度《ど》、こっそり城《しろ》を抜《ぬ》け出《だ》した。そして、変身《へんしん》した……。ピーターは一番小《いちばんちい》さかったので、暴《あば》れ柳《やなぎ》の枝攻撃《えだこうげき》をかいくぐり、下《した》にすべり込《こ》んで、木《き》を硬直《こうちょく》させる節《ふし》にさわった。それから三人《にん》でそっとトンネルを降《お》り、私《わたし》と一緒《いっしょ》になった。友達《ともだち》の影響《えいきょう》で、私《わたし》は以前《いぜん》ほど危険《きけん》ではなくなった。体《からだ》はまだ狼《おおかみ》のようだったが、三人《にん》と一緒《いっしょ》にいる間《あいだ》、私《わたし》の心《こころ》は以前《いぜん》ほど狼《おおかみ》ではなくなった」

「リーマス、早《はや》くしてくれ」

殺気立《さっきだ》ったすさまじい形相《ぎょうそう》でスキャバーズをねめつけながら、ブラックがうなった。

「もうすぐだよ、シリウス。もうすぐ終《お》わる……そう、全員《ぜんいん》が変身《へんしん》できるようになったので、わくわくするような可能性《かのうせい》が開《ひら》けた。ほどなく私《わたし》たちは夜《よる》になると『叫《さけ》びの屋敷《やしき》』から抜《ぬ》け出し、校庭《こうてい》や村《むら》を歩《ある》き回《まわ》るようになった。シリウスとジェームズは大型《おおがた》の動物《どうぶつ》に変身《へんしん》していたので、狼人間《おおかみにんげん》を抑制《よくせい》できた。ホグワーツで、私《わたし》たちほど校庭《こうてい》やホグズミードの隅々《すみずみ》までくわしく知《し》っていた学生《がくせい》はいないだろうね……。こうして、私《わたし》たちが忍《しの》びの地図《ちず》を作《つく》り上《あ》げ、それぞれのニックネームで地図《ちず》にサインした。シリウスはパッドフット、ピーターはワームテール、ジェームズはプロングズ」

「どんな動物《どうぶつ》に――？」ハリーが質問《しつもん》しかけたが、それをさえぎって、ハーマイオニーが口《くち》を挟《はさ》んだ。

「それでもまだとっても危険《きけん》だわ！　暗《くら》い中《なか》を狼人間《おおかみにんげん》と走《はし》り回《まわ》るなんて！　もし狼人間《おおかみにんげん》がみんなをうまくまいて、誰《だれ》かにかみついたらどうなっていたか」

「それを思《おも》うと、今《いま》でもぞっとする」ルーピンの声《こえ》は重苦《おもくる》しかった。

「あわや、ということがあった。何回《なんかい》もね。あとになってみんなで笑《わら》い話《ばなし》にしたものだ。若《わか》かったし、浅《あさ》はかだった――自分《じぶん》たちの才能《さいのう》に酔《よ》っていたんだ」

「もちろん、ダンブルドアの信頼《しんらい》を裏切《うらぎ》っているという罪悪感《ざいあくかん》を、私《わたし》は時折感《ときおりかん》じていた……。ほかの校長《こうちょう》ならけっして許《ゆる》さなかっただろうに、ダンブルドアは私《わたし》がホグワーツに入学《にゅうがく》することを許可《きょか》した。私《わたし》と周《まわ》りの者《もの》の両方《りょうほう》の安全《あんぜん》のために、ダンブルドアが決《き》めたルールを、私《わたし》が破《やぶ》っているとは、夢《ゆめ》にも思《おも》わなかっただろう。私《わたし》のために、三人《にん》の学友《がくゆう》を非合法《ひごうほう》の『動物《アニ》もどき《メーガス》』にしてしまったことを、ダンブルドアは知《し》らなかった。しかし、みんなで翌月《よくげつ》の冒険《ぼうけん》を計画《けいかく》するたびに、私《わたし》は都合《つごう》よく罪《つみ》の意識《いしき》を忘《わす》れた。そして、私《わたし》は今《いま》でもその時《とき》と変《か》わっていない……」

ルーピンの顔《かお》がこわばり、声《こえ》には自己嫌悪《じこけんお》の響《ひび》きがあった。

「この一年《ねん》というもの、私《わたし》は、シリウスが『動物《アニ》もどき《メーガス》』だとダンブルドアに告《つ》げるべきかどうか迷《まよ》い、心《こころ》の中《なか》でためらう自分《じぶん》と闘《たたか》ってきた。しかし、告《つ》げはしなかった。なぜかって？　それは、私《わたし》が臆病者《おくびょうもの》だからだ。告《つ》げれば、学生時代《がくせいじだい》に、ダンブルドアの信頼《しんらい》を裏切《うらぎ》っていたと認《みと》めることになり、私《わたし》がほかの者《もの》を引《ひ》き込《こ》んだと認《みと》めることになる……。ダンブルドアの信頼《しんらい》が私《わたし》にとってはすべてだったのに。ダンブルドアは少年《しょうねん》の私《わたし》をホグワーツに入《い》れてくださったし、大人《おとな》になっても、すべての社会《しゃかい》からしめ出《だ》され、正体《しょうたい》が正体《しょうたい》なので、まともな仕事《しごと》にも就《つ》けない私《わたし》に、職場《しょくば》を与《あた》えてくださった。だから私《わたし》は、シリウスが学校《がっこう》に入《はい》り込《こ》むのに、ヴォルデモートから学《まな》んだ闇《やみ》の魔術《まじゅつ》を使《つか》っているにちがいないと思《おも》いたかったし、『動物もどき《アニメーガス》』であることは、それとは何《なん》の関《かか》わりもないと自分《じぶん》に言《い》い聞《き》かせた……。だから、ある意味《いみ》ではスネイプの言《い》うことが正《ただ》しかったわけだ」

「スネイプだって？」ブラックが鋭《するど》く聞《き》いた。初《はじ》めてスキャバーズから目《め》を離《はな》し、ルーピンを見《み》上《あ》げた。

「スネイプが、何《なん》の関係《かんけい》がある？」

「シリウス、スネイプがここにいるんだ」ルーピンが重苦《おもくる》しく言《い》った。「あいつもここで教《おし》えているんだ」

ルーピンはハリー、ロン、ハーマイオニーを見《み》た。

「スネイプ先生《せんせい》は私《わたし》たちと同期《どうき》なんだ。私《わたし》が『闇《やみ》の魔術《まじゅつ》の防衛術《ぼうえいじゅつ》』の教職《きょうしょく》に就《つ》くことに、先生《せんせい》は強硬《きょうこう》に反対《はんたい》した。ダンブルドアに、私《わたし》は信用《しんよう》できないと、この一年間《ねんかん》言《い》い続《つづ》けていた。スネイプにはスネイプなりの理由《りゆう》があった……。それはね、このシリウスが仕掛《しか》けたいたずらで、スネイプが危《あや》うく死《し》にかけたんだ。そのいたずらには私《わたし》も関《かか》わっていた――」

ブラックが嘲《あざけ》るような声《こえ》を出《だ》した。

「当然《とうぜん》の見《み》せしめだったよ」ブラックがせせら笑《わら》った。「コソコソかぎ回《まわ》って、我々《われわれ》のやろうとしていることを詮索《せんさく》して……。我々《われわれ》を退学《たいがく》に追《お》い込《こ》みたかったんだ……」

「セブルスは、私《わたし》が月《つき》に一度《ど》どこに行《い》くのか、非常《ひじょう》に興味《きょうみ》を持《も》った」ルーピンはハリー、ロン、ハーマイオニーに向《む》かって話《はな》し続《つづ》けた。「私《わたし》たちは同学年《どうがくねん》だったんだ。それに――つまり――ウム――お互《たが》いに好《す》きになれなくてね。セブルスは特《とく》にジェームズを嫌《きら》っていた。ねたみ、それだったと思《おも》う。クィディッチ競技《きょうぎ》のジェームズの才能《さいのう》をね……。とにかく、セブルスはある晩《ばん》、私《わたし》が校医《こうい》のポンフリー先生《せんせい》と一緒《いっしょ》に校庭《こうてい》を歩《ある》いているのを見《み》つけた。ポンフリー先生《せんせい》は私《わたし》の変身《へんしん》のために暴《あば》れ柳《やなぎ》のほうに引率《いんそつ》していくところだった。シリウスが――その――からかってやろうと思《おも》って、木《き》の幹《みき》のこぶを長《なが》い棒《ぼう》でつつけば、あとをつけて穴《あな》に入《はい》ることができるよ、と教《おし》えてやった。そう、もちろん、スネイプは試《ため》してみた。――もし、スネイプがこの屋敷《やしき》までつけてきていたら、完全《かんぜん》に人狼《じんろう》になりきった私《わたし》に出《で》会《あ》っただろう――しかし、君《きみ》のお父《とう》さんが、シリウスのやったことを聞《き》くなり、自分《じぶん》の身《み》の危険《きけん》もかえりみず、スネイプのあとを追《お》いかけて、引《ひ》き戻《もど》したんだ。……しかし、スネイプは、トンネルのむこう端《はし》にいる私《わたし》の姿《すがた》をちらりと見《み》てしまった。ダンブルドアが、けっして人《ひと》に言《い》ってはいけないと口止《くちど》めした。だが、その時《とき》から、スネイプは私《わたし》が何者《なにもの》なのかを知《し》ってしまった……」

「だからスネイプはあなたが嫌《きら》いなんだ」ハリーは考《かんが》えながら言《い》った。

「スネイプはあなたもその悪《わる》ふざけに関《かか》わっていたと思《おも》ったわけですね？」

「そのとおり」ルーピンの背後《はいご》の壁《かべ》のあたりから、冷《つめ》たい嘲《あざけ》るような声《こえ》がした。

セブルス・スネイプが透明《とうめい》マントを脱《ぬ》ぎ捨《す》て、杖《つえ》をぴたりとルーピンに向《む》けて立《た》っていた。

第《だい》19章《しょう》　ヴォルデモート卿《きょう》の召使《めしつか》い

ハーマイオニーが悲鳴《ひめい》を上《あ》げた。ブラックはサッと立《た》ち上《あ》がった。ハリーはまるで電気《でんき》ショックを受《う》けたように飛《と》び上《あ》がった。

「暴《あば》れ柳《やなぎ》の根元《ねもと》でこれを見《み》つけましてね」

スネイプが、杖《つえ》をまっすぐルーピンの胸《むね》に突《つ》きつけたまま、マントを脇《わき》に投《な》げ捨《す》てた。

「ポッター、なかなか役《やく》に立《た》ったよ。感謝《かんしゃ》する……」

スネイプは少《すこ》し息切《いきぎ》れしてはいたが、勝利《しょうり》の喜《よろこ》びを抑《おさ》えきれない顔《かお》だった。

「我輩《わがはい》がどうしてここを知《し》ったのか、諸君《しょくん》は不思議《ふしぎ》に思《おも》っているだろうな？」

スネイプの目《め》がギラリと光《ひか》った。

「君《きみ》の部屋《へや》に行《い》ったよ、ルーピン。今夜《こんや》、例《れい》の薬《くすり》を飲《の》むのを忘《わす》れたようだから、我輩《わがはい》がゴブレットに入《い》れて持《も》っていった。持《も》っていったのは、まことに幸運《こううん》だった……我輩《わがはい》にとってだがね。君《きみ》の机《つくえ》に何《なに》やら地図《ちず》があってね。一目《ひとめ》見《み》ただけで、我輩《わがはい》に必要《ひつよう》なことはすべてわかった。君《きみ》がこの通路《つうろ》を走《はし》っていき、姿《すがた》を消《け》すのを見《み》たのだ」

「セブルス――」

ルーピンが何《なに》か言《い》いかけたが、スネイプはかまわず続《つづ》けた。

「我輩《わがはい》は校長《こうちょう》にくり返《かえ》し進言《しんげん》した。君《きみ》が旧友《きゅうゆう》のブラックを手引《てび》きして城《しろ》に入《い》れているとね。ルーピン、これがいい証拠《しょうこ》だ。いけずうずうしくもこの古巣《ふるす》を隠《かく》れ家《が》に使《つか》うとは、さすがの我輩《わがはい》も夢《ゆめ》にも思《おも》いつきませんでしたよ――」

「セブルス、君《きみ》は誤解《ごかい》している」ルーピンがせっぱ詰《つ》まったように言《い》った。

「君《きみ》は、話《はなし》を全部《ぜんぶ》聞《き》いていないんだ――説明《せつめい》させてくれ――シリウスはハリーを殺《ころ》しにきたのではない――」

「今夜《こんや》、また二人《ふたり》、アズカバン行《い》きが出《で》る」

スネイプの目《め》が今《いま》や狂気《きょうき》を帯《お》びて光《ひか》っていた。

「ダンブルドアがどう思《おも》うか、見物《みもの》ですな……ダンブルドアは君《きみ》が無害《むがい》だと信《しん》じきっていた。わかるだろうね、ルーピン……飼《か》いならされた人狼《じんろう》さん……」

「愚《おろ》かな」ルーピンが静《しず》かに言《い》った。「学生時代《がくせいじだい》の恨《うら》みで、無実《むじつ》の者《もの》をまたアズカバンに送《おく》り返《かえ》すというのかね？」

バーン！

スネイプの杖《つえ》から細《ほそ》いひもが蛇《へび》のように噴《ふ》き出《で》て、ルーピンの口《くち》、手首《てくび》、足首《あしくび》に巻《ま》きついた。ルーピンはバランスを崩《くず》し、床《ゆか》に倒《たお》れて、身動《みうご》きできなくなった。怒《いか》りのうなり声《ごえ》を上《あ》げ、ブラックがスネイプを襲《おそ》おうとした。しかし、スネイプはブラックの眉間《みけん》にまっすぐ杖《つえ》を突《つ》きつけた。

「やれるものならやるがいい」スネイプが低《ひく》い声《こえ》で言《い》った。「我輩《わがはい》にきっかけさえくれれば、確《かく》実《じつ》にしとめてやる」

ブラックはぴたりと立《た》ち止《ど》まった。二人《ふたり》の顔《かお》に浮《う》かんだ憎《にく》しみは、甲乙《こうおつ》つけがたい激《はげ》しさだった。

ハリーは金縛《かなしば》りにあったようにそこに突《つ》っ立《た》っていた。誰《だれ》を信《しん》じてよいかわからなかった。ロンとハーマイオニーをちらりと見《み》た。ロンもハリーと同《おな》じくらいわけがわからない顔《かお》をして、じたばたもがくスキャバーズを押《お》さえつけるのに奮闘《ふんとう》していた。しかし、ハーマイオニーはスネイプのほうにおずおずと一歩《いっぽ》踏《ふ》み出《だ》し、こわごわ言《い》った。

「スネイプ先生《せんせい》――あの――この人《ひと》たちの言《い》い分《ぶん》を聞《き》いてあげても、害《がい》はないのでは、あ、ありませんか？」

「ミス・グレンジャー。君《きみ》は停学処分《ていがくしょぶん》を待《ま》つ身《み》ですぞ」スネイプが吐《は》き出《だ》すように言《い》った。「君《きみ》も、ポッターも、ウィーズリーも、許容《きょよう》されている境界線《きょうかいせん》を越《こ》えた。しかもお尋《たず》ね者《もの》の殺人鬼《さつじんき》や人狼《じんろう》と一緒《いっしょ》とは。君《きみ》も一生《いっしょう》に一度《ど》ぐらい、**だまっていたまえ**」

「でも、もし――もし、誤解《ごかい》だったら――」

「**だまれ、このバカ娘《むすめ》!**」

スネイプが突然狂《とつぜんくる》ったように、わめきたてた。

「**わかりもしないことに口《くち》を出《だ》すな!**」

ブラックの顔《かお》に突《つ》きつけたままのスネイプの杖先《つえさき》から、火花《ひばな》が数個《すうこ》パチパチと飛《と》んだ。ハーマイオニーはだまりこくった。

「復讐《ふくしゅう》は蜜《みつ》より甘《あま》い」スネイプがささやくようにブラックに言《い》った。「おまえを捕《つか》まえるのが我輩《わがはい》であったらと、どんなに願《ねが》ったことか……」

「おあいにくだな」ブラックが憎々《にくにく》しげに言《い》った。「しかしだ、この子《こ》がそのネズミを城《しろ》まで連《つ》れていくなら――」ブラックはロンをあごで指《さ》した。「――それなら私《わたし》はおとなしくついて行《い》くがね……」

「城《しろ》までかね?」スネイプがいやになめらかに言《い》った。「そんなに遠《とお》くに行《い》く必要《ひつよう》はないだろう。

柳《やなぎ》の木《き》を出《で》たらすぐに、我輩《わがはい》が吸魂鬼《ディメンター》を呼《よ》べばそれですむ。連中《れんちゅう》は、ブラック、君《きみ》を見《み》てお喜《よろこ》びになることだろう……喜《よろこ》びのあまりキスをする。そんなところだろう……」

ブラックの顔《かお》にわずかに残《のこ》っていた色《いろ》さえ消《き》え失《う》せた。

「聞《き》け――最後《さいご》まで、私《わたし》の言《い》うことを聞《き》け」

ブラックの声《こえ》がかすれた。

「ネズミだ――ネズミを見《み》るんだ――」

しかし、スネイプの目《め》には、ハリーが今《いま》まで見《み》たこともない狂気《きょうき》の光《ひかり》があった。もはや理性《りせい》を失《うしな》っている。

「来《こ》い、全員《ぜんいん》だ」

スネイプが指《ゆび》を鳴《な》らすと、ルーピンを縛《しば》っていた縄目《なわめ》の端《はし》がスネイプの手元《てもと》に飛《と》んできた。

「我輩《わがはい》が人狼《じんろう》を引《ひ》きずっていこう。吸魂鬼《ディメンター》がこいつにもキスしてくれるかもしれん――」

ハリーは我《われ》を忘《わす》れて飛《と》び出《だ》し、たった三歩《ぼ》で部屋《へや》を横切《よこぎ》り、次《つぎ》の瞬間《しゅんかん》ドアの前《まえ》に立《た》ちふさがっていた。

「どけ、ポッター。おまえはもう充分《じゅうぶん》規則《きそく》を破《やぶ》っているんだぞ」スネイプがうなった。「我輩《わがはい》がここに来《き》ておまえの命《いのち》を救《すく》っていなかったら――」

「ルーピン先生《せんせい》が僕《ぼく》を殺《ころ》す機会《きかい》は、この一年《ねん》に何百回《なんびゃっかい》もあったはずだ。僕《ぼく》は先生《せんせい》と二人《ふたり》きりで、何度《なんど》も吸魂鬼《ディメンター》防衛術《ぼうえいじゅつ》の訓練《くんれん》を受《う》けた。もし先生《せんせい》がブラックの手先《てさき》だったら、そういう時《とき》に僕《ぼく》を殺《ころ》してしまわなかったのはなぜなんだ？」

「人狼《じんろう》がどんな考《かん》え方《かた》をするか、我輩《わがはい》に推《お》し量《はか》れとでも言《い》うのか」

スネイプがすごんだ。

「どけ、ポッター」

「恥《はじ》を知《し》れ！」

ハリーが叫《さけ》んだ。

「学生《がくせい》のときからかわれたからというだけで、話《はなし》も聞《き》かないなんて――」

「だまれ！　我輩《わがはい》に向《む》かってそんな口《くち》のきき方《かた》は許《ゆる》さん！」

スネイプはますます狂気《きょうき》じみて叫《さけ》んだ。

「蛙《かえる》の子《こ》は蛙《かえる》だな、ポッター！　我輩《わがはい》は今《いま》おまえのその首《くび》を助《たす》けてやったのだ。ひれ伏《ふ》して感謝《かんしゃ》するがいい！　こいつに殺《ころ》されれば、自業自得《じごうじとく》だったろうに！　おまえの父親《ちちおや》と同《おな》じような死《し》に方《かた》をしたろうに。ブラックのことで親《おや》も子《こ》も自分《じぶん》が判断《はんだん》を誤《あやま》ったとは認《みと》めない高慢《こうまん》さよ――さあ、どくんだ。さもないと、どかせてやる。**どくんだ、ポッター！」**

ハリーは瞬時《しゅんじ》に意《い》を決《けっ》した。スネイプがハリーのほうに一歩《ぽ》も踏《ふ》み出《だ》さないうちに、ハリーは杖《つえ》をかまえた。

「エクスペリアームス！　武器《ぶき》よ去《さ》れ！」

ハリーが叫《さけ》んだ――が、叫《さけ》んだのはハリーだけではなかった。ドアの蝶番《ちょうつがい》がガタガタ鳴《な》るほどの衝撃《しょうげき》が走《はし》り、スネイプは足《あし》もとから吹《ふ》っ飛《と》んで壁《かべ》に激突《げきとつ》し、ずるずると床《ゆか》にすべり落《お》ちた。髪《かみ》の下《した》から血《ち》がたらたら流《なが》れてきた。ノックアウトされたのだ。

ハリーは振《ふ》り返《かえ》った。ロンとハーマイオニーも、ハリーとまったく同時《どうじ》にスネイプの武器《ぶき》を奪《うば》おうとしていたのだ。スネイプの杖《つえ》は高々《たかだか》と舞《ま》い上《あ》がり、ベッドにいるクルックシャンクスの脇《わき》に落《お》ちた。

「こんなこと、君《きみ》がしてはいけなかった」ブラックがハリーを見《み》ながら言《い》った。「私《わたし》に任《まか》せておくべきだった……」

ハリーはブラックの目《め》をさけた。はたしてやってよかったのかどうか、ハリーにはいまだに自《じ》信《しん》がなかった。

「先生《せんせい》を攻撃《こうげき》してしまった……先生《せんせい》を攻撃《こうげき》して……」

ハーマイオニーはぐったりしているスネイプをおびえた目《め》で見《み》つめながら、泣《な》きそうな声《こえ》を出《だ》した。

「ああ、私《わたし》たち、ものすごい規則破《きそくやぶ》りになるわ――」

ルーピンが縄目《なわめ》を解《と》こうともがいていた。ブラックがすばやくかがみ込《こ》み、解《と》き放《はな》した。ルーピンは立《た》ち上《あ》がり、ひもが食《く》い込《こ》んでいた腕《うで》のあたりをさすった。

「ハリー、ありがとう」ルーピンが言《い》った。

「僕《ぼく》、まだあなたを信《しん》じるとは言《い》ってません」ハリーが反発《はんぱつ》した。

「それでは、君《きみ》に証拠《しょうこ》を見《み》せる時《とき》が来《き》たようだ」ブラックが言《い》った。「君《きみ》――ピーターを渡《わた》してくれ。さあ」

ロンはスキャバーズをますますしっかりと胸《むね》に抱《だ》きしめた。

「冗談《じょうだん》はやめてくれ」ロンが弱々《よわよわ》しく言《い》った。「スキャバーズなんかに手《て》を下《くだ》すために、わざわざアズカバンを脱獄《だつごく》したって言《い》うのかい？　つまり……」

ロンは助《たす》けを求《もと》めるようにハリーとハーマイオニーを見上《みあ》げた。

「ねえ。ペティグリューがネズミに変身《へんしん》できたとしても――ネズミなんて何百万《なんびゃくまん》といるじゃないか――アズカバンに閉《と》じ込《こ》められていたら、どのネズミが自分《じぶん》の探《さが》してるネズミかなんて、この人《ひと》、どうやったらわかるって言《い》うんだい？」

「そうだとも、シリウス。まともな疑問《ぎもん》だよ」

ルーピンがブラックに向《む》かってちょっと眉根《まゆね》を寄《よ》せた。

「あいつの居場所《いばしょ》を、どうやって見《み》つけ出《だ》したんだい？」

ブラックは骨《ほね》が浮《う》き出《で》るような手《て》を片方《かたほう》ローブに突《つ》っ込《こ》み、くしゃくしゃになった紙《かみ》の切《き》れはしを取《と》り出《だ》した。しわを伸《の》ばし、ブラックはそれを突《つ》き出《だ》してみんなに見《み》せた。

一年前《ねんまえ》の夏《なつ》、「日刊予言者新聞《にっかんよげんしゃしんぶん》」にのったロンと家族《かぞく》の写真《しゃしん》だった。そして、そこに、ロンの肩《かた》に、スキャバーズがいた。

「いったいどうしてこれを？」雷《かみなり》に打《う》たれたような声《こえ》でルーピンが聞《き》いた。

「ファッジだ」ブラックが答《こた》えた。「去年《きょねん》、アズカバンの視察《しさつ》に来《き》たとき、ファッジがくれた新聞《しんぶん》だ。ピーターがそこにいた。一面《めん》に……この子《こ》の肩《かた》にのって……。私《わたし》にはすぐわかった……こいつが変身《へんしん》するのを何回見《なんかいみ》たと思《おも》う？　それに、写真《しゃしん》の説明《せつめい》には、この子《こ》がホグワーツに戻《もど》ると書《か》いてあった。……ハリーのいるホグワーツへと……」

「何《なん》たることだ」

ルーピンがスキャバーズから新聞《しんぶん》の写真《しゃしん》へと目《め》を移《うつ》し、またスキャバーズのほうをじっと見《み》つめながら静《しず》かに言《い》った。

「こいつの前足《まえあし》だ……」

「それがどうしたっていうんだい？」ロンが食《く》ってかかった。

「指《ゆび》が一本《ぽん》ない」ブラックが言《い》った。

「まさに」

ルーピンがため息《いき》をついた。

「なんと単純明快《たんじゅんめいかい》なことだ……なんとこざかしい……。あいつは自分《じぶん》で切《き》ったのか？」

「変身《へんしん》する直前《ちょくぜん》にな」ブラックが言《い》った。

「あいつを追《お》いつめたとき、あいつは道行《みちい》く人全員《ひとぜんいん》に聞《き》こえるように叫《さけ》んだ。私《わたし》がジェームズとリリーを裏切《うらぎ》ったんだと。それから、私《わたし》がやつに呪《のろ》いをかけるより先《さき》に、やつは隠《かく》し持《も》った杖《つえ》で道路《どうろ》を吹《ふ》き飛《と》ばし、自分《じぶん》の周《まわ》り五、六メートル以内《いない》にいた人間《にんげん》をみな殺《ごろ》しにした――そしてすばやく、ネズミがたくさんいる下水道《げすいどう》に逃《に》げ込《こ》んだ……」

「ロン、聞《き》いたことはないかい？」ルーピンが言《い》った。「ピーターの残《ざん》がいで一番大《いちばんおお》きなのが指《ゆび》だったって」

「だって、たぶん、スキャバーズはほかのネズミとけんかしたかなんかだよ！　こいつは何年《なんねん》も家族《かぞく》の中《なか》で〝お下《さ》がり〟だった。たしか――」

「十二年《ねん》だね、たしか」

ルーピンが言《い》った。

「どうしてそんなに長生《ながい》きなのか、変《へん》だと思《おも》ったことはないのかい？」

「僕《ぼく》たち――僕《ぼく》たちが、ちゃんと世話《せわ》してたんだ！」ロンが答《こた》えた。

「今《いま》はあんまり元気《げんき》じゃないようだね。どうだね？」ルーピンが続《つづ》けた。「私《わたし》の想像《そうぞう》だが、シリウスが脱獄《だつごく》して逃亡中《とうぼうちゅう》だと聞《き》いて以来《いらい》、やせおとろえてきたのだろう……」

「こいつは、その狂《くる》った猫《ねこ》が怖《こわ》いんだ！」

ロンは、ベッドでゴロゴロのどを鳴《な》らしているクルックシャンクスをあごで指《さ》した。

それはちがう、とハリーは急《きゅう》に思《おも》い出《だ》した……スキャバーズはクルックシャンクスに出会《であ》う前《まえ》から弱《よわ》っているようだった……ロンがエジプトから帰《かえ》って以来《いらい》ずっとだ……ブラックが脱獄《だつごく》して以来《いらい》ずっとだ……。

「この猫《ねこ》は狂《くる》ってはいない」

ブラックのかすれ声《こえ》がした。骨《ほね》と皮《かわ》ばかりになった手《て》を伸《の》ばし、ブラックはクルックシャンクスのふわふわした頭《あたま》をなでた。

「私《わたし》の出会《であ》った猫《ねこ》の中《なか》で、こんなに賢《かしこ》い猫《ねこ》はまたといない。ピーターを見《み》るなり、すぐ正体《しょうたい》を見《み》抜《ぬ》いた。私《わたし》に出会《であ》ったときも、私《わたし》が犬《いぬ》でないことを見破《みやぶ》った。私《わたし》を信用《しんよう》するまでにしばらくかかった。ようやっと私《わたし》のねらいをこの猫《ねこ》に伝《つた》えることができて、それ以来私《いらいわたし》を助《たす》けてくれた……」

「それ、どういうこと？」ハーマイオニーが息《いき》をひそめた。

「ピーターを私《わたし》のところに連《つ》れてこようとした。しかし、できなかった……そこで私《わたし》のためにグリフィンドール塔《とう》への合言葉《あいことば》を盗《ぬす》み出《だ》してくれた……誰《だれ》か男《おとこ》の子《こ》のベッド脇《わき》の小机《こづくえ》から持《も》ってきたらしい……」

ハリーは話《はなし》を聞《き》きながら、混乱《こんらん》して頭《あたま》が重《おも》く感《かん》じられた。そんなバカな……でも、やっぱり……。

「しかし、ピーターは事《こと》のなりゆきを察知《さっち》して、逃《に》げ出《だ》した……。この猫《ねこ》は――クルックシャンクスという名《な》だね？――ピーターがベッドのシーツに血《ち》の痕《あと》を残《のこ》していったと教《おし》えてくれた。……たぶん自分《じぶん》で自分《じぶん》をかんだのだろう……そう、死《し》んだと見《み》せかけるのは、前《まえ》にも一度《ど》うまくやったのだし……」

この言葉《ことば》でハリーはハッと我《われ》に返《かえ》った。

「それじゃ、なぜピーターは自分《じぶん》が死《し》んだと見《み》せかけたんだ？」

ハリーは激《はげ》しい語調《ごちょう》で聞《き》いた。

「おまえが、僕《ぼく》の両親《りょうしん》を殺《ころ》したと同《おな》じように、自分《じぶん》をも殺《ころ》そうとしていると気《き》づいたからじゃないか！」

「ちがう、ハリー――」ルーピンが口《くち》を挟《はさ》んだ。

「それで、今度《こんど》はとどめを刺《さ》そうとしてやってきたんだろう！」

「そのとおりだ」ブラックは殺気立《さっきだ》った目《め》でスキャバーズを見《み》た。

「それなら、僕《ぼく》はスネイプにおまえを引《ひ》き渡《わた》すべきだったんだ！」ハリーが叫《さけ》んだ。

「ハリー」ルーピンが急《せ》き込《こ》んで言《い》った。

「わからないのか？　私《わたし》たちは、ずっと、シリウスが君《きみ》のご両親《りょうしん》を裏切《うらぎ》ったと思《おも》っていた。ピーターがシリウスを追《お》いつめたと思《おも》っていた――しかし、それは逆《ぎゃく》だった。わからないかい？　ピーターが君《きみ》のお父《とう》さん、お母《かあ》さんを裏切《うらぎ》ったんだ――シリウスがピーターを追《お》いつめたんだ――」

「**うそだ！**」

ハリーが叫《さけ》んだ。

「**ブラックが『秘密《ひみつ》の守人《もりびと》』だった！　ブラック自身《じしん》があなたが来《く》る前《まえ》にそう言《い》ったんだ。こいつは自分《じぶん》が僕《ぼく》の両親《りょうしん》を殺《ころ》したと言《い》ったんだ！**」

ハリーはブラックを指差《ゆびさ》していた。ブラックはゆっくりと首《くび》を振《ふ》った。落《お》ちくぼんだ目《め》が急《きゅう》にうるんだように光《ひか》った。

「ハリー……私《わたし》が殺《ころ》したも同然《どうぜん》だ」ブラックの声《こえ》がかすれた。「最後《さいご》の最後《さいご》になって、ジェームズとリリーに、ピーターを守人《もりびと》にするように勧《すす》めたのは私《わたし》だ。ピーターにかえるように勧《すす》めた……私《わたし》が悪《わる》いのだ。たしかに……二人《ふたり》が死《し》んだ夜《よる》、私《わたし》はピーターのところに行《い》く手《て》はずになっていた。ピーターが無事《ぶじ》かどうか、たしかめにいくことにしていた。ところが、ピーターの隠《かく》れ家《が》に行《い》ってみると、もぬけの殻《から》だ。しかも争《あらそ》った跡《あと》がない。どうもおかしい。私《わたし》は不吉《ふきつ》な予感《よかん》がして、すぐに君《きみ》のご両親《りょうしん》のところへ向《む》かった。そして、家《いえ》が壊《こわ》され、二人《ふたり》が死《し》んでいるのを見《み》たとき――私《わたし》は悟《さと》った。ピーターが何《なに》をしたのかを。私《わたし》が何《なに》をしてしまったのかを」

涙声《なみだごえ》になり、ブラックは顔《かお》をそむけた。

「話《はなし》はもう充分《じゅうぶん》だ」

ルーピンの声《こえ》には、ハリーがこれまで聞《き》いたことがないような、情《なさ》け容赦《ようしゃ》のない響《ひび》きがあった。

「ほんとうは何《なに》が起《お》こったのか、証明《しょうめい》する道《みち》はただ一つだ。ロン、そのネズミをよこしなさい」

「こいつを渡《わた》したら、何《なに》をしようというんだ？」

ロンが緊張《きんちょう》した声《こえ》でルーピンに聞《き》いた。

「無理《むり》にでも正体《しょうたい》を現《あらわ》させる。もしほんとうのネズミだったら、これで傷《きず》つくことはない」

ルーピンが答《こた》えた。

ロンはためらったが、とうとうスキャバーズを差《さ》し出《だ》し、ルーピンが受《う》け取《と》った。スキャバーズはキーキーとわめき続《つづ》け、のた打《う》ち回《まわ》り、小《ちい》さな黒《くろ》い目《め》が飛《と》び出《だ》しそうだった。

「シリウス、準備《じゅんび》は？」ルーピンが言《い》った。

ブラックはもう、スネイプの杖《つえ》をベッドから拾《ひろ》い上《あ》げていた。ブラックが、ルーピンとじたばたするネズミに近《ちか》づいた。涙《なみだ》でうるんだ目《め》が、突然《とつぜん》燃《も》え上《あ》がったかのようだった。

「一緒《いっしょ》にするか？」ブラックが低《ひく》い声《こえ》で言《い》った。

「そうしよう」

ルーピンはスキャバーズを片手《かたて》にしっかりつかみ、もう一方《いっぽう》の手《て》で杖《つえ》を握《にぎ》った。

「三つ数《かぞ》えたらだ。一――二――三！」

青白《あおじろ》い光《ひかり》が二本《ほん》の杖《つえ》からほとばしった。一瞬《いっしゅん》、スキャバーズは宙《ちゅう》に浮《う》き、そこに静止《せいし》した。小《ちい》さな黒《くろ》い姿《すがた》が激《はげ》しくよじれた――ロンが叫《さけ》び声《ごえ》を上《あ》げた――ネズミは床《ゆか》にボトリと落《お》ちた。もう一度《ど》、目《め》もくらむような閃光《せんこう》が走《はし》り、そして――。

木《き》が育《そだ》つのを早送《はやおく》りで見《み》ているようだった。頭《あたま》が床《ゆか》からシュッと上《うえ》に伸《の》び、手足《てあし》が生《は》え、次《つぎ》の瞬間《しゅんかん》、スキャバーズがいたところに、一人《ひとり》の男《おとこ》が、手《て》をよじり、あとずさりしながら立《た》っていた。クルックシャンクスがベッドで背中《せなか》の毛《け》を逆立《さかだ》て、シャーッ、シャーッと激《はげ》しい音《おと》を出《だ》し、うなった。

小柄《こがら》な男《おとこ》だ。ハリーやハーマイオニーの背丈《せたけ》とあまり変《か》わらない。まばらな色《いろ》あせた髪《かみ》はくしゃくしゃで、てっぺんに大《おお》きなはげがあった。太《ふと》った男《おとこ》が急激《きゅうげき》に体重《たいじゅう》を失《うしな》ってしなびた感《かん》じだ。皮膚《ひふ》はまるでスキャバーズの体毛《たいもう》と同《おな》じように薄汚《うすよご》れ、とがった鼻《はな》や、ことさら小《ちい》さいうるんだ目《め》には、何《なん》となくネズミくささが漂《ただよ》っていた。男《おとこ》はハァハァと浅《あさ》く、速《はや》い息《いき》づかいで、周《まわ》りの全《ぜん》員《いん》を見回《みまわ》した。男《おとこ》の目《め》がすばやくドアのほうに走《はし》り、また元《もと》に戻《もど》ったのを、ハリーは目撃《もくげき》した。

「やあ、ピーター」

ネズミがニョキニョキと旧友《きゅうゆう》たちに変身《へんしん》して身近《みぢか》に現《あらわ》れるのをしょっちゅう見慣《みな》れているかのような口《くち》ぶりで、ルーピンがほがらかに声《こえ》をかけた。

「しばらくだったね」

「シ、シリウス……リ、リーマス……」

ペティグリューは、声《こえ》までキーキーとネズミ声《ごえ》だ。またしても、目《め》がドアのほうにすばやく走《はし》った。

「友《とも》よ……なつかしの友《とも》よ……」

ブラックの杖腕《つえうで》が上《あ》がったが、ルーピンがその手首《てくび》を押《お》さえ、たしなめるような目《め》でブラックを見《み》た。それからまたペティグリューに向《む》かって、さりげない軽《かる》い声《こえ》で言《い》った。

「ジェームズとリリーが死《し》んだ夜《よる》、何《なに》が起《お》こったのか、今《いま》おしゃべりしていたんだがね、ピーター。君《きみ》はあのベッドでキーキーわめいていたから、細《こま》かいところを聞《き》き逃《のが》したかもしれないな――」

「リーマス」

ペティグリューがあえいだ。その不健康《ふけんこう》そうな顔《かお》から、ドッと汗《あせ》が噴《ふ》き出《だ》すのをハリーは見《み》た。

「君《きみ》はブラックの言《い》うことを信《しん》じたりしないだろうね……あいつはわたしを殺《ころ》そうとしたんだ、リーマス……」

「そう聞《き》いていた」

ルーピンの声《こえ》は一段《いちだん》と冷《つめ》たかった。

「ピーター、二つ、三つ、すっきりさせておきたいことがあるんだが、君《きみ》がもし――」

「こいつは、またわたしを殺《ころ》しにやってきた！」

ペティグリューは突然《とつぜん》ブラックを指差《ゆびさ》して金切《かなき》り声《ごえ》を上《あ》げた。人差《ひとさ》し指《ゆび》がなくなり、中指《なかゆび》で指《さ》しているのをハリーは見《み》た。

「こいつはジェームズとリリーを殺《ころ》した。今度《こんど》はわたしも殺《ころ》そうとしてるんだ……リーマス、助《たす》けておくれ……」

暗《くら》い底《そこ》知《し》れない目《め》でペティグリューをにらみつけたブラックの顔《かお》が、今《いま》まで以上《いじょう》にがいこつのような形相《ぎょうそう》に見《み》えた。

「少《すこ》し話《はなし》の整理《せいり》がつくまでは、誰《だれ》も君《きみ》を殺《ころ》しはしない」ルーピンが言《い》った。

「整理《せいり》？」

ペティグリューはまたきょろきょろとあたりを見回《みまわ》し、その目《め》が板張《いたば》りした窓《まど》をたしかめ、一つしかないドアをもう一度《ど》たしかめた。

「こいつがわたしを追《お》ってくるとわかっていた！　こいつがわたしをねらって戻《もど》ってくるとわかっていた！　十二年《ねん》も、わたしはこの時《とき》を待《ま》っていた！」

「シリウスがアズカバンを脱獄《だつごく》するとわかっていたと言《い》うのか？」ルーピンは眉根《まゆね》を寄《よ》せた。

「いまだかつて脱獄《だつごく》した者《もの》は誰《だれ》もいないのに？」

「こいつは、わたしたちの誰《だれ》もが夢《ゆめ》でしかかなわないような闇《やみ》の力《ちから》を持《も》っている！」

ペティグリューのかん高《だか》い声《こえ》が続《つづ》いた。

「それがなければ、どうやってあそこから出《で》られる？　おそらく『名前《なまえ》を言《い》ってはいけないあの人《ひと》』がこいつに何《なに》か術《じゅつ》を教《おし》え込《こ》んだんだ！」

ブラックが笑《わら》いだした。ぞっとするような、うつろな笑《わら》いが部屋中《へやじゅう》に響《ひび》いた。

「ヴォルデモートが私《わたし》に術《じゅつ》を？」

ペティグリューはブラックに鞭《むち》打《う》たれたかのように身《み》を縮《ち》めた。

「どうした？　なつかしいご主人様《しゅじんさま》の名前《なまえ》を聞《き》いて怖気《おじけ》づいたか？」ブラックが言《い》った。「無理《むり》もないな、ピーター。昔《むかし》の仲間《なかま》はおまえのことをあまり快《こころよ》く思《おも》っていないようだ。ちがうか？」

「何《なん》のことやら――シリウス、君《きみ》が何《なに》を言《い》っているのやら――」

ペティグリューはますます荒《あら》い息《いき》をしながら、もごもご言《い》った。今《いま》や汗《あせ》だくで、顔《かお》がてかてかしている。

「おまえは十二年《ねん》もの間《あいだ》、私《わたし》から逃《に》げていたのではない。ヴォルデモートの昔《むかし》の仲間《なかま》から逃《に》げ隠《かく》れしていたのだ。アズカバンでいろいろ耳《みみ》にしたぞ、ピーター。……みんなおまえが死《し》んだと思《おも》っている。さもなければ、おまえはみんなから落《お》とし前《まえ》をつけさせられたはずだ……私《わたし》は囚人《しゅうじん》たちが寝言《ねごと》でいろいろ叫《さけ》ぶのをずっと聞《き》いてきた。どうやらみんな、二重《にじゅう》スパイの裏切《うらぎ》り者《もの》がまた寝返《ねがえ》って、自分《じぶん》たちを裏切《うらぎ》ったと思《おも》っているようだった。ヴォルデモートはおまえの情報《じょうほう》でポッターの家《いえ》に行《い》った……そして、そこでヴォルデモートが破滅《はめつ》したのだからな。ヴォルデモートの仲間《なかま》は一網打尽《いちもうだじん》でアズカバンに入《い》れられたわけではなかった。そうだな？　まだその辺《へん》にたくさんいる。時《とき》を待《ま》っているのだ。悔《く》い改《あらた》めたふりをして……ピーター、その連中《れんちゅう》が、もしおまえがまだ生《い》きていると風《かぜ》の便《たよ》りに聞《き》いたら――」

「何《なん》のことやら……何《なに》を話《はな》しているやら……」

ペティグリューの声《こえ》はますますかん高《だか》くなっていた。そでで顔《かお》をぬぐい、ルーピンを見上《みあ》げて、ペティグリューが言《い》った。

「リーマス、君《きみ》は信《しん》じないだろう――こんなバカげた――」

「はっきり言《い》って、ピーター、なぜ無実《むじつ》の者《もの》が、十二年《ねん》もネズミに身《み》をやつして過《す》ごしたいと思《おも》ったのかは、理解《りかい》に苦《くる》しむ」

感情《かんじょう》の起伏《きふく》を示《しめ》さず、ルーピンが言《い》った。

「無実《むじつ》だ。でも怖《こわ》かった！」

ペティグリューがキーキー言《い》った。

「ヴォルデモート支持者《しじしゃ》がわたしを追《お》っているなら、それは、大物《おおもの》の一人《ひとり》をわたしがアズカバンに送《おく》ったからだ――スパイのシリウス・ブラックだ！」

ブラックの顔《かお》がゆがんだ。

「よくもそんなことを」

ブラックは、突然《とつぜん》、あの熊《くま》のように大《おお》きな犬《いぬ》に戻《もど》ったようにうなった。

「私《わたし》が？　ヴォルデモートのスパイ？　私《わたし》がいつ、自分《じぶん》より強《つよ》く、力《ちから》のある者《もの》たちにヘコヘコした？　しかし、ピーター、おまえは――。おまえがスパイだということを、なぜ初《はじ》めから見抜《みぬ》けなかったのか。うかつだった。おまえはいつも、自分《じぶん》の面倒《めんどう》を見《み》てくれる親分《おやぶん》にくっついているのが好《す》きだった。そうだな？　かつてはそれが我々《われわれ》だった……私《わたし》とリーマス……それにジェームズだった……」

ペティグリューはまた顔《かお》をぬぐった。今《いま》や息《いき》も絶《た》え絶《だ》えだった。

「わたしが、スパイなんて……正気《しょうき》の沙汰《さた》じゃない……けっして……どうしてそんなことが言《い》えるのか、わたしにはさっぱり――」

「ジェームズとリリーは私《わたし》が勧《すす》めたからおまえを『秘密《ひみつ》の守人《もりびと》』にしたんだ」

ブラックは歯《は》がみをした。その激《はげ》しさに、ペティグリューはたじたじと一歩下《ぽさ》がった。

「私《わたし》はこれこそ完璧《かんぺき》な計画《けいかく》だと思《おも》った……目《め》くらましだ……ヴォルデモートはきっと私《わたし》を追《お》う。おまえのような弱虫《よわむし》の、能無《のうな》しを利用《りよう》しようとは夢《ゆめ》にも思《おも》わないだろう……ヴォルデモートにポッター一家《いっか》を売《う》ったときは、さぞかし、おまえのみじめな生涯《しょうがい》の最高《さいこう》の瞬間《しゅんかん》だったろうな」

ペティグリューはわけのわからないことをつぶやいていた。ハリーの耳《みみ》には、「とんだお門《かど》ちがい」とか「狂《くる》ってる」とかが聞《き》こえてきたが、むしろ気《き》になったのは、ペティグリューの青《あお》ざめた顔《かお》と、相変《あいか》わらず窓《まど》やドアのほうにちらちら走《はし》る視線《しせん》だった。

「ルーピン先生《せんせい》」ハーマイオニーがおずおず口《くち》を開《ひら》いた。「あの――聞《き》いてもいいですか？」

「どうぞ、ハーマイオニー」ルーピンがていねいに答《こた》えた。

「あの――スキャバーズ――いえ、この――この人《ひと》――ハリーの寮《りょう》で三年間同《ねんかんおな》じ寝室《しんしつ》にいたんです。『例《れい》のあの人《ひと》』の手先《てさき》なら、今《いま》までハリーを傷《きず》つけなかったのは、どうしてかしら？」

「そうだ！」

ペティグリューが指《ゆび》の一本欠《ぽんか》けた手《て》でハーマイオニーを指差《ゆびさ》し、かん高《だか》い声《こえ》を上《あ》げた。

「ありがとう！　リーマス、聞《き》いたかい？　ハリーの髪《かみ》の毛《け》一本傷《ぽんきず》つけてはいない！　そんなことをする理由《りゆう》がありますか？」

「その理由《りゆう》を教《おし》えてやろう」

ブラックが言《い》った。

「おまえは、自分《じぶん》のために得《とく》になることがなければ、誰《だれ》のためにも何《なに》もしないやつだ。ヴォルデモートは十二年《ねん》も隠《かく》れたままで、半死半生《はんしはんしょう》だといわれている。アルバス・ダンブルドアの目《め》と鼻《はな》の先《さき》で、しかもまったく力《ちから》を失《うしな》った残《ざん》がいのような魔法使《まほうつか》いのために、殺人《さつじん》などするおまえか？

『あの人《ひと》』のもとに馳《は》せ参《さん》ずるなら、『あの人《ひと》』がお山《やま》の大将《たいしょう》で一番強《ばんつよ》いことをたしかめてからにするつもりだったんだろう？　そもそも魔法使《まほうつか》いの家族《かぞく》に入《はい》り込《こ》んで飼《か》ってもらったのは何《なん》のためだ？　情報《じょうほう》が聞《き》ける状態《じょうたい》にしておきたかったんだろう？　え？　おまえの昔《むかし》の保護者《ほごしゃ》が力《ちから》を取《と》り戻《もど》し、またその下《した》に戻《もど》っても安全《あんぜん》だという事態《じたい》に備《そな》えて……」

ペティグリューは何度《なんど》か口《くち》をパクパクさせた。話《はな》す能力《のうりょく》をなくしたかに見《み》えた。

「あの――ブラックさん――シリウス？」ハーマイオニーがおずおず声《こえ》をかけた。

ブラックは飛《と》び上《あ》がらんばかりに驚《おどろ》いた。こんなにていねいに話《はな》しかけられたのは、遠《とお》い昔《むかし》のことで、もう忘《わす》れてしまったというように、ハーマイオニーをじっと見《み》つめた。

「お聞《き》きしてもいいでしょうか。ど――どうやってアズカバンから脱獄《だつごく》したのでしょう？　もし闇《やみ》の魔術《まじゅつ》を使《つか》ってないのなら」

「ありがとう！」

ペティグリューは息《いき》をのみ、ハーマイオニーに向《む》かって激《はげ》しくうなずいた。

「そのとおり！　それこそ、わたしが言《い》いた――」

ルーピンがにらんでペティグリューをだまらせた。ブラックはハーマイオニーに向《む》かってちょっと顔《かお》をしかめたが、聞《き》かれたことを不快《ふかい》に思《おも》っている様子《ようす》ではなかった。自分《じぶん》もその答《こた》えを探《さが》しているように見《み》えた。

「どうやったのか、自分《じぶん》でもわからない」

ゆっくりと考《かんが》えながらブラックが答《こた》えた。

「私《わたし》が正気《しょうき》を失《うしな》わなかった理由《りゆう》はただ一つ、自分《じぶん》が無実《むじつ》だと知《し》っていたことだ。これは幸福《こうふく》な気《き》持《も》ちではないから、吸魂鬼《ディメンター》はその思《おも》いを吸《す》い取《と》ることができなかった……しかし、その思《おも》いが私《わたし》の正気《しょうき》を保《たも》った。自分《じぶん》が何者《なにもの》であるか意識《いしき》し続《つづ》けていられた……私《わたし》の力《ちから》を保《たも》たせてくれた……。だからいよいよ……たえがたくなったときは……私《わたし》は独房《どくぼう》で変身《へんしん》することができた……犬《いぬ》になれた。吸魂鬼《ディメンター》は目《め》が見《み》えないのだ……」

ブラックはゴクリとつばを飲《の》んだ。

「連中《れんちゅう》は人《ひと》の感情《かんじょう》を感《かん》じ取《と》って人《ひと》に近《ちか》づく……私《わたし》が犬《いぬ》になると、連中《れんちゅう》は私《わたし》の感情《かんじょう》が——人間的《にんげんてき》でなくなり、複雑《ふくざつ》でなくなるのを感《かん》じ取《と》った……しかし、連中《れんちゅう》はもちろんそれを、ほかの囚人《しゅうじん》と同《おな》じく私《わたし》も正気《しょうき》を失《うしな》ったのだろうと考《かんが》え、気《き》にもかけなかった。とはいえ、私《わたし》は弱《よわ》っていた。とても弱《よわ》っていて、杖《つえ》なしには連中《れんちゅう》を追《お》い払《はら》うことはとてもできないとあきらめていた……」

「そんな時《とき》、私《わたし》はあの写真《しゃしん》にピーターを見《み》つけた……ホグワーツでハリーと一緒《いっしょ》だということがわかった。……闇《やみ》の陣営《じんえい》が再《ふたた》び力《ちから》を得《え》たとの知《し》らせが、ちらとでも耳《みみ》に入《はい》れば、行動《こうどう》を起《お》こすには完璧《かんぺき》な場所《ばしょ》だ……」

ペティグリューは声《こえ》もなく口《くち》をパクつかせながら、首《くび》を振《ふ》っていたが、まるで催眠術《さいみんじゅつ》にかかったようにブラックを見《み》つめ続《つづ》けていた。

「……味方《みかた》の力《ちから》に確信《かくしん》が持《も》てたら、とたんに襲《おそ》えるように準備万端《じゅんびばんたん》だ……ポッター家最後《さいご》の一人《ひとり》を味方《みかた》に引《ひ》き渡《わた》す。ハリーを差《さ》し出《だ》せば、やつがヴォルデモート卿《きょう》を裏切《うらぎ》ったなどと誰《だれ》が言《い》おうか？　やつは栄誉《えいよ》をもって再《ふたた》び迎《むか》え入《い》れられる……」

「だからこそ、私《わたし》は何《なに》かをせねばならなかった。ピーターがまだ生《い》きていると知《し》っているのは私《わたし》だけだ……」

ハリーはウィーズリー氏《し》と夫人《ふじん》とが話《はな》していたことを思《おも》い出《だ》した。

――看守《かんしゅ》が、ブラックは寝言《ねごと》を言《い》っていると言《い》うんだ……いつも同《おな》じ寝言《ねごと》だ……『あいつはホグワーツにいる』って――。

「まるで誰《だれ》かが私《わたし》の心《こころ》に火《ひ》をつけたようだった。しかも吸魂鬼《ディメンター》はその思《おも》いを砕《くだ》くことはできない……幸福《こうふく》な気持《きも》ちではないからだ……執念《しゅうねん》だった……。しかし、その気持《きも》ちが私《わたし》に力《ちから》を与《あた》えた。心《こころ》がしっかり覚《さ》めた。そこである晩《ばん》、連中《れんちゅう》が食《た》べ物《もの》を運《はこ》んできて独房《どくぼう》の戸《と》を開《あ》けたとき、私《わたし》は犬《いぬ》になって連中《れんちゅう》の脇《わき》をすり抜《ぬ》けた……。連中《れんちゅう》にとって獣《けもの》の感情《かんじょう》を感《かん》じるのは非常《ひじょう》に難《むずか》しいことなので、混乱《こんらん》した……。私《わたし》はやせ細《ほそ》っていた。とても……。鉄格子《てつごうし》のすきまをすり抜《ぬ》けられるほどやせていた……。私《わたし》は犬《いぬ》の姿《すがた》で泳《およ》ぎ、島《しま》から戻《もど》ってきた……。北《きた》へと旅《たび》し、ホグワーツの校庭《こうてい》に犬《いぬ》の姿《すがた》で入《はい》り込《こ》んだ……。それからずっと、森《もり》にすんでいた……。もっとも、一度《ど》だけクィディッチの試合《しあい》を見《み》にいったが、それ以外《いがい》は……。ハリー、君《きみ》はお父《とう》さんに負《ま》けないぐらい飛《と》ぶのがうまい……」

ブラックはハリーを見《み》た。ハリーも目《め》をそらさなかった。

「信《しん》じてくれ」

かすれた声《こえ》でブラックが言《い》った。

「信《しん》じてくれ、ハリー。私《わたし》はけっしてジェームズやリリーを裏切《うらぎ》ったことはない。裏切《うらぎ》るくらいなら、私《わたし》が死《し》ぬほうがましだ」

ようやくハリーはブラックを信《しん》じることができた。のどがつまり、声《こえ》が出《で》なかった。ハリーはうなずいた。

「だめだ！」

ペティグリューは、ハリーがうなずいたことが自分《じぶん》の死刑《しけい》の宣告《せんこく》でもあるかのように、がっくりとひざをついた。そのままにじり出《で》て、祈《いの》るように手《て》を握《にぎ》り合《あ》わせ、はいつくばった。

「シリウス――わたしだ……ピーターだ……君《きみ》の友達《ともだち》の……まさか君《きみ》は……」

ブラックがけとばそうと足《あし》を振《ふ》ると、ペティグリューはあとずさりした。

「私《わたし》のローブは充分《じゅうぶん》に汚《よご》れてしまった。この上《うえ》おまえの手《て》で汚《けが》されたくはない」

ブラックが言《い》った。

「リーマス！」

ペティグリューはルーピンのほうに向《む》きなおり、哀《あわ》れみを請《こ》うように身《み》をよじりながら金切《かなき》り声《ごえ》を上《あ》げた。

「君《きみ》は信《しん》じないだろうね……計画《けいかく》を変更《へんこう》したなら、シリウスは君《きみ》に話《はな》したはずだろう？」

「ピーター、私《わたし》がスパイだと思《おも》ったら話《はな》さなかっただろうな」ルーピンが答《こた》えた。

「シリウス、たぶんそれで私《わたし》に話《はな》してくれなかったのだろう？」

ペティグリューの頭越《あたまご》しに、ルーピンがさりげなく言《い》った。

「すまない、リーマス」ブラックが言《い》った。

「気《き》にするな。わが友《とも》、パッドフット」ルーピンはそでをまくり上《あ》げながら言《い》った。

「そのかわり、私《わたし》が君《きみ》をスパイだと思《おも》いちがいしたことを許《ゆる》してくれるか？」

「もちろんだとも」

ブラックのげっそりした顔《かお》に、ふと、かすかな笑《え》みがもれた。ブラックもそでをまくり上《あ》げはじめた。

「一緒《いっしょ》にこいつを殺《や》るか？」

「ああ、そうしよう」ルーピンが厳粛《げんしゅく》に言《い》った。

「やめてくれ……やめて……」

ペティグリューがあえいだ。そして、ロンのそばに転《ころ》がり込《こ》んだ。

「ロン……わたしはいい友達《ともだち》……いいペットだったろう？　わたしを殺《ころ》させないでくれ、ロン。お願《ねが》いだ……君《きみ》はわたしの味方《みかた》だろう？」

しかし、ロンは思《おも》いっきり不快《ふかい》そうにペティグリューをにらんだ。

「自分《じぶん》のベッドにおまえを寝《ね》かせてたなんて！」

「やさしい子《こ》だ……情《なさ》け深《ぶか》いご主人様《しゅじんさま》……」

ペティグリューはロンのほうにはい寄《よ》った。

「殺《ころ》させないでくれ……わたしは君《きみ》のネズミだった……いいペットだった……」

「人間《にんげん》のときよりネズミのほうがさまになるなんていうのは、ピーター、あまり自慢《じまん》にはならない」

ブラックが厳《きび》しく言《い》った。ロンは痛《いた》みでいっそう青白《あおじろ》くなりながら、折《お》れた脚《あし》を、ペティグリューの手《て》の届《とど》かないところへとひねった。ペティグリューはひざを折《お》ったまま向《む》きを変《か》え、前《まえ》にのめりながらハーマイオニーのローブのすそをつかんだ。

「やさしいお嬢《じょう》さん……賢《かしこ》いお嬢《じょう》さん……。あなたは――あなたならそんなことをさせないでしょう……助《たす》けて……」

ハーマイオニーはローブを引《ひ》っ張《ぱ》り、しがみつくペティグリューの手《て》からもぎ取《と》り、おびえきった顔《かお》で壁際《かべぎわ》まで下《さ》がった。

ペティグリューは、とめどなく震《ふる》えながら、ひざまずき、ハリーに向《む》かってゆっくりと顔《かお》を上《あ》げた。

「ハリー……ハリー……君《きみ》はお父《とう》さんに生《い》き写《うつ》しだ……そっくりだ……」

「ハリーに話《はな》しかけるとは、どういう神経《しんけい》だ？」ブラックが大声《おおごえ》を出《だ》した。**「ハリーに顔《かお》向《む》けができるか？　この子《こ》の前《まえ》で、ジェームズのことを話《はな》すなんて、どの面《つら》下《さ》げてできるんだ？」**

「ハリー」

ペティグリューが両手《りょうて》を伸《の》ばし、ハリーに向《む》かってひざで歩《ある》きながらささやいた。

「ハリー、ジェームズならわたしが殺《ころ》されることを望《のぞ》まなかっただろう……ジェームズならわかってくれたよ、ハリー……ジェームズならわたしに情《なさ》けをかけてくれただろう……」

ブラックとルーピンが大股《おおまた》にペティグリューに近《ちか》づき、肩《かた》をつかんで床《ゆか》の上《うえ》に仰向《あおむ》けにたたきつけた。ペティグリューは座《すわ》り込《こ》んで、恐怖《きょうふ》にヒクヒクけいれんしながら二人《ふたり》を見《み》つめた。

「おまえはジェームズとリリーをヴォルデモートに売《う》った」

ブラックも体《からだ》を震《ふる》わせていた。

「否定《ひてい》するのか？」

ペティグリューはワッと泣《な》きだした。おぞましい光景《こうけい》だった。育《そだ》ち過《す》ぎた、頭《あたま》のはげかけた赤《あか》ん坊《ぼう》が、床《ゆか》の上《うえ》ですくんでいるようだった。

「シリウス、シリウス、わたしに何《なに》ができたというのだ？　闇《やみ》の帝王《ていおう》は……君《きみ》にはわかるまい……あの方《かた》には君《きみ》の想像《そうぞう》もつかないような武器《ぶき》がある……わたしは怖《こわ》かった。シリウス、わたしは君《きみ》や、リーマスやジェームズのように勇敢《ゆうかん》ではなかった。わたしはやろうと思《おも》ってやったのではない……あの『名前《なまえ》を言《い》ってはいけないあの人《ひと》』が無理《むり》やり――」

「**うそをつくな！**」

ブラックが割《わ》れるような大声《おおごえ》を出《だ》した。

「おまえは、ジェームズとリリーが死《し》ぬ一年《ねん》も前《まえ》から、『あの人《ひと》』に密通《みっつう》していた！　おまえがスパイだった！」

「あの方《かた》は——あの方《かた》は、あらゆるところを征服《せいふく》していた！」

ペティグリューがあえぎながら言《い》った。

「あの方《かた》を拒《こば》んで、な、何《なに》が得《え》られたろう？」

「史上《しじょう》もっとも邪悪《じゃあく》な魔法使《まほうつか》いに抗《あらが》って、何《なに》が得《え》られたかって？」

ブラックの顔《かお》にはすさまじい怒《いか》りが浮《う》かんでいた。

「それは、罪《つみ》もない人々《ひとびと》の命《いのち》だ、ピーター！」

「君《きみ》にはわかってないんだ！」

ペティグリューが哀《あわ》れっぽく訴《うった》えた。

「シリウス、わたしが殺《ころ》されかねなかったんだ！」

「それなら、死《し》ねばよかったんだ」

ブラックがほえた。

「友《とも》を裏切《うらぎ》るくらいなら死《し》ぬべきだった。我々《われわれ》も君《きみ》のためにそうしただろう」

ブラックとルーピンが肩《かた》を並《なら》べて立《た》ち、杖《つえ》を上《あ》げた。

「おまえは気《き》づくべきだったな」ルーピンが静《しず》かに言《い》った。「ヴォルデモートがおまえを殺《ころ》さなければ、我々《われわれ》が殺《ころ》すと。ピーター、さらばだ」

ハーマイオニーが両手《りょうて》で顔《かお》を覆《おお》い、壁《かべ》のほうを向《む》いた。

「**やめて！**」

ハリーが叫《さけ》んだ。ハリーはかけ出《だ》して、ペティグリューの前《まえ》に立《た》ちふさがり、杖《つえ》に向《む》き合《あ》った。

「殺《ころ》してはだめだ」ハリーはあえぎながら言《い》った。「殺《ころ》しちゃいけない」

ブラックとルーピンはショックを受《う》けたようだった。

「ハリー、このくずのせいで、君《きみ》はご両親《りょうしん》を亡《な》くしたんだぞ」ブラックがうなった。

「このヘコヘコしているろくでなしは、あの時《とき》、君《きみ》も死《し》んでいたら、それを平然《へいぜん》として眺《なが》めていたはずだ。聞《き》いただろう。小汚《こぎたな》い自分《じぶん》の命《いのち》のほうが、君《きみ》の家族全員《かぞくぜんいん》の命《いのち》より大事《だいじ》だったのだ」

「わかってる」ハリーはあえいだ。

「こいつを城《しろ》まで連《つ》れていこう。僕《ぼく》たちの手《て》で吸魂鬼《ディメンター》に引《ひ》き渡《わた》すんだ。こいつはアズカバンに行《い》けばいい……殺《ころ》すことだけはやめて」

「ハリー！」

ペティグリューが息《いき》をのんだ。そして両腕《りょううで》でハリーのひざをひしと抱《だ》いた。

「君《きみ》は――ありがとう――こんなわたしに――ありがとう――」

「放《はな》せ」

ハリーは汚《けが》らわしいとばかりにペティグリューの手をはねつけ、吐《は》きすてるように言《い》った。

「おまえのために止《と》めたんじゃない。僕《ぼく》の父《とう》さんは、親友《しんゆう》が――おまえみたいなもののために――殺人者《さつじんしゃ》になるのを望《のぞ》まないと思《おも》っただけだ」

誰一人《だれひとり》動《うご》かなかった。物音《ものおと》一つ立《た》てなかった。ただ、胸《むね》を押《お》さえたペティグリューの息《いき》がゼイゼイと聞《き》こえるだけだった。ブラックとルーピンは互《たが》いに顔《かお》を見合《みあ》わせていた。それから二人同時《ふたりどうじ》に杖《つえ》を下《お》ろした。

「ハリー、君《きみ》だけが決《き》める権利《けんり》がある」ブラックが言《い》った。「しかし、考《かんが》えてくれ……こいつのやったことを……」

「こいつはアズカバンに行《い》けばいいんだ」ハリーはくり返《かえ》し言《い》った。「あそこがふさわしい者《もの》がいるとしたら、こいつしかいない……」

ペティグリューはハリーの陰《かげ》でまだゼイゼイ言《い》っていた。

「いいだろう。ハリー、脇《わき》にどいてくれ」ルーピンが言《い》った。

ハリーはためらった。

「縛《しば》り上《あ》げるだけだ。誓《ちか》ってそれだけだ」ルーピンが言《い》った。

ハリーは脇《わき》にどいた。今度《こんど》はルーピンの杖《つえ》の先《さき》から、細《ほそ》いひもが噴《ふ》き出《で》て、次《つぎ》の瞬間《しゅんかん》、ペティグリューは縛《しば》られ、さるぐつわをかまされて床《ゆか》の上《うえ》でもがいていた。

「しかし、ピーター、もし変身《へんしん》したら」

ブラックも杖《つえ》をペティグリューに向《む》け、うなるように言《い》った。

「やはり殺《ころ》す。いいね、ハリー？」

ハリーは床《ゆか》に転《ころ》がった哀《あわ》れな姿《すがた》を見下《みお》ろし、ペティグリューに見《み》えるようにうなずいた。

「よし」

ルーピンが急《きゅう》にてきぱきとさばきはじめた。

「ロン、私《わたし》はマダム・ポンフリーほどうまく骨折《こっせつ》を治《なお》すことができないから、医務室《いむしつ》に行《い》くまでの間《あいだ》、包帯《ほうたい》で固定《こてい》しておくのが一番《ばん》いいだろう」

ルーピンはサッとロンのそばに行《い》き、かがんでロンの脚《あし》を杖《つえ》で軽《かる》くたたき、「フェルーラ！　巻《ま》け」と唱《とな》えた。添《そ》え木《ぎ》で固定《こてい》したロンの脚《あし》に包帯《ほうたい》が巻《ま》きついた。ルーピンが手《て》を貸《か》してロンを立《た》たせ、ロンは恐《おそ》る恐《おそ》る足《あし》に体重《たいじゅう》をかけたが、痛《いた》さに顔《かお》をしかめることもなかった。

「よくなりました。ありがとう」ロンが言《い》った。

「スネイプ先生《せんせい》はどうしますか？」

ハーマイオニーがうなだれて伸《の》びているスネイプを見下《みお》ろしながら、小声《こごえ》で言《い》った。

「こっちは別《べつ》に悪《わる》いところはない」

かがんでスネイプの脈《みゃく》を取《と》りながら、ルーピンが言《い》った。

「君《きみ》たち三人《にん》とも、ちょっと――過激《かげき》にやり過《す》ぎただけだ。スネイプはまだ気絶《きぜつ》したままだ。うむ――我々《われわれ》が安全《あんぜん》に城《しろ》に戻《もど》るまで、このままにしておくのが一番《ばん》いいだろう。こうして運《はこ》べばいい……」

ルーピンが「モビリコーパス！　体《からだ》よ動《うご》け！」と唱《とな》えた。手首《てくび》、首《くび》、ひざに見《み》えない糸《いと》が取《と》りつけられたように、スネイプの体《からだ》が引《ひ》っ張《ぱ》り上《あ》げられ、立《た》ち上《あ》がった。頭部《とうぶ》はまだぐらぐらとすわり心地悪《ごこちわる》そうに垂《た》れ下《さ》がったままで、まるで異様《いよう》な操《あやつ》り人形《にんぎょう》だ。脚《あし》をぶらぶらさせ、床《ゆか》から数《すう》センチ上《うえ》に吊《つ》るし上《あ》げられていた。ルーピンは透明《とうめい》マントを拾《ひろ》い上《あ》げ、ポケットにきちんとしまった。

「誰《だれ》か二人《ふたり》、こいつとつながっておかないと」

ブラックが足《あし》のつま先《さき》でペティグリューをこづきながら言《い》った。

「万一《まんいち》のためだ」

「私《わたし》がつながろう」ルーピンだ。

「僕《ぼく》も」ロンが片足《かたあし》を引《ひ》きずりながら進《すす》み出《で》て、乱暴《らんぼう》に言《い》った。

ブラックは空中《くうちゅう》からヒョイと重《おも》い手錠《てじょう》を取《と》り出《だ》した。再《ふたた》び、ペティグリューは二本足《ほんあし》で立《た》ち、その左腕《ひだりうで》はルーピンの右腕《みぎうで》に、そして右腕《みぎうで》はロンの左腕《ひだりうで》につながれていた。ロンは口《くち》を真一文字《まいちもんじ》に結《むす》んでいた。スキャバーズの正体《しょうたい》を、ロンはまるで自分《じぶん》への屈辱《くつじょく》と受《う》け取《と》ったように見《み》えた。クルックシャンクスがひらりとベッドから飛《と》び降《お》り、先頭《せんとう》に立《た》って部屋《へや》を出《で》た。瓶洗《びんあら》いブラシのようなしっぽを誇《ほこ》らしげにキリッと上《あ》げながら。

第《だい》20章《しょう》 吸魂鬼《ディメンター》のキス

こんな奇妙《きみょう》な群《む》れに加《くわ》わったのはハリーにとって初《はじ》めてだった。クルックシャンクスが先頭《せんとう》に立《た》って階段《かいだん》を下《お》り、そのあとをルーピン、ペティグリュー、ロンが、まるでムカデ競走《きょうそう》のようにつながって下《お》りた。シリウスがスネイプの杖《つえ》を使《つか》ってスネイプ先生《せんせい》を宙吊《ちゅうづ》りにし、不気味《ぶきみ》に宙《ちゅう》を漂《ただよ》うスネイプのつま先《さき》が、一段下《だんお》りるたびに階段《かいだん》にぶつかった。ハリーとハーマイオニーがしんがりだった。

トンネルを戻《もど》るのが一苦労《ひとくろう》だった。ルーピン、ペティグリュー、ロンの組《くみ》は横向《よこむ》きになって歩《ある》かざるをえなかった。ルーピンはペティグリューに杖《つえ》を突《つ》きつけたままだ。ハリーからは三人《にん》が一列《れつ》になって歩《ある》きにくそうにトンネルを横《よこ》ばいで行《い》くのが見《み》えた。先頭《せんとう》は相変《あいか》わらずクルックシャンクスだ。ハリーはシリウスのすぐ後《うし》ろを歩《ある》いた。スネイプがシリウスに宙吊《ちゅうづ》りにされたまま、三人《にん》の前《まえ》を漂《ただよ》っていたが、がくりと垂《た》れた頭《あたま》が低《ひく》い天井《てんじょう》にぶつかってばかりいた。ハリーは、シリウスがわざとよけないようにしているような気《き》がした。

「これがどういう意味《いみ》をもつのか、わかるかい？」

トンネルをのろのろと進《すす》みながら、出《だ》し抜《ぬ》けにシリウスがハリーに話《はな》しかけた。

「ペティグリューを引《ひ》き渡《わた》すということが――」

「あなたが自由《じゆう》の身《み》になる」

「そうだ……」

シリウスが続《つづ》けた。

「しかし、それだけではない――誰《だれ》かに聞《き》いたかもしれないが――私《わたし》は君《きみ》の名付《なづ》け親《おや》でもあるんだよ」

「ええ、知《し》っています」

「つまり……君《きみ》の両親《りょうしん》が、私《わたし》を君《きみ》の後見人《こうけんにん》に決《き》めたのだ」

シリウスの声《こえ》が緊張《きんちょう》した。

「もし自分《じぶん》たちの身《み》に何《なに》かあればと……」

ハリーは次《つぎ》の言葉《ことば》を待《ま》った。シリウスの言《い》おうとしていることが、自分《じぶん》の考《かんが》えていることと同《おな》じだったら？

「もちろん、君《きみ》がおじさんやおばさんとこのまま一緒《いっしょ》に暮《く》らしたいというなら、その気持《きも》ちはよくわかるつもりだ。しかし……まあ……考《かんが》えてくれないか。私《わたし》の汚名《おめい》が晴《は》れたら……もし君《きみ》が……別《べつ》の家族《かぞく》が欲《ほ》しいと思《おも》うなら……」シリウスが言《い》った。

ハリーの胸《むね》の奥《おく》で、何《なに》かが爆発《ばくはつ》した。

「えっ？——あなたと暮《く》らすの？」

そう言ったとたん、ハリーは、天井《てんじょう》から突《つ》き出《だ》している岩《いわ》にいやというほど頭《あたま》をぶっつけた。

「ダーズリー一家《いっか》と別《わか》れるの？」

「むろん、君《きみ》はそんなことは望《のぞ》まないだろうと思《おも》ったが」シリウスがあわてて言《い》った。

「よくわかるよ。ただ、もしかしたら私《わたし》と、と思《おも》ってね……」

「とんでもない！」ハリーの声《こえ》は、シリウスに負《ま》けず劣《おと》らずかすれていた。

「もちろん、ダーズリーのところなんか出《で》たいです！　住《す》む家《いえ》はありますか？　僕《ぼく》、いつ引《ひ》っ越《こ》せますか？」

シリウスがくるりと振《ふ》り返《かえ》ってハリーを見《み》た。スネイプの頭《あたま》が天井《てんじょう》をゴリゴリこすっていたが、シリウスは気《き》にもとめない様子《ようす》だ。

「そうしたいのかい？　本気《ほんき》で？」

「ええ、本気《ほんき》です！」ハリーが答《こた》えた。

シリウスのげっそりした顔《かお》が、急《きゅう》に笑顔《えがお》になった。ハリーが初《はじ》めて見《み》る、シリウスのほんとうの笑顔《えがお》だった。その笑顔《えがお》がもたらした変化《へんか》は驚異的《きょういてき》だった。がいこつのようなお面《めん》の後《うし》ろに十歳《さい》若返《わかがえ》った顔《かお》が輝《かがや》いて見《み》えるようだった。ほんの一瞬《いっしゅん》、シリウスは、ハリーの両親《りょうしん》の結婚式《けっこんしき》で快活《かいかつ》に笑《わら》っていたあの人《ひと》だ、とわかる顔《かお》になった。

トンネルの出口《でぐち》に着《つ》くまで、二人《ふたり》はもう何《なに》も話《はな》さなかった。クルックシャンクスが最初《さいしょ》に飛《と》び出《だ》した。木《き》の幹《みき》のあのこぶを押《お》してくれたらしい。

ルーピン、ペティグリュー、ロンの一組《ひとくみ》がはい上《あ》がっていったが、獰猛《どうもう》な枝《えだ》の音《おと》は聞《き》こえてこなかった。

シリウスはまずスネイプを穴《あな》の外《そと》に送《おく》り出《だ》し、それから一歩下《ぽさ》がって、ハリーとハーマイオニーを先《さき》に通《とお》した。ついに全員《ぜんいん》が外《そと》に出《で》た。

校庭《こうてい》はすでに真《ま》っ暗《くら》だった。明《あ》かりといえば、遠《とお》くに見《み》える城《しろ》の窓《まど》からもれる灯《ともしび》だけだ。無言《むごん》で、全員《ぜんいん》が歩《ある》きだした。ペティグリューは相変《あいか》わらずゼイゼイと息《いき》をし、時折《ときおり》ヒイヒイ泣《な》いていた。

ハリーは胸《むね》がいっぱいだった。ダーズリー家《け》を離《はな》れるんだ。父《とう》さん、母《かあ》さんの親友《しんゆう》だったシリウス・ブラックと一緒《いっしょ》に暮《く》らすんだ……ハリーはぼうっとした……ダーズリー一家《いっか》に、テレビに出《で》ていたあの囚人《しゅうじん》と一緒《いっしょ》に暮《く》らすと言《い》ったら、どうなるかな！

「ちょっとでも変《へん》なまねをしてみろ、ピーター」

前《まえ》のほうで、ルーピンがおどすように言《い》った。ペティグリューの胸《むね》に、ルーピンの杖《つえ》が横《よこ》から突《つ》きつけられていた。

みんな無言《むごん》でひたすら校庭《こうてい》を歩《ある》いた。窓《まど》の灯《ともしび》が徐々《じょじょ》に大《おお》きくなってきた。スネイプはあごをがくがくと胸《むね》にぶっつけながら相変《あいか》わらず不気味《ぶきみ》に宙《ちゅう》を漂《ただよ》い、シリウスの前《まえ》を移動《いどう》していた。すると、その時《とき》――。

雲《くも》が切《き》れた。突然校庭《とつぜんこうてい》にぼんやりとした影《かげ》が落《お》ちた。一行《いっこう》は月明《つきあ》かりを浴《あ》びていた。

スネイプが、ふいに立《た》ち止《ど》まったルーピン、ペティグリュー、ロンの一団《いちだん》にぶつかった。シリウスが立《た》ちすくんだ。シリウスは片手《かたて》をサッと上《あ》げてハリーとハーマイオニーを制止《せいし》した。

ハリーはルーピンの黒《くろ》い影《かげ》のような姿《すがた》を見《み》た。その姿《すがた》は硬直《こうちょく》していた。そして、手足《てあし》が震《ふる》えだした。

「どうしましょう――あの薬《くすり》を今夜《こんや》飲《の》んでないわ！　危険《きけん》よ！」ハーマイオニーが絶句《ぜっく》した。

「逃《に》げろ」シリウスが低《ひく》い声《こえ》で言《い》った。

「逃《に》げろ！　早《はや》く！」

しかし、ハリーは逃《に》げなかった。ロンがペティグリューとルーピンにつながれたままだ。ハリーは前《まえ》に飛《と》び出《だ》した。が、シリウスが両腕《りょううで》をハリーの胸《むね》に回《まわ》してぐいと引《ひ》き戻《もど》した。

「私《わたし》に任《まか》せて――**逃《に》げるんだ！**」

恐《おそ》ろしいうなり声《ごえ》がした。ルーピンの頭《あたま》が長《なが》く伸《の》びた。体《からだ》も伸《の》びた。背中《せなか》が盛《も》り上《あ》がった。顔《かお》といわず手《て》といわず、見《み》る見《み》る毛《け》が生《は》えだした。手《て》は丸《まる》まって鉤爪《かぎづめ》が生《は》えた。クルックシャンクスの毛《け》が再《ふたた》び逆立《さかだ》ち、たじたじとあとずさりしていた――。

狼人間《おおかみにんげん》が後《うし》ろ足《あし》で立《た》ち上《あ》がり、バキバキと牙《きば》を打《う》ち鳴《な》らしたとき、シリウスの姿《すがた》もハリーのそばから消《き》えていた。変身《へんしん》したのだ。巨大《きょだい》な、熊《くま》のような犬《いぬ》が躍《おど》り出《で》た。狼人間《おおかみにんげん》が自分《じぶん》を縛《しば》っていた手錠《てじょう》をねじ切《き》ったとき、犬《いぬ》が狼人間《おおかみにんげん》の首《くび》に食《く》らいついて後《うし》ろに引《ひ》き戻《もど》し、ロンやペティグリューから遠《とお》ざけた。二匹《ひき》は、牙《きば》と牙《きば》とががっちりとかみ合《あ》い、鉤爪《かぎづめ》が互《たが》いを引《ひ》き裂《さ》き合《あ》っていた――。

ハリーはこの光景《こうけい》に立《た》ちすくみ、その戦《たたか》いに心《こころ》を奪《うば》われるあまり、ほかのことには何《なに》も気《き》づかなかった。ハーマイオニーの悲鳴《ひめい》で、ハリーはハッと我《われ》に返《かえ》った――。

ペティグリューがルーピンの落《お》とした杖《つえ》に飛《と》びついていた。包帯《ほうたい》をした脚《あし》で不安定《ふあんてい》だったロンが転倒《てんとう》した。バンという音《おと》と、炸裂《さくれつ》する光《ひかり》――そして、ロンは倒《たお》れたまま動《うご》かなくなった。またバンという音《おと》――クルックシャンクスが宙《ちゅう》を飛《と》び、地面《じめん》に落《お》ちてくしゃっとなった。

「エクスペリアームス！　武器《ぶき》よ去《さ》れ！」

ペティグリューに杖《つえ》を向《む》け、ハリーが叫《さけ》んだ。ルーピンの杖《つえ》が空中《くうちゅう》に高々《たかだか》と舞《ま》い上《あ》がり、見《み》えなくなった。

「動《うご》くな！」

ハリーは飛《と》び出《だ》して走《はし》りながら叫《さけ》んだ。

遅《おそ》かった。ペティグリューはもう変身《へんしん》していた。だらりと伸《の》びたロンの腕《うで》にかかっている手《て》錠《じょう》を、ペティグリューのはげたしっぽがシュッとかいくぐるのを、ハリーは目撃《もくげき》した。草《くさ》むらをあわてて走《はし》り去《さ》る音《おと》が聞《き》こえた。

一声高《ひとこえたか》くほえる声《こえ》と低《ひく》くうなる声《こえ》とが聞《き》こえた。ハリーが振《ふ》り返《かえ》ると、狼人間《おおかみにんげん》が逃《に》げ出《だ》すところだった。森《もり》に向《む》かって疾駆《しっく》していく。

「シリウス、ペティグリューが逃《に》げた。変身《へんしん》したんだ！」

ハリーが大声《おおごえ》を上《あ》げた。

シリウスは血《ち》を流《なが》していた。鼻《はな》づらと背《せ》に深手《ふかで》を負《お》っていた。しかし、ハリーの言葉《ことば》にすばやく立《た》ち上《あ》がり、足音《あしおと》を響《ひび》かせて校庭《こうてい》を走《はし》り去《さ》った。その足音《あしおと》もたちまち夜《よる》の静寂《しじま》に消《き》えていった。

ハリーとハーマイオニーはロンにかけ寄《よ》った。

「ペティグリューはいったいロンに何《なに》をしたのかしら？」

ハーマイオニーがささやくように言《い》った。ロンは目《め》を半眼《はんがん》に開《ひら》き、口《くち》はだらりと開《あ》いていた。生《い》きているのはたしかだ。息《いき》をしているのが聞《き》こえる。しかし、ロンは二人《ふたり》の顔《かお》がわからないようだった。

「さあ、わからない」

ハリーはすがる思《おも》いで周《まわ》りを見回《みまわ》した。ブラックもルーピンも行《い》ってしまった……そばにいるのは、宙吊《ちゅうづ》りになって、気《き》を失《うしな》っているスネイプだけだ。

「二人《ふたり》を城《しろ》まで連《つ》れていって、誰《だれ》かに話《はなし》をしないと」

ハリーは目《め》にかかった髪《かみ》をかき上《あ》げ、筋道立《すじみちだ》てて考《かんが》えようとした。

「行《い》こう――」

しかし、その時《とき》、暗闇《くらやみ》の中《なか》から、キャンキャンと苦痛《くつう》を訴《うった》えるような犬《いぬ》の鳴《な》き声《ごえ》が聞《き》こえてきた。

「シリウス」

ハリーは闇《やみ》を見《み》つめてつぶいた。

一瞬《いっしゅん》、ハリーは意《い》を決《けっ》しかねた。しかし、今《いま》ここにいても、ロンには何《なに》もしてやることができない。しかもあの声《こえ》からすると、ブラックは窮地《きゅうち》におちいっている――。

ハリーはかけだした。ハーマイオニーもあとに続《つづ》いた。かん高《だか》い鳴《な》き声《ごえ》は湖《みずうみ》のそばから聞《き》こえてくるようだ。二人《ふたり》はその方向《ほうこう》に疾走《しっそう》した。全力《ぜんりょく》で走《はし》りながら、ハリーは寒気《さむけ》を感《かん》じたが、その意味《いみ》には気《き》づかなかった――。

キャンキャンという鳴《な》き声《ごえ》が急《きゅう》にやんだ。湖《みずうみ》のほとりにたどり着《つ》いたとき、それがなぜなのかを二人《ふたり》は目撃《もくげき》した――シリウスは人《ひと》の姿《すがた》に戻《もど》っていた。うずくまり、両手《りょうて》で頭《あたま》を抱《かか》えている。

「やめろおおお」シリウスがうめいた。

「やめてくれえええ……頼《たの》む……」

そして、ハリーは見《み》た。吸魂鬼《ディメンター》だ。少《すく》なくとも百人《にん》が、真《ま》っ黒《くろ》な塊《かたまり》になって、湖《みずうみ》の周《まわ》りからこちらに、すべるように近《ちか》づいてくる。ハリーはあたりをぐるりと見回《みまわ》した。いつもの氷《こおり》のように冷《つめ》たい感覚《かんかく》が体《からだ》の芯《しん》を貫《つらぬ》き、目《め》の前《まえ》が霧《きり》のようにかすんできた。四方八方《しほうはっぽう》の闇《やみ》の中《なか》から、次々《つぎつぎ》と吸魂鬼《ディメンター》が現《あらわ》れてくる。三人《にん》を包囲《ほうい》している……。

「ハーマイオニー、何《なに》か幸《しあわ》せなことを考《かんが》えるんだ！」

ハリーが杖《つえ》を上《あ》げながら叫《さけ》んだ。目《め》の前《まえ》の霧《きり》を振《ふ》り払《はら》おうと、激《はげ》しく目《め》を瞬《しばたた》き、内側《うちがわ》から聞《き》こえはじめたかすかな悲鳴《ひめい》を振《ふ》り切《き》ろうと、頭《あたま》を振《ふ》った――。

僕《ぼく》は名付《なづ》け親《おや》と暮《く》らすんだ。ダーズリー一家《いっか》と別《わか》れるんだ。

ハリーは必死《ひっし》でシリウスのことを、そしてそのことだけを考《かんが》えようとした。そして、唱《とな》えはじめた。

「エクスペクト　パトローナム！　守護霊《しゅごれい》よ来《き》たれ！　エクスペクト　パトローナム！」

ブラックは大《おお》きく身震《みぶる》いしてひっくり返《かえ》り、地面《じめん》に横《よこ》たわり動《うご》かなくなった。死人《しにん》のように青白《あおじろ》い顔《かお》だった。

シリウスは大丈夫《だいじょうぶ》だ。僕《ぼく》はシリウスと行《い》く。シリウスと暮《く》らすんだ。

「エクスペクト　パトローナム！　ハーマイオニー、助《たす》けて！　エクスペクト　パトローナム！」

「エクスペクト――」ハーマイオニーもささやくように唱《とな》えた。

「エクスペクト――エクスペクト――」

しかし、ハーマイオニーはうまくできなかった。吸魂鬼《ディメンター》が近《ちか》づいてくる。もう三メートルと離《はな》れていない。ハリーとハーマイオニーの周《まわ》りを吸魂鬼《ディメンター》が壁《かべ》のように囲《かこ》み、二人《ふたり》に迫《せま》ってくる……。

「エクスペクト　パトローナム！」

ハリーは、耳《みみ》の中《なか》で叫《さけ》ぶ声《こえ》をかき消《け》そうと、大声《おおごえ》で叫《さけ》んだ。

「エクスペクト　パトローナム！」

杖先《つえさき》から、銀色《ぎんいろ》のものが一筋流《ひとすじなが》れ出《で》て、目《め》の前《まえ》に霞《かすみ》のように漂《ただよ》った。同時《どうじ》に、ハリーは隣《となり》でハーマイオニーが気《き》を失《うしな》うのを感《かん》じた。ハリーは一人《ひとり》になった……たった一人《ひとり》だった……。

「エクスペクト――エクスペクト　パトローナム――」

ハリーはひざに冷《つめ》たい下草《したくさ》を感《かん》じた。目《め》に霧《きり》がかかった。渾身《こんしん》の力《ちから》を振《ふ》りしぼり、ハリーは記《き》憶《おく》を失《うしな》うまいと戦《たたか》った――シリウスは無実《むじつ》だ――無実《むじつ》なんだ――**僕《ぼく》たちは大丈夫《だいじょうぶ》だ――僕《ぼく》はシリウスと暮《く》らすんだ――**。

「エクスペクト　パトローナム！」

ハリーはあえぐように言《い》った。

形《かたち》にならない守護霊《パトローナス》の弱々《よわよわ》しい光《ひかり》で、ハリーは吸魂鬼《ディメンター》がすぐそばに立《た》ち止《ど》まるのを見《み》た。吸魂鬼《ディメンター》はハリーが創《つく》り出《だ》した銀色《ぎんいろ》の靄《もや》の中《なか》を通《とお》り抜《ぬ》けることができなかった。マントの下《した》から、ぬめぬめした死人《しにん》のような手《て》がするすると伸《の》びてきて、守護霊《パトローナス》を振《ふ》り払《はら》うかのようなしぐさをした。

「やめろ――**やめろ**――」ハリーはあえいだ。

「あの人《ひと》は無実《むじつ》だ……エクスペクト——エクスペクト　パトローナム——」

吸魂鬼《ディメンター》たちが自分《じぶん》を見《み》つめているのを感《かん》じた。ザーザーという息《いき》が邪悪《じゃあく》な風《かぜ》のようにハリーを取《と》り囲《かこ》んでいる。一番近《ばんちか》くの吸魂鬼《ディメンター》がハリーをじっくりと眺《なが》め回《まわ》した。そして、腐乱《ふらん》した両手《りょうて》を上《あ》げ——フードを脱《ぬ》いだ。

目《め》があるはずのところには、うつろな眼窩《がんか》と、のっぺりとそれを覆《おお》っている灰色《はいいろ》の薄《うす》いかさぶた状《じょう》の皮膚《ひふ》があるだけだった。しかし、口《くち》はあった……がっぽり開《あ》いた形《かたち》のない穴《あな》が、死《し》に際《ぎわ》の息《いき》のように、ザーザーと空気《くうき》を吸《す》い込《こ》んでいる。

恐怖《きょうふ》がハリーの全身《ぜんしん》をまひさせ、動《うご》くことも声《こえ》を出《だ》すこともできない。守護霊《パトローナス》は揺《ゆ》らぎ、はてた。

真《ま》っ白《しろ》な霧《きり》が目《め》を覆《おお》った。戦《たたか》わなければ……エクスペクト　パトローナム……何《なに》も見《み》えない……すると、遠《とお》くのほうから、聞《き》き覚《おぼ》えのあるあの叫《さけ》び声《ごえ》が聞《き》こえてきた……エクスペクト　パトローナム……霧《きり》の中《なか》で、ハリーは手探《てさぐ》りでシリウスを探《さが》し、その腕《うで》に触《ふ》れた……あいつらにシリウスを連《つ》れていかせてなるものか……。

しかし、べっとりした冷《つめ》たい二本《ほん》の手《て》が、突然《とつぜん》ハリーの首《くび》にがっちりと巻《ま》きついた。無理《むり》やりハリーの顔《かお》を仰向《あおむ》けにした……ハリーはその息《いき》を感《かん》じた……僕《ぼく》を最初《さいしょ》に始末《しまつ》するつもりなんだ……くさったような息《いき》がかかる……耳元《みみもと》で母《かあ》さんが叫《さけ》んでいる……生《い》きている僕《ぼく》が最後《さいご》に聞《き》く声《こえ》が母《かあ》さんの声《こえ》なんだ──。

するとその時《とき》、ハリーをすっぽり包《つつ》み込《こ》んでいる霧《きり》を貫《つらぬ》いて、銀色《ぎんいろ》の光《ひかり》が見《み》えるような気《き》がした。だんだん強《つよ》く、明《あか》るく……。ハリーは自分《じぶん》の体《からだ》がうつ伏《ぶ》せに草《くさ》の上《うえ》に落《お》ちるのを感《かん》じた。

うつ伏《ぶ》せのまま身動《みうご》きする力《ちから》もなく、吐《は》き気《け》がし、震《ふる》えながらハリーは目《め》を開《あ》けた。目《め》もくらむような光《ひかり》が、あたりの草《くさ》むらを照《て》らしていた……耳元《みみもと》の叫《さけ》び声《ごえ》はやみ、冷気《れいき》は徐々《じょじょ》にひいていった……。

何《なに》かが、吸魂鬼《ディメンター》を追《お》い払《はら》っている……何《なに》かがハリー、シリウス、ハーマイオニーの周《まわ》りをぐるぐる回《まわ》っている……ザーザーという吸魂鬼《ディメンター》の息《いき》が次第《しだい》に消《き》えていった。吸魂鬼《ディメンター》が去《さ》っていく……暖《あたた》かさが戻《もど》ってきた……。

あらんかぎりの力《ちから》を振《ふ》りしぼり、ハリーは顔《かお》をほんの少《すこ》し持《も》ち上《あ》げた。そして、光《ひかり》の中《なか》に、湖《みずうみ》を疾駆《しっく》していく動物《どうぶつ》を見《み》た。流《なが》れ込《こ》む汗《あせ》でかすむ目《め》を凝《こ》らし、ハリーはその姿《すがた》が何《なに》かを見極《みきわ》めようとした……それはユニコーンのように輝《かがや》いていた。薄《うす》れゆく意識《いしき》を奮《ふる》い起《お》こし、ハリーはそれがむこう岸《ぎし》に着《つ》いて、足並《あしな》みをゆるめ、止《と》まるのを見《み》つめていた。まばゆい光《ひかり》の中《なか》で、ハリーは一瞬《いっしゅん》、誰《だれ》かがそれを迎《むか》えているのを見《み》た……それをなでようと手《て》を上《あ》げている……何《なん》だか不思議《ふしぎ》に見覚《みおぼ》えのある人《ひと》だ……でも、まさか……。

ハリーにはわからなかった。もう考《かんが》えることもできなかった。最後《さいご》の力《ちから》が抜《ぬ》けていくのを感《かん》じ、頭《あたま》ががっくりと地面《じめん》に落《お》ち、ハリーは気《き》を失《うしな》った。

第《だい》21章《しょう》　ハーマイオニーの秘密《ひみつ》

「言語道断《ごんごどうだん》……あろうことか……誰《だれ》も死《し》ななかったのは奇跡《きせき》だ……こんなことは前代未聞《ぜんだいみもん》……いや、まったく、スネイプ、君《きみ》が居合《いあ》わせたのは幸運《こううん》だった」

「恐《おそ》れ入《い》ります、大臣閣下《だいじんかっか》」

「マーリン勲章《くんしょう》、勲《くん》二等《とう》、いや、もし私《わたし》が口《くち》やかましく言《い》えば、勲《くん》一等《とう》ものだ」

「まことにありがたいことです、閣下《かっか》」

「ひどい切《き》り傷《きず》があるねえ……ブラックの仕業《しわざ》、だろうな？」

「実《じつ》は、ポッター、ウィーズリー、グレンジャーの仕業《しわざ》です、閣下《かっか》……」

「まさか！」

「ブラックが三人《にん》に魔法《まほう》をかけたのです。私《わたくし》にはすぐわかりました。三人《にん》の行動《こうどう》から察《さっ》しますに、錯乱《さくらん》の呪文《じゅもん》でしょうな。三人《にん》はブラックが無実《むじつ》である可能性《かのうせい》があると考《かんが》えていたようです。三人《にん》の行動《こうどう》に責任《せきにん》はありません。しかしながら、三人《にん》がよけいなことをしたため、ブラックを取《と》り逃《の》がしたかもしれないわけでありまして……三人《にん》は明《あき》らかに、自分《じぶん》たちだけでブラックを捕《つか》まえようと思《おも》ったわけですな。この三人《にん》は、これまでもいろいろとうまくやりおおせておりまして……どうも自分《じぶん》たちの力《ちから》を過信《かしん》している節《ふし》があるようで……それに、もちろん、ポッターの場合《ばあい》、校長《こうちょう》が特別扱《とくべつあつか》いで、相当《そうとう》な自由《じゆう》を許《ゆる》してきましたし――」

「ああ、それは、スネイプ……何《なに》しろ、ハリー・ポッターだ……。我々《われわれ》はみな、この子《こ》に関《かん》しては多少甘《たしょうあま》いところがある」

「しかし、それにしましても――あまりの特別扱《とくべつあつか》いは本人《ほんにん》のためにならぬのでは？　私個人的《わたくしこじんてき》には、ほかの生徒《せいと》と同《おな》じように扱《あつか》うよう心《こころ》がけております。そこでですが、ほかの生徒《せいと》であれば、停学《ていがく》でしょうな――少《すく》なくとも――友人《ゆうじん》をあれほどの危険《きけん》に巻《ま》き込《こ》んだのですから。閣下《かっか》、お考《かんが》えください。校則《こうそく》のすべてに違反《いはん》し――しかもポッターを護《まも》るために、あれだけの警戒措置《けいかいそち》が取《と》られたにもかかわらずですぞ――規則《きそく》を破《やぶ》り、夜間《やかん》、人狼《じんろう》や殺人者《さつじんしゃ》とつるんで――それに、ポッターは、規則《きそく》を犯《おか》して、ホグズミードに出入《でい》りしていたと信《しん》じるに足《た》る証拠《しょうこ》を私《わたくし》はつかんでおります――」

「まあまあ……スネイプ、いずれそのうち、またそのうち……。あの子《こ》はたしかに愚《おろ》かではあった……」

ハリーは目《め》をしっかり閉《と》じ、横《よこ》になったまま聞《き》いていた。何《なに》だかとてもふらふらした。聞《き》いている言葉《ことば》が、耳《みみ》から脳《のう》に、のろのろと移動《いどう》するような感《かん》じで、なかなか理解《りかい》できなかった。手足《てあし》が鉛《なまり》のようだった。まぶたが重《おも》くて開《あ》けられない……ここに横《よこ》たわっていたい。この心地《ここち》よいベッドに、いつまでも……。

「一番驚《ばんおどろ》かされたのが、吸魂鬼《ディメンター》の行動《こうどう》だよ……どうして退却《たいきゃく》したのか、君《きみ》、ほんとうに思《おも》い当《あ》たる節《ふし》はないのかね、スネイプ？」

「ありません、閣下《かっか》。私《わたくし》の意識《いしき》が戻《もど》ったときには、吸魂鬼《ディメンター》は全員《ぜんいん》、それぞれの持《も》ち場《ば》に向《む》かって校門《こうもん》に戻《もど》るところでした……」

「不思議千万《ふしぎせんばん》だ。しかも、ブラックも、ハリーも、それにあの女《おんな》の子《こ》も──」

「全員《ぜんいん》、私《わたくし》が追《お》いついたときには意識不明《いしきふめい》でした。私《わたくし》は当然《とうぜん》、ブラックを縛《しば》り上《あ》げ、さるぐつわをかませ、担架《たんか》を作《つく》り出《だ》して、全員《ぜんいん》をまっすぐ城《しろ》まで連《つ》れてきました」

しばし会話《かいわ》がとぎれた。ハリーの頭《あたま》は少《すこ》し速《はや》く回転《かいてん》するようになった。それと同時《どうじ》に、胸《むね》の奥《おく》がざわめいた……。

ハリーは目《め》を開《あ》けた。

何《なに》もかもぼんやりしていた。誰《だれ》かがハリーのめがねをはずしたのだ。ハリーは暗《くら》い医務室《いむしつ》に横《よこ》たわっていた。部屋《へや》の一番端《いちばんはじ》に、校医《こうい》のマダム・ポンフリーがこちらに背中《せなか》を向《む》けてベッドの上《うえ》にかがみ込《こ》んでいるのがやっと見《み》えた。ハリーは目《め》を細《ほそ》めた。ロンの赤毛《あかげ》がマダム・ポンフリーの腕《うで》の下《した》に垣間《かいま》見《み》えた。

ハリーは枕《まくら》の上《うえ》で頭《あたま》を動《うご》かした。右側《みぎがわ》のベッドにハーマイオニーが寝《ね》ていた。月光《げっこう》がそのベッドを照《て》らしている。ハーマイオニーも目《め》を開《あ》けていた。緊張《きんちょう》で張《は》りつめているようだった。ハリーも目《め》を覚《さ》ましているのに気《き》づいたハーマイオニーは、唇《くちびる》に人差《ひとさ》し指《ゆび》を当《あ》て、それから医務室《いむしつ》のドアを指差《ゆびさ》した。廊下《ろうか》にいるコーネリウス・ファッジとスネイプの声《こえ》が、半開《はんびら》きになったドアから入《はい》り込《こ》んでいた。

マダム・ポンフリーが、きびきびと暗《くら》い医務室《いむしつ》を歩《ある》き、今度《こんど》はハリーのベッドにやってくる。ハリーは寝返《ねがえ》りを打《う》ってそちらを見《み》た。マダム・ポンフリーはハリーが見《み》たこともないような大《おお》きなチョコレートを一塊《ひとかたまり》手《て》にしていた。ちょっとした小岩《こいわ》のようだ。

「おや、目《め》が覚《さ》めたんですか!」

きびきびした声《こえ》だ。チョコレートをハリーのベッド脇《わき》の小机《こづくえ》に置《お》き、マダム・ポンフリーはそれを小《ちい》さいハンマーで細《こま》かく砕《くだ》きはじめた。

「ロンは、どうですか?」ハリーとハーマイオニーが同時《どうじ》に聞《き》いた。

「死《し》ぬことはありません」マダム・ポンフリーは深刻《しんこく》な表情《ひょうじょう》で言《い》った。「あなたたち二人《ふたり》は……ここに入院《にゅういん》です。私《わたし》が大丈夫《だいじょうぶ》だと言《い》うまで――ポッター、何《なに》をしてるんですか？」

ハリーは上半身《じょうはんしん》を起《お》こし、めがねをかけ、杖《つえ》を取《と》り上《あ》げていた。

「校長先生《こうちょうせんせい》にお目《め》にかかるんです」ハリーが言《い》った。

「ポッター」マダム・ポンフリーがなだめるように言《い》った。「大丈夫《だいじょうぶ》ですよ。ブラックは捕《つか》まえました。上《うえ》の階《かい》に閉《と》じ込《こ》められています。吸魂鬼《ディメンター》がまもなく『接吻《キス》』をほどこします――」

「えーっ！」

ハリーはベッドから飛《と》び降《お》りた。ハーマイオニーも同《おな》じだった。しかし、ハリーの叫《さけ》び声《ごえ》が廊《ろう》下《か》まで聞《き》こえたらしく、次《つぎ》の瞬間《しゅんかん》、コーネリウス・ファッジとスネイプが医務室《いむしつ》に入《はい》ってきた。

「ハリー、ハリー、何事《なにごと》だね？」

ファッジがあわてふためいて言《い》った。

「寝《ね》てないといけないよ――ハリーにチョコレートをやったのかね？」

ファッジが心配《しんぱい》そうにマダム・ポンフリーに聞《き》いた。

「大臣《だいじん》、聞《き》いてください！　シリウス・ブラックは無実《むじつ》です！　ピーター・ペティグリューは自《じ》分《ぶん》が死《し》んだと見《み》せかけたんです！　今夜《こんや》、ピーターを見《み》ました！　大臣《だいじん》、吸魂鬼《ディメンター》にあれをやらせてはだめです。シリウスは——」

しかし、ファッジはかすかに笑《わら》いを浮《う》かべて首《くび》を振《ふ》っている。

「ハリー、ハリー、君《きみ》は混乱《こんらん》している。あんな恐《おそ》ろしい試練《しれん》を受《う》けたあとだし。横《よこ》になりなさい、さあ。すべて我々《われわれ》が掌握《しょうあく》しているのだから……」

「していません！」ハリーが叫《さけ》んだ。

「捕《つか》まえる人《ひと》をまちがえています！」

「大臣《だいじん》、聞《き》いてください。お願《ねが》い」

ハーマイオニーも急《いそ》いでハリーのそばに来《き》て、ファッジを見《み》つめ、必死《ひっし》に訴《うった》えた。

「私《わたし》もピーターを見《み》ました。ロンのネズミだったんです。『動物《アニメーガス》もどき』だったんです、ペティグリューは。それに——」

「おわかりでしょう、閣下《かっか》？」スネイプが言《い》った。

「錯乱《さくらん》の呪文《じゅもん》です。二人《ふたり》とも……。ブラックは見事《みごと》に二人《ふたり》に術《じゅつ》をかけたものですな……」

「僕《ぼく》たち、錯乱《さくらん》してなんかいません！」ハリーが大声《おおごえ》を出《だ》した。

「大臣《だいじん》！　先生《せんせい》！」マダム・ポンフリーが怒《おこ》った。

「二人《ふたり》とも出《で》ていってください。ポッターは私《わたし》の患者《かんじゃ》です。患者《かんじゃ》を興奮《こうふん》させてはなりません！」

「僕《ぼく》、興奮《こうふん》してません。何《なに》があったのか、二人《ふたり》に伝《つた》えようとしてるんです！」

ハリーは激《はげ》しい口調《くちょう》で言《い》った。

「僕《ぼく》の言《い》うことを聞《き》いてさえくれたら――」

しかし、マダム・ポンフリーは突然大《とつぜんおお》きなチョコレートの塊《かたまり》をハリーの口《くち》に押《お》し込《こ》み、むせ込《こ》んでいる間《あいだ》に、間髪《かんはつ》を容《い》れずハリーをベッドに押《お》し戻《もど》した。

「さあ、大臣《だいじん》、お願《ねが》いです。この子《こ》たちは手当《てあ》てが必要《ひつよう》です。どうか、出《で》ていってください――」

再《ふたた》びドアが開《ひら》いた。今度《こんど》はダンブルドアだった。ハリーはやっとのことで口《くち》いっぱいのチョコレートを飲《の》み込《こ》み、また立《た》ち上《あ》がった。

「ダンブルドア先生《せんせい》、シリウス・ブラックは――」

「まったく、何《なん》てことでしょう！」マダム・ポンフリーはかんしゃくを起《お》こした。

「病室《びょうしつ》をいったい何《なん》だと思《おも》っているんですか？　校長先生《こうちょうせんせい》、失礼《しつれい》ですが、どうか――」

「すまないね、ポピー。だが、わしはミスター・ポッターとミス・グレンジャーに話《はなし》があるんじゃ」

ダンブルドアがおだやかに言《い》った。

「たった今《いま》、シリウス・ブラックと話《はなし》をしてきたばかりじゃよ――」

「さぞかし、ポッターに吹《ふ》き込《こ》んだと同《おな》じおとぎばなしをお聞《き》かせしたことでしょうな？」

スネイプが吐《は》きすてるように言《い》った。

「ネズミが何《なん》だとか、ペティグリューが生《い》きているとか――」

「さよう、ブラックの話《はなし》はまさにそれじゃ」

ダンブルドアは半月《はんげつ》めがねの奥《おく》から、スネイプを観察《かんさつ》していた。

「私《わたくし》の証言《しょうげん》は何《なん》の重《おも》みもないということで？」スネイプがうなった。

「ピーター・ペティグリューは『叫《さけ》びの屋敷《やしき》』にはいませんでしたぞ。校庭《こうてい》でも影《かげ》も形《かたち》もありませんでした」

「それは、先生《せんせい》がノックアウト状態《じょうたい》だったからです！」ハーマイオニーが熱心《ねっしん》に言《い》った。

「先生《せんせい》はあとから来《き》たので、お聞《き》きになっていない――」

「ミス・グレンジャー、**口出《くちだ》しするな！**」

「まあ、まあ、スネイプ」ファッジが驚《おどろ》いてなだめた。

「このお嬢《じょう》さんは、気《き》が動転《どうてん》しているのだから、それを考慮《こうりょ》してあげないと――」

「わしは、ハリーとハーマイオニーと三人《にん》だけで話《はな》したいのじゃが」ダンブルドアが突然言《とつぜんい》った。

「コーネリウス、セブルス、ポピー——席《せき》をはずしてくれないかの」

「校長先生《こうちょうせんせい》！」マダム・ポンフリーがあわてた。

「この子《こ》たちは治療《ちりょう》が必要《ひつよう》なんです。休息《きゅうそく》が必要《ひつよう》で——」

「事《こと》は急《きゅう》を要《よう》する」ダンブルドアが言《い》った。「どうしてもじゃ」

マダム・ポンフリーは口《くち》をキッと結《むす》んで、医務室《いむしつ》の端《はし》にある自分《じぶん》の事務室《じむしつ》に向《む》かって大股《おおまた》に歩《ある》き、バタンと戸《と》を閉《し》めて出《で》ていった。ファッジはチョッキにぶら下《さ》げていた大《おお》きな金《きん》の懐中時《かいちゅうど》計《けい》を見《み》た。

「吸魂鬼《ディメンター》がそろそろ着《つ》いたころだ。迎《むか》えに出《で》なければ。ダンブルドア、上《うえ》の階《かい》でお目《め》にかかろう」

ファッジは医務室《いむしつ》の外《そと》でスネイプのためにドアを開《あ》けて待《ま》っていた。しかし、スネイプは動《うご》かなかった。

「ブラックの話《はなし》など、一言《ひとこと》も信《しん》じてはおられないでしょうな？」

スネイプはダンブルドアを見《み》すえたまま、ささやくように言《い》った。

「わしはハリーとハーマイオニーと三人《にん》だけで話《はな》したいのじゃ」ダンブルドアがくり返《かえ》した。

スネイプがダンブルドアのほうに一歩《ぽ》踏《ふ》み出《だ》した。

「シリウス・ブラックは十六の時《とき》に、すでに人殺《ひとごろ》しの能力《のうりょく》を現《あらわ》した」

スネイプが息《いき》をひそめた。

「お忘《わす》れになってはいますまいな、校長《こうちょう》？　ブラックがかつて私《わたくし》を殺《ころ》そうとしたことを、お忘《わす》れではありますまい？」

「セブルス、わしの記憶力《きおくりょく》は、まだおとろえてはおらんよ」ダンブルドアは静《しず》かに言《い》った。

スネイプはきびすを返《かえ》し、ファッジが開《あ》けて待《ま》っていたドアから肩《かた》を怒《いか》らせて出《で》ていった。ドアが閉《し》まると、ダンブルドアはハリーとハーマイオニーのほうを向《む》いた。二人《ふたり》が同時《どうじ》に、堰《せき》を切《き》ったように話《はな》しだした。

「先生《せんせい》、ブラックの言《い》っていることはほんとうです――僕《ぼく》たち、ほんとうにペティグリューを見《み》たんです――」

「――ペティグリューはルーピンが狼《おおかみ》に変身《へんしん》したときに逃《に》げたんです」

「ペティグリューはネズミです――」

「ペティグリューの前足《まえあし》の鉤爪《かぎづめ》、じゃなかった、指《ゆび》、それ、自分《じぶん》で切《き》ったんです――」

「ペティグリューがロンを襲《おそ》ったんです。シリウスじゃありません――」

しかし、ダンブルドアは手《て》を上《あ》げて、洪水《こうずい》のような説明《せつめい》を制止《せいし》した。

「今度《こんど》は君《きみ》たちが聞《き》く番《ばん》じゃ。頼《たの》むから、わしの言《い》うことを途中《とちゅう》でさえぎらんでくれ。何《なに》しろ時《じ》間《かん》がないのじゃ」静《しず》かな口調《くちょう》だった。

「ブラックの言《い》っていることを証明《しょうめい》するものは何《なに》一つない。君《きみ》たちの証言《しょうげん》だけじゃ——十三歳《さい》の魔法使《まほうつか》いが二人《ふたり》、何《なに》を言《い》おうと、誰《だれ》も納得《なっとく》はせん。あの通《とお》りには、シリウスがペティグリューを殺《ころ》したと証言《しょうげん》する目撃者《もくげきしゃ》が、いっぱいいたのじゃ。わし自身《じしん》、魔法省《まほうしょう》に、シリウスがポッターの『秘密《ひみつ》の守人《もりびと》』だったと証言《しょうげん》した」

「ルーピン先生《せんせい》が話《はな》してくださいます——」

どうしてもがまんできず、ハリーが口《くち》を挟《はさ》んだ。

「ルーピン先生《せんせい》は今《いま》は森《もり》の奥深《おくふか》くにいて、誰《だれ》にも何《なに》も話《はな》すことができん。再《ふたた》び人間《にんげん》に戻《もど》るころにはもう遅過《おそす》ぎるじゃろう。シリウスは死《し》よりもむごい状態《じょうたい》になっておろう。さらに言《い》うておくが、狼人間《おおかみにんげん》は我々《われわれ》の仲間《なかま》うちでは信用《しんよう》されておらんからの。狼人間《おおかみにんげん》が支持《しじ》したところでほとんど役《やく》には立《た》たんじゃろ——それに、ルーピンとシリウスは旧知《きゅうち》の仲《なか》でもある——」

「でも——」

「よくお聞《き》き、ハリー。もう遅過《おそす》ぎる。わかるかの？　スネイプ先生《せんせい》の語《かた》る真相《しんそう》のほうが、君《きみ》たちの話《はなし》より説得力《せっとくりょく》があるということを知《し》らねばならん」

「スネイプはシリウスを憎《にく》んでいます」ハーマイオニーが必死《ひっし》で訴《うった》えた。

「シリウスが自分《じぶん》にばかないたずらを仕掛《しか》けたというだけで――」

「シリウスも無実《むじつ》の人間《にんげん》らしいふるまいをしなかった。『太《ふと》った婦人《レディ》』を襲《おそ》った――グリフィンドールにナイフを持《も》って押《お》し入《い》った――生《い》きていても、死《し》んでいても、とにかくペティグリューがいなければ、シリウスに対《たい》する判決《はんけつ》をくつがえすのは無理《むり》というものじゃ」

「でも、ダンブルドア先生《せんせい》は僕《ぼく》たちを信《しん》じてくださってます」

「そのとおりじゃ」ダンブルドアは落《お》ち着《つ》いていた。

「しかし、わしは、ほかの人間《にんげん》に真実《しんじつ》を悟《さと》らせる力《ちから》はないし、魔法大臣《まほうだいじん》の判決《はんけつ》をくつがえすことも……」

ハリーはダンブルドアの深刻《しんこく》な顔《かお》を見上《みあ》げ、足元《あしもと》がガラガラと急激《きゅうげき》に崩《くず》れていくような気《き》がした。ダンブルドアなら何《なん》でも解決《かいけつ》できる、そういう思《おも》いに慣《な》れきっていた。ダンブルドアが何《なん》にもないところから、驚《おどろ》くべき解決策《かいけつさく》を引《ひ》き出《だ》してくれると期待《きたい》していた。それが、ちがう……。最後《さいご》の望《のぞ》みが消《き》えた。

「必要《ひつよう》なのは」

ダンブルドアがゆっくりと言《い》った。そして、明《あか》るい青《あお》い目《め》がハリーからハーマイオニーへと移《うつ》った。

「時間《じかん》じゃ」

「でも――」ハーマイオニーは何《なに》か言《い》いかけた。そして、ハッと目《め》を丸《まる》くした。

「あっ！」

「さあ、よく聞《き》くのじゃ」ダンブルドアはごく低《ひく》い声《こえ》で、しかも、はっきりと言《い》った。「シリウスは八階《かい》のフリットウィック先生《せんせい》の部屋《へや》に閉《と》じ込《こ》められておる。西塔《にしとう》の右《みぎ》から十三番目《ばんめ》の窓《まど》じゃ。首尾《しゅび》よく運《はこ》べば、君《きみ》たちは、今夜《こんや》、一つと言《い》わずもっと、罪《つみ》なきものの命《いのち》を救《すく》うことができるじゃろう。ただし、二人《ふたり》とも、忘《わす》れるでないぞ。**見《み》られてはならん**。ミス・グレンジャー、規則《きそく》は知《し》っておろうな――どんな危険《きけん》を冒《おか》すのか、君《きみ》は知《し》っておろう……**誰《だれ》にも――見《み》られては――ならんぞ**」

ハリーには何《なに》がなんだかわからなかった。ダンブルドアはきびすを返《かえ》し、ドアのところまで行《い》って振《ふ》り返《かえ》った。

「君《きみ》たちを閉《と》じ込《こ》めておこう」ダンブルドアは腕時計《うでどけい》を見《み》た。「今《いま》は――真夜中《まよなか》五分前《ふんまえ》じゃ。ミス・グレンジャー、三回《かい》ひっくり返《かえ》せばよいじゃろう。幸運《こううん》を祈《いの》る」

「幸運《こううん》を祈《いの》る？」

ダンブルドアがドアを閉《し》めたあとで、ハリーはくり返《かえ》した。

「三回《かい》ひっくり返《かえ》す？　いったい、何《なん》のことだい？　僕《ぼく》たちに、何《なに》をしろって言《い》うんだい？」

しかし、ハーマイオニーはローブのえりのあたりをゴソゴソ探《さぐ》っていた。そして中《なか》からとても長《なが》くて細《ほそ》い金《きん》の鎖《くさり》を引《ひ》っ張《ぱ》り出《だ》した。

「ハリー、こっちに来《き》て」ハーマイオニーが急《せ》き込《こ》んで言《い》った。

「早《はや》く！」

ハリーはさっぱりわからないまま、ハーマイオニーのそばに行《い》った。ハーマイオニーは鎖《くさり》を突《つ》き出《だ》していた。ハリーはその先《さき》に、小《ちい》さなキラキラした砂時計《すなどけい》を見《み》つけた。

「さあ――」

ハーマイオニーはハリーの首《くび》にも鎖《くさり》をかけた。

「いいわね？」ハーマイオニーが息《いき》を詰《つ》めて言《い》った。

「僕《ぼく》たち、何《なに》してるんだい？」ハリーにはまったく見当《けんとう》がつかなかった。

ハーマイオニーは砂時計《すなどけい》を三回《かい》ひっくり返《かえ》した。

暗《くら》い医務室《いむしつ》が溶《と》けるようになくなった。ハリーは何《なん》だか、とても速《はや》く、後《うし》ろ向《む》きに飛《と》んでいるような気《き》がした。ぼやけた色《いろ》や形《かたち》が、どんどん二人《ふたり》を追《お》い越《こ》していく。耳《みみ》がガンガン鳴《な》った。叫《さけ》ぼうとしても、自分《じぶん》の声《こえ》が聞《き》こえなかった――。

やがて固《かた》い地面《じめん》に足《あし》が着《つ》くのを感《かん》じた。するとまた周《まわ》りのものがはっきり見《み》えだした——。誰《だれ》もいない玄関《げんかん》ホールに、ハリーはハーマイオニーと並《なら》んで立《た》っていた。正面玄関《しょうめんげんかん》の扉《とびら》が開《ひら》いていて、金色《きんいろ》の太陽《たいよう》の光《ひかり》が、流《なが》れるように石畳《いしだたみ》の床《ゆか》に射《さ》し込《こ》んでいる。ハリーがくるりとハーマイオニーを振《ふ》り返《かえ》ると、砂時計《すなどけい》の鎖《くさり》が首《くび》に食《く》い込《こ》んだ。

「ハーマイオニー、これは——？」

「こっちへ！」

ハーマイオニーはハリーの腕《うで》をつかみ、引《ひ》っ張《ぱ》って玄関《げんかん》ホールを急《いそ》ぎ足《あし》で横切《よこぎ》り、箒置《ほうきお》き場《ば》の前《まえ》まで連《つ》れてきた。箒置《ほうきお》き場《ば》の戸《と》を開《あ》け、バケツやモップの中《なか》にハリーを押《お》し込《こ》み、そのあとで自分《じぶん》も入《はい》って、ドアをバタンと閉《し》めた。

「何《なに》が——どうして——ハーマイオニー、いったい何《なに》が起《お》こったんだい？」

「時間《じかん》を逆戻《ぎゃくもど》りさせたの」真《ま》っ暗《くら》な中《なか》で、鎖《くさり》をハリーの首《くび》からはずしながら、ハーマイオニーがささやいた。「三時間前《じかんまえ》まで……」

ハリーは暗《くら》い中《なか》で自分《じぶん》の脚《あし》の見当《けんとう》をつけて、いやというほどつねった。相当痛《そうとういた》かった。ということは、奇々怪々《ききかいかい》な夢《ゆめ》を見《み》ているというわけではない。

「でも——」

「シッ！　聞《き》いて！　誰《だれ》か来《く》るわ！　たぶん――たぶん私《わたし》たちよ！」

ハーマイオニーは箒置《ほうきお》き場《ば》の戸《と》に耳《みみ》を押《お》しつけていた。

「玄関《げんかん》ホールを横切《よこぎ》る足音《あしおと》だわ……そう、たぶん、私《わたし》たちがハグリッドの小屋《こや》に行《い》くところよ！」

「つまり」ハリーがささやいた。「僕《ぼく》たちがこの中《なか》にいて、しかも外《そと》にも僕《ぼく》たちがいるってこと？」

「そうよ」ハーマイオニーの耳《みみ》はまだ戸《と》に張《は》りついている。

「絶対私《ぜったいわたし》たちだわ……あの足音《あしおと》は多《おお》くても三人《にん》だもの……それに、私《わたし》たち透明《とうめい》マントをかぶってるから、ゆっくり歩《ある》いているし――」

ハーマイオニーは言葉《ことば》を切《き》って、じっと耳《みみ》を澄《す》ました。

「私《わたし》たち、正面《しょうめん》の石段《いしだん》を下《お》りたわ……」

ハーマイオニーは逆《さか》さにしたバケツに腰《こし》かけ、ピリピリ緊張《きんちょう》していた。ハリーはいくつか答《こた》えが欲《ほ》しかった。

「その砂時計《すなどけい》みたいなもの、どこで手《て》に入《い》れたの？」

「これ、『逆転時計《タイムターナー》』っていうの」ハーマイオニーが小声《こごえ》で言《い》った。

「これ、今学期《こんがっき》、学校《がっこう》に戻《もど》ってきた日《ひ》に、マクゴナガル先生《せんせい》にいただいたの。授業《じゅぎょう》を全部《ぜんぶ》受《う》けるのに、今学期《こんがっき》、ずっとこれを使《つか》っていたわ。誰《だれ》にも言《い》わないって、マクゴナガル先生《せんせい》と固《かた》く約束《やくそく》したの。先生《せんせい》は魔法省《まほうしょう》にありとあらゆる手紙《てがみ》を書《か》いて、私《わたし》のために一個《こ》入手《にゅうしゅ》してくださったの。私《わたし》が模範生《もはんせい》だから、勉強《べんきょう》以外《いがい》には絶対《ぜったい》これを使《つか》いませんって、先生《せんせい》は魔法省《まほうしょう》に、そう言《い》わなければならなかったわ……。私《わたし》、これを逆転《ぎゃくてん》させて、時間《じかん》を戻《もど》していたのよ。だから、同時《どうじ》にいくつもの授業《じゅぎょう》を受《う》けられたの。わかった？　でも……」

「ハリー、**ダンブルドアが私《わたし》たちに何《なに》をさせたいのか、私《わたし》、わからないわ。**どうして三時間戻《じかんもど》せっておっしゃったのかしら？　それがどうしてシリウスを救《すく》うことになるのかしら？」

ハリーは影《かげ》のようなハーマイオニーの顔《かお》を見《み》つめた。

「ダンブルドアが変《か》えたいと思《おも》っている何《なに》かが、この時間帯《じかんたい》に起《お》こったにちがいない」

ハリーは考《かんが》えながら言《い》った。

「何《なに》が起《お》こったかな？　僕《ぼく》たち三時間前《じかんまえ》に、ハグリッドのところへ向《む》かっていた……」

「**今**《いま》**が、**その三時間前《じかんまえ》よ。私《わたし》たち、**たしかに、**ハグリッドのところに向《む》かっているわ。**たった今**《いま》**、**私《わたし》たちがここを出《で》ていく音《おと》を聞《き》いた……」

ハリーは顔《かお》をしかめた。精神《せいしん》を集中《しゅうちゅう》させ、脳《のう》みそを全部《ぜんぶ》しぼりきっているような感《かん》じがした。

「ダンブルドアが言《い》った……僕《ぼく》たち、一つと言《い》わずもっと、罪《つみ》なき命《いのち》を救《すく》うことができるって……」

ハリーはハッと気《き》がついた。

「ハーマイオニー、僕《ぼく》たち、バックビークを救《すく》うんだ！」

「でも――それがどうしてシリウスを救《すく》うことになるの？」

「ダンブルドアが――窓《まど》がどこにあるか、今教《いまおし》えてくれたばかりだ――フリットウィック先生《せんせい》の部屋《へや》の窓《まど》だ！　そこにシリウスが閉《と》じ込《こ》められている！　僕《ぼく》たち、バックビークに乗《の》って、その窓《まど》まで飛《と》んでいき、シリウスを救《すく》い出《だ》すんだよ！　シリウスはバックビークに乗《の》って逃《に》げられる――バックビークと一緒《いっしょ》に逃《に》げられるんだ！」

暗《くら》くてよくは見《み》えなかったが、ハーマイオニーの顔《かお》は、怖《こわ》がっているようだった。

「そんなこと、誰《だれ》にも見《み》られずにやりとげたら、奇跡《きせき》だわ！」

「でも、やってみなきゃ。そうだろう？」ハリーは立《た》ち上《あ》がって戸《と》に耳《みみ》を押《お》しつけた。

「外《そと》には誰《だれ》もいないみたいだ……さあ、行《い》こう……」

ハリーは戸《と》を押《お》し開《あ》けた。玄関《げんかん》ホールには誰《だれ》もいない。できるだけ静《しず》かに、急《いそ》いで、二人《ふたり》は箒《ほうき》置場《おきば》を飛《と》び出《だ》し、石段《いしだん》を下《お》りた。もう影《かげ》が長《なが》く伸《の》び、禁《きん》じられた森《もり》の木々《きぎ》の梢《こずえ》が、三時間前《じかんまえ》と同《おな》じように金色《きんいろ》に輝《かがや》いていた。

「誰《だれ》かが窓《まど》からのぞいていたら――」

ハーマイオニーが背後《はいご》の城《しろ》の窓《まど》を見上《みあ》げて上《うわ》ずった声《こえ》を出《だ》した。

「全速力《ぜんそくりょく》で走《はし》ろう」ハリーは決然《けつぜん》と言《い》った。

「まっすぐ森《もり》に入《はい》るんだ。いいね？　木《き》の陰《かげ》か何《なん》かに隠《かく》れて、様子《ようす》をうかがうんだ――」

「いいわ。でも温室《おんしつ》を回《まわ》り込《こ》んで行《い》きましょう！」ハーマイオニーが息《いき》をはずませながら言《い》った。

「ハグリッドの小屋《こや》の戸口《とぐち》から見《み》えないようにしなきゃ。じゃないと、私《わたし》たち、自分《じぶん》たちに見《み》られてしまう！　ハグリッドの小屋《こや》に私《わたし》たちがもう着《つ》くころだわ！」

ハーマイオニーの言《い》ったことがよく読《よ》み込《こ》めないまま、ハリーは全力《ぜんりょく》で走《はし》りだした。ハーマイオニーがあとに続《つづ》いた。野菜畑《やさいばたけ》を突《つ》っ切《き》り、温室《おんしつ》にたどり着《つ》き、その陰《かげ》で一呼吸《ひとこきゅう》入《い》れてから、二人《ふたり》はまた走《はし》った。全速力《ぜんそくりょく》で、暴《あば》れ柳《やなぎ》をさけながら、隠《かく》れ場所《ばしょ》となる森《もり》までかけ抜《ぬ》けた。

木々《きぎ》の陰《かげ》に入《はい》って安全《あんぜん》になってから、ハリーは振《ふ》り返《かえ》った。数秒後《すうびょうご》、ハーマイオニーも息《いき》を切《き》らしてハリーのそばにたどり着《つ》いた。

「これでいいわ」ハーマイオニーが一息《ひといき》入《い》れた。

「ハグリッドの所《ところ》まで忍《しの》んでいかなくちゃ。見《み》つからないようにね、ハリー……」

二人《ふたり》は森《もり》の端《はし》を縫《ぬ》うように、こっそりと木々《きぎ》の間《あいだ》を進《すす》んだ。やがて、ハグリッドの小屋《こや》の戸口《とぐち》が垣間見《かいまみ》え、戸《と》をたたく音《おと》が聞《き》こえた。二人《ふたり》は急《いそ》いで太《ふと》い樫《かし》の木《き》の陰《かげ》に隠《かく》れ、幹《みき》の両脇《りょうわき》からのぞいた。ハグリッドが、青《あお》ざめた顔《かお》で震《ふる》えながら、戸口《とぐち》に顔《かお》を出《だ》し、誰《だれ》が戸《と》をたたいたのかとそこら中《じゅう》を見回《みまわ》した。そして、ハリーは自分自身《じぶんじしん》の声《こえ》を聞《き》いた。

「僕《ぼく》たちだよ。透明《とうめい》マントを着《き》てるんだ。中《なか》に入《い》れて。そしたらマントを脱《ぬ》ぐから」

「来《き》ちゃなんねえだろうが！」

ハグリッドはそうささやきながらも、一歩《ぼ》下《さ》がった。それから急《いそ》いで戸《と》を閉《し》めた。

「こんなへんてこなこと、僕《ぼく》たち今《いま》までやったことないよ！」ハリーが夢中《むちゅう》で言《い》った。

「もうちょっと行《い》きましょう」ハーマイオニーがささやいた。

「もっとバックビークに近《ちか》づかないと！」

二人《ふたり》は木々《きぎ》の間《あいだ》をこっそり進《すす》み、かぼちゃ畑《ばたけ》の柵《さく》につながれて落《お》ち着《つ》かない様子《ようす》のヒッポグリフが見《み》えるところまでやってきた。

「やる？」ハリーがささやいた。

「だめ！」とハーマイオニー。

「今《いま》バックビークを連《つ》れ出《だ》したら、委員会《いいんかい》の人《ひと》たちはハグリッドが逃《に》がしたと思《おも》うわ！　外《そと》につながれているところを、あの人《ひと》たちが見《み》るまでは待《ま》たなくちゃ！」

「それじゃ、やる時間《じかん》が六十秒《びょう》くらいしかないよ」

不可能《ふかのう》なことをやっている、とハリーは思《おも》いはじめた。

その時《とき》、陶器《とうき》の割《わ》れる音《おと》が、ハグリッドの小屋《こや》から聞《き》こえてきた。

「ハグリッドがミルク入《い》れを壊《こわ》したのよ」ハーマイオニーがささやいた。「もうすぐ、私《わたし》がスキャバーズを見《み》つけるわ——」

たしかに、それから数分《すうふん》して、二人《ふたり》はハーマイオニーが驚《おどろ》いて叫《さけ》ぶ声《こえ》を聞《き》いた。

「ハーマイオニー」ハリーは突然思《とつぜんおも》いついた。「もし、僕《ぼく》たちが——中《なか》に飛《と》び込《こ》んで、ペティグリューを取《と》っ捕《つか》まえたらどうだろう——」

「だめよ！」ハーマイオニーは震《ふる》え上《あ》がってささやいた。

「わからないの？　私《わたし》たち、もっとも大切《たいせつ》な魔法界《まほうかい》の規則《きそく》を一つ破《やぶ》っているところなのよ！　時間《じかん》を変《か》えるなんて、誰《だれ》もやってはいけないことなの。だーれも！　ダンブルドアの言葉《ことば》を聞《き》いたわね。もし誰《だれ》かに見《み》られたら——」

「僕《ぼく》たち自身《じしん》とハグリッドに見《み》られるだけじゃないか！」

「ハリー、あなた、ハグリッドの小屋《こや》に自分自身《じぶんじしん》が飛《と》び込《こ》んでくるのを見《み》たら、どうすると思《おも》う？」

「僕《ぼく》――たぶん気《き》が変《へん》になったのかなと思《おも》う。でなければ、何《なに》か闇《やみ》の魔術《まじゅつ》がかかってると思《おも》う――」

「**そのとおりよ！** 事情《じじょう》が理解《りかい》できないでしょうし、自分自身《じぶんじしん》を襲《おそ》うこともありうるわ！ わからないの？ マクゴナガル先生《せんせい》が教《おし》えてくださったの。魔法使《まほうつか》いが時間《じかん》にちょっかいを出《だ》したとき、どんなに恐《おそ》ろしいことが起《お》こったか……。何人《なんにん》もの魔法使《まほうつか》いが、ミスを犯《おか》して、過去《かこ》や未来《みらい》の自分自身《じぶんじしん》を殺《ころ》してしまったのよ！」

「わかったよ！ ちょっと思《おも》いついただけ。僕《ぼく》、ただ、もしかしたらと――」

しかし、ハーマイオニーはハリーをこづいて、城《しろ》のほうを指差《ゆびさ》した。ハリーは首《くび》を少《すこ》し動《うご》かして、遠《とお》くの正面玄関《しょうめんげんかん》をよく見《み》ようとした。ダンブルドア、ファッジ、年老《としお》いた委員会《いいんかい》のメンバー、それに死刑執行人《しけいしっこうにん》のマクネアが石段《いしだん》を下《お》りてくる。

「まもなく私《わたし》たちが出《で》てくるわよ！」ハーマイオニーが声《こえ》をひそめた。

まさに、まもなく、ハグリッドの小屋《こや》の裏口《うらぐち》が開《ひら》き、ハリーは自分自身《じぶんじしん》と、ロンとハーマイオニーがハグリッドと一緒《いっしょ》に出《で》てくるのを見《み》た。木《き》の陰《かげ》に立《た》って、かぼちゃ畑《ばたけ》の自分自身《じぶんじしん》の姿《すがた》を見《み》るのは、今《いま》まで感《かん》じたこともない、まったく奇妙《きみょう》な感覚《かんかく》だった。

「大丈夫《だいじょうぶ》だ、ビーキー。大丈夫《だいじょうぶ》だぞ……」

ハグリッドがバックビークに話《はな》しかけている。それから　ハリー、ロン、ハーマイオニーに向《む》かって「行《い》け。もう行《い》け」と言《い》った。

「ハグリッド、そんなことできないよ――」

「僕《ぼく》たち、ほんとうは何《なに》があったのか、あの連中《れんちゅう》に話《はな》すよ――」

「バックビークを殺《ころ》すなんて、だめよ――」

「行《い》け！　おまえさんたちが面倒《めんどう》なことになったら、ますます困《こま》る！」

ハリーが見《み》ていると、かぼちゃ畑《ばたけ》のハーマイオニーが透明《とうめい》マントをハリーとロンにかぶせた。

「急《いそ》ぐんだ。聞《き》くんじゃねえぞ……」

ハグリッドの小屋《こや》の戸口《とぐち》をたたく音《おと》がした。死刑執行人《しけいしっこうにん》の一行《いっこう》の到着《とうちゃく》だ。ハグリッドは振《ふ》り返《かえ》り、裏戸《うらど》を半開《はんびら》きにして小屋《こや》の中《なか》に入《はい》っていった。ハリーには、小屋《こや》の周《まわ》りの草《くさ》むらがところどころ踏《ふ》みつけられるのが見《み》えたし、三組《くみ》の足音《あしおと》が遠《とお》のいていくのが聞《き》こえた。自分《じぶん》と、ロンと、ハーマイオニーが行《い》ってしまった……しかし、木々《きぎ》の陰《かげ》に隠《かく》れているほうのハリーとハーマイオニーは小屋《こや》の中《なか》で起《お》こっていることを、半開《はんびら》きの裏戸《うらど》を通《とお》して聞《き》くことができた。

「獣《けだもの》はどこだ？」マクネアの冷《つめ》たい声《こえ》がする。

「外《そと》――外《そと》にいる」ハグリッドのかすれ声《ごえ》だ。

マクネアの顔《かお》がハグリッドの小屋《こや》の窓《まど》からのぞき、バックビークをじっと見《み》たので、ハリーは見《み》えないように頭《あたま》を引《ひ》っ込《こ》めた。それからファッジの声《こえ》が聞《き》こえた。

「ハグリッド、我々《われわれ》は――その――死刑執行《しけいしっこう》の正式《せいしき》な通知《つうち》を読《よ》み上《あ》げねばならん。短《みじか》くすますつもりだ。それから君《きみ》とマクネアが書類《しょるい》にサインする。マクネア、君《きみ》も聞《き》くことになっている。それが手続《てつづ》きだ――」

マクネアの顔《かお》が窓《まど》から消《き》えた。今《いま》だ。今《いま》しかない。

「ここで待《ま》ってて」ハリーがハーマイオニーにささやいた。「僕《ぼく》がやる」

再《ふたた》びファッジの声《こえ》が聞《き》こえてきたとき、ハリーは木陰《こかげ》から飛《と》び出《だ》し、かぼちゃ畑《ばたけ》の柵《さく》を飛《と》び越《こ》え、バックビークに近《ちか》づいた。

「『危険生物処理委員会《きけんせいぶつしょりいいんかい》』は、ヒッポグリフのバックビーク、以後被告《いごひこく》と呼《よ》ぶ、が、六月《がつ》六日《むいか》の日没時《にちぼつじ》に処刑《しょけい》さるべしと決定《けってい》した――」

瞬《まばた》きをしないよう注意《ちゅうい》しながら、ハリーは以前《いぜん》に一度《ど》やったように、バックビークの荒々《あらあら》しいオレンジ色《いろ》の目《め》を見《み》つめ、おじぎした。バックビークはうろこで覆《おお》われたひざを曲《ま》げていったん身《み》を低《ひく》くし、また立《た》ち上《あ》がった。ハリーはバックビークを柵《さく》に縛《しば》りつけている綱《つな》を解《と》こうとした。

「……死刑《しけい》は斬首《ざんしゅ》とし、委員会《いいんかい》の任命《にんめい》する執行人《しっこうにん》、ワルデン・マクネアによって執行《しっこう》され……」

「バックビーク、来《く》るんだ」ハリーがつぶやくように話《はな》しかけた。

「おいで、助《たす》けてあげるよ。そーっと……そーっと……」

「以下《いか》を証人《しょうにん》とす。ハグリッド、ここに署名《しょめい》を……」

ハリーは全体重《ぜんたいじゅう》をかけて綱《つな》を引《ひ》っ張《ぱ》ったが、バックビークは前足《まえあし》で踏《ふ》ん張《ば》った。

「さあ、さっさと片《かた》づけましょうぞ」

ハグリッドの小屋《こや》から委員会《いいんかい》メンバーのひょろひょろした声《こえ》が聞《き》こえた。

「ハグリッド、君《きみ》は中《なか》にいたほうがよくはないかの――」

「いんや、俺《おれ》は――俺《おれ》はあいつと一緒《いっしょ》にいたい……あいつをひとりぼっちにはしたくねえ――」

小屋《こや》の中《なか》から足音《あしおと》が響《ひび》いてきた。

「バックビーク、動《うご》いてくれ！」ハリーが声《こえ》を殺《ころ》してうながした。

ハリーはバックビークの首《くび》にかかった綱《つな》をぐいっと引《ひ》いた。ヒッポグリフは、いらいらと翼《つばさ》をこすり合《あ》わせながら歩《ある》きはじめた。森《もり》までまだ三メートルはある。ハグリッドの裏戸《うらど》から丸見《まるみ》えだ。

「マクネア、ちょっと待《ま》ちなさい」ダンブルドアの声《こえ》がした。「君《きみ》も署名《しょめい》せねば」

小屋《こや》の足音《あしおと》が止《と》まった。ハリーが綱《つな》をたぐり込《こ》むと、バックビークはくちばしをカチカチいわせながら、少《すこ》し足《あし》を速《はや》めた。

ハーマイオニーの青《あお》い顔《かお》が木《き》の陰《かげ》から突《つ》き出《で》ていた。

「ハリー、早《はや》く！」ハーマイオニーの口《くち》の形《かたち》がそう言《い》っていた。

ハリーにはダンブルドアが小屋《こや》の中《なか》でまだ話《はな》している声《こえ》が聞《き》こえていた。もう一度綱《どつな》をぐいっと引《ひ》いた。バックビークはあきらめたように早足《はやあし》になった。やっと木立《こだち》のところに着《つ》いた。

「早《はや》く！　早《はや》く！」

ハーマイオニーが木《き》の陰《かげ》から飛《と》び出《だ》して、うめくように言《い》いながら、自分《じぶん》も手綱《たづな》を取《と》り、全体《ぜんたい》重《じゅう》をかけてバックビークをせかした。ハリーが肩越《かたご》しに振《ふ》り返《かえ》ると、もう視界《しかい》がさえぎられるところまで来《き》ていた。ハグリッドの裏庭《うらにわ》はもう見《み》えなくなっていた。

「止《と》まって！」ハリーがハーマイオニーにささやいた。「みんなが音《おと》を聞《き》きつけるかも――」

ハグリッドの裏戸《うらど》がバタンと開《ひら》いた。ハリー、ハーマイオニー、バックビークはじっと音《おと》を立《た》てずにたたずんだ。ヒッポグリフまで耳《みみ》をそばだてているようだった。

静寂《せいじゃく》……そして――。

「どこじゃ？」委員会《いいんかい》のメンバーのひょろひょろした声《こえ》がした。

「ここにつながれていたんだ！　俺《おれ》は見《み》たんだ！　ここだった！」死刑執行人《しけいしっこうにん》がカンカンに怒《おこ》った。

「これは異《い》なこと」ダンブルドアが言《い》った。どこかおもしろがっているような声《こえ》だった。

「ビーキー！」ハグリッドが声《こえ》をつまらせた。

シュッという音《おと》に続《つづ》いて、ドサッと斧《おの》を振《ふ》り下《お》ろす音《おと》がした。死刑執行人《しけいしっこうにん》がかんしゃくを起《お》こして斧《おの》を柵《さく》に振《ふ》り下《お》ろしたらしい。それからほえるような声《こえ》がした。そして、前《まえ》のときには聞《き》こえなかったハグリッドの言葉《ことば》が、すすり泣《な》きにまじって聞《き》こえてきた。

「いない！　いない！　よかった。かわいいくちばしのビーキー、いなくなっちまった！　きっと自分《じぶん》で自由《じゆう》になったんだ！　ビーキー、賢《かしこ》いビーキー！」

バックビークは、ハグリッドのところに行《い》こうとして綱《つな》を引《ひ》っぱりはじめた。ハリーとハーマイオニーは綱《つな》を握《にぎ》りなおし、かかとが森《もり》の土《つち》にめり込《こ》むほど足《あし》を踏《ふ》ん張《ば》ってバックビークを押《お》さえた。

「誰《だれ》かが綱《つな》を解《と》いて逃《に》がした！」死刑執行人《しけいしっこうにん》が歯《は》がみした。「探《さが》さなければ。校庭《こうてい》や森《もり》や――」

「マクネア、バックビークが盗《ぬす》まれたのなら、盗人《ぬすっと》はバックビークを歩《ある》かせて連《つ》れていくと思《おも》うかね？」ダンブルドアはまだおもしろがっているような声《こえ》だった。

「どうせなら、空《そら》を探《さが》すがよい……ハグリッド、お茶《ちゃ》を一杯《ぱい》いただこうかの。ブランデーをたっぷりでもよいの」

「は――はい、先生《せんせい》さま」ハグリッドはうれしくて力《ちから》が抜《ぬ》けたようだった。

「お入《はい》りくだせえ、さあ……」

ハリーとハーマイオニーはじっと耳《みみ》をそばだてた。足音《あしおと》が聞《き》こえ、死刑執行人《しけいしっこうにん》がブツブツ悪態《あくたい》をつくのが聞《き》こえ、戸《と》がバタンと閉《し》まり、それから再《ふたた》び静寂《せいじゃく》が訪《おとず》れた。

「さあ、どうする？」ハリーが周《まわ》りを見回《みまわ》しながらささやいた。

「ここに隠《かく》れていなきゃ」ハーマイオニーは張《は》りつめているようだった。

「みんなが城《しろ》に戻《もど》るまで待《ま》たないといけないわ。それから、バックビークに乗《の》ってシリウスのいる部屋《へや》の窓《まど》まで飛《と》んでいっても安全《あんぜん》だ、という時《とき》まで待《ま》つの。シリウスはあと二時間《じかん》ぐらいしないとそこにはいないのよ……ああ、とても難《むずか》しいことだわ……」

ハーマイオニーは振《ふ》り返《かえ》って、こわごわ森《もり》の奥《おく》を見《み》た。太陽《たいよう》がまさに沈《しず》もうとしていた。

「移動《いどう》しなくちゃ」ハリーはよく考《かんが》えて言《い》った。「暴《あば》れ柳《やなぎ》が見《み》えるところにいないといけないよ。じゃないと、何《なに》が起《お》こっているのかわからなくなるし」

「オーケー」ハーマイオニーがバックビークの手綱《たづな》をしっかり握《にぎ》りながら言《い》った。

「でも、ハリー、忘《わす》れないで……私《わたし》たち、誰《だれ》にも見《み》られないようにしないといけないのよ」

暗闇《くらやみ》がだんだん色濃《いろこ》く二人《ふたり》を包《つつ》む中《なか》、二人《ふたり》は森《もり》のすそに沿《そ》って進《すす》み、柳《やなぎ》が垣間見《かいまみ》える木立《こだち》の陰《かげ》に隠《かく》れた。

「ロンが来《き》た！」突然《とつぜん》ハリーが声《こえ》を上《あ》げた。

黒《くろ》い影《かげ》が、芝生《しばふ》を横切《よこぎ》ってかけてくる。その声《こえ》が静《しず》かな夜《よる》の空気《くうき》を震《ふる》わせた。

「スキャバーズから離《はな》れろ――離《はな》れるんだ――スキャバーズこっちへおいで――」

それから、どこからともなく、もう二人《ふたり》の姿《すがた》が現《あらわ》れるのが見《み》えた。ハリー自身《じしん》とハーマイオニーがロンを追《お》ってくる。そしてロンがスライディングするのを見《み》た。

「捕《つか》まえた！　とっとと消《き》えろ、いやな猫《ねこ》め――」

「今度《こんど》はシリウスだ！」ハリーが言《い》った。柳《やなぎ》の根元《ねもと》から、大《おお》きな犬《いぬ》の姿《すがた》が躍《おど》り出《で》た。犬《いぬ》がハリーを転《ころ》がし、ロンをくわえるのを二人《ふたり》は見《み》た……。

「ここから見《み》てると、よけいひどく見《み》えるよね？」

ハリーは犬《いぬ》がロンを木《き》の根元《ねもと》に引《ひ》きずり込《こ》むのを眺《なが》めながら言《い》った。

「アイタッ――見《み》てよ、僕《ぼく》、今《いま》、木《き》になぐられた――君《きみ》もなぐられたよ――へんてこな気分《きぶん》だ――」

暴《あば》れ柳《やなぎ》はギシギシときしみ、低《ひく》いほうの枝《えだ》を鞭《むち》のように動《うご》かしていた。二人《ふたり》は自分《じぶん》たち自身《じしん》が木《き》の幹《みき》にたどり着《つ》こうとあちこち走《はし》り回《まわ》るのを見《み》ていた。そして、木《き》が動《うご》かなくなった。

「クルックシャンクスがあそこで木《き》のこぶを押《お》したんだわ」ハーマイオニーが言《い》った。

「僕《ぼく》たちが入《はい》っていくよ……」ハリーがつぶやいた。「僕《ぼく》たち、入《はい》ったよ」

みんなの姿《すがた》が消《き》えたとたん、柳《やなぎ》はまた動《うご》きだした。その数秒後《すうびょうご》、二人《ふたり》はすぐ近《ちか》くで足音《あしおと》を聞《き》いた。ダンブルドア、マクネア、ファッジ、それに年老《としお》いた委員会《いいんかい》メンバーが城《しろ》へ戻《もど》るところだった。

「私《わたし》たちが地下通路《ちかつうろ》に降《お》りたすぐあとだわ！　あの時《とき》、ダンブルドアが一緒《いっしょ》に来《き》てくれてさえいたら……」

ハーマイオニーが言《い》った。

「そしたら、マクネアもファッジも一緒《いっしょ》についてきてたよ」ハリーが苦々《にがにが》しげに言《い》った。「賭《か》けてもいいけど、ファッジは、シリウスをその場《ば》で殺《ころ》せって、マクネアに指示《しじ》したと思《おも》うよ」

四人《にん》が城《しろ》の階段《かいだん》を上《のぼ》って見《み》えなくなるまで、二人《ふたり》は見《み》つめていた。しばらくの間《あいだ》、あたりには誰《だれ》もいなかった。そして――。

「ルーピンが来《き》た！」ハリーが言《い》った。もう一人《ひとり》誰《だれ》かの姿《すがた》が石段《いしだん》を下《お》り、柳《やなぎ》に向《む》かって走《はし》ってくる。ハリーは空《そら》を見上《みあ》げた。雲《くも》が完全《かんぜん》に月《つき》を覆《おお》っている。

ルーピンが折《お》れた枝《えだ》を拾《ひろ》って、木《き》の幹《みき》のこぶをつつくのが見《み》えた。木《き》は暴《あば》れるのをやめ、ルーピンもまた木《き》の根元《ねもと》の穴《あな》へと消《き》えた。

「ルーピンが『マント』を拾《ひろ》ってくれてたらなぁ。そこに置《お》きっぱなしになってるのに……」

ハリーはそう言《い》うと、ハーマイオニーのほうに向《む》きなおった。

「もし、今僕《いまぼく》が急《いそ》いで走《はし》っていってマントを取《と》ってくれば、スネイプはマントを手《て》に入《い》れることができなくなるし、そうすれば——」

「ハリー、**私《わたし》たち姿《すがた》を見《み》られてはいけないのよ！**」

「君《きみ》、どうしてがまんできるんだい？」

ハリーは激《はげ》しい口調《くちょう》でハーマイオニーに言《い》った。

「ここに立《た》って、なるがままに任《まか》せて、何《なん》にもしないで見《み》てるだけなのかい？」

ハリーはちょっと戸惑《とまど》いながら言葉《ことば》を続《つづ》けた。

「僕《ぼく》、マントを取《と》ってくる！」

「ハリー、**だめ！**」

ハーマイオニーがハリーのローブをつかんで引《ひ》き戻《もど》した。間一髪《かんいっぱつ》。ちょうどその時《とき》、大《おお》きな歌声《うたごえ》が聞《き》こえた。ハグリッドだ。城《しろ》に向《む》かう道《みち》すがら、足《あし》もとをふらつかせ、声《こえ》を張《は》り上《あ》げて歌《うた》っている。手《て》には大《おお》きな瓶《びん》をぶらぶらさせていた。

「**でしょ？**」ハーマイオニーがささやいた。

「**どうなってたか、わかるでしょ？　私《わたし》たち、人《ひと》に見《み》られてはいけないのよ！　ダメよ、バック**

ビーク！」

ヒッポグリフはハグリッドのそばに行《い》きたくて、必死《ひっし》になっていた。ハリーも手綱《たづな》をつかみ、バックビークを引《ひ》き戻《もど》そうと引《ひ》っ張《ぱ》った。二人《ふたり》はハグリッドがほろ酔《よ》いの千鳥足《ちどりあし》で城《しろ》のほうに行《い》くのを見《み》ていた。ハグリッドの姿《すがた》が見《み》えなくなった。バックビークは逃《に》げようと暴《あば》れるのをやめ、悲《かな》しそうにうなだれた。

それからほんの二分《ふん》もたたないうちに、城《しろ》の扉《とびら》が再《ふたた》び開《ひら》き、スネイプが突然姿《とつぜんすがた》を現《あらわ》し、柳《やなぎ》に向《む》かって走《はし》りだした。

スネイプが木《き》のそばで急《きゅう》に立《た》ち止《ど》まり、周《まわ》りを見回《みまわ》すのを、二人《ふたり》で見《み》つめながら、ハリーは拳《こぶし》を握《にぎ》りしめた。スネイプがマントをつかみ、持《も》ち上《あ》げて見《み》ている。

「汚《けが》らわしい手《て》でさわるな」ハリーは息《いき》をひそめ、歯《は》がみした。

「シッ！」

スネイプはルーピンが柳《やなぎ》を固定《こてい》するのに使《つか》った枝《えだ》を拾《ひろ》い、それで木《き》のこぶを突《つ》き、マントをかぶって姿《すがた》を消《け》した。

「これで全部《ぜんぶ》ね」ハーマイオニーが静《しず》かに言《い》った。

「私《わたし》たち全員《ぜんいん》、あそこにいるんだわ……さあ、あとは私《わたし》たちがまた出《で》てくるまで待《ま》つだけ……」

ハーマイオニーはバックビークの手綱《たづな》の端《はし》を一番手近《ばんてぢか》の木《き》にしっかり結《むす》びつけ、乾《かわ》いた土《つち》の上《うえ》に腰《こし》を下《お》ろし、ひざを抱《だ》きかかえた。

「ハリー、私《わたし》、わからないことがあるの……どうして、吸魂鬼《ディメンター》はシリウスを捕《つか》まえられなかったのかしら？　私《わたし》、吸魂鬼《ディメンター》がやってくるところまでは覚《おぼ》えてるんだけど、それから気《き》を失《うしな》ったと思《おも》う……ほんとに大勢《おおぜい》いたわ……」

ハリーも腰《こし》を下《お》ろした。そして自分《じぶん》が見《み》たことを話《はな》した。一番近《ばんちか》くにいた吸魂鬼《ディメンター》がハリーの口《くち》元《もと》に口《くち》を近《ちか》づけたこと、その時《とき》、大《おお》きな銀色《ぎんいろ》の何《なに》かが、湖《みずうみ》のむこうから疾走《しっそう》してきて、吸魂鬼《ディメンター》を退却《たいきゃく》させたこと。

説明《せつめい》し終《お》わったとき、ハーマイオニーの口元《くちもと》がかすかに開《ひら》いていた。

「でも、それ、何《なん》だったの？」

「吸魂鬼《ディメンター》を追《お》い払《はら》うものは、たった一つしかありえない」ハリーが言《い》った。

「本物《ほんもの》の守護霊《パトローナス》だ。強力《きょうりょく》な」

「でも、いったい誰《だれ》が？」

ハリーは無言《むごん》だった。湖《みずうみ》のむこう岸《ぎし》に見《み》えた人影《ひとかげ》を、ハリーは思《おも》い返《かえ》していた。あれが誰《だれ》だと思《おも》ったのか、自分《じぶん》ではわかっていた……でも、そんなことがありうるだろうか？

「どんな人《ひと》だったか見《み》たの？」ハーマイオニーは興味津々《きょうみしんしん》で聞《き》いた。

「先生《せんせい》の一人《ひとり》みたいだった？」

「ううん。先生《せんせい》じゃなかった」

「でも、ほんとうに力《ちから》のある魔法使《まほうつか》いにちがいないわ。あんなに大勢《おおぜい》の吸魂鬼《ディメンター》を追《お》い払《はら》うんですもの……守護霊《パトローナス》がそんなにまばゆく輝《かがや》いていたのだったら、その人《ひと》を照《て》らしたんじゃないの？見《み》えなかったの――？」

「ううん、僕《ぼく》、見《み》たよ」ハリーがゆっくりと答《こた》えた。「でも……僕《ぼく》、きっと、思《おも》い込《こ》んだだけなんだ……混乱《こんらん》してたんだ……そのすぐあとで気《き》を失《うしな》ってしまったし……」

「**誰《だれ》だと思《おも》ったの？**」

「僕《ぼく》――」

ハリーは言葉《ことば》をのみ込《こ》んだ。言《い》おうとしていることが、どんなに奇妙《きみょう》に聞《き》こえるか、わかっていた。

「僕《ぼく》、父《とう》さんだと思《おも》った」

ハリーはハーマイオニーをちらりと見《み》た。今度《こんど》はその口《くち》が完全《かんぜん》にあんぐり開《あ》いていた。ハーマイオニーはハリーを、驚《おどろ》きとも哀《あわ》れみともつかない目《め》で見《み》つめていた。

「ハリー、あなたのお父《とう》さま――あの――お亡《な》くなりになったのよ」ハーマイオニーが静《しず》かに言《い》った。

「わかってるよ」ハリーが急《いそ》いで言《い》った。

「お父《とう》さまの幽霊《ゆうれい》を見《み》たってわけ？」

「わからない……ううん……実物《じつぶつ》がいるみたいだった……」

「だったら――」

「たぶん、気《き》のせいだ。だけど……僕《ぼく》の見《み》たかぎりでは……父《とう》さんみたいだった……僕《ぼく》、写真《しゃしん》を持《も》ってるんだ……」

ハーマイオニーは、ハリーがおかしくなったのではないかと心配《しんぱい》そうに、見《み》つめ続《つづ》けていた。

「ばかげてるって、わかってるよ」ハリーはきっぱりと言《い》った。そしてバックビークのほうを見《み》た。バックビークは虫《むし》でも探《さが》しているのか、土《つち》をほじくり返《かえ》していた。しかし、ハリーはほんとうはバックビークを見《み》ていたのではなかった。

ハリーは父親《ちちおや》のこと、一番古《ばんふる》くからの三人《にん》の友人《ゆうじん》のことを考《かんが》えていたのだ……ムーニー、ワームテール、パッドフット、プロングズ……今夜《こんや》、四人全員《にんぜんいん》が校庭《こうてい》にいたのだろうか？　ワームテールは死《し》んだと、みんなが思《おも》っていたのに、今夜現《こんやあらわ》れた――父《とう》さんが同《おな》じように現《あらわ》れるのが、そんなにありえないことだろうか？　湖《みずうみ》のむこうに見《み》たものは幻《まぼろし》だったのか？　あまりに遠《とお》くて、はっきり姿《すがた》は見《み》えなかった……でも、一瞬《いっしゅん》、意識《いしき》を失《うしな》う前《まえ》に、ハリーは確信《かくしん》を持《も》ったのだ……。

頭上《ずじょう》の木《こ》の葉《は》が、かすかに夜風《よかぜ》にそよいだ。月《つき》が雲《くも》の切《き》れ目《め》から現《あらわ》れては消《き》えた。ハーマイオニーは座《すわ》ったまま、柳《やなぎ》のほうを見《み》て待《ま》ち続《つづ》けた……。

そして、ついに、一時間以上《じかんいじょう》たってから……。

「出《で》てきたわ！」ハーマイオニーがささやいた。

二人《ふたり》は立《た》ち上《あ》がった。バックビークは首《くび》を上《あ》げた。ルーピン、ロン、ペティグリューが根元《ねもと》の穴《あな》から、窮屈《きゅうくつ》そうにはい登《のぼ》って出《で》てきた。次《つぎ》は気《き》を失《うしな》ったままのスネイプが、不気味《ぶきみ》に漂《ただよ》いながら浮《う》かび上《あ》がってきた。そのあとはハリーとハーマイオニー、そしてブラックだ。全員《ぜんいん》が城《しろ》に向《む》かって歩《ある》きだした。

ハリーの鼓動《こどう》が速《はや》くなった。ちらりと空《そら》を見上《みあ》げた。もう間《ま》もなく雲《くも》が流《なが》れ、月《つき》をあらわにする……。

「ハリー」ハーマイオニーがつぶやくように言《い》った。まるでハリーの考《かんが》えを見抜《みぬ》いたようだった。「じっとしていなきゃいけないのよ。誰《だれ》かに見《み》られてはいけないの。私《わたし》たちにはどうにもできないことなんだから……」

「じゃ、またペティグリューを逃《に》がしてやるだけなんだ……」ハリーは低《ひく》い声《こえ》で言《い》った。

「暗闇《くらやみ》で、どうやってネズミを探《さが》すって言《い》うの？」

ハーマイオニーがピシャリと言《い》った。

「私《わたし》たちにはどうにもできないことよ！　私《わたし》たち、シリウスを救《すく》うために時間《じかん》を戻《もど》したの。ほかのことはいっさいやっちゃいけないの！」

「わかったよ！」

月《つき》が雲《くも》の陰《かげ》からすべり出《で》た。校庭《こうてい》のむこう側《がわ》で、小《ちい》さな人影《ひとかげ》が立《た》ち止《ど》まったのが見《み》えた。それから、二人《ふたり》はその影《かげ》の動《うご》きに目《め》をとめた――。

「ルーピンがいよいよだわ」ハーマイオニーがささやいた。「変身《へんしん》している――」

「ハーマイオニー！」ハリーが突然《とつぜん》呼《よ》びかけた。「行《い》かないと！」

「ダメよ。何度《なんど》も言《い》ってるでしょ――」

「ちがう。割《わ》り込《こ》むんじゃない。ルーピンがまもなく森《もり》にかけ込《こ》んでくる。僕《ぼく》たちのいるところに！」

ハーマイオニーが息《いき》をのんだ。

「早《はや》く！」大急《おおいそ》ぎでバックビークの綱《つな》を解《と》きながら、ハーマイオニーがうめいた。

「早《はや》く！　どこへ行《い》ったらいいの？　どこに隠《かく》れるの？　吸魂鬼《ディメンター》がもうすぐやってくるわ――」

「ハグリッドの小屋《こや》に戻《もど》ろう！　今《いま》はからっぽだ――行《い》こう！」

二人《ふたり》は転《ころ》げるように走《はし》り、バックビークがそのあとを悠々《ゆうゆう》と走《はし》った。背後《はいご》から狼人間《おおかみにんげん》の遠《とお》ぼえが聞《き》こえてきた……。

小屋《こや》が見《み》えた。ハリーは戸《と》の前《まえ》で急停止《きゅうていし》し、ぐいっと戸《と》を開《あ》けた。電光石火《でんこうせっか》、ハーマイオニーとバックビークがハリーの前《まえ》をかけ抜《ぬ》けて入《はい》った。ハリーがそのあとに飛《と》び込《こ》み、戸《と》の錠前《じょうまえ》を下《お》ろした。ボアハウンド犬《けん》のファングがほえたてた。

「シーッ、ファング。私《わたし》たちよ！」

ハーマイオニーが急《いそ》いで近寄《ちかよ》って耳《みみ》の後《うし》ろをカリカリかき、静《しず》かにさせた。

「危《あぶ》なかったわ！」ハーマイオニーが言《い》った。

「ああ……」

ハリーは窓《まど》から外《そと》を見《み》ていた。ここからだと、何《なに》が起《お》こっているのか見《み》えにくかった。バックビークはまたハグリッドの小屋《こや》に戻《もど》れてとてもうれしそうだった。暖炉《だんろ》の前《まえ》に寝《ね》そべり、満足《まんぞく》げに翼《つばさ》をたたみ、一眠《ひとねむ》りしそうな気配《けはい》だった。

「ねえ、僕《ぼく》、また外《そと》に出《で》たほうがいいと思《おも》うんだ」ハリーが考《かんが》えながら言《い》った。「何《なに》が起《お》こっているのか、見《み》えないし――いつ行動《こうどう》すべきなのか、これじゃわからない――」

ハーマイオニーが顔《かお》を上《あ》げた。疑《うたが》っているような表情《ひょうじょう》だ。

「僕《ぼく》、割《わ》り込《こ》むつもりはないよ」ハリーが急《いそ》いで言《い》った。「でも、何《なに》が起《お》こっているか見《み》えないと、シリウスをいつ救《すく》い出《だ》したらいいのかわからないだろ？」

「ええ……それなら、いいわ……。私《わたし》、ここでバックビークと待《ま》ってる……。でも、ハリー、気《き》をつけて――狼人間《おおかみにんげん》がいるし――吸魂鬼《ディメンター》も――」

ハリーは再《ふたた》び外《そと》に出《で》て、小屋《こや》に沿《そ》って回《まわ》り込《こ》んだ。遠《とお》くでキャンキャンという鳴《な》き声《ごえ》が聞《き》こえた。吸魂鬼《ディメンター》がシリウスに迫《せま》っているということだ……自分《じぶん》とハーマイオニーがもうすぐシリウスのところにかけつけるはずだ……。

ハリーは湖《みずうみ》のほうをじっと見《み》た。胸《むね》の中《なか》で、心臓《しんぞう》がドラムの早打《はやう》ちのように鳴《な》っている。あの守護霊《パトローナス》を送《おく》り出《だ》した誰《だれ》かが、もうすぐ現《あらわ》れる……。

ほんの一瞬《いっしゅん》、ハリーは決心《けっしん》がつかず、ハグリッドの小屋《こや》の戸《と》の前《まえ》で立《た》ち止《ど》まっていた。姿《すがた》を見《み》られてはならない。でも、見《み》られたいのではない。自分《じぶん》が見《み》るほうに回《まわ》りたいのだ……どうしても知《し》りたい……。

でも、吸魂鬼《ディメンター》がいる。暗闇《くらやみ》の中《なか》から湧《わ》き出《で》るように、吸魂鬼《ディメンター》が四方八方《しほうはっぽう》から出《で》てくる。湖《みずうみ》の周《まわ》りをすべるように……しかしハリーが立《た》っているところからは遠《とお》ざかるように、湖《みずうみ》のむこう岸《ぎし》へと動《うご》いている……それならハリーは吸魂鬼《ディメンター》に近《ちか》づかなくてもすむはずだ……。

ハリーは走《はし》りだした。父親《ちちおや》のことしか頭《あたま》になかった……。もしあれが父《とう》さんだったら……ほんとうに父《とう》さんだったら……知《し》りたい、どうしても……。

だんだん湖《みずうみ》が近《ちか》づいてきた。しかし、誰《だれ》もいる気配《けはい》がない。むこう岸《ぎし》に、小《ちい》さな銀色《ぎんいろ》の光《ひかり》が見《み》えた――自分自身《じぶんじしん》が守護霊《パトローナス》を出《だ》そうとしている――。

水際《みずぎわ》に木《き》のしげみがあった。ハリーはその陰《かげ》に飛《と》び込《こ》み、木《こ》の葉《は》を透《す》かして必死《ひっし》に目《め》を凝《こ》らした。むこうでは、かすかな銀色《ぎんいろ》の光《ひかり》がふっと消《き》えた。恐怖《きょうふ》と興奮《こうふん》がハリーの体《からだ》を貫《つらぬ》いた――今《いま》だ――「早《はや》く」ハリーはあたりを見回《みまわ》しながらつぶやいた。

「父《とう》さん、どこなの？　早《はや》く――」

しかし、誰《だれ》も現《あらわ》れない。ハリーは顔《かお》を上《あ》げて、むこう岸《ぎし》の吸魂鬼《ディメンター》の輪《わ》を見《み》た。一人《ひとり》がフードを脱《ぬ》いだ。救《すく》い主《ぬし》が現《あらわ》れるなら今《いま》だ――なのに、あの時《とき》とちがって、今《いま》は誰《だれ》も来《き》ていない――。

ハリーはハッとした――わかった。父《とう》さんを見《み》たんじゃない――自分自身《じぶんじしん》を見《み》たんだ――。

ハリーはしげみの陰《かげ》から飛《と》び出《だ》し、杖《つえ》を取《と》り出《だ》した。

「エクスペクト　パトローナム！」ハリーは叫《さけ》んだ。

すると、杖《つえ》の先《さき》から、ぼんやりした霞《かすみ》ではなく、目《め》もくらむほどまぶしい、銀色《ぎんいろ》の動物《どうぶつ》が噴《ふ》き出《だ》した。ハリーは目《め》を細《ほそ》めて、何《なん》の動物《どうぶつ》なのか見《み》ようとした。馬《うま》のようだ。暗《くら》い湖《みずうみ》の面《おも》を、むこう岸《ぎし》へと音《おと》もなく疾走《しっそう》していく。頭《あたま》を下《さ》げ、群《むら》がる吸魂鬼《ディメンター》に向《む》かって突進《とっしん》していくのが見《み》える……今度《こんど》は、地上《ちじょう》に倒《たお》れている暗《くら》い影《かげ》の周《まわ》りを、ぐるぐるかけ回《まわ》っている。吸魂鬼《ディメンター》があとずさりしていく。散《ち》り散《ぢ》りになり、暗闇《くらやみ》の中《なか》に退却《たいきゃく》していく……いなくなった。

守護霊《パトローナス》が向《む》きを変《か》えた。静《しず》かな水面《みなも》を渡《わた》り、ハリーのほうにゆるやかに走《はし》りながら近《ちか》づいてくる。馬《うま》ではない。ユニコーンでもない。牡鹿《おじか》だった。空《そら》にかかる月《つき》ほどに、まばゆい輝《かがや》きを放《はな》ち……ハリーのほうに戻《もど》ってくる……。

それは、岸辺《きしべ》で立《た》ち止《ど》まった。大《おお》きな銀色《ぎんいろ》の目《め》でハリーをじっと見《み》つめるその牡鹿《おじか》は、やわらかな水辺《みずべ》の土《つち》に、ひづめの跡《あと》さえ残《のこ》していなかった。それはゆっくりと頭《あたま》を下《さ》げた。角《つの》のある頭《あたま》を。そして、ハリーは気《き》づいた……。

「プロングズ」ハリーがつぶやいた。

震《ふる》える指《ゆび》で、触《ふ》れようと手《て》を伸《の》ばすと、それはフッと消《き》えてしまった。

手《て》を伸《の》ばしたまま、ハリーはその場《ば》にたたずんでいた。すると、突然背後《とつぜんはいご》でひづめの音《おと》がして、ハリーは胸《むね》を躍《おど》らせた――急《いそ》いで振《ふ》り返《かえ》ると、ハーマイオニーが、バックビークを引《ひ》っ張《ぱ》って、猛烈《もうれつ》な勢《いきお》いでハリーのほうにかけてくる。

「**何《なに》をしたの？**」ハーマイオニーが激《はげ》しく問《と》い詰《つ》めた。

「何《なに》が起《お》きているか見《み》るだけだって、あなた、そう言《い》ったじゃない！」

「僕《ぼく》たち全員《ぜんいん》の命《いのち》を救《すく》っただけだ……。ここに来《き》て——このしげみの陰《かげ》に——説明《せつめい》するから」

何《なに》が起《お》こったのか、話《はなし》を聞《き》きながら、ハーマイオニーはまたしても口《くち》をポカンと開《あ》けていた。

「誰《だれ》かに見《み》られた？」

「ああ。話《はなし》を聞《き》いてなかったの？　**僕《ぼく》が**僕《ぼく》を見《み》たよ。でも、僕《ぼく》は父《とう》さんだと思《おも》ったんだ！　だから大丈夫《だいじょうぶ》！」

「ハリー、私《わたし》、信《しん》じられない——あの吸魂鬼《ディメンター》を全部《ぜんぶ》追《お》い払《はら》うような守護霊《パトローナス》を、あなたが創《つく》り出《だ》したなんて！　それって、とっても、**とっても**高度《こうど》な魔法《まほう》なのよ……」

「僕《ぼく》、できるとわかってたんだ。だって、さっき一度《どど》出《だ》したわけだから……。僕《ぼく》の言《い》っていることと、何《なに》か変《へん》かなあ？」

「よくわからないわ——ハリー、スネイプを見《み》て！」

しげみの間《あいだ》から、二人《ふたり》はむこう岸《ぎし》をじっと見《み》た。スネイプが意識《いしき》を取《と》り戻《もど》していた。担架《たんか》を作《つく》り、ぐったりしているハリー、ハーマイオニー、ブラックをそれぞれその上《うえ》に乗《の》せた。四つ目《め》の担架《たんか》には、当然《とうぜん》ロンが乗《の》っているはずだが、すでにスネイプの脇《わき》に浮《う》かんでいた。それから、スネイプは杖《つえ》を前《まえ》に突《つ》き出《だ》し、担架《たんか》を城《しろ》に向《む》けて運《はこ》びはじめた。

「さあ、そろそろ時間《じかん》だわ」ハーマイオニーは時計《とけい》を見《み》ながら緊張《きんちょう》した声《こえ》を出《だ》した。

「ダンブルドアが医務室《いむしつ》のドアに鍵《かぎ》をかけるまで、あと四十五分《ふん》くらいあるわ。シリウスを救《すく》い出《だ》して、それから、私《わたし》たちがいないことに誰《だれ》かが気《き》づかないうちに、医務室《いむしつ》に戻《もど》っていなければ……」

二人《ふたり》は空行《そらい》く雲《くも》が湖《みずうみ》に映《うつ》るさまを見《み》ながら、ひたすら待《ま》った。周《まわ》りのしげみが夜風《よかぜ》にサヤサヤとささやき、バックビークは退屈《たいくつ》して、また虫《むし》ほじりを始《はじ》めた。

「シリウスはもう上《うえ》に行《い》ったと思《おも》う？」ハリーが時計《とけい》を見《み》ながら言《い》った。そして城《しろ》を見上《みあ》げ、西《にし》の塔《とう》の右《みぎ》からの窓《まど》の数《かず》を数《かぞ》えはじめた。

「見《み》て！」ハーマイオニーがささやいた。「あれ、誰《だれ》かしら？　お城《しろ》から誰《だれ》か出《で》てくるわ！」

ハリーは暗闇《くらやみ》を透《す》かして見《み》た。闇《やみ》の中《なか》を、男《おとこ》が一人《ひとり》、急《いそ》いで校庭《こうてい》を横切《よこぎ》り、どこかの門《もん》に向《む》かっている。ベルトのところで何《なに》かがキラッと光《ひか》った。

「マクネア！　死刑執行人《しけいしっこうにん》だ！　吸魂鬼《ディメンター》を迎《むか》えにいくところだ。今《いま》だよ、ハーマイオニー――」

ハーマイオニーがバックビークの背《せ》に両手《りょうて》をかけ、ハリーが手《て》を貸《か》してハーマイオニーを押《お》し上《あ》げた。それからハリーは潅木《かんぼく》の低《ひく》い枝《えだ》に足《あし》をかけ、ハーマイオニーの前《まえ》にまたがってバックビークの綱《つな》をたぐりよせ、バックビークの首《くび》の後《うし》ろに一度《ど》回《まわ》してから首輪《くびわ》の反対側《はんたいがわ》に結《むす》びつけ、手綱《たづな》のようにしつらえた。

「いいかい?」ハリーがささやいた。「僕《ぼく》につかまるといい――」

ハリーはバックビークの脇腹《わきばら》をかかとでこづいた。

バックビークは闇《やみ》を裂《さ》いて高々《たかだか》と舞《ま》い上《あ》がった。ハリーはその脇腹《わきばら》をひざでしっかり挟《はさ》み、巨《きょ》大《だい》な翼《つばさ》が自分《じぶん》のひざ下《した》で力強《ちからづよ》く羽《は》ばたくのを感《かん》じた。ハーマイオニーはハリーの腰《こし》にぴったりしがみついていた。

「ああ、ダメ――これ、いやよ――ああ、私《わたし》、ほんとに、これ、いやだわ――」

ハーマイオニーがそうつぶやくのが聞《き》こえた。

ハリーはバックビークをかり立《た》てた。音《おと》もなく、二人《ふたり》は城《しろ》の上階《じょうかい》へと近《ちか》づいていた……。手綱《たづな》の左側《ひだりがわ》をぐいっと引《ひ》くと、バックビークが向《む》きを変《か》えた。ハリーは次々《つぎつぎ》とそばを通《とお》り過《す》ぎる窓《まど》を数《かぞ》えようとした――。

「ドウドウ!」ハリーは力《ちから》のかぎり手綱《たづな》を引《ひ》きしめた。

バックビークは速度《そくど》を落《お》とし、二人《ふたり》は空中《くうちゅう》で停止《ていし》した。もっとも、空中《くうちゅう》に浮《う》かんでいられるようにバックビークが翼《つばさ》を羽《は》ばたかせ、そのたびに上《うえ》に下《した》にと、一、二メートル揺《ゆ》らいでいた。

「あそこだ！」窓《まど》に沿《そ》って上《うえ》に浮《う》き上《あ》がったときに、ハリーはシリウスを見《み》つけた。バックビークの翼《つばさ》が下《さ》がったとき、ハリーは手《て》を伸《の》ばし、窓《まど》ガラスを強《つよ》くたたくことができた。

ブラックが顔《かお》を上《あ》げた。あっけに取《と》られて口《くち》を開《ひら》くのが見《み》えた。ブラックははじけるように椅《い》子《す》から立《た》ち上《あ》がり、窓際《まどぎわ》にかけ寄《よ》って開《あ》けようとしたが、鍵《かぎ》がかかっていた。

「さがって！」ハーマイオニーがブラックに呼《よ》びかけ、杖《つえ》を取《と》り出《だ》した。左手《ひだりて》でしっかりとハリーのローブをつかまえたままだ。

「アロホモラ！」

窓《まど》がパッと開《ひら》いた。

「ど――どうやって――？」ブラックはヒッポグリフを見《み》つめながら、声《こえ》にならない声《こえ》で聞《き》いた。

「乗《の》って――時間《じかん》がないんです」

ハリーはバックビークのなめらかな首《くび》の両脇《りょうわき》をしっかりと押《お》さえつけ、その動《うご》きを安定《あんてい》させた。

「ここから出《で》ないと――吸魂鬼《ディメンター》がやってきます。マクネアが呼《よ》びに行《い》きました」

ブラックは窓枠《まどわく》の両端《りょうたん》に手《て》をかけ、窓《まど》から頭《あたま》と肩《かた》とを突《つ》き出《だ》した。やせ細《ほそ》っていたのが幸《さいわ》いだった。すぐさま、ブラックは片脚《かたあし》をバックビークの背中《せなか》にかけ、ハーマイオニーの後《うし》ろにまたがった。

「よーし、バックビーク、上昇《じょうしょう》！」ハリーは手綱《たづな》を一振《ひとふ》りした。「塔《とう》の上《うえ》まで――行《い》くぞ！」

ヒッポグリフはその力強《ちからづよ》い翼《つばさ》を大《おお》きく羽《は》ばたかせ、西《にし》の塔《とう》のてっぺんまで、三人《にん》は再《ふたた》び高々《たかだか》と舞《ま》い上《あ》がった。バックビークは軽《かる》い爪音《つまおと》を立《た》てて胸壁《きょうへき》に囲《かこ》まれた塔頂《とうちょう》に降《お》り立《た》ち、ハリーとハーマイオニーはすぐさまその背中《せなか》からすべり降《お》りた。

「シリウス、もう行《い》って。早《はや》く」

息《いき》を切《き》らしながらハリーが言《い》った。

「みんながまもなくフリットウィック先生《せんせい》の部屋《へや》にやってくる。あなたがいないことがわかってしまう」

バックビークは首《くび》を激《はげ》しく振《ふ》り、石《いし》の床《ゆか》に爪《つめ》を立《た》てて引《ひ》っかいていた。

「もう一人《ひとり》の子《こ》は、ロンはどうした？」シリウスが急《せ》き込《こ》んで聞《き》いた。

「大丈夫《だいじょうぶ》。――まだ気《き》を失《うしな》ったままですけど、マダム・ポンフリーが、治《なお》してくださるって言《い》いました。早《はや》く――行《い》って！」

しかし、ブラックはまだじっとハリーを見下《みお》ろしたままだった。

「何《なん》と礼《れい》を言《い》ったらいいのか――」

「行《い》って！」ハリーとハーマイオニーが同時《どうじ》に叫《さけ》んだ。

ブラックはバックビークを一回《ひとまわ》りさせ、空《そら》のほうに向《む》けた。

「また会《あ》おう」ブラックが言《い》った。「君《きみ》は——ほんとうに、お父《とう》さんの子《こ》だ。ハリー……」

ブラックはバックビークの脇腹《わきばら》をかかとでしめた。巨大《きょだい》な両翼《りょうよく》が再《ふたた》び振《ふ》り上《あ》げられ、ハリーとハーマイオニーは飛《と》びのいた……ヒッポグリフが飛翔《ひしょう》した……乗《の》り手《て》とともに、ヒッポグリフの姿《すがた》がだんだん小《ちい》さくなっていくのを、ハリーはじっと見送《みおく》った。……やがて雲《くも》が月《つき》にかかった……二人《ふたり》は行《い》ってしまった。

第《だい》22章《しょう》　再《ふた》びふくろう便《びん》

「ハリー！」

ハーマイオニーが時計《とけい》を見《み》ながらハリーのそでを引《ひ》っ張《ぱ》った。

「誰《だれ》にも見《み》つからずに医務室《いむしつ》まで戻《もど》るのに、十分《ぶん》きっかりしかないわ——ダンブルドアがドアに鍵《かぎ》をかける前《まえ》に——」

「わかった」食《く》い入《い》るように空《そら》を見《み》つめていたハリーが、やっと目《め》を離《はな》した。「行《い》こう……」

背後《はいご》のドアからすべり込《こ》み、二人《ふたり》は石造《いしづく》りの急《きゅう》ならせん階段《かいだん》を下《お》りた。階段《かいだん》を下《お》りきったところで人声《ひとごえ》がした。二人《ふたり》は壁《かべ》にぴったりと身《み》をよせて耳《みみ》を澄《す》ました。ファッジとスネイプのようだ。階段下《かいだんした》の廊下《ろうか》を、早足《はやあし》で歩《ある》いている。

「……ダンブルドアが四の五の言《い》わぬよう願《ねが》うのみで」スネイプだ。「『接吻《キス》』はただちに執行《しっこう》されるのでしょうな？」

「マクネアが吸魂鬼《ディメンター》を連《つ》れてきたらすぐにだ。このブラック事件《じけん》は、始《はじ》めから終《お》わりまで、まったく面目丸《めんぼくまる》つぶれだった。魔法省《まほうしょう》がやつをついに捕《つか》まえた、と『日刊予言者新聞《にっかんよげんしゃしんぶん》』に知《し》らせてやるのが、私《わたし》としてもどんなに待《ま》ち遠《どお》しいか……スネイプ、新聞《しんぶん》が君《きみ》の記事《きじ》を欲《ほ》しがると、私《わたし》はそう思《おも》うがね。……それに、あの少年《しょうねん》、ハリーが正気《しょうき》に戻《もど》れば、『予言者新聞《よげんしゃしんぶん》』に、君《きみ》がまさにどんなふうに自分《じぶん》を助《たす》け出《だ》したか、話《はな》してくれることだろう……」

ハリーは歯《は》を食《く》いしばった。スネイプとファッジが二人《ふたり》の隠《かく》れている場所《ばしょ》を通《とお》り過《す》ぎるとき、スネイプがニンマリしているのがちらりと見《み》えた。二人《ふたり》の足音《あしおと》が遠《とお》ざかった。ハリーとハーマイオニーは、ちょっと間《ま》をおいて、二人《ふたり》が完全《かんぜん》にいなくなったのをたしかめ、それから、二人《ふたり》と反《はん》対《たい》の方向《ほうこう》に走《はし》りだした。階段《かいだん》を一つ下《お》り、二つ下《お》り、また別《べつ》の廊下《ろうか》を走《はし》り――その時《とき》、前方《ぜんぼう》で、クァックァッと高笑《たかわら》いが聞《き》こえた。

「ピーブズだ！」

ハリーはそうつぶやくなり、ハーマイオニーの手首《てくび》をつかまえた。

「ここに入《はい》って！」

二人《ふたり》は左側《ひだりがわ》の、誰《だれ》もいない教室《きょうしつ》に大急《おおいそ》ぎで飛《と》び込《こ》んだ。間一髪《かんいっぱつ》だった。ピーブズは上機嫌《じょうきげん》で、大笑《おおわら》いしながら、廊下《ろうか》をプカプカ移動中《いどうちゅう》らしい。

「なんていやなやつ」

ハーマイオニーがドアに耳《みみ》を押《お》しつけながら、小声《こごえ》で言《い》った。

「吸魂鬼《ディメンター》がシリウスを処分《しょぶん》するっていうんで、あんなに興奮《こうふん》してるのよ……」

ハーマイオニーが時計《とけい》をたしかめた。

「あと三分《ふん》よ、ハリー！」

二人《ふたり》はピーブズのさもご満悦《まんえつ》な声《こえ》が遠《とお》くに消《き》えるのを待《ま》って、部屋《へや》からそっと抜《ぬ》け出《だ》し、また全速力《ぜんそくりょく》で走《はし》りだした。

「ハーマイオニー——ダンブルドアが鍵《かぎ》をかける前《まえ》に——もし医務室《いむしつ》に戻《もど》らなかったら——どうなるんだい？」

ハリーがあえぎながら聞《き》いた。

「考《かんが》えたくもないわ！」

ハーマイオニーがまた時計《とけい》を見《み》ながらうめくように言《い》った。

「あと一分《ぷん》！」

二人《ふたり》は医務室《いむしつ》に続《つづ》く廊下《ろうか》の端《はし》にたどり着《つ》いた。

「オッケーよ——ダンブルドアの声《こえ》が聞《き》こえるわ」ハーマイオニーは緊張《きんちょう》していた。

「ハリー、早《はや》く！」

二人《ふたり》は廊下《ろうか》をはうように進《すす》んだ。ドアが開《ひら》いた。ダンブルドアの背中《せなか》が現《あらわ》れた。

「君《きみ》たちを閉《と》じ込《こ》めておこう」ダンブルドアの声《こえ》だ。

「今《いま》は、真夜中《まよなか》五分前《ふんまえ》じゃ。ミス・グレンジャー、三回《かい》ひっくり返《かえ》せばよいじゃろう。幸運《こううん》を祈《いの》る」

ダンブルドアが後《うし》ろ向《む》きに部屋《へや》を出《で》てきて、ドアを閉《し》め、杖《つえ》を取《と》り出《だ》して、あわや魔法《まほう》で鍵《かぎ》をかけようとした。大変《たいへん》だ。ハリーとハーマイオニーが前《まえ》に飛《と》び出《だ》した。顔《かお》を上《あ》げたダンブルドアの長《なが》い銀色《ぎんいろ》の口《くち》ひげの下《した》に、ニッコリと笑《わら》いが広《ひろ》がった。

「さて？」ダンブルドアが静《しず》かに聞《き》いた。

「やりました！」ハリーが息《いき》せき切《き》って話《はな》した。

「シリウスは行《い》ってしまいました。バックビークに乗《の》って……」

ダンブルドアは二人《ふたり》にニッコリほほ笑《え》んだ。

「ようやった。さてと――」

ダンブルドアは部屋《へや》の中《なか》の音《おと》に耳《みみ》を澄《す》ました。

「よかろう。二人《ふたり》とも出《で》ていったようじゃ。中《なか》にお入《はい》り――わしが鍵《かぎ》をかけよう――」

ハリーとハーマイオニーは医務室《いむしつ》に戻《もど》った。ロン以外《いがい》は誰《だれ》もいない。ロンは一番端《ばんはじ》のベッドでまだ身動《みうご》きもせず横《よこ》たわっている。背後《はいご》でカチャッと鍵《かぎ》がかかる音《おと》がしたときには、二人《ふたり》はベッドにもぐり込《こ》み、ハーマイオニーは「逆転時計《タイムターナー》」をローブの下《した》にしまい込《こ》んでいた。次《つぎ》の瞬間《しゅんかん》、マダム・ポンフリーが事務室《じむしつ》から出《で》てきて、つかつかとこちらにやってきた。

「校長先生《こうちょうせんせい》がお帰《かえ》りになったような音《おと》がしましたけど？　これで私《わたくし》の患者《かんじゃ》さんの面倒《めんどう》を見《み》せていただけるんでしょうね？」

ひどくご機嫌斜《きげんなな》めだった。ハリーとハーマイオニーは、差《さ》し出《だ》されるチョコレートをだまって食《た》べたほうがよさそうだと思《おも》った。マダム・ポンフリーは二人《ふたり》を見下《みお》ろすように立《た》ちはだかり、二人《ふたり》が食《た》べるのをたしかめていた。しかし、チョコはほとんどハリーののどを通《とお》らなかった。ハリーもハーマイオニーも、神経《しんけい》をピリピリさせ、耳《みみ》をそばだてて、じっと待《ま》っていたのだ。すると、二人《ふたり》がマダム・ポンフリーの差《さ》し出《だ》す四個目《こめ》のチョコレートを受《う》け取《と》ったちょうどその時《とき》、遠《とお》く上《うえ》のほうから怒《いか》り狂《くる》うなり声《ごえ》がこだまのように聞《き》こえてきた。

「何《なに》かしら？」マダム・ポンフリーが驚《おどろ》いて言《い》った。

怒声《どせい》が聞《き》こえた。だんだん大《おお》きくなってくる。マダム・ポンフリーがドアを見《み》つめた。

「まったく――全員《ぜんいん》を起《お》こすつもりなんですかね！　いったい何《なん》のつもりでしょう？」

ハリーは何《なに》を言《い》っているのか聞《き》き取《と》ろうとした。声《こえ》の主《ぬし》たちが近《ちか》づいてくる――。

「きっと『姿《すがた》くらまし』を使《つか》ったのだろう、セブルス。誰《だれ》か一緒《いっしょ》に部屋《へや》に残《のこ》しておくべきだった。こんなことがもれたら――」

「ヤツは断《だん》じて『姿《すがた》くらまし』をしたのではない！」

スネイプがほえている。今《いま》やすぐそこまで来《き》ている。

「この城《しろ》の中《なか》では『姿《すがた》くらまし』も『姿《すがた》あらわし』もできないのだ！　これは――断《だん》じて――何《なに》か――ポッターが――からんでいる！」

「セブルス――落《お》ち着《つ》くのじゃ――ハリーは閉《と》じ込《こ》められておる――」

バーン！

医務室《いむしつ》のドアが猛烈《もうれつ》な勢《いきお》いで開《あ》いた。

ファッジ、スネイプ、ダンブルドアがつかつかと中《なか》に入《はい》ってきた。ダンブルドアだけが涼《すず》しい顔《かお》だ。むしろかなり楽《たの》しんでいるようにさえ見《み》えた。ファッジは怒《おこ》っているようだった。スネイプは逆上《ぎゃくじょう》していた。

「**白状《はくじょう》しろ、ポッター！**」スネイプがほえた。「**いったい何《なに》をした？**」

「スネイプ先生《せんせい》！」マダム・ポンフリーが金切《かなき》り声《ごえ》を上《あ》げた。「場所《ばしょ》をわきまえていただかないと！」

「スネイプ、まあ、無茶《むちゃ》を言《い》うな」ファッジだ。「ドアには鍵《かぎ》がかかっていた。今見《いまみ》たとおり――」

「こいつらがヤツの逃亡《とうぼう》に手《て》を貸《か》した。わかっているぞ！」

スネイプはハリーとハーマイオニーを指差《ゆびさ》し、わめいた。顔《かお》はゆがみ、口角泡《こうかくあわ》を飛《と》ばして叫《さけ》んでいる。

「いいかげんに静《しず》まらんか！」ファッジが大声《おおごえ》を出《だ》した。「つじつまの合《あ》わんことを！」

「閣下《かっか》はポッターをご存《ぞん》じない！」

スネイプの声《こえ》が上《うわ》ずった。

「こいつがやったんだ。わかっている。こいつがやったんだ――」

「もう充分《じゅうぶん》じゃろう、セブルス」

ダンブルドアが静《しず》かに言《い》った。

「自分《じぶん》が何《なに》を言《い》っているのか、考《かんが》えてみるがよい。わしが十分前《ぶんまえ》にこの部屋《へや》を出《で》たときから、このドアにはずっと鍵《かぎ》がかかっていたのじゃ。マダム・ポンフリー、この子《こ》たちはベッドを離《はな》れたかね？」

「もちろん、離《はな》れていませんわ！」

マダム・ポンフリーが眉《まゆ》を吊《つ》り上《あ》げた。

「校長先生《こうちょうせんせい》が出《で》てらしてから、私《わたくし》、ずっとこの子《こ》たちと一緒《いっしょ》におりました！」

「ほーれ、セブルス、聞《き》いてのとおりじゃ」

ダンブルドアが落《お》ち着《つ》いて言《い》った。

「ハリーもハーマイオニーも同時《どうじ》に二か所《しょ》に存在《そんざい》することができるというのなら別《べつ》じゃが。これ以上二人《いじょうふたり》をわずらわすのは、何《なん》の意味《いみ》もないと思《おも》うがの」

ぐらぐら煮《に》えたぎらんばかりのスネイプは、その場《ば》に棒立《ぼうだ》ちになり、まずファッジを、そしてダンブルドアをにらみつけた。ファッジはキレたスネイプに完全《かんぜん》にショックを受《う》けたようだったが、ダンブルドアはめがねの奥《おく》でキラキラといたずらっぽく目《め》を輝《かがや》かせていた。スネイプはくるりと背《せ》を向《む》け、ローブをシュッとひるがえし、医務室《いむしつ》から嵐《あらし》のように出《で》ていった。

「あの男《おとこ》、どうも精神不安定《せいしんふあんてい》じゃないかね」

スネイプの後《うし》ろ姿《すがた》を見《み》つめながら、ファッジが言《い》った。

「私《わたし》が君《きみ》の立場《たちば》なら、ダンブルドア、目《め》を離《はな》さないようにするがね」

「いや、不安定《ふあんてい》なのではない」ダンブルドアが静《しず》かに言《い》った。「ただ、ひどく失望《しつぼう》して、打《う》ちのめされておるだけじゃ」

「それは、あの男《おとこ》だけではないわ！」

ファッジが声《こえ》を荒《あら》らげた。

「『日刊予言者新聞《にっかんよげんしゃしんぶん》』はお祭《まつ》り騒《さわ》ぎだろうよ！　わが省《しょう》はブラックを追《お》い詰《つ》めたが、やつはまたしても、わが指《ゆび》の間《あいだ》からこぼれ落《お》ちていきおった！　あとはヒッポグリフの逃亡《とうぼう》の話《はなし》がもれれば、ネタは充分《じゅうぶん》だ。私《わたし》は物笑《ものわら》いの種《たね》になる！　さてと……もう行《い》かなければ。省《しょう》のほうに知《し》らせないと……」

「それで、吸魂鬼《ディメンター》は？」ダンブルドアが聞《き》いた。「学校《がっこう》から引《ひ》き揚《あ》げてくれるのじゃろうな？」

「ああ、そのとおり。連中《れんちゅう》は出《で》ていかねば」

ファッジはほかのことに気《き》をとられているように指《ゆび》で髪《かみ》をかきむしりながら言《い》った。

「罪《つみ》もない子《こ》どもに『接吻《キス》』を執行《しっこう》しようとするとは、夢《ゆめ》にも思《おも》わなかった……まったく手《て》におえん……まったくいかん。今夜《こんや》にもさっさとアズカバンに送《おく》り返《かえ》すよう指示《しじ》しよう。ドラゴンに校門《こうもん》を護《まも》らせることを考《かんが》えてはどうだろうね……」

「ハグリッドが喜《よろこ》ぶことじゃろう」

ダンブルドアはハリーとハーマイオニーにちらっと笑《わら》いかけた。ダンブルドアがファッジと医《い》務室《むしつ》を出《で》ていくと、マダム・ポンフリーがドアのところに飛《と》んでいき、また鍵《かぎ》をかけた。そして、一人《ひとり》で怒《おこ》ったようにブツブツ言《い》いながら、事務室《じむしつ》へと戻《もど》っていった。

医務室《いむしつ》のむこう端《はし》から、低《ひく》いうめきが聞《き》こえた。ロンが目《め》を覚《さ》ましたのだ。ベッドに起《お》き上《あ》がり、頭《あたま》をかきながら、周《まわ》りを見回《みまわ》している。

「どー──どうしちゃったんだろ？」ロンがうめいた。「ハリー？　僕《ぼく》たちどうしてここにいるの？　シリウスはどこだい？　ルーピンは？　何《なに》があったの？」

ハリーとハーマイオニーは顔《かお》を見合《みあ》わせた。

「君《きみ》が説明《せつめい》してあげて」

そう言《い》って、ハリーはまた少《すこ》しチョコレートをほおばった。

ハリー、ロン、ハーマイオニーは翌日《よくじつ》の昼《ひる》に退院《たいいん》したが、その時《とき》、城《しろ》にはほとんど誰《だれ》もいなかった。うだるような暑《あつ》さの上《うえ》、試験《しけん》が終《お》わったとなれば、みんなホグズミード行《い》きを充分《じゅうぶん》に楽《たの》しんでいるというわけだ。しかし、ロンもハーマイオニーも出《で》かける気《き》になれず、ハリーと三人《にん》で校庭《こうてい》をぶらぶら歩《ある》きながら、昨晩《さくばん》の大冒険《だいぼうけん》を語《かた》り合《あ》った。そして、シリウスやバックビークは今《いま》ごろどこだろうと思案《しあん》をめぐらせた。湖《みずうみ》のそばに座《すわ》り、大《おお》イカが水面《すいめん》で悠々《ゆうゆう》と触手《しょくしゅ》をなびかせているのを眺《なが》めていたハリーは、ふとむこう岸《ぎし》に目《め》をやり、会話《かいわ》の流《なが》れを見失《みうしな》った。牡鹿《おじか》があそこからハリーのほうにかけ寄《よ》ってきたのは、ほんのきのうの夜《よる》のことだった……。

三人《にん》の上《うえ》を影《かげ》がよぎった。見上《みあ》げると、目《め》をとろんとさせたハグリッドが、テーブルクロスほどあるハンカチで顔《かお》の汗《あせ》をぬぐいながら、ニッコリ見下《みお》ろしていた。

「喜《よろこ》んでちゃいかんのだとは思《おも》うがな、何《なん》せ、昨晩《さくばん》あんなことがあったし」

ハグリッドが言《い》った。

「いや、つまり、ブラックがまた逃《に》げたり何《なん》だりで――だがな、知《し》っとるか？」

「なーに？」三人《にん》ともいかにも聞《き》きたいふりをした。

「ビーキーよ！　逃《に》げおった！　あいつは自由《じゆう》だ！　一晩中《ひとばんじゅう》お祝《いわ》いしとったんだ！」

「すごいじゃない！」ハーマイオニーは、ロンが今《いま》にも笑《わら》いだしそうな顔《かお》をしたので、とがめるような目《め》でロンを見《み》ながら、あいづちを打《う》った。

「ああ……ちゃんとつないどかなかったんだな」

ハグリッドは校庭《こうてい》のむこうのほうをうれしそうに眺《なが》めた。

「だがな、朝《あさ》になって心配《しんぱい》になった……もしかして、ルーピン先生《せんせい》に校庭《こうてい》のどっかで出《で》くわさなんだろうかってな。だが、ルーピンはきのうの晩《ばん》は、何《なん》にも食《く》ってねえって言《い》うんだ……」

「何《なん》だって？」ハリーがすぐさま聞《き》いた。

「なんと、まだ聞《き》いとらんのか？」

ハグリッドの笑顔《えがお》がふと陰《かげ》った。周《まわ》りに誰《だれ》もいないのに、ハグリッドは声《こえ》を落《お》とした。

「アー――スネイプが今朝《けさ》、スリザリン生全員《せいぜんいん》に話《はな》したんだ……俺《おれ》は、もうみんなに知られっちまったと思《おも》っていたんだが……ルーピン先生《せんせい》は狼人間《おおかみにんげん》だ、とな。それにきのうの晩《ばん》は、ルーピンは野放《のばな》し状態《じょうたい》だった、とな。今《いま》ごろ荷物《にもつ》をまとめとるよ。当然《とうぜん》」

「**荷物**《にもつ》**をまとめてるって？**」ハリーは驚《おどろ》いた。「どうして？」

「いなくなるんだ。そうだろうが？」

そんなことを聞《き》くのがおかしいという顔《かお》でハグリッドが答《こた》えた。

「今朝一番《けさいちばん》で辞《や》めた。またこんなことがあっちゃなんねえって、言《い》うとった」

ハリーはあわてて立《た》ち上《あ》がった。

「僕《ぼく》、会《あ》いにいってくる」ハリーがロンとハーマイオニーに言《い》った。

「でも、もし辞任《じにん》したんなら――」

「――もう私《わたし》たちにできることはないんじゃないかしら――」

「かまうもんか。それでも僕《ぼく》、会《あ》いたいんだ。あとでここで会《あ》おう」

ルーピンの部屋《へや》のドアは開《あ》いていた。ほとんど荷造《にづく》りがすんでいる。水魔《グリンデロー》の水槽《すいそう》がからっぽになっていて、そのそばに使《つか》い古《ふる》されたスーツケースがふたを開《あ》けたまま、ほとんどいっぱいになって置《お》いてあった。ルーピンは机《つくえ》に覆《おお》いかぶさるようにして何《なに》かしていたが、ハリーのノックで初《はじ》めて顔《かお》を上《あ》げた。

「君《きみ》がやってくるのが見《み》えたよ」

ルーピンがほほ笑《え》みながら、今《いま》まで熱心《ねっしん》に見《み》ていた羊皮紙《ようひし》を指差《ゆびさ》した。忍《しの》びの地図《ちず》だ。

「今《いま》、ハグリッドに会《あ》いました。先生《せんせい》がお辞《や》めになったって言《い》ってました。うそでしょう？」

「いや、ほんとうだ」

ルーピンは机《つくえ》の引《ひ》き出《だ》しを開《あ》け、中身《なかみ》を取《と》り出《だ》しはじめた。

「どうしてなんですか？　魔法省《まほうしょう》は、まさか先生《せんせい》がシリウスの手引《てび》きをしたなんて思《おも》っているわけじゃありませんよね？」

ルーピンはドアまで歩《ある》いてって、ハリーの背後《はいご》でドアを閉《し》めた。

「いいや。私《わたし》が君《きみ》たちの命《いのち》を救《すく》おうとしていたのだと、ダンブルドア先生《せんせい》がファッジを納得《なっとく》させてくださった」

ルーピンはため息《いき》をついた。

「セブルスはそれでプッツンとキレた。マーリン勲章《くんしょう》をもらいそこねたのが痛手《いたで》だったのだろう。

そこで、セブルスは――その――ついうっかり、今日《きょう》の朝食《ちょうしょく》の席《せき》で、私《わたし》が狼人間《おおかみにんげん》だともらしてしまった」

「たったそれだけでお辞《や》めになるなんて！」

ルーピンは自嘲的《じちょうてき》な笑《わら》いを浮《う》かべた。

「明日《あす》の今《いま》ごろには、親《おや》たちからのふくろう便《びん》が届《とど》きはじめるだろう――ハリー、誰《だれ》も自分《じぶん》の子供《ども》が、狼人間《おおかみにんげん》に教《おし》えを受《う》けることなんて望《のぞ》まないんだよ。それに、昨夜《さくや》のことがあって、私《わたし》も、そのとおりだと思《おも》う。君《きみ》たちの誰《だれ》かをかんでいたかもしれないんだ……こんなことは二度《にど》と起《お》こってはならない」

「先生《せんせい》は今《いま》までで最高《さいこう》の『闇《やみ》の魔術《まじゅつ》に対《たい》する防衛術《ぼうえいじゅつ》』の先生《せんせい》です！　行《い》かないでください」

ルーピンは首《くび》を振《ふ》り、何《なに》も言《い》わなかった。そして引《ひ》き出《だ》しの中《なか》を片《かた》づけ続《つづ》けた。ハリーが、どう説得《せっとく》したらルーピンを引《ひ》き止《と》められるかと、あれこれ考《かんが》えていると、ルーピンが言《い》った。

「校長先生《こうちょうせんせい》が今朝《けさ》、私《わたし》に話《はな》してくれた。ハリー、君《きみ》は昨夜《さくや》、ずいぶん多《おお》くの命《いのち》を救《すく》ったそうだね。私《わたし》に誇《ほこ》れることがあるとすれば、それは、君《きみ》がそれほど多《おお》くを学《まな》んでくれたということだ。君《きみ》の守護霊《パトローナス》のことを話《はな》しておくれ」

「どうしてそれをご存《ぞん》じなんですか？」ハリーは気《き》をそらされた。

「それ以外《いがい》、吸魂鬼《ディメンター》を追《お》い払《はら》えるものがあるかい？」

何《なに》が起《お》こったのか、ハリーはルーピンに話《はな》した。話《はな》し終《お》えたとき、ルーピンがまたほほ笑《え》んだ。

「そうだ。君《きみ》のお父《とう》さんは、いつも牡鹿《おじか》に変身《へんしん》した。君《きみ》の推測《すいそく》どおりだ……だから私《わたし》たちはプロングズと呼《よ》んでいたんだよ」

ルーピンは最後《さいご》の数冊《すうさつ》の本《ほん》をスーツケースに放《ほう》り込《こ》み、引《ひ》き出《だ》しを閉《し》め、ハリーのほうに向《む》きなおった。

「さあ――昨夜《さくや》、『叫《さけ》びの屋敷《やしき》』からこれを持《も》ってきた」

ルーピンはそう言《い》うとハリーに透明《とうめい》マントを返《かえ》した。

「それと……」ちょっとためらってから、ルーピンは忍《しの》びの地図《ちず》も差《さ》し出《だ》した。

「私《わたし》はもう、君《きみ》の先生《せんせい》ではない。だから、これを君《きみ》に返《かえ》しても別《べつ》に後《うし》ろめたい気持《きも》ちはない。私《わたし》には何《なん》の役《やく》にも立《た》たないものだ。それに、君《きみ》とロンとハーマイオニーなら、使《つか》い道《みち》を見《み》つけることだろう」

ハリーは地図《ちず》を受《う》け取《と》ってニヤッとした。

「ムーニー、ワームテール、パッドフット、プロングズなら僕《ぼく》を学校《がっこう》から誘《さそ》い出《だ》したいと思《おも》っただろうって、先生《せんせい》はそうおっしゃいました……おもしろがってそうするだろうって」

「ああ、そのとおりだったろうね」ルーピンは、もうかばんを閉《し》めようとしていた。

「ジェームズだったら、自分《じぶん》の息子《むすこ》が、この城《しろ》を抜《ぬ》け出《だ》す秘密《ひみつ》の通路《つうろ》を一つも知《し》らずに過《す》ごしたなんてことになったら、大《おお》いに失望《しつぼう》しただろう。これはまちがいなく言《い》える」

ドアをノックする音《おと》がした。ハリーは急《いそ》いで忍《しの》びの地図《ちず》と透明《とうめい》マントをポケットに押《お》し込《こ》んだ。

ダンブルドア先生《せんせい》だった。ハリーがいるのを見《み》ても驚《おどろ》いた様子《ようす》もない。

「リーマス、門《もん》のところに馬車《ばしゃ》が来《き》ておる」

「校長《こうちょう》、ありがとうございます」

ルーピンは古《ふる》ぼけたスーツケースと空《から》になった水魔《グリンデロー》の水槽《すいそう》を取《と》り上《あ》げた。

「それじゃ――さよなら、ハリー」ルーピンがほほ笑《え》んだ。

「君《きみ》の先生《せんせい》になれてうれしかったよ。またいつかきっと会《あ》える。校長《こうちょう》、門《もん》までお見送《みおく》りいただかなくて結構《けっこう》です。一人《ひとり》で大丈夫《だいじょうぶ》です……」

ハリーは、ルーピンが一刻《いっこく》も早《はや》く立《た》ち去《さ》りたがっているような気《き》がした。

「それでは、さらばじゃ、リーマス」

ダンブルドアが重々《おもおも》しく言《い》った。ルーピンは水魔《グリンデロー》の水槽《すいそう》を少《すこ》し脇《わき》によけてダンブルドアと握手《あくしゅ》できるようにした。最後《さいご》にもう一度《ど》ハリーに向《む》かってうなずき、ちらりと笑顔《えがお》を見《み》せて、ルーピンは部屋《へや》を出《で》ていった。

ハリーは主《あるじ》のいなくなった椅子《いす》に座《すわ》り、ふさぎ込《こ》んで床《ゆか》を見《み》つめていた。ドアが閉《し》まる音《おと》が聞《き》こえて見上《みあ》げると、ダンブルドアがまだそこにいた。

「どうしたね？　そんなに浮《う》かない顔《かお》をして」ダンブルドアが静《しず》かに言《い》った。

「昨夜《さくや》のあとじゃ。自分《じぶん》を誇《ほこ》りに思《おも》ってよいのではないかの」

「何《なん》にもできませんでした」

ハリーは苦《にが》いものをかみしめるように言《い》った。

「ペティグリューは逃《に》げてしまいました」

「何《なん》にもできなかったとな？」ダンブルドアの声《こえ》は静《しず》かだ。

「ハリー、それどころか大《おお》きな変化《へんか》をもたらしたのじゃよ。君《きみ》は、真実《しんじつ》を明《あき》らかにするのを手《て》伝《つだ》った。一人《ひとり》の無実《むじつ》の男《おとこ》を、恐《おそ》ろしい運命《うんめい》から救《すく》ったのじゃ」

——恐《おそ》ろしい。何《なに》かがハリーの記憶《きおく》を刺激《しげき》した。**以前《いぜん》よりさらに偉大《いだい》に、より恐《おそ》ろしく……ト**

レローニー先生《せんせい》の予言《よげん》だ！

「ダンブルドア先生《せんせい》——きのう、『占《うらな》い学《がく》』の試験《しけん》を受《う》けていたときに、トレローニー先生《せんせい》がとっても——とっても変《へん》になったんです」

「ほう？」ダンブルドアが言《い》った。「あー──いつもよりもっと変《へん》にということかな？」

「はい……声《こえ》が太《ふと》くなって、目《め》が白目《しろめ》になって、こう言《い》ったんです……今夜《こんや》、真夜中《まよなか》になる前《まえ》、その召使《めしつか》いは自由《じゆう》の身《み》となり、ご主人《しゅじん》さまのもとに馳《は》せ参《さん》ずるであろう……こうも言《い》いました。闇《やみ》の帝王《ていおう》は、召使《めしつか》いの手《て》を借《か》り、再《ふたた》び立《た》ち上《あ》がるであろう」

ハリーはダンブルドアをじっと見上《みあ》げた。

「それから先生《せんせい》はまた、普通《ふつう》というか、元《もと》に戻《もど》ったんです。しかも自分《じぶん》が言《い》ったことを何《なに》も覚《おぼ》えてなくて。あれは──あれは先生《せんせい》がほんとうの予言《よげん》をしたんでしょうか？」

ダンブルドアは少《すこ》し感心《かんしん》したような顔《かお》をした。

「これは、ハリー、トレローニー先生《せんせい》はもしかしたら、もしかしたのかもしれんのう」

ダンブルドアは考《かんが》え深《ぶか》げに言《い》った。

「こんなことが起《お》ころうとはのう。これでトレローニー先生《せんせい》のほんとうの予言《よげん》は全部《ぜんぶ》で二つになった。給料《きゅうりょう》を上《あ》げてやるべきかの……」

「でも──」ハリーはあっけにとられてダンブルドアを見《み》た。どうしてダンブルドアはこんなに平静《へいせい》でいられるんだろう？

「でも──シリウスとルーピン先生《せんせい》がペティグリューを殺《ころ》そうとしたのに、僕《ぼく》が止《と》めたんです！

もし、ヴォルデモートが戻《もど》ってくるとしたら、僕《ぼく》の責任《せきにん》です！」

「いや、そうではない」ダンブルドアが静《しず》かに言《い》った。

「『逆転時計《タイムターナー》』の経験《けいけん》で、ハリー、君《きみ》は何《なに》かを学《まな》ばなかったかね？　我々《われわれ》の行動《こうどう》の因果《いんが》というものは、常《つね》に複雑《ふくざつ》で、多様《たよう》なものじゃ。だから、未来《みらい》を予測《よそく》するというのは、まさに非常《ひじょう》に難《むずか》しいことなのじゃよ……。トレローニー先生《せんせい》は――おお、先生《せんせい》に幸《さいわ》いあれかし――その生《い》き証人《しょうにん》じゃ。君《きみ》は実《じつ》に気高《けだか》いことをしたのじゃ。ペティグリューの命《いのち》を救《すく》うという」

「でも、それがヴォルデモートの復活《ふっかつ》につながるとしたら！――」

「ペティグリューは君《きみ》に命《いのち》を救《すく》われ、恩《おん》を受《う》けた。君《きみ》は、ヴォルデモートのもとに、君《きみ》に借《か》りのある者《もの》を腹心《ふくしん》として送《おく》り込《こ》んだのじゃ。魔法使《まほうつか》いが魔法使《まほうつか》いの命《いのち》を救《すく》うとき、二人《ふたり》の間《あいだ》にある種《しゅ》の絆《きずな》が生《う》まれる……。ヴォルデモートがはたして、ハリー・ポッターに借《か》りのある者《もの》を、自分《じぶん》の召使《めしつか》いとして望《のぞ》むかどうか疑《うたが》わしい。わしの考《かんが》えはそう外《はず》れてはおらんじゃろ」

「僕《ぼく》、ペティグリューとの絆《きずな》なんて、欲《ほ》しくない！　あいつは僕《ぼく》の両親《りょうしん》を裏切《うらぎ》った！」

「これはもっとも深遠《しんえん》で不可解《ふかかい》な魔法《まほう》じゃよ。ハリー、わしを信《しん》じるがよい……いつか必《かなら》ず、ペティグリューの命《いのち》を助《たす》けてほんとうによかったと思《おも》う日《ひ》が来《く》るじゃろう」

ハリーにはそんな日《ひ》が来《く》るとは思《おも》えなかった。ダンブルドアはそんなハリーの思《おも》いを見透《みとお》しているようだった。

「ハリー、わしは君《きみ》の父君《ちちぎみ》をよう知《し》っておる。ホグワーツ時代《じだい》もそのあともな」

ダンブルドアがやさしく言《い》った。

「君《きみ》の父君《ちちぎみ》も、きっとペティグリューを助《たす》けたにちがいない。わしには確信《かくしん》がある」

ハリーは目《め》を上《あ》げた。ダンブルドアなら笑《わら》わないだろう――ダンブルドアになら話《はな》せる……。

「きのうの夜《よる》……僕《ぼく》、守護霊《パトローナス》を創《つく》り出《だ》したのは、父《とう》さんだと思《おも》ったんです。あの、湖《みずうみ》のむこうに僕自身《ぼくじしん》の姿《すがた》を見《み》たときのことです……僕《ぼく》、父《とう》さんの姿《すがた》を見《み》たと思《おも》ったんです」

「無理《むり》もない」ダンブルドアの声《こえ》はやさしかった。

「もう聞《き》きあきたかもしれんがの、君《きみ》は驚《おどろ》くほどジェームズに生《い》き写《うつ》しじゃ。ただ、君《きみ》の目《め》だけは……母君《ははぎみ》の目《め》じゃ」

ハリーは頭《あたま》を振《ふ》ってつぶやいた。

「あれが父《とう》さんだと思《おも》うなんて、僕《ぼく》、どうかしてた。だって、父《とう》さんは死《し》んだってわかっているのに」

「愛《あい》する人《ひと》が死《し》んだとき、その人《ひと》は永久《えいきゅう》に我々《われわれ》のそばを離《はな》れると、そう思《おも》うかね？　大変《たいへん》な状況《じょうきょう》にあるとき、いつにも増《ま》して鮮明《せんめい》に、その人《ひと》たちのことを思《おも》い出《だ》しはせんかね？　君《きみ》の父君《ちちぎみ》は、君《きみ》の中《なか》に生《い》きておられるのじゃ、ハリー。そして、君《きみ》がほんとうに父親《ちちおや》を必要《ひつよう》とするときに、もっともはっきりとその姿《すがた》を現《あらわ》すのじゃ。そうでなければ、どうして君《きみ》が、あの特別《とくべつ》な守護霊《パトローナス》を創《つく》り出《だ》すことができたじゃろう？　プロングズは昨夜《さくや》、再《ふたた》びかけつけたのじゃ」

ダンブルドアの言《い》うことをのみ込《こ》むのに、一時《いっとき》が必要《ひつよう》だった。

「シリウスが、昨夜《さくや》、あの者《もの》たちがどんなふうにして『動物もどき《アニメーガス》』になったか、すべて話《はな》してくれたよ」

ダンブルドアはほほ笑《え》んだ。

「まことにあっぱれじゃ——わしにも内緒《ないしょ》にしていたとは、ことに上出来《じょうでき》じゃや。そこでわしは、君《きみ》の創《つく》り出《だ》した守護霊《パトローナス》が、クィディッチのレイブンクロー戦《せん》でミスター・マルフォイを攻撃《こうげき》したときのことを思《おも》い出《だ》しての。あの守護霊《パトローナス》は非常《ひじょう》に独特《どくとく》の形《かたち》をしておったのう。そうじゃよ、ハリー、君《きみ》は昨夜《さくや》、父君《ちちぎみ》に会《あ》ったのじゃ……君《きみ》の中《なか》に、父君《ちちぎみ》を見《み》つけたのじゃよ」

ダンブルドアは部屋《へや》を出《で》ていった。どう考《かんが》えてよいのか混乱《こんらん》しているハリーを一人《ひとり》あとに残《のこ》して。

シリウス、バックビーク、ペティグリューが姿《すがた》を消《け》した夜《よる》に、何《なに》が起《お》こったのか、ハリー、ロン、ハーマイオニー、ダンブルドア校長《こうちょう》以外《いがい》には、ホグワーツの中《なか》で真相《しんそう》を知《し》るものは誰《だれ》もいなかった。学期末《がっきまつ》が近《ちか》づき、ハリーはあれこれとたくさんの憶測《おくそく》を耳《みみ》にしたが、どれ一つとして真相《しんそう》に迫《せま》るものはなかった。

マルフォイはバックビークのことで怒《いか》り狂《くる》っていた。ハグリッドが何《なん》らかの方法《ほうほう》で、ヒッポグリフをこっそり安全《あんぜん》なところに運《はこ》んだにちがいないと確信《かくしん》し、あんな森番《もりばん》に自分《じぶん》や父親《ちちおや》が出《だ》し抜《ぬ》かれたことがしゃくの種《たね》らしかった。一方《いっぽう》パーシー・ウィーズリーはシリウスの逃亡《とうぼう》について雄弁《ゆうべん》だった。

「もし僕《ぼく》が魔法省《まほうしょう》に入省《にゅうしょう》したら、『魔法警察庁《まほうけいさつちょう》』についての提案《ていあん》がたくさんある！」

たった一人《ひとり》の聞《き》き手《て》——ガールフレンドのペネロピーに、そうぶち上《あ》げていた。

天気《てんき》は申《もう》し分《ぶん》なし、学校《がっこう》の雰囲気《ふんいき》も最高《さいこう》、その上《うえ》、シリウスを自由《じゆう》の身《み》にするのに、自分《じぶん》たちがどんなに不可能《ふかのう》に近《ちか》いことをやり遂《と》げたかもよくわかってはいたが、ハリーはこれまでになく落《お》ち込《こ》んだムードで学期末《がっきまつ》を迎《むか》えようとしていた。

ルーピン先生《せんせい》がいなくなってがっかりしたのはハリーだけではなかった。「闇《やみ》の魔術《まじゅつ》に対《たい》する防衛術《ぼうえいじゅつ》」でハリーと同《おな》じクラスだった全生徒《ぜんせいと》が、ルーピンが辞《や》めたことでみじめな気持《きも》ちになっていた。

「来年《らいねん》はいったい誰《だれ》が来《く》るんだろ？」シェーマス・フィネガンも落《お》ち込《こ》んでいた。

「吸血鬼《バンパイア》じゃないかな」ディーン・トーマスは、そのほうがありがたいと言《い》わんばかりだ。

ルーピン先生《せんせい》がいなくなったことだけが、ハリーの心《こころ》を重《おも》くしていたわけではない。ともすると、ついトレローニー先生《せんせい》の予言《よげん》を考《かんが》えてしまうのだった。いったいペティグリューは今《いま》ごろどこにいるのだろう。ヴォルデモートのそばで、もう安全《あんぜん》な隠《かく》れ家《が》を見《み》つけてしまったのだろうか。そんな思《おも》いが頭《あたま》を離《はな》れない。

しかし、一番《いちばん》の落《お》ち込《こ》みの原因《げんいん》は、ダーズリー一家《いっか》のもとに帰《かえ》るという思《おも》いだった。ほんの小《こ》半時《はんとき》、あの輝《かがや》かしい三十分《ぶん》の間《あいだ》だけ、ハリーはこれからシリウスと暮《く》らすのだと信《しん》じていた……両親《りょうしん》の親友《しんゆう》と一緒《いっしょ》に……ほんとうの父親《ちちおや》が戻《もど》ってくることの次《つぎ》にすばらしいことだ。

シリウスからの便《たよ》りはなく、便《たよ》りのないのは無事《ぶじ》な証拠《しょうこ》だし、うまく隠《かく》れているからなのだとは思《おも》ったが、もしかしたら持《も》てたかもしれない家庭《かてい》のことを考《かんが》えると、そして今《いま》やそれが不可能《ふかのう》になったことを思《おも》うと、ハリーはみじめな気持《きも》ちになるのだった。

学期《がっき》の最後《さいご》の日《ひ》に、試験《しけん》の結果《けっか》が発表《はっぴょう》された。ハリー、ロン、ハーマイオニーは全科目合格《ぜんかもくごうかく》だった。「魔法薬学《まほうやくがく》」もパスしたのにはハリーも驚《おどろ》いた。ダンブルドアが中《なか》に入《はい》って、スネイプが故意《こい》にハリーを落第《らくだい》させようとしたのを止《と》めたのではないかと、ハリーはピンときた。この一週間《しゅうかん》のスネイプのハリーに対《たい》する態度《たいど》は、鬼気迫《ききせま》るものがあった。ハリーに対《たい》する嫌悪感《けんおかん》がこれまでより増《ま》すことなど不可能《ふかのう》だと思《おも》っていたのに、大《おお》ありだった。ハリーを見《み》るたびに、スネイプの薄《うす》い唇《くちびる》の端《はし》の筋肉《きんにく》がヒクヒク不快《ふかい》なけいれんを起《お》こし、まるでハリーの首《くび》をしめたくて指《ゆび》がむずむずしているかのように、しょっちゅう指《ゆび》を曲《ま》げ伸《の》ばししていた。

パーシーはN《イ》・E《モ》・W《リ》・Tテストで一番《ばん》の成績《せいせき》だったし、フレッドとジョージはそれぞれ、O《ふ》・W《くろ》・L《う》テストでかなりの科目《かもく》をすれすれでパスした。一方《いっぽう》グリフィンドール寮《りょう》は、おもにクィディッチ優勝戦《ゆうしょうせん》の目覚《めざ》ましい成績《せいせき》のおかげで、三年連続《ねんれんぞく》で寮杯《りょうはい》を獲得《かくとく》した。そんなこんなで、学期末《がっきまつ》の宴会《えんかい》は、グリフィンドール色《いろ》の真紅《しんく》と金色《きんいろ》の飾《かざ》りに彩《いろど》られ、グリフィンドールのテーブルはみんながお祝《いわ》い気分《きぶん》で、一番《ばん》にぎやかだった。ハリーでさえ、次《つぎ》の日《ひ》にダーズリーのところへ帰《かえ》ることも忘《わす》れ、みんなと一緒《いっしょ》に、大《おお》いに食《た》べ、飲《の》み、語《かた》り、笑《わら》い合《あ》った。

翌朝《よくあさ》、ホグワーツ特急《とっきゅう》がホームから出発《しゅっぱつ》した、ハーマイオニーがハリーとロンに驚《おどろ》くべきニュースを打《う》ち明《あ》けた。

「私《わたし》、今朝《けさ》、朝食《ちょうしょく》の前《まえ》にマクゴナガル先生《せんせい》にお目《め》にかかったの。『マグル学《がく》』をやめることにしたわ」

「だって、君《きみ》、百点満点《てんまんてん》の試験《しけん》に三百二十点《てん》でパスしたじゃないか！」ロンが言《い》った。

「そうよ」ハーマイオニーがため息《いき》をついた。

「でも、また来年《らいねん》、今年《ことし》みたいになるのには耐《た》えられない。あの『逆転時計《タイムターナー》』、あれ、私《わたし》、気《き》が狂《くる》いそうだった。返《かえ》したわ。『マグル学《がく》』と『占《うらな》い学《がく》』を落《お》とせば、また普通《ふつう》の時間割《じかんわり》になるの」

「君《きみ》が僕《ぼく》たちにもそのことを言《い》わなかったなんて、いまだに信《しん》じられないよ」

ロンがふくれっ面《つら》をした。

「僕《ぼく》たち、君《きみ》の友達《ともだち》じゃないか」

「誰《だれ》にも言《い》わないって約束《やくそく》したの」

ハーマイオニーがきっぱり言《い》った。それからハリーのほうを見《み》た。ハリーは、ホグワーツが山《やま》の陰《かげ》に入《はい》って見《み》えなくなるのを見《み》つめていた。この次《つぎ》に目《め》にするまで、丸《まる》二か月《げつ》もある……。

「ねえ、ハリー、元気《げんき》を出《だ》して！」ハーマイオニーもさびしそうだった。

「僕《ぼく》、大丈夫《だいじょうぶ》だよ」ハリーが急《いそ》いで答《こた》えた。「休暇《きゅうか》のことを考《かんが》えてただけさ」

「ウン、僕《ぼく》もそのことを考《かんが》えてた」ロンが言《い》った。「ハリー、絶対《ぜったい》に僕《ぼく》たちのところに来《き》て、泊《と》まってよ。僕《ぼく》、パパとママに話《はな》して準備《じゅんび》して、それから話電《フェリトン》する。話電《フェリトン》の使《つか》い方《かた》がもうわかったから──」

「ロン、電話《テレフォン》よ」ハーマイオニーが言《い》った。

「まったく、あなたこそ来年《らいねん》『マグル学《がく》』を取《と》るべきだわ……」

ロンは知《し》らんぷりだった。

「今年《ことし》の夏《なつ》はクィディッチのワールド・カップだぜ！　どうだい、ハリー？　泊《と》まりにおいでよ。一緒《いっしょ》に見《み》にいこう！　パパ、たいてい役所《やくしょ》から切符《きっぷ》が手《て》に入《はい》るんだ」

この提案《ていあん》は、効果《こうか》てきめんで、ハリーは大《おお》いに元気《げんき》づいた。

「ウン……ダーズリー家《け》じゃ、喜《よろこ》んで僕《ぼく》を追《お》い出《だ》すよ……特《とく》にマージおばさんのことがあったあとだし……」

ずいぶん気持《きも》ちが明《あか》るくなり、ハリーはロン、ハーマイオニーと何回《なんかい》か「爆発《ばくはつ》スナップ・ゲーム」に興《きょう》じた。やがて、いつもの魔女《まじょ》がワゴンを引《ひ》いてきたので、ハリーは盛《も》りだくさんのランチを買《か》い込《こ》んだ。ただし、いっさいチョコレート抜《ぬ》きだった。

午後《ごご》も遅《おそ》い時間《じかん》になって、ハリーにとってほんとうに幸《しあわ》せな出来事《できごと》が起《お》こった……。

「ハリー」ハリーの肩越《かたご》しに何《なに》かを見《み》つめながら、ハーマイオニーが突然言《とつぜんい》った。

「そっちの窓《まど》の外《そと》にいるもの、何《なに》かしら？」

ハリーは振《ふ》り向《む》いて窓《まど》の外《そと》を見《み》た。何《なに》か小《ちい》さくて灰色《はいいろ》のものが窓《まど》ガラスのむこうでピョコピョコ見《み》え隠《かく》れしている。立《た》ち上《あ》がってよく見《み》ると、それはちっちゃなふくろうだった。小《ちい》さい体《からだ》には大《おお》き過《す》ぎる手紙《てがみ》を運《はこ》んでいる。ほんとうにチビのふくろうで、走《はし》る汽車《きしゃ》の気流《きりゅう》にあおられ、あっちへふらふら、こっちへふらふら、でんぐり返《がえ》ってばかりいる。

ハリーは急《いそ》いで窓《まど》を開《あ》け、腕《うで》を伸《の》ばしてそれをつかまえた。ふわふわのスニッチのような感《かん》触《しょく》だった。そっと中《なか》に入《い》れてやった。

ふくろうはハリーの席《せき》に手紙《てがみ》を落《お》とすと、コンパートメントの中《なか》をブンブン飛《と》び回《まわ》りはじめた。任務《にんむ》をはたして、誇《ほこ》らしく、うれしくてたまらない様子《ようす》だ。ヘドウィグは気《き》に入《い》らない様子《ようす》で、くちばしをカチカチ鳴《な》らし、威厳《いげん》を示《しめ》した。クルックシャンクスは椅子《いす》に座《すわ》りなおし、大《おお》きな黄《き》色《いろ》い目《め》でふくろうを追《お》っていた。それに気《き》づいたロンが、ふくろうをサッとつかんで、危険《きけん》な目《め》線《せん》から遠《とお》ざけた。

ハリーは手紙《てがみ》を取《と》り上《あ》げた。ハリー宛《あて》だった。乱暴《らんぼう》に封《ふう》を破《やぶ》り、手紙《てがみ》を読《よ》んだハリーが、叫《さけ》んだ。

「シリウスからだ！」

「えーっ！」

ロンもハーマイオニーも興奮《こうふん》した。

「読《よ》んで！」

ハリー、元気《げんき》かね？

君《きみ》がおじさんやおばさんのところに着《つ》く前《まえ》にこの手紙《てがみ》が届《とど》きますよう。おじさんたちがふくろう便《びん》に慣《な》れているかどうかわからないしね。

バックビークも私《わたし》も無事《ぶじ》隠《かく》れている。この手紙《てがみ》が別《べつ》の人《ひと》の手《て》に渡《わた》ることも考《かん》え、どこにいるかは教《おし》えないでおこう。このふくろうが信頼《しんらい》できるかどうか、少《すこ》し心配《しんぱい》なところがあるが、しかし、これ以上《いじょう》のが見《み》つからなかったし、このふくろうは熱心《ねっしん》にこの仕事《しごと》をやりたがったのでね。

吸魂鬼《ディメンター》がまだ私《わたし》を探《さが》していることと思《おも》うが、ここにいれば、私《わたし》を見《み》つけることはとうてい望《のぞ》めまい。もうすぐ何人《なんにん》かのマグルに私《わたし》の姿《すがた》を目撃《もくげき》させるつもりだ。ホグワーツから遠《とお》く離《はな》れたところでね。そうすれば城《しろ》の警備《けいび》は解《と》かれるだろう。

短《みじか》い間《あいだ》しか君《きみ》と会《あ》っていないので、ついぞ話《はな》す機会《きかい》がなかったことがある。ファイアボルトを贈《おく》ったのは私《わたし》だ――。

「ほら！」ハーマイオニーが勝《か》ち誇《ほこ》ったように言《い》った。「ね！　ブラックからだって言《い》ったとおりでしょ！」

「ああ、だけど、呪《のろ》いなんかかけてなかったじゃないか。え？」ロンが切《き》り返《かえ》した。

「アイタッ！」

チビのふくろうは、ロンの手《て》の中《なか》でうれしそうにホーホー鳴《な》いていたが、指《ゆび》を一本《ぽん》かじったのだ。自分《じぶん》では愛情《あいじょう》を込《こ》めたつもりらしい。

クルックシャンクスが私《わたし》にかわって、注文《ちゅうもん》をふくろう事務所《じむしょ》に届《とど》けてくれた。君《きみ》の名《な》前《まえ》で注文《ちゅうもん》したが、金貨《きんか》はグリンゴッツ銀行《ぎんこう》の711番金庫《ばんきんこ》——私《わたし》の物《もの》だが——そこから引《ひ》き出《だ》すよう業者《ぎょうしゃ》に指示《しじ》した。君《きみ》の名付《なづ》け親《おや》から、十三回分《かいぶん》の誕生日《たんじょうび》をまとめてのプレゼントだと思《おも》ってほしい。

去年《きょねん》、君《きみ》がおじさんの家《いえ》を出《で》たあの夜《よる》に、君《きみ》を怖《こわ》がらせてしまったことも許《ゆる》してくれたまえ。北《きた》に向《む》かう旅《たび》を始《はじ》める前《まえ》に、一目《ひとめ》君《きみ》を見《み》ておきたいと思《おも》っただけなのだ。しかし、私《わたし》の姿《すがた》は君《きみ》を驚《おどろ》かせてしまったことだろう。

来年《らいねん》の君《きみ》のホグワーツでの生活《せいかつ》がより楽《たの》しくなるよう、ある物《もの》を同封《どうふう》した。私《わたし》が必要《ひつよう》になったら、手紙《てがみ》をくれたまえ。君《きみ》のふくろうが私《わたし》を見《み》つけるだろう。また近《ちか》いうちに手紙《てがみ》を書《か》くよ。

シリウス

ハリーは封筒《ふうとう》の中《なか》をよく探《さが》した。もう一枚羊皮紙《まいようひし》が入《はい》っている。急《いそ》いで読《よ》み終《お》えたハリーは、まるでバタービールを一本一気《ぽんいっき》飲《の》みしたかのように急《きゅう》に温《あたた》かく満《み》ち足《た》りた気分《きぶん》になった。

私《わたくし》、シリウス・ブラックは、ハリー・ポッターの名付《なづ》け親《おや》として、ここに週末《しゅうまつ》のホグズミード行《い》きの許可《きょか》を、与《あた》えるものである。

「ダンブルドアだったら、これで充分《じゅうぶん》だ！」

ハリーは幸《しあわ》せそうに言《い》った。そして、もう一度《ど》シリウスの手紙《てがみ》を見《み》た。

「ちょっと待《ま》って。追伸《ついしん》がある……」

よかったら、君《きみ》の友人《ゆうじん》のロンがこのふくろうを飼《か》ってくれたまえ。ネズミがいなくなったのは私《わたし》のせいだし。


ロンは目《め》を丸《まる》くした。チビふくろうはまだ興奮《こうふん》してホーホー鳴《な》いている。

「こいつを飼《か》うって？」

ロンは何《なに》か迷《まよ》っているようだった。ちょっとの間《あいだ》、ふくろうをしげしげと見《み》ていたが、それから、驚《おどろ》くハリーとハーマイオニーの目《め》の前《まえ》で、ロンはふくろうをクルックシャンクスのほうに突《つ》き出《だ》し、においをかがせた。

「どう思《おも》う？」ロンが猫《ねこ》に聞《き》いた。「まちがいなくふくろうなの？」

クルックシャンクスが満足《まんぞく》げにゴロゴロとのどを鳴《な》らした。

「僕《ぼく》にはそれで充分《じゅうぶん》な答《こた》えさ」ロンがうれしそうに言《い》った。「こいつは僕《ぼく》の物《もの》だ」


キングズ・クロス駅《えき》までずっと、ハリーはシリウスからの手紙《てがみ》を何度《なんど》も何度《なんど》も読《よ》み返《かえ》した。ハリー、ロン、ハーマイオニーが九と四分《ぶん》の三番線《ばんせん》ホームから柵《さく》を通《とお》って反対側《はんたいがわ》に戻《もど》ってきたときも、手紙《てがみ》はハリーの手《て》にしっかりと握《にぎ》られていた。

ハリーはすぐにバーノンおじさんを見《み》つけた。ウィーズリー夫妻《ふさい》から充分《じゅうぶん》に距離《きょり》を置《お》いて、疑《うたが》わしげに二人《ふたり》をちらちら見《み》ながら立《た》っていた。ウィーズリー夫人《ふじん》がハリーをお帰《かえ》りなさいと抱《だ》きしめたとき、この夫婦《ふうふ》を疑《うたが》っていたおじさんの最悪《さいあく》の推測《すいそく》が、やっぱりそうだ、と確認《かくにん》されたようだった。

ハリーがロンとハーマイオニーに別《わか》れを告《つ》げて、カートにトランクとヘドウィグのかごをのせ、バーノンおじさんのほうへ歩《ある》きだしたとき、ロンがその後《うし》ろ姿《すがた》に大声《おおごえ》で呼《よ》びかけた。

「ワールド・カップのことで電話《でんわ》するからな！」

「そりゃ何《なん》だ？」

ハリーがしっかり握《にぎ》りしめたままの封筒《ふうとう》を見《み》て、おじさんがすごんだ。

「またわしがサインせにゃならん書類《しょるい》なら、おまえはまた──」

「ちがうよ」ハリーは楽《たの》しげに言《い》った。「これ、僕《ぼく》の名付《なづ》け親《おや》からの手紙《てがみ》なんだ」

「名付《なづ》け親《おや》だと？」バーノンおじさんがしどろもどろになった。

「おまえに名付《なづ》け親《おや》なんぞいないわい！」

「いるよ」ハリーは生《い》き生《い》きしていた。

「父《とう》さん、母《かあ》さんの親友《しんゆう》だった人《ひと》なんだ。殺人犯《さつじんはん》だけど、魔法使《まほうつか》いの牢《ろう》を脱獄《だつごく》して、逃亡中《とうぼうちゅう》だよ。

ただ、僕《ぼく》といつも連絡《れんらく》を取《と》りたいらしい……僕《ぼく》がどうしてるか、知《し》りたいんだって……幸《しあわ》せかどうかたしかめたいんだって……」

バーノンおじさんの顔《かお》に恐怖《きょうふ》の色《いろ》が浮《う》かんだのを見《み》てニヤリとしながら、カートにのせたヘドウィグの鳥《とり》かごをカタカタさせ、ハリーは駅《えき》の出口《でぐち》へ向《む》かった。どうやら、去年《きょねん》よりはずっとましな夏休《なつやす》みになりそうだ。

J.K. ローリング 作

不朽の人気を誇る「ハリー・ポッター」シリーズの著者。1990年、旅の途中の遅延した列車の中で「ハリー・ポッター」のアイデアを思いつくと、全7冊のシリーズを構想して執筆を開始。1997 年に第1巻『ハリー・ポッターと賢者の石』が出版、その後、完結までにはさらに10年を費やし、2007年に第7巻となる『ハリー・ポッターと死の秘宝』が出版された。シリーズは現在85の言語に翻訳され、発行部数は6億部を突破、オーディオブックの累計再生時間は10億時間以上、制作された8本の映画も大ヒットとなった。また、シリーズに付随して、チャリティのための短編『クィディッチ今昔』と『幻の動物とその生息地』(ともに慈善団体〈コミック・リリーフ〉と〈ルーモス〉を支援)、『吟遊詩人ビードルの物語』(〈ルーモス〉を支援)も執筆。『幻の動物とその生息地』は魔法動物学者ニュート・スキャマンダーを主人公とした映画「ファンタスティック・ビースト」シリーズが生まれるきっかけとなった。大人になったハリーの物語は舞台劇『ハリー・ポッターと呪いの子』へと続き、ジョン・ティファニー、ジャック・ソーンとともに執筆した脚本も、書籍化された。その他の児童書に『イッカボッグ』(2020年)『クリスマス・ピッグ』(2021年)があるほか、ロバート・ガルブレイスのペンネームで発表し、ベストセラーとなった大人向け犯罪小説「コーモラン・ストライク」シリーズも含め、その執筆活動に対し多くの賞や勲章を授与されている。J.K. ローリングは、慈善信託〈ボラント〉を通じて多くの人道的活動を支援するほか、性的暴行を受けた女性の支援センター〈ベイラズ・プレイス〉、子供向け慈善団体〈ルーモス〉の創設者でもある。

J.K. ローリングに関するさらに詳しい情報はjkrowlingstories.comで。

松岡佑子《まつおかゆうこ》 訳

翻訳家。国際基督教大学卒、モントレー国際大学院大学国際政治学修士。日本ペンクラブ館員。スイス在住。訳書に「ハリー・ポッター」シリーズ全7巻のほか、「少年冒険家トム」シリーズ、映画オリジナル脚本版「ファンタスティック・ビースト」シリーズ、『ブーツをはいたキティのはなし』、『とても良い人生のために』『イッカボッグ』『クリスマス・ピッグ』(以上静山社)がある。

静山社ペガサス文庫

ハリー・ポッター ❻
ハリー・ポッターとアズカバンの囚人《しゅうじん》〈新装版《しんそうばん》〉3-2

2024年7月9日　第1刷発行

作者　J.K.ローリング
訳者　松岡佑子
発行者　松岡佑子
発行所　株式会社静山社
〒102-0073 東京都千代田区九段北1-15-15
電話・営業 03-5210-7221
https://www.sayzansha.com
装画　ダン・シュレシンジャー
装丁　城所 潤(ジュン・キドコロ・デザイン)
印刷・製本　中央精版印刷株式会社

 ISBN 978-4-86389-865-3 Printed in Japan
Published by Say-zan-sha Publications Ltd.

「静山社《せいざんしゃ》ペガサス文庫《ぶんこ》」創刊《そうかん》のことば

小《ちい》さくてもきらりと光《ひか》る、星《ほし》のような物語《ものがたり》を届《とど》けたい——一九七九年《ねん》の創業《そうぎょう》以来《いらい》、静山社《せいざんしゃ》が抱《いだ》き続《つづ》けてきた願《ねが》いをこめて、少年少女《しょうねんしょうじょ》のための文庫《ぶんこ》「静山社《せいざんしゃ》ペガサス文庫《ぶんこ》」を創刊《そうかん》します。

読書《どくしょ》は、みなさんの心《こころ》に眠《ねむ》っている想像《そうぞう》の羽《はね》を広《ひろ》げ、未知《みち》の世界《せかい》へいざないます。読書体験《どくしょたいけん》をとおしてつちかわれた想像力《そうぞうりょく》は、楽《たの》しいとき、苦《くる》しいとき、悲《かな》しいとき、どんなときにも、みなさんに勇気《ゆうき》を与《あた》えてくれるでしょう。

ギリシャ神話《しんわ》に登場《とうじょう》する天馬《てんま》・ペガサスのように、大《おお》きなつばさとたくましい足《あし》、しなやかな心《こころ》で、みなさんが物語《ものがたり》の世界《せかい》を、自由《じゆう》にかけまわってくださることを願《ねが》っています。

二〇一四年《ねん》

静《せい》山《ざん》社《しゃ》